O REINO DO AMANHÃ

J. G. BALLARD

O reino do amanhã

Tradução
José Geraldo Couto

Copyright © 2006 by J. G. Ballard

Título original
Kingdom come

Capa
Kiko Farkas/ Máquina Estúdio
Mateus Valadares/ Máquina Estúdio

Foto de capa
© Seiji Tajima/ amanaimages/ Corbis/ LatinStock

Preparação
Veridiana Maenaka

Revisão
Valquíria Della Pozza
Carmen S. da Costa

Dados Internacionais de Catalogação na Publicação (CIP)
(Câmara Brasileira do Livro, SP, Brasil)

Ballard, J. G.
  O reino do amanhã / J. G. Ballard ; tradução de José Geraldo
Couto. — São Paulo : Companhia das Letras, 2009.

  Título original: Kingdom come.
  ISBN 978-85-359-1370-5

  1. Ficção inglesa I. Título

08-10930   CDD-823

Índice para catálogo sistemático:
1. Ficção : Literatura inglesa 823

[2009]
Todos os direitos desta edição reservados à
EDITORA SCHWARCZ LTDA.
Rua Bandeira Paulista 702 cj. 32
04532-002 — São Paulo — SP
Telefone (11) 3707-3500
Fax (11) 3707-3501
www.companhiadasletras.com.br

Sumário

PARTE I

1. A cruz de São Jorge, 9
2. A volta ao lar, 22
3. O tumulto, 32
4. O movimento de resistência, 42
5. O Metro-Centre, 53
6. Indo para casa, 68
7. Cobras e escadas, 75
8. Acidentes e emergências, 84
9. A praia do Holiday Inn, 91
10. Gente da rua, 99
11. Uma noite dura, 107
12. Palácios de neon, 112
13. Duncan Christie, 120
14. Rumo a uma loucura voluntária, 131
15. O prisioneiro na torre, 147
16. O atentado a bomba, 153
17. A geometria da multidão, 160

18. Uma revolução fracassada, 169
19. A necessidade de compreender, 174
20. A pista de corrida, 184
21. Uma nova política, 191

PARTE II

22. O herói de capa de chuva, 203
23. O abrigo das mulheres, 212
24. Um Estado fascista, 223
25. Solitário, perdido, furioso, 229
26. Uma bala na mão, 242
27. Uma interrupção angustiada, 250
28. A busca do velho, 255
29. A cidade atacada, 263
30. Assassinato, 267
31. "Defendam o domo!", 274
32. A república do Metro-Centre, 281

PARTE III

33. A vida de consumidor, 291
34. O trabalho liberta, 303
35. Normalidade, 312
36. Santuários e altares, 321
37. Orações e ciclos do amaciante de roupas, 328
38. Diga a ele, 334
39. O último bastião, 348
40. Estratégias de fuga, 356
41. Um culto solar, 361

PARTE I

1. A cruz de São Jorge

Os subúrbios sonham com a violência. Adormecidos em seus modorrentos palacetes, protegidos por benevolentes shopping centers, esperam pacientemente pelos pesadelos que os despertarão para um mundo mais apaixonante...

Doce ilusão, pensei comigo enquanto o aeroporto de Heathrow ia diminuindo no espelho retrovisor, e das mais tolas: o arraigado hábito de um publicitário de saborear a embalagem em vez do biscoito. Mas eram pensamentos difíceis de afastar. Manobrei o Jensen para tomar a pista lenta da M4 e comecei a ler as placas que me davam as boas-vindas aos subúrbios mais afastados de Londres. Ashford, Staines, Hillingdom — destinos impossíveis que figuravam apenas nos mapas mentais de homens de marketing desesperados. Para além de Heathrow ficavam os impérios do consumismo, e o mistério que me obcecou até o dia em que saí pela porta da minha agência pela última vez. Como despertar uma gente entorpecida que tinha tudo, que comprara todos os sonhos que o dinheiro pode comprar e sabia que tinha sido uma pechincha? Uma luz piscava no painel, uma seta insistente que eu tinha certeza de não ter acionado. Mas uns cem metros à frente estava uma estrada secundária que eu de alguma forma sabia que esperava por mim. Reduzi a velocidade e saí da rodovia, adentrando uma alameda flanqueada de verde que se curvava sobre si mesma, depois de passar por uma placa que me instigava a visitar um novo complexo executivo e centro de conferências. Freei bruscamente, pensei em fazer a manobra para voltar à rodovia, mas desisti. Sempre deixe a estrada decidir...

Como muitos londrinos da região central da cidade, eu me sentia vagamente desconfortável toda vez que deixava o perímetro urbano e me aproximava das franjas suburbanas. Mas na verdade tinha passado minha carreira de publicitário cortejando insistentemente os subúrbios de alto padrão. Longe da metrópole nervosa, exasperante, as cidades-satélites que se aconchegavam no ombro protetor da M25 eram praticamente uma invenção da indústria publicitária, ou pelo menos era assim que os executivos responsáveis pelas contas dos clientes, como eu mesmo, gostavam de pensar. Os subúrbios residenciais, todos acreditaríamos até a morte, eram definidos pelos produtos que vendíamos a eles, pelas marcas, modelos e logotipos que, por si só, definiam suas vidas.

No entanto de alguma maneira eles resistiam a nós, tornando-se esquivos e autoconfiantes, o verdadeiro centro da nação, sempre nos mantendo a certa distância. Contemplando o sereno mar de empenas de tijolo aparente, os aprazíveis jardins e parquinhos de escola, eu sentia uma pontada de ressentimento, a mesma dor que me lembrava ter sentido quando minha mulher me beijou com ternura, acenou um tanto timidamente da porta do nosso apartamento em Chelsea e me deixou para sempre. A afeição pode se revelar nos momentos mais cruéis.

Mas eu tinha uma razão especial para me sentir desconfortável: poucas semanas antes, aqueles aprazíveis subúrbios tinham se erguido, mostrado os dentes e dado o bote para matar meu pai.

Às nove horas daquela manhã, quinze dias depois do funeral de meu pai, parti de Londres rumo a Brooklands, a cidade entre Weybridge e Woking que havia crescido em torno do autódromo dos anos 1930. Meu pai passara a infância em Brooklands e, depois de uma vida nos ares, o velho piloto de aviões de passageiros retornara para viver lá seus anos de aposentadoria. Eu iria me encontrar com seus advogados, verificar como estava indo a execução de seu testamento e colocar seu apartamento à venda, fechando formalmente uma vida que eu nunca havia compartilhado. De acordo com o advogado testamenteiro, Geoffrey Fairfax, o apartamento tinha vista para a pista desativada de corrida, um sonho de velocidade que devia lembrar ao velho todas as pistas de pouso e decolagem que ainda cruzavam sua mente. Quando eu colocasse os uniformes dele na mala e fechasse a porta atrás de mim, uma última linha seria traçada sob o ex-piloto da British Airways, um pai ausente que um dia eu cultuei como herói, mas que raramente encontrei.

Ele se separara de minha mãe enérgica, mas hipersensível, quando eu tinha cinco anos, percorrera milhões de milhas até os mais perigosos aeroportos do mundo, sobrevivera a duas tentativas de seqüestro para acabar morrendo num bizarro tiroteio num shopping center de subúrbio. Um doente mental em seu dia de liberdade semanal conseguiu entrar com uma arma no átrio do

Brooklands Metro-Centre e disparou ao acaso contra a multidão da hora do almoço. Três pessoas morreram e quinze ficaram feridas. Uma única bala matou meu pai, uma morte que caberia mais em Manila ou Bogotá ou na parte leste de Los Angeles do que num arborizado subúrbio inglês. Lamentavelmente, meu pai vivera mais do que seus parentes e do que a maioria de seus amigos, mas pelo menos cuidei de seu funeral e lhe fiz companhia em sua passagem para o outro lado.

Enquanto eu deixava a rodovia para trás, a perspectiva de girar de verdade a chave na porta da casa de meu pai começou a assomar diante do pára-brisa como um alerta de perigo vagamente ameaçador. Uma grande parte dele ainda estaria lá — o cheiro de seu corpo nas toalhas e roupas, o conteúdo de seu cesto de roupa suja, o odor singular de velhos best-sellers nas estantes. Mas sua presença teria como contraponto minha ausência, as lacunas que estariam em toda parte, como alvéolos vazios num favo de mel, vácuos humanos que seu próprio filho nunca fora capaz de preencher quando ele, o pai, abandonou sua família por um universo feito de céus.

Os espaços estavam igualmente dentro de mim. Em vez de me pendurar em Harvey Nichols com minha mãe, ou de passar uma infinidade de tempo tomando chá na Fortnum's, eu devia ter estado com meu pai, confeccionando nossa primeira pipa, jogando críquete francês no jardim, aprendendo a acender uma fogueira e a velejar num escaler. Pelo menos empreendi uma carreira na publicidade, bem-sucedida até o dia em que cometi o erro de casar com uma colega e proporcionar a mim mesmo um rival que eu não tinha a menor chance de vencer.

Alcancei a saída da estrada secundária, seguindo um enorme caminhão carregado de carros compactos, cada um deles lustroso a ponto de dar vontade de morder, ou pelo menos de lamber; celulose cor de bala de maçã clareando o dia. O caminhão parou no semáforo, um touro de ferro pronto para irromper na arena da estrada aberta, e então seguiu trovejando rumo a um complexo industrial nas proximidades. Eu já estava perdido. Tinha ingressado no que o mapa da Associação do Automóvel representa como uma área de antigas cidades do Vale do Tâmisa — Chertsey, Weybridge, Walton —, mas nenhuma cidade estava visível à minha volta, e havia poucos sinais de assentamento humano permanente. Eu estava trafegando por um terreno de expansão interurbana, uma geografia de privação sensorial, uma zona de estradas de pista dupla e postos de gasolina, áreas de comércio e placas indicando a direção de Heathrow, antigas glebas rurais agora repletas de tanques de butano, galpões revestidos de exótico metal laminado. Passei por um campo marrom dominado por uma grande placa anunciando o terminal sul de Heathrow com sua ilimitada capacidade de carga, embora aquilo fosse uma terra vazia, onde tudo já tinha sido enviado para longe. Agora nada fazia sentido, exceto em termos de uma transitória cultura de aeroporto. Letreiros de advertência alertavam uns aos outros, e toda a paisagem estava codificada para o perigo. Câmeras de circuito fechado empoleiravam-se em portões de armazéns, e sinais luminosos de orientação piscavam incansavelmente, indicando os santuários de parques tecnológicos de alta segurança.

Um conjunto de pequenas casas apareceu, escondido na sombra da barragem de um reservatório, e só o que lhe dava algum sentido de comunidade eram os pátios de carros usados que o circundavam. Rodando em direção a um sul imaginário, passei por um restaurante chinês de comida para viagem, um galpão de móveis em promoção, um criadouro de cães ferozes e um grande alojamento austero que sugeria um campo de prisioneiros parcialmente reabilitados. Não havia cinemas, igrejas nem centros de convivência, e os intermináveis cartazes apregoando um reluzente consumismo sustentavam a única vida cultural existente.

À minha esquerda, o tráfego descia por uma rua lateral, sedãs de famílias procurando um lugar para estacionar. A quase trezentos metros dali, o sol banhava uma fileira de fachadas de lojas. Uma cidade suburbana tinha brotado da conexão entre estradas de acesso e rodovias de pista dupla. Socorro era oferecido ao viajante perdido por letreiros de neon do lado de fora de uma loja de jardinagem e uma agência de viagens que anunciava "lazer executivo". Esperei o sinal abrir, uma eternidade comprimida em uns poucos segundos. Os semáforos reinavam como divindades mesquinhas sobre seus cruzamentos desertos. Coloquei o pé no acelerador, pronto para passar o sinal vermelho, e notei que um carro de polícia estava esperando atrás de mim. A exemplo da cidade ali do lado, ele se materializara do nada, alertado pela imaginação caprichosa de um motorista impaciente num potente carro esporte. Toda a paisagem defensiva estava esperando que um crime fosse cometido.

Dez minutos depois eu me acomodava numa banqueta num restaurante indiano vazio, em algum lugar do centro da cidade de beira de estrada que viera em meu auxílio. Abrindo meu mapa sobre o velho cardápio, um livreto de páginas plastificadas que não mudava havia anos, tentei descobrir onde estava. Vagamente a sudoeste de Heathrow, supus, numa daquelas cidades rodoviárias que cresceram desordenadamente a partir dos anos 1960, lar de uma população que só se sentia plenamente à vontade na área servida por um aeroporto internacional.

Ali, um posto de gasolina à margem de uma rodovia de pista dupla comportava um senso de comunidade mais profundo do que qualquer igreja ou capela, uma consciência maior de cultura compartilhada do que uma biblioteca ou uma galeria municipal poderiam oferecer. Eu deixara o Jensen no estacionamento de vários andares que dominava a cidade, um compacto edifício de concreto de dez lances inclinados, mais misterioso a seu modo que o labirinto do Minotauro em Cnossos — onde, um tanto perversamente, minha mulher sugeriu que passássemos nossa lua-de-mel. Mas a presença daquela vasta estrutura refletia o truísmo de que estacionar estava se tornando irresistivelmente a maior necessidade espiritual da população britânica.

Perguntei ao gerente onde estávamos, estendendo-lhe o mapa, mas ele estava muito perturbado para responder. Um nervoso bengali cinqüentão, ele observava o tráfego que descia a rua principal. Alguém arremessara um tijolo na vidraça temperada da fachada, e uma rachadura em forma de cimitarra gigante se desenhava do teto até o chão. O gerente tentara me conduzir para os fundos do restaurante vazio, dizendo que a mesa junto à vidraça estava reservada, mas eu o ignorei e sentei atrás do vidro partido, curioso para observar a cidade em seu movimento diário.

Os passantes estavam ocupados demais com suas compras para me notar. Pareciam prósperos e contentes, andando com passos confiantes por uma cidade que era inteiramente composta de casas comerciais e pequenas lojas de departamentos. Até o centro de saúde se redesenhara como uma loja varejista, sua vitrine cheia de aparelhos de pressão e DVDs de ginástica. As ruas eram brilhantemente iluminadas, alegres e varridas com asseio, muito diferentes da Londres central que eu conhecia. Fosse qual fosse o nome daquela cidade, não havia pedaços de jornal revoando nem chicletes na calçada, não havia os habitantes das caixas de papelão. Aquele era um lugar onde era impossível tomar um livro emprestado, assistir a um concerto, fazer uma oração, consultar um registro paroquial ou praticar a caridade. Em suma, a cidade era o estado final do consumismo. Eu gostava dela, e sentia um certo orgulho de ter ajudado a estabelecer seus valores. História e tradição, a lenta morte por sufocamento de uma Grã-Bretanha mais antiga, não desempenhavam papel algum na vida de seus moradores. Eles viviam num contínuo presente varejista, onde as mais profundas decisões morais diziam respeito à compra de uma geladeira ou de uma máquina de lavar. Mas pelo menos aqueles nativos do Vale do Tâmisa, com sua cultura de aeroporto, nunca dariam início a uma guerra.

Um simpático casal de meia-idade parou diante da vidraça, apoiados um no outro numa demonstração de afeto. Feliz por eles, bati no vidro rachado e fiz um vigoroso gesto de positivo. Assustado com a sorridente aparição a poucos centímetros dele, o marido deu um passo à frente para proteger a esposa e tocou o emblema de metal em seu paletó.

Eu tinha visto o emblema ao entrar de carro na cidade, a cruz de São Jorge em seu campo branco,* tremulando sobre os conjuntos habitacionais e parques comerciais. A cruz vermelha dos cruzados estava em toda parte, hasteada em mastros nos jardins, dando à anônima cidade um ar festivo. Uma coisa era certa, as pessoas ali tinham orgulho de sua condição inglesa, uma crença profunda que nenhum exército de redatores de publicidade tiraria delas.

Dando pequenos goles na minha cerveja sem gosto — mais um triunfo da agência —, estudei o mapa enquanto o gerente

---

* A cruz de São Jorge é a cruz grega, vermelha sobre fundo branco, tal como aparece na bandeira da Inglaterra. O símbolo será citado inúmeras vezes ao longo do livro, seja como bandeira, seja estampando camisetas. Representa, em todos os casos, um agressivo nacionalismo inglês. (N. T.)

ficava rodeando minha mesa. Mas eu não estava com a menor pressa de escolher, e não apenas porque tinha uma idéia bem ruim da comida disponível. O único ponto fixo no mapa era o apartamento de meu pai em Brooklands, apenas algumas milhas ao sul de onde eu estava. Eu podia quase acreditar que ele estava esperando atrás de sua escrivaninha, pronto para me entrevistar para um novo emprego, o emprego de ser seu filho.

O que ele veria, naqueles primeiros trinta segundos de "ou vai ou racha" quando o entrevistado entrasse na sua sala? Candidato: Richard Pearson, quarenta e dois anos de idade, executivo de publicidade desempregado. Simpático, mas pode dar uma leve impressão de inconstância. No passado, fumante secreto e tenista juvenil em Wimbledon, com exostose no ombro direito. Marido fracassado, completamente passado para trás pela ex-mulher. Bem-humorado e otimista, mas no íntimo um pouco desesperado. Pensa em si mesmo como uma espécie de terrorista, mas a única coisa que faz bem é aquecer os chinelos do capitalismo tardio. Candidato ao posto de filho e herdeiro, embora confuso a respeito de deveres e cargos...

Eu estava muito confuso, e não apenas quanto a meu pai.

Uma semana antes de sua morte eu levei de carro uma amiga íntima ao aeroporto de Gatwick, ao final dos meus meses mais felizes em muitos anos. Acadêmica canadense em ano sabático, ela estava voltando para seu trabalho no departamento de história moderna da Universidade de Vancouver. Eu gostava de sua convicção e humor, e de sua franca preocupação comigo. "Vamos, Dick! De pé! Mande a tristeza embora!" Ela falou sobre a possibilidade de eu ir com ela, talvez encontrando trabalho no departamento de estudos de mídia. "É uma lata de lixo acadêmica, mas você pode batucar na tampa." Ela sabia que eu tinha sido demitido da agência — minha última campanha havia sido um dispendioso fiasco — e me intimou a encarar a mim mesmo com severidade, o que nunca é uma proposta muito sedutora. Comecei a sentir dolorosamente sua falta um mês antes de ela partir, e fiquei muito tentado a puxar a cordinha do pára-quedas e me juntar a ela.

Então, no portão de embarque de Gatwick, ela descobriu meu passaporte em sua bolsa, enfiado num compartimento lateral desde que voltamos de um fim de semana em Roma. Confusa, ela encarou a foto de criminoso de guerra. "Richard...? Quem? Dick, meu Deus! Este é você!" Gritou tão alto que atraiu a atenção de um guarda de segurança. Tomei aquilo como um poderoso sinal inconsciente. Vancouver e uma fuga para a academia teriam de esperar. Se alguém que gostava de mim e compartilhava minha cama era capaz de esquecer meu nome ao primeiro vislumbre de um saguão de embarque, eu precisava urgentemente me reinventar. Talvez meu pai me ajudasse.

Terminei minha cerveja, observado pelo gerente, que se aproximara da vidraça e contemplava apreensivo o céu sobre a garagem de vários andares. Eu estava a ponto de lhe perguntar sobre os emblemas de São Jorge usados por muitos dos passantes, mas ele virou a tabuleta de "Fechado" para a rua e se afastou rapidamente para o fundo do restaurante. Soavam sirenes e grupos de consumidores olhavam fixamente para as nuvens de fumaça que pairavam sobre a região. Dois carros de polícia passaram a toda velocidade, com as luzes de emergência girando sobre a capota.

Alguma coisa acontecera para perturbar a profunda paz consumista. O gerente desapareceu em sua cozinha, e uma voz de mulher deu um grito alarmado. Deixando dinheiro suficiente para pagar a conta, dobrei o mapa, destranquei a porta e saí do restaurante. Um carro de bombeiros abria caminho em meio à multidão, a sirene transformando o ar numa dor de cabeça. Segui a pé, passando pelos pedestres que fitavam o céu cada vez mais escuro.

A algumas centenas de metros do centro da cidade, perto da estrada que eu havia tomado depois de sair da rodovia, um carro ardia em chamas na área de um modesto conjunto habitacional. Moradores estavam em pé nos jardins de suas casas, os braços cruzados, observando as labaredas que subiam de um Volvo destruído. Um policial descarregava seu extintor de incêndio na cabine de passageiros, enquanto um colega seu mantinha a multidão a distância. Eles fitavam a casa malcuidada de um de seus vizinhos, onde um policial se postava junto à porta da frente, contemplando com olhar resignado o jardim abandonado. Manchas de tinta branca traçavam um slogan estridente na parede de alvenaria, e eu presumi que um recém-chegado impopular tinha poluído a atmosfera do conjunto, talvez um assassino saído da cadeia ou um pedófilo desmascarado pelos vigilantes locais que haviam incendiado o carro.

Abri caminho entre os curiosos, muitos deles carregando ainda suas sacolas de compras, observando a cena como quem depara com um inesperado display publicitário numa insípida loja de departamentos. Suas expressões eram hostis, mas precavidas, e eles ignoravam o carro de bombeiros que rugia atrás deles. Eram liderados por três homens de camisetas com a cruz de São Jorge postados ao lado do portão, empregados de uma loja local de ferragens cujo logotipo estava estampado em seus bolsos superiores. Sua presença musculosa, levemente paranóica, me fazia pensar em seguranças de estádio numa partida de futebol, mas não havia nenhum estádio nas proximidades, e o único esporte estava acontecendo fora daquele combalido automóvel.

"O que está havendo? Tem alguém escondido lá dentro...?", perguntei a uma mulher robusta que murmurava consigo mesma enquanto sua filha arregalava os grandes olhos para mim. Mas minha voz foi abafada pelo rugido da multidão. A porta do casarão se abrira, e um homem barbado de turbante e manto preto estava em pé na soleira, acenando para os rostos inquietos no saguão atrás dele. Sobre a porta havia uma pequena placa de cerâmica com uma inscrição em árabe, e eu me dei conta de que aquela modesta casa de condomínio era uma mesquita. Eu presenciava a deflagração de uma faxina religiosa. Instruído por uma policial, o imame chamava seus seguidores para sair ao jardim. Três jovens asiáticos de calças jeans e camisas brancas emergiram na luz, seguidos por um paquistanês idoso e uma mulher vestindo uma djelaba e carregando uma mala. De cabeça baixa, eles passaram no meio da multidão, escoltados pelos bombeiros e policiais. Ao passar por mim, a mulher tropeçou no meio-fio, e eu senti o cheiro amanhecido e suado de seu manto, o fedor do medo.

Ergui as mãos para ajudá-la, mas um ombro forte me deu um tranco, tirando meu equilíbrio. Dois dos empregados da loja de ferragens, vestindo camisetas com a cruz de São Jorge, bloquearam meu caminho, os olhos apertados olhando por cima da minha cabeça. Tropecei e caí de joelhos ao lado do Volvo, as mãos espalmadas sobre o revestimento chamuscado do assento do carro. Pernas passaram por cima de mim, sacolas de compras balançando perto do meu rosto. Sem dizer palavra, a policial me pôs de pé, então me conduziu pelo meio da multidão até seu carro, onde o imame estava sentado sozinho no banco de trás. Sua pequena congregação tinha desaparecido no ar esfumaçado.

"Você está com ele?" A policial abriu a porta do passageiro para mim. "Pode sentar na frente...?"

"Não, não. Estou de passagem. Sou um turista."

"Turista? Não temos muitos por aqui." Bateu a porta e se

20

afastou de mim. "Da próxima vez experimente o Brooklands Metro-Centre. Ou Heathrow... todo mundo é bem-vindo lá."

Voltei ao estacionamento, já não mais surpreso com o fato de a policial pensar num shopping center e num aeroporto como atrações turísticas. Eu testemunhara uma forma muito suburbana de distúrbio racial, que mal tinha perturbado o pacato comércio do lugar. Os consumidores pastavam contentes, como um gado dócil. Nenhuma voz se erguera, nenhuma pedra fora atirada e nenhuma violência exercida, exceto contra o velho Volvo e contra mim.

Tirei o carro do estacionamento e segui uma placa que indicava Shepperton e Weybridge, feliz em deixar aquela estranha cidadezinha. Considerei que um novo tipo de ódio havia emergido, silencioso e disciplinado, um racismo temperado por cartões de fidelidade e senhas de computador. Comprar era agora o modelo para todo o comportamento humano, esvaziado de emoção e fúria. A decisão dos moradores do condomínio de rejeitar o imame era um exercício de liberdade de escolha do consumidor.

Em toda parte, bandeiras da Inglaterra tremulavam, nos jardins suburbanos, postos de gasolina e agências do correio, enquanto aquela cidade sem nome celebrava sua última vitória.

2. A volta ao lar

As viagens raramente terminam quando eu penso que terminaram. Com demasiada freqüência uma peça de bagagem esquecida segue adiante e fica à minha espera quando eu menos conto com ela, circulando numa esteira vazia como uma peça de acusação sendo apresentada num tribunal. Aeroportos, chegadas e partidas de um velho piloto ocupavam minha mente quando entrei em Brooklands uma hora mais tarde. Ao meu redor estava uma próspera cidade do Vale do Tâmisa, um território agradável de casas confortáveis, elegantes prédios de escritórios e centros de compras, a imagem que todo homem de publicidade tem da Grã-Bretanha no século XXI. Passei por um novo estádio esportivo semelhante a uma boate a céu aberto, telões exibindo um comercial de segurança nas estradas que se transformava por fusão num elegante anúncio de cartão de crédito de platina. Brooklands se espreguiçava ao sol. A prosperidade reluzia em cada telhado de madeira e entrada de carro de cascalho, em cada labrador dourado e em cada adolescente montada em seu cavalinho bem treinado.

Mas eu ainda pensava na aterrorizada muçulmana saindo escoltada da pequena mesquita, no fedor acre que emanava de seu manto e no cheiro de terror que nenhum perfume poderia esconder. Alguma coisa tinha dado muito errado no Vale do Tâmisa, e eu já identificava a mulher com meu pai, outra vítima de um mal-estar ainda mais profundo que o consumo. Três semanas antes meu pai — capitão Stuart Pearson, outrora da British Airways e da Middle East Airlines — saíra para seu passeio habitual das tardes de sábado no Brooklands Metro-Centre. Ainda vigoroso aos setenta e cinco anos, caminhou setecentos metros até o complexo comercial que era a resposta do oeste de Londres ao shopping center Bluewater, perto de Dartford. Juntando-se à multidão de consumidores, ele cruzou o átrio central a caminho da tabacaria que o abastecia de seu cigarro favorito.

Pouco depois das duas da tarde, um homem alucinado abriu fogo contra a multidão, matando três clientes e ferindo outros quinze. O atirador escapou em meio à confusão que se seguiu, mas a polícia logo prendeu um rapaz, Duncan Christie, um interno de sanatório em seu dia de liberdade, com um histórico criminal e uma longa história de perturbação mental. Ele empreendera uma excêntrica campanha contra o imenso shopping center, e várias testemunhas o viram fugir da cena do crime.

Meu pai foi atingido na cabeça por uma única bala e perdeu a consciência enquanto outros passantes tentavam reanimá-lo. Com outros feridos, foi levado ao Brooklands Hospital e depois transferido por helicóptero à unidade de neurologia do Royal Free Hospital, onde morreu no dia seguinte.

Eu não via meu pai havia muitos anos, e no necrotério do hospital não reconheci o rosto pequeno e envelhecido que revestia os ossos salientes do seu crânio. Dados os quinze anos que ele passara em Dubai, eu imaginava que ninguém fosse comparecer à cerimônia fúnebre no crematório do norte de Londres. Um grupo de velhos pilotos da British Airways foi se despedir dele, figuras grisalhas mas robustas, com um milhão de milhas em seus olhos imperturbáveis. Não havia amigos locais de Brooklands, mas uma representante de seu testamenteiro, uma mulher simpática na faixa dos quarenta, chamada Susan Dearing, chegou quando a cerimônia estava começando e me deu as chaves do apartamento de meu pai.

Para minha surpresa, havia um representante do Metro-Centre, um animado jovem gerente de relações públicas que se apresentava a todos como Tom Carradine e parecia ver até mesmo aquele evento mórbido como uma oportunidade de marketing. Disfarçando com esforço seu sorriso profissional, ele me convidou para visitar o shopping em minha próxima viagem a Brooklands, como se algo de bom ainda pudesse vir da tragédia. Supus que o comparecimento aos funerais dos clientes que tinham morrido no local fazia parte do serviço pós-vendas do shopping, mas estava abatido demais para afastá-lo dali.

Duas moças entraram silenciosamente entre os dois últimos bancos enquanto um solo de órgão gravado gemia através de uma passagem escondida, uma música que só os mortos eram capazes de apreciar, o som de caixões rangendo como as tábuas de um galeão agitado pela tempestade. Uma das mulheres riu quando o capelão deu início a sua homilia. Sem saber coisa alguma sobre meu pai, ele foi obrigado a recitar as intermináveis rotas que o capitão Pearson havia seguido nos ares. "No ano seguinte Stuart se viu voando para Sydney..." Diante disso até eu soltei uma risadinha.

As mulheres saíram logo que a cerimônia acabou, mas eu flagrei uma delas me observando do estacionamento enquanto sua amiga procurava as chaves na bolsa. De cabelo escuro, com o tipo de beleza desalinhada que perturba os homens, ela era jovem demais para ser uma das namoradas de meu pai, mas eu não sabia nada sobre os últimos dias do velho lobo dos céus. Ela esperou com impaciência enquanto a amiga brigava com o trinco da porta e em seguida tentou se esconder no banco do passageiro. Quando o carro delas passou, ela olhou para mim e fez para si mesma um gesto afirmativo com a cabeça, claramente se perguntando se eu era espalhafatoso demais ou frívolo demais para combinar com meu pai. Por alguma razão eu tinha certeza de que nos veríamos de novo.

O tráfego para Brooklands tinha ficado lento, ocupando as seis pistas da rodovia construída para sugar a população do sudeste da Inglaterra para o Metro-Centre. Dominando a paisagem à sua volta, a imensa cúpula de alumínio abrigava o maior shopping center da Grande Londres, uma catedral do consumismo cujo número de fiéis excedia em muito o das igrejas cristãs. Seu telhado prateado se elevava acima dos prédios vizinhos de escritórios e hotéis como a fuselagem de um enorme dirigível. Com seus ecos visuais do Millennium Dome de Greenwich, ele justificava plenamente seu nome, situando-se no coração de uma nova metrópole que envolvia Londres, uma cidade perimetral que seguia o caminho das grandes vias expressas. O consumismo dominava a vida de sua gente, que parecia fazer compras mesmo quando fazia outras coisas.

No entanto havia sinais de que algumas serpentes se haviam instalado naquele paraíso do varejo. Brooklands era uma velha sede de condado, mas nos arrabaldes mais pobres passei por lojas asiáticas que tinham sido vandalizadas, bancas de jornais fechadas com tapumes cobertos por cruzes de São Jorge. Para completar, havia slogans e pichações demais, emblemas demais da

BNP e da KKK* rabiscados em vidraças quebradas, bandeiras inglesas demais tremulando em bangalôs suburbanos. Sem nunca ir muito longe das muretas de proteção das vias expressas, havia mais que uma insinuação de paranóia, como se aquela gente da cidade das compras estivesse esperando que algo violento acontecesse.

Incapaz de respirar no interior do Jensen de suspensão baixa, abri o vidro, optando pelo microclima de fumaça de petróleo e diesel da beira da estrada. O tráfego se descongestionava, e eu virei à esquerda diante da placa de "Brooklands Motor Museum", descendo uma avenida de casas espaçadas, cercadas por muros altos. Meu pai constituíra seu último lar num complexo residencial de prédios de três andares numa área ajardinada, ligada por uma estreita alameda à avenida principal. Enquanto rodava entre as cercas vivas eu ainda tentava preparar algumas respostas oportunas para a "entrevista" que decidiria sobre minha adequação ao posto de seu filho, um pedido que tinha sido indeferido quase quarenta anos antes.

Inconscientemente eu voltava a me candidatar ao posto toda vez que o encontrava — ele era sempre afável, mas distante, como se encontrasse por acaso o integrante novato de uma velha tripulação. Minha mãe lhe mandava detalhes de meu desempenho escolar, e mais tarde lhe enviou a foto de minha graduação na London School of Economics, mas só para irritá-lo. Felizmente, perdi o interesse por ele durante a adolescência, e a última vez que o vi foi no funeral da minha madrasta, quando ele estava desolado demais para conversar.

---

* BNP: British National Party (Partido Nacional Britânico), de extrema direita.
KKK: Ku Klux Klan, organização paramilitar racista dos Estados Unidos. (N. T.)

Eu sempre quis que ele gostasse de mim, mas pensava na mala solitária na esteira de bagagens. Como eu reagiria se encontrasse uma foto minha emoldurada no console da lareira, e um álbum carinhosamente preenchido por recortes da revista *Campaign* referentes à minha então bem-sucedida carreira? Com as chaves da porta na mão, desci do carro e caminhei sobre o cascalho até a entrada, quase esperando que os vizinhos emergissem de seus apartamentos e me cumprimentassem. Para minha surpresa, nenhuma janela ou cortina se moveu, e eu subi as escadas até o andar superior. Depois de contar até cinco, girei a chave e entrei no corredor do apartamento.

As cortinas estavam parcialmente fechadas, e a tênue luz parecia iluminar o que era inequivocamente um cenário teatral. Ali estava o apartamento de um velho, com sua poltrona de couro e sua luminária de leitura, seu suporte de cachimbo e sua caixa de tabaco. Quase esperei que meu pai aparecesse após a deixa apropriada, caminhasse até o armário de pau-rosa e se servisse de um scotch com soda, apanhasse um livro na estante e folheasse suas páginas. Bastava apenas o telefone tocar para o drama ter início.

Tristemente, a peça tinha terminado, e o telefone nunca mais tocaria, pelo menos não para meu pai. Tentei afastar a cena com um gesto, aborrecido com minha própria inconveniência, um hábito profissional de trivializar o conjunto da vida nos clichês de um comercial de televisão. A correspondência fechada, sobre a mesa do corredor, emitia uma nota mais sombria. Curiosamente, vários envelopes tinham tarjas pretas e estavam endereçados a meu pai, como se ele próprio os fosse ler.

Atravessei a sala de estar e abri as cortinas. A luz radiante do jardim inundou o aposento atravessando o cheiro de tabaco amanhecido e de lembranças ainda mais amanhecidas. Diante de mim, assomando entre as casas e os edifícios de escritórios, estava a cúpula de prata do Metro-Centre, dominando a paisagem do oeste de Londres. Pela primeira vez me dei conta de que sua presença era quase tranqüilizadora.

Durante a hora seguinte eu me desloquei pelo apartamento, abrindo gavetas de escrivaninhas e armários de cozinha, como um assaltante tentando entabular uma relação com um morador cuja casa ele estava saqueando. Eu estava me apresentando a meu pai, muito embora estivesse lhe fazendo uma visita bastante tardia. Sacudi a cabeça com certa tristeza diante de seu espartano quarto de dormir com seu colchão estreito, parte da autonegação de um viúvo. Ali um homem idoso sonhara seus últimos sonhos de voar, um devaneio de asas que sobrevoavam desertos e estuários tropicais. Abri o guarda-roupa e contei seus seis uniformes, pendurados juntos como uma equipe inteira de comandantes. Na penteadeira havia um jogo de escovas de cabelo de cabo prateado que supus terem sido dadas por ele a minha madrasta, lembranças daquela mulher descarnada mas ainda glamorosa que o saudavam a cada manhã. Outro suvenir dos anos de casado era um velho frasco de Chanel, de conteúdo evaporado havia muito tempo. Pressionando a tampa, deixei sair um leve perfume, ecos de uma pele muito amada.

No banheiro abri o armário de remédios, esperando encontrar um pequeno armazém de suplementos vitamínicos. Mas as prateleiras estavam vazias, exceto por uma loção para dentadura e uma cartela de cápsulas laxantes. O velho havia se mantido em forma usando um aparelho de abdominais e uma bicicleta ergométrica no quarto extra. Na despensa junto à cozinha havia uma tábua de passar roupa e uma mesa com a chaleira elétrica e a lata de biscoitos da empregada. Atrás dos montes de roupa passada e de uma fileira de camisas engomadas havia um espaço de trabalho com um computador e impressora, alguns livros empilhados ao lado.

Voltei para a sala e esquadrinhei as estantes, com suas fileiras de romances de sucesso, almanaques de críquete e guias de restaurantes de destinos aéreos: Hong Kong, Genebra, Miami. A certa altura eu teria de vasculhar sua escrivaninha, à procura de cautelas de ações, relatórios bancários, devoluções de impostos, e montar um quadro financeiro do patrimônio que ele deixara, um dinheiro mais do que útil agora que eu estava desempregado e provavelmente assim continuaria.

Mas mantive as gavetas fechadas. Descobrira o bastante para compreender que eu mal conhecia aquele homem, e provavelmente nunca viria a conhecer. Estava procurando por mim mesmo, mas estava claro que eu não desempenhara papel algum em sua vida.

No centro do console da lareira estava uma foto emoldurada de um jovem comandante de avião em pé com sua tripulação ao lado de um Comet da BOAC,* presumivelmente o primeiro avião comandado por meu pai. Garboso e confiante, ele parecia dez anos mais jovem que sua tripulação, e poderia passar por meu irmão mais novo.

De cada lado da foto havia um conjunto de molduras menores, cada uma contendo um instantâneo de uma mulher em férias. Um deles mostrava uma animada loura saindo de um carro esporte. Uma segunda loura posava em roupas brancas de tênis ao lado de um hotel no Cairo, enquanto uma terceira ria alegremente em frente ao Taj Mahal. Outras sorriam ao redor

---

* BOAC: sigla de British Overseas Airways Corporation, companhia aérea britânica. (N. T.)

de mesas de boates e se estendiam em beiras de piscinas. Todas as mulheres naquela galeria de troféus estavam alegres e despreocupadas; até mesmo a intensa trintona num casaco de peles que eu reconheci como minha mãe parecia reviver brevemente diante da lente da câmera de meu pai. A exposição era estranhamente afetuosa, e eu já estava afeiçoado ao velho piloto e decidido a conhecê-lo melhor.

Fechei as cortinas da sala, pronto para ir a meu encontro com a sargento Falconer na delegacia de polícia de Brooklands, que me colocaria a par da investigação do trágico tiroteio. Tentando não pensar no rapaz desequilibrado que abrira fogo contra a multidão de consumidores, lancei a vista pelo autódromo de Brooklands, a meia milha dali. Um trecho do aterro tinha sido preservado como monumento aos anos 1930, a idade heróica da velocidade, a era da corrida de hidroaviões Schneider Trophy e dos vôos que quebravam recordes, quando glamorosas mulheres pilotos vestidas de macacão branco seguravam seus cigarros Craven A recostadas em seus aviões. O público tinha sido capturado por um sonho de velocidade com o qual nenhuma agência de publicidade poderia competir.

Um leve cheiro invadira a sala, o aroma penetrante de uma colônia cara, mas desagradável. Das sombras ao lado da cortina fechada, vi um homem atarracado de terno preto parado na moldura da porta, com a mão direita apalpando a parede à procura do interruptor de luz. Na mão esquerda carregava o que parecia ser um sólido bastão de metal, que ele erguia para sondar a escuridão.

Tentando manter os nervos sob controle, respirei com calma e me afastei sorrateiramente da janela, escondido do intruso pela porta da sala. À luz refletida nas fotos emolduradas no console da lareira eu podia ver o maciço visitante ainda hesitando no vestíbulo, em dúvida se entrava ou não na sala. Então tropecei num par de sapatos de golfe de meu pai, cambaleei e trombei com o anteparo da luminária ao lado da escrivaninha. O intruso recuou sobressaltado, com o bastão levantado acima da cabeça, procurando um alvo. Lancei-me contra a porta, golpeando-a com o ombro como um atacante de rúgbi, e ouvi a mão do homem atingir a parede, despedaçando o mostrador de seu relógio de pulso. Ele se virou para mim num alvoroço de braços imensos, suor e brilhantina, mas eu apertei a porta contra sua mão, forçando seus dedos gordos a soltar o bastão.

Perdi o equilíbrio e caí atravessado sobre a poltrona de couro. Quando me levantei e puxei a porta de volta, sentindo com a respiração ofegante o perfume saturado, o homem já tinha ido. Passos irregulares soavam descendo a escada, o andar de alguém com uma patela fraturada. Outra porta bateu com violência, mas quando cheguei à janela da sala o estacionamento e os jardins estavam silenciosos.

Afastei as cortinas e abri as janelas, em seguida sentei na poltrona e fiquei esperando o cheiro do invasor se dissipar. Presumi que eu ficara tão fascinado pelo apartamento de meu pai que me esquecera de fechar a porta da frente quando cheguei. O visitante com o bastão tinha agido mais como um assaltante ou um detetive particular do que como um vizinho dando uma passadinha para oferecer suas condolências.

Quando saí para meu encontro com a sargento Falconer, encontrei o "bastão" no chão ao lado da porta. Apanhei-o e desenrolei uma pesada revista, um exemplar do *Journal of Paediatric Surgery.**

---

* Jornal de Cirurgia Pediátrica. (N. T.)

3. O tumulto

"Tenho pensado nisso", eu disse à sargento Falconer. "Ciclope..."

"É esse o nome dele?" Ela falou devagar, como se tentasse acalmar um de seus prisioneiros mais obtusos. "O homem no apartamento do seu pai?"

"Não." Pela janela da cantina apontei para o topo do Metro-Centre. "Eu quis dizer o shopping center. É um monstro — nos faz sentir tão pequenos."

Sem levantar os olhos das suas anotações, ela disse: "Provavelmente é essa a idéia".

"Mesmo? Por que, sargento?"

"Porque assim compramos coisas para ficarmos grandes de novo."

"Que interessante. É quase um slogan. Você devia trabalhar para o Metro-Centre."

"Espero que não."

"Devo entender que não faz suas compras lá?"

"Não se puder evitar." A sargento Falconer lançou os olhos

32

ao espelhinho de maquiagem, permanentemente à mão ao lado de suas pastas, e prendeu uma mecha solta de cabelo louro de volta na trança. "Eu ficaria longe daquele lugar, senhor Pearson." "Vou ficar. Bem que eu gostaria que meu pai tivesse seguido seu conselho."

"Todos gostaríamos. Foi uma tragédia terrível. O inspetor Leighton me pediu que lhe transmitisse seus..."

Esperei a sargento completar a frase, mas sua mente tinha se distraído. Ela se virou para a janela, os olhos evitando o Metro-Centre. Funcionária graduada de rápida ascensão na carreira, estava claramente destinada a coisas mais elevadas do que consolar parentes enlutados, papel nada ideal para uma mulher durona, mas estranhamente vulnerável. Parecia insegura quanto a mim, e nervosa quanto a si mesma, sempre examinando as unhas e verificando a maquiagem, como se pedaços de um elaborado disfarce estivessem em risco de se desfazer. Muito de sua aparência era uma óbvia farsa — a imaculada maquiagem de salão de beleza, o sotaque de café-da-manhã televisivo —, mas será que isso fazia parte de um duplo blefe? Na sala de entrevista expliquei a ela que mal conhecia meu pai, e ela ouviu com empatia, embora estivesse ansiosa para se livrar do assunto da morte dele. Num esforço para reduzir a tensão, ela abriu a boca e sorriu para mim de um jeito surpreendentemente arreganhado, quase um convite, em seguida voltou a se recolher atrás de seus modos mais formais.

Tamborilava em seu caderninho com um lápis mastigado. "Esse homem, o senhor diz que ele o atacou...?"

"Não. Ele não me atacou. Eu o ataquei. Na verdade, provavelmente o machuquei. Talvez seja um médico. A senhora poderia averiguar no hospital local."

"O que aconteceu exatamente?"

"Eu estava fechando as cortinas, olhei em volta e ele estava lá, segurando uma espécie de porrete." Enrolei a revista pediátrica e a ergui acima da mesa, como se estivesse a ponto de golpear a sargento Falconer na cabeça, e então deixei que ela a tirasse de mim. "Eu provavelmente tive uma reação exagerada. É um defeito meu."

"Por que isso?" A sargento me encarou por alguns segundos. "O senhor sabe?"

"Posso imaginar." Alguma coisa naquela policial atraente e peculiar me dava vontade de falar. "Minha mãe nunca voltou a se casar. Eu sempre senti que precisava tomar a defesa dela. Se o médico der queixa, diga que tenho estado sob muita tensão."

"É verdade. Infelizmente, isso não vai ter fim tão cedo. Prepare-se, senhor Pearson." Num tom prosaico, como se recitasse uma tabela de horários de ônibus, ela disse: "Esta tarde o acusado será trazido da delegacia policial de Richmond de volta a Brooklands. Será mantido aqui durante a noite e se apresentará aos magistrados amanhã".

"Nota dez para a polícia. Quem é ele?"

"Duncan Christie. Vinte e cinco anos, branco, morador de Brooklands. Já foi indiciado pelo assassinato de seu pai e de duas outras vítimas. Esperamos que seja mandado a julgamento no Tribunal Real de Guildford." A sargento Falconer apontou rispidamente para minhas mãos machucadas. "É importante que nada prejudique a audiência, senhor Pearson. O senhor estará no tribunal amanhã?"

"Não tenho certeza. Não sei se posso confiar em mim mesmo."

"Compreendo. O julgamento não deve ocorrer em menos de seis meses. A essa altura..."

"Já terei me acalmado? Tribunal Real de Guildford... Suponho que ele será condenado."

"Não é possível dizer. Entrevistei três testemunhas que estão seguras de ter visto Christie com a arma."

"Mesmo assim, ele escapou. Ninguém o deteve."

"Foi um caos, uma correria em massa. Os paramédicos tiveram que abrir caminho à força para entrar no Metro-Centre. Quatro mil pessoas corriam para as saídas. Centenas ficaram feridas tentando sair dali. Há uma moral nessa história, senhor Pearson."

"E meu pai pagou o preço." Sem pensar, tomei a mão dela, surpreso com o calor de sua palma. "Por que atirar num velho?"

"Seu pai não era o alvo, senhor Pearson." Discretamente, ela puxou a mão e deixou-a repousar inerte sobre a mesa, como uma peça em exibição. "O atirador disparou ao acaso contra a multidão."

"Maluco... Esse tal Christie, um tipo de doente mental. Por que o deixaram sair às ruas?"

"Ele estava usufruindo a licença de sair por um dia do Northfield Hospital. Os médicos acharam que ele estava apto a ver sua esposa e filha. Foi uma decisão arbitrária."

"A senhora parece ter dúvidas."

"Não somos psiquiatras, senhor Pearson. Christie era bem conhecido em Brooklands. Estava sempre protestando contra o Metro-Centre."

"Um alvo e tanto para escolher."

A sargento Falconer fechou suas pastas. Eu esperava uma demonstração de paixão da parte dela, uma acusação contra aquele psicopata, mas seu tom foi neutro como gelo. "A filha dele foi ferida pelo furgão de um fornecedor. Algumas grades de ferro despencaram durante uma de suas manifestações de protesto. A companhia ofereceu uma indenização, mas ele recusou. Infringiu várias vezes as normas de sua liberdade condicional e foi internado."

"Ótimo. Fizeram uma coisa certa."

"Foi um jeito de mantê-lo fora da prisão. Na época ele contava com um bocado de apoio."

"Apoio?" Assimilei isso devagar, tentando não olhar a sargento Falconer nos olhos. Apesar do tom neutro, eu sentia que ela estava tentando me dizer alguma coisa, e me convidara para um café na cantina a fim de revelar o verdadeiro propósito de nosso encontro. Falei calmamente: "Sargento? Continue".

"Não é todo mundo que gosta do Metro-Centre. Não posso lhe dar nomes, mas eles acham que o shopping center estimula as pessoas de um jeito ruim. Todos querem mais e mais, e se não conseguem o que querem estão prontos a ficar..."

"Violentos? Aqui, na arborizada Surrey? O paraíso do consumidor? É difícil acreditar. Entretanto, não se podem esquecer as flâmulas e bandeiras, os homens vestidos com as cores de São Jorge."

"Líderes de equipe. Eles nos ajudam a controlar as multidões. Ou pelo menos é nisso que o inspetor Leighton gosta de acreditar." A sargento passou os olhos cuidadosamente pelo teto. "Tome cuidado se sair à noite, senhor Pearson."

Recostou-se no assento, virando o rosto de perfil. A máscara da policial tinha caído, revelando o prosaísmo de uma enérgica mas insegura recém-formada. A seu modo desajeitado, ela queria minha ajuda. Eu me dei conta de que nem sequer uma vez ela criticara Duncan Christie, apesar da dor e da tragédia que ele ocasionara.

Eu disse: "Certo... A senhora odeia o Metro-Centre, sargento?"

"Não propriamente. De um jeito, digamos, última-quinta-feira-do-mês. Não odeio exatamente."

"E a região de Brooklands?"

Seus ombros relaxaram, e ela afastou o espelhinho de maquiagem, como se percebesse que a autovigilância nunca seria suficiente. "Eu me candidatei a uma transferência."

"Violência demais?"

"A ameaça de violência."

Desejei tomar sua mão de novo, mas ela parecia ter ficado

enrubescida. À medida que a tarde caía, um fulgor avermelhado iluminava o profundo espelho da cúpula do Metro-Centre, como um sol interior.

Eu disse: "Dá a impressão de que ele está despertando".

"Ele não dorme nunca. Acredite, ele está bem acordado. Tem seu próprio canal de TV a cabo. Guia de estilo de vida, dicas para a família, especialmente para famílias que sabem quando aproveitar uma dica."

"Incitação ao racismo?"

"Por aí. Há quem acredite que ele está nos preparando para um novo mundo."

"E quem está por trás de tudo isso?"

"Ninguém. Aí é que está a beleza da coisa..."

Ela levantou, recolhendo suas pastas. Era visível que estava se fechando. Para começar, tinha falado comigo como se eu fosse uma criança, e eu supus que seu papel era aplacar minha raiva e me mandar de volta a Londres. Mas ela usara nosso encontro para comunicar uma mensagem dela mesma. De certo modo, ela própria era a mensagem, um pacote de inquietação e desconforto embrulhado numa elegante embalagem loura. Ela desatara algumas fitas e em seguida voltara a amarrá-las bem rápido.

Enquanto avançávamos por entre as mesas, perguntei: "Vocês encontraram a arma que esse Christie usou? Qual era? Uma Kalashnikov comprada pelo correio?".

"Ela ainda não apareceu. Uma Heckler & Koch semi-automática."

"Heckler & Koch? É uma metralhadora de uso da polícia. Pode ter sido roubada de uma delegacia."

"Foi mesmo." A sargento Falconer examinou a cantina vazia como se a visse pela primeira vez. "Um inquérito está em curso. O senhor será informado, senhor Pearson."

"Fico contente em ouvir isso. Agora me diga, de que delegacia ela foi roubada?"

"Da Brooklands Central." Ela falava com deliberada indiferença. "Onde estamos agora."

"Desta delegacia? É difícil acreditar..." Mas a sargento Falconer já não me ouvia. Ela caminhou até a janela e se debruçou para espiar a avenida ao lado da entrada do estacionamento da delegacia. Uma multidão estava se formando, bem vestidos moradores de Brooklands, com seus elegantes impermeáveis, muitos deles carregando sacolas de compras do Metro-Centre. Eles apinhavam a calçada da delegacia, contidos por meia dúzia de guardas.

Vários homens corpulentos, usando camisetas com a cruz de São Jorge, agiam como seguranças, afastando as pessoas de uma jovem negra que se postava no meio da rua, segurando a mão de uma criança pequena. A mãe estava claramente exausta, tentando cobrir seu lábio superior e sua bochecha, ambos inchados. Mas ela ignorava a multidão hostil e olhava fixamente, por cima dos rostos ávidos, para as janelas da delegacia.

"A senhora Christie e sua filha. Será que ela precisava trazer a criança junto?" A sargento Falconer franziu as sobrancelhas olhando para seu relógio de pulso. "Sinto muito, senhor Pearson. Não queria expor o senhor a tudo isso..."

"Não se preocupe." Eu estava em pé junto a ela diante da janela, sentindo seu perfume, uma inebriante mistura de Calèche e estrógeno. Observei a moça negra, impávida e solitária com sua raiva e sua inteligência orgulhosa. "Ela tem um bocado de coragem."

"Não se compadeça dela. Vou tirá-lo daqui por uma rua lateral."

Lâmpadas de flash espocaram perto dos portões do estacionamento. Pessoas da multidão arremessavam flores destroçadas em direção à sra. Christie. Enquanto ela afastava do caminho as pétalas cor de sangue, um holofote de TV iluminava seu rosto cansado.

"Sargento... a multidão está se inflamando. Vamos ter um tumulto aqui."

"Um tumulto?" Ela indicou com um gesto a escada do lado de fora da cantina. "Senhor Pearson, as pessoas não fazem tumultos em Surrey. Elas são muito mais educadas, e muito mais perigosas..."

Passamos pelas salas vazias do CID,* onde telas de computador luziam umas para as outras em cima de escrivaninhas desarrumadas. As janelas das escadas davam para o estacionamento da delegacia, onde a multidão se espremia contra o cordão de policiais. Guardas uniformizados ocupavam o saguão abaixo de nós, prontos para receber o prisioneiro. Espectadores já atravessavam correndo o estacionamento. Um carro de polícia abriu passagem, com a sirene gemendo, seguido por uma perua branca com uma grade baixada como uma viseira por trás do pára-brisa. Uma garrafa de água mineral se espatifou contra ela, espalhando uma espuma de Perrier gasosa pelo vidro.

Houve um rugido dos espectadores que já estavam do lado de dentro dos portões, o latido visceral de uma turba que farejara uma guilhotina nas proximidades. Os policiais na área de entrada da delegacia saíram para o pátio, formando um cordão em torno da perua quando suas portas traseiras se abriram.

Arrastada para o centro do turbilhão ia a moça negra, agarrada à filha com os dois braços. Eu esperava que alguém a resgatasse, mas meus olhos se fixaram no homem que estava saindo da perua. Um guarda jogou um cobertor cinza sobre ele, mas

---

* CID: Criminal Investigation Department [Departamento de Investigação Criminal] da Scotland Yard. (N. T.)

por alguns segundos vi seu rosto pálido, com a barba por fazer, o queixo cicatrizado cheio de marcas de espinhas, a testa avermelhada por golpes recentes. Parecia não ter consciência da multidão e dos policiais que o empurravam, e contemplava as antenas de rádio sobre a delegacia como se esperasse que uma mensagem de uma estrela distante fosse retransmitida para ele. Sua cabeça oscilava como a de um bêbado, um vazio mental combinado a uma profunda fome interior que era quase messiânica. Eu era capaz de ver anos de má nutrição, de autodesleixo e arrogância, o rosto dos assassinos através dos tempos, os desenraizados homens metropolitanos de uma era anterior que haviam sobrevivido até o século XXI, tão fora de lugar em meio a carros 4×4 e turnos escolares quanto um homem de Neandertal que fosse descoberto tomando sol à beira de uma piscina em Costa Blanca. De algum modo aquele desajustado e demente driblara os tribunais juvenis e os inspetores da assistência social, e ensinara a si próprio a odiar tão intensamente um shopping center que fora capaz de roubar uma arma e disparar ao acaso contra uma multidão na hora do almoço, matando um piloto de aviões aposentado que estava prestes a comprar seu tabaco favorito.

Um bolo de policiais o circundava, de braços dados para empurrar o prisioneiro até a delegacia. Do lado de fora do círculo estava a sargento Falconer, braços estendidos para acalmar a platéia ululante. Ela me lançou um olhar enquanto eu me mantinha em pé junto à janela das escadas, e tive certeza de que ela me deixara nas escadas para que eu pudesse ver claramente o homem que tinha matado meu pai.

A área de recepção da delegacia estava vazia agora, exceto por dois datilógrafos civis que haviam deixado suas escrivaninhas. Passei por eles e fiquei parado no vão da porta aberta enquanto os policiais se preparavam para enfiar Christie na delegacia. Tateei meus bolsos em busca de uma arma e só achei

40

as chaves do carro. Apertei-as dentro da mão fechada, a chave maior saindo entre o indicador e o médio. Um golpe certeiro na têmpora livraria o mundo daquele degenerado mental.

Segurando a chave, preparei-me enquanto Christie se aproximava, a cabeça ferida emergindo do cobertor. Vendo-o fora de seu alcance, a multidão se lançou para a frente, as mãos batucando nas laterais da perua. Na aglomeração de guardas que tentavam se esquivar dos golpes de sacolas de compras, vi a mulher de Christie gritar impropérios contra uma policial que tentava reuni-la com sua filha.

Levantei o punho para tentar um golpe contra Christie, que gingava em minha direção num transe de idiota. Mas uma mão potente agarrou meu braço e o torceu para trás. Dedos fortes me destituíram habilmente das chaves do carro. Virei para trás e dei com um homem grande, de aspecto militar, com um desgrenhado bigode ruivo, o tórax profundo e os ombros espremidos num paletó de tweed pequeno demais para ele.

"Senhor Pearson?" Ele sacudiu as chaves diante do meu rosto e me aprumou enquanto uma policial passava por nós com um manifestante detido. "Geoffrey Fairfax, o testamenteiro de seu pai. Nós nos falamos por telefone. Se não me engano, temos um encontro daqui a dez minutos. Devo dizer que o senhor parece estar querendo muito sair daqui..."

4. O movimento de resistência

"Como o senhor pode ver, senhor Pearson, a maior parte do patrimônio do seu pai vai para o fundo beneficente dos pilotos. Injusto para o senhor, talvez, e definitivo demais para o meu gosto." Com um gesto resignado, Geoffrey Fairfax deixou o tampo do vetusto arquivo de madeira cair como a tampa de um caixão. "Mas por uma boa causa — as viúvas dos pilotos que morreram em acidentes aéreos. Ao longo de quarenta anos ele deve ter conhecido um bocado deles. Não sei até que ponto isso lhe serve de consolo."

"Serve bastante. Ele fez a coisa certa." Terminei meu uísque e pousei cuidadosamente o copo vazio em seu descanso. Pensei comigo mesmo: uma primeira recusa do velho, um alerta de além-túmulo. "Não vou contestar o testamento."

"Ótimo. Tive certeza disso assim que o vi pela primeira vez. O apartamento é seu, claro." Fairfax me ofereceu um sorriso furtivo. "As pessoas podem ser surpreendentemente generosas quando se trata de fazer seus testamentos. Médicos doam seu corpo a escolas de anatomia, mesmo sabendo que serão retalhados em tripas. Esposas perdoam maridos mulherengos. Estou contente que seu pai não tenha modificado seu testamento."

"Ele disse que talvez o fizesse?"

"Não. Seu pai nunca foi impulsivo. Exceto no final, talvez... Não sei dizer ao certo."

Esperei que Fairfax prosseguisse, ciente de que eu estava presenciando uma performance bem ensaiada de um dos últimos atores-administradores de Brooklands. Parentes enlutados mas avarentos eram sua platéia principal, e ele claramente saboreava cada momento. Passando os olhos por seu escritório revestido de carvalho, eu me perguntava de que maneira os modos cavalheirescos dele se encaixavam na nova Brooklands. Prédios de escritórios de contabilidade numa economia fast-food de caixas automáticos e shopping centers não eram o negócio de Geoffrey Fairfax. Ele pertencia a um mundo anterior à chegada da M25.

Fotos emolduradas sobre uma mesa lateral mostravam-no como tenente-coronel no Exército Territorial, a divisão de reservistas voluntários do exército britânico, e a cavalo numa excursão local de caça, antes que as raposas do oeste de Surrey tivessem abandonado suas terras ancestrais e partido para um mundo melhor de átrios de postos de gasolina e pátios de alojamentos de executivos. A exemplo de uma porção de diretores de companhias obsoletas que eu conhecera, Fairfax era arrogante, vagamente ameaçador e ineficiente. Um dos papéis do arquivo de meu pai tinha voado para o chão a seus pés, mas ele o ignorou, confiando que a faxineira o devolveria a sua escrivaninha. E, se por acaso ela o jogasse no cesto de lixo, quem ficaria sabendo ou se importaria com isso? Aquela sua inteligência de rosto rosado tinha um gume malévolo. Sentava-se atrás da escrivaninha em sua poltrona de homem poderoso, a cabeça pouco visível, de tal modo que seus clientes eram obrigados a esticar o pescoço para enxergá-lo.

Para um homem grande na faixa dos cinqüenta, ele mostrara reflexos rápidos ao me resgatar do tumulto na delegacia de polícia, empurrando-me com mão firme para a entrada dos fundos do estacionamento, onde um caminho coberto conduzia ao alojamento policial e a uma rua lateral próxima à estrada principal. Ele me fez sentar no banco do passageiro de seu Range Rover e ficou observando a multidão se dispersar pelo retrovisor lateral. Dirigia de forma belicosa, quase atropelando duas velhinhas que demoraram a atravessar à sua frente. Geoffrey Fairfax era um exemplar de uma espécie rara, o facínora de classe média. Havia nele um traço de brutalidade que tinha pouco a ver com trocas de socos no campo de rúgbi e muito mais com ensinar uma lição aos nativos.

"Meu pai...?" Eu o chamei de volta ao assunto. "O que o senhor ia dizer?"

"Um homem notável. Para falar a verdade, fazia alguns meses que não o víamos no clube. Lamentavelmente, ele parecia ter mudado. Fez alguns novos amigos, companheiros bastante incomuns..."

"Quem, exatamente?"

"Difícil dizer. Eu não diria nunca que eles faziam o tipo dele, mas o caso é esse. Ele costumava se entusiasmar pelo bridge, gostava de entreter as damas, jogava squash com pulso firme." Fairfax comprimiu as mãos contra o tampo do arquivo, como se temesse que o fantasma de meu pai escapasse de seu caixãozinho. "Um caso cruel, espero que eles encontrem o responsável, quem quer que seja."

"Acho que encontraram." Sentei mais na ponta da cadeira, depois de captar um tom estranho na voz do testamenteiro. "Esse rapaz que a polícia recolheu, o desajustado local ou doente mental..."

"Duncan Christie? Desajustado, sim. Doente mental, não.

Duas horas numa viatura da polícia podem ser um curso intensivo de agressão. Ele será levado ao juiz amanhã."

"Ele me pareceu perturbado. Devo crer que é o culpado?"

"Parece que sim. Mas vamos esperar para ver. Acalme-se, senhor Pearson. Suponho que Christie será mandado a julgamento e com quase certeza condenado. Curiosamente, nós costumávamos defendê-lo."

"Isso não é um pouco estranho? Uma firma como a sua lidando com doentes mentais?"

"Nem um pouco. Não conseguiríamos sobreviver sem eles. Christie nos manteve ocupados durante anos. Casos de danos públicos, ordens judiciais por comportamento anti-social, tentativas de obrigá-lo a uma cirurgia. Um de meus sócios novatos trabalhou para Christie quando ele processou o Metro-Centre."

"Christie odiava o lugar."

"Quem não odeia? É uma monstruosidade." A voz de Fairfax ficara mais profunda, como se ele estivesse dando uma bronca em recrutas relapsos num campo de treinamento. "No dia em que eles aterraram o primeiro pedaço de terreno, uma porção de gente temeu pelo que pudesse acontecer. Estávamos certos. Este costumava ser um recanto agradável de Surrey. Tudo mudou, é como se fôssemos acabar vivendo também sob aquela cúpula medonha. Às vezes acho que já estamos, sem nos dar conta disso."

"Mesmo assim." Procurei algum meio de acalmá-lo. "É apenas um shopping center."

"Apenas? Pelo amor de Deus, homem. Não há nada pior neste planeta!"

Com os nervos exaltados, Fairfax levantou de um salto da poltrona, as coxas grossas fazendo a escrivaninha balançar. Suas mãos fortes abriram bruscamente as cortinas de brocado. Mais além da arborizada praça e de um modesto anfiteatro estava a carapaça iluminada do Metro-Centre. Fiquei perplexo ao ver um advogado de subúrbio dar tal demonstração de raiva. Agora eu me dava conta da razão pela qual as cortinas tinham sido fechadas quando chegamos, e concluí que elas deviam permanecer assim o dia todo. O interior da cúpula incandescia como o núcleo de um reator, uma tigela invertida de luz brilhando através dos vidros do telhado. Um prédio de escritórios de dez andares erguia-se entre o shopping e a figura corpulenta de Fairfax, mas as luzes do Metro-Centre pareciam resplandecer através da estrutura, como se sua intensa luminosidade pudesse penetrar a matéria sólida em sua perseguição àquele advogado hostil que empertigava os ombros.

Num impulso intrépido, Fairfax virou-se para mim, o gordo dedo indicador levantado em posição de advertência. Mirando-me de modo sagaz, aprovou com um movimento de cabeça meus sapatos gastos.

"Talvez o senhor não saiba que o lugar fica aberto vinte e quatro horas por dia. É uma idéia extraordinária, senhor Pearson. Um engenheiro civil do clube me diz que a vida útil do projeto é de pelo menos cem anos. Posso lhe perguntar qual é sua profissão? O seu pai me contou."

"Publicidade. Estou pensando numa mudança de carreira."

"Queira Deus. No entanto, o senhor provavelmente é complacente com esses assim chamados mega-shoppings. Mas pelo menos tem a felicidade de não morar aqui."

"O senhor parece estar falando do inferno."

"E é o inferno..." Fairfax se debruçou sobre a garrafa de uísque e recolocou sua tampa, um sinal de que o nosso encontro tinha terminado. Quando me levantei, ele se virou agressivamente para me encarar, como se estivesse a ponto de me derrubar com um soco. Um orgulho confuso o fazia lutar com as palavras. "O senhor vem de Londres, senhor Pearson. É um imenso mercado de pulgas e sempre foi assim. Mercadorias baratas e sonhos ainda mais baratos. Aqui em Brooklands nós tínhamos uma comunidade verdadeira, não apenas uma população de caixas automáticos. Agora ela não existe mais, desapareceu da noite para o dia quando aquela fábrica de dinheiro abriu. Somos inundados por forasteiros, milhares deles sem nada na cabeça a não ser a próxima liquidação. Para eles, Brooklands é pouco mais que um estacionamento. Nossas escolas estão assoladas pela vadiagem, centenas de crianças freqüentando o Metro-Centre todos os dias. Nosso único hospital, que deveria estar cuidando dos residentes locais, está sobrecarregado com acidentes de carro causados por visitantes. Nunca fique doente perto da M25. As aulas noturnas eram populares por aqui — conversação em francês, história local, bridge. Fechou tudo. As pessoas preferem passear pelo shopping. Ninguém mais vai à igreja. Por que se dar ao trabalho? Encontram satisfação espiritual no centro da Nova Era, o primeiro à esquerda depois da lanchonete de hambúrguer. Tínhamos uma dúzia de agremiações e clubes — de música, de teatro amador, de arqueologia. Fecharam há muito tempo. Associações de caridade, partidos políticos? Ninguém aparece. No Natal o Metro-Centre contrata uma frota de papai noéis motorizados. Eles percorrem as ruas, propagando no último volume gravações das canções de Natal da Disney. Caixas de supermercado vestidas de fada Sininho exibindo as coxas. Um exército de Panzer encenando seu espetáculo mais gracioso."

"Tudo isso soa terrível." Eu estava pensando no caminho mais rápido para voltar a Londres. "Mais ou menos como o resto da Inglaterra. Isso importa?"

"Importa, sim!" Fairfax deu a volta na sua escrivaninha, abriu um armário com porta de vidro atrás das cortinas e tirou de lá uma espingarda. Com destreza, abriu a culatra, verificando se estava carregada. Seu rosto estava avermelhado por algo que era mais do que raiva, era uma profunda repugnância tribal das pessoas da planície que haviam se instalado a seu redor. "Importa, sim..."

"Senhor Fairfax..." Senti pena dele, ainda segurando sua bandeira vermelha diante do primeiro veículo motorizado, mas eu precisava ir embora. "Podemos chamar um táxi? Tenho que voltar para onde está o meu carro."

"Seu carro?" Fairfax me chamou de lado. Baixou a voz, como se as sombras na praça vazia pudessem ouvi-lo. "Olhe à sua volta, senhor Pearson. Estamos diante de um novo tipo de homem e de mulher — mesquinho, passivo, agarrado a seu cartão de crédito. Eles acreditam em qualquer coisa que gente como o senhor se disponha a dizer a eles. Querem ser iludidos, querem ser enganados, levados a comprar a mais recente porcaria. Foram educados pelos comerciais de tv. Sabem que as únicas coisas de algum valor são as que eles conseguem enfiar numa sacola de compras. Esta é uma área atingida pela peste, senhor Pearson. Uma peste chamada consumismo."

Ainda segurando a espingarda, ele se deu conta de que eu estava esperando junto à porta. Fez uma pausa, conferindo mentalmente a última conta do seu rosário, e então me conduziu para o corredor. Os escritórios estavam vazios, mas vinham vozes de uma sala de reuniões do outro lado do corredor.

"Uma área atingida pela peste", repeti. "Posso lhe perguntar qual é a cura? Imagino que o senhor planeje uma reação."

"Pode acreditar que sim. Vamos reagir. Posso lhe garantir que já começamos..."

Fairfax baixou a voz, mas, quando passávamos pela sala de reuniões, a porta se abriu e a assistente dele, Susan Dearing, olhou em nossa direção. Eu falara com ela durante o funeral, e agora ela parecia constrangida por me ver. Fez menção de falar com Fairfax, mas ele a afastou acenando com a espingarda.

Pela porta aberta vi meia dúzia de pessoas sentadas em volta da mesa de reuniões, cadeiras recuadas como se elas estivessem inseguras umas com as outras. Não reconheci nenhuma delas, embora algo no cabelo rebelde de uma moça de costas para a porta tenha me parecido familiar. Ela vestia um jaleco branco de médico, como uma auxiliar de atendimento supervisionando um encontro de pacientes, mas seu pé direito sapateava nervosamente no assoalho.

Caminhamos até a área da recepção. Não havia ninguém no balcão, e uma moça negra estava sentada num banco, a filhinha dormindo com a cabeça em seu colo. A sra. Christie mal se dava conta da criança; seus olhos, encimando as maçãs do rosto machucadas, fitavam as cenas de caça penduradas nas paredes. Uma das lapelas de seu casaco tinha se descosturado, e sua mão segurava o tecido solto, tentando mantê-lo no lugar. Seu rosto tinha uma aparência castigada, mas ainda resoluta. Ela fora agredida e recebera cuspidas da multidão, mas alguma convicção íntima a mantinha firme. Ao observá-la, ocorreu-me que ela acreditava que seu marido era inocente.

Atrás do balcão da recepção uma passagem estreita levava a uma copa. A sargento Mary Falconer estava em pé junto a um fogão a gás, despejando leite quente de uma panela em duas xícaras.

"Senhor Pearson..." Fairfax me indicou a porta, impaciente para que eu fosse embora. "O senhor vai dirigir até Londres esta noite?"

"Se eu encontrar o caminho. Brooklands parece estar fora de todos os mapas..." Olhei de novo para a sargento Falconer, que estava limpando o leite derramado sobre a boca do fogão, e tentei encaixá-la no quadro maior de eventos que tinham me levado àquela curiosa cidade e àqueles ainda mais estranhos advogados. Chamei um táxi que se aproximava, e enquanto ele parava troquei um aperto de mão com Fairfax. Antes que ele virasse as costas eu disse: "A senhora Christie... ela está sentada lá dentro...?".

"Quem?"

"A senhora Christie. A mulher do homem que matou meu pai. Vocês não a estão representando, estão?"

"Não, não." Fairfax fez um sinal para o motorista do táxi. "Alguém precisa cuidar dela. Ela e a filha são tão vítimas disso tudo quanto o senhor."

"Certo." Desci os degraus e então me virei para olhar para Fairfax. "Uma última pergunta. Duncan Christie atirou mesmo em meu pai?"

Fairfax evitou meus olhos e encarou a cúpula com olhos duros. "Temo que sim. Com certeza parece que sim..."

Foi a única coisa que Geoffrey Fairfax disse que eu me dispus a tomar ao pé da letra.

O Metro-Centre foi diminuindo atrás de mim conforme eu avançava pelas ruas escurecidas, procurando uma placa de sinalização que me orientasse para voltar a Londres. Mas ali junto à M25, no coração do povo da estrada, todas as placas apontavam para dentro, conduzindo o viajante de volta ao ponto de partida. "Portão Sul do Metro-Centre... Centro Comercial Surrey Oeste... Centro de Convenções de Brooklands... Portão Norte do Metro-Centre..."

Eu me perdi, e o guia da Associação do Automóvel que consultei numa encruzilhada deserta me fez ver que eu estava completamente à deriva. Passei por um trecho de hospedagens de qualidade mediana, hipermercados 24 horas cercados por acres de estacionamento iluminado. Eu pensava no meu dia confuso em Brooklands, um catálogo de visitas malogradas. Um pai que eu mal conhecera estava morto, e o lugar de seus últimos dias estava encobrindo suas pegadas e se reorganizando sob a forma de labirinto.

Atravessei o perímetro do velho circuito de corrida de Brooklands. Campos gigantes de concreto negro emergiam da escuridão, uma geometria de sombras e lembranças, um sonho de pedra que nunca teria um despertar. Eu podia quase sentir o cheiro da fumaça de escapamento pairando na bruma e ouvir o rugido de motores robustos, uma visão de velocidade que antecedia em muito as fantasias de espingarda e calça de montaria de Geoffrey Fairfax e seus esquadrões de caça. Abri o vidro do carro para captar os sons em minha cabeça, o estrondo e o ronco dos escapamentos. Mas outro ruído retumbava através do ar da noite, vindo de um estádio de futebol a meia milha de distância. Fachos de luz riscavam o céu noturno, embaçados pelo calor e pela respiração da multidão.

Deixei a pista de corrida no cruzamento seguinte e me juntei ao tráfego que passava pelo estádio. O jogo havia terminado e a multidão inundava as ruas adjacentes. Homens e mulheres vestindo camisetas com a cruz de São Jorge emergiam das saídas e procuravam seus carros estacionados. Bem acima do estádio, os telões se encaravam mutuamente das duas extremidades do campo, enquanto a imagem gigante do comentarista da partida falava sozinha diante das arquibancadas vazias. Fragmentos da sua voz ribombavam acima do tráfego e dos gritos entusiásticos das torcidas rivais. Era um homem bonito, robusto, com um jeito afável de vendedor, um tipo que eu conhecia muito bem de uma centena de lançamentos de produtos, com uma lábia fácil, um sorriso e uma promessa em cada frase bem-acabada.

Um punho golpeou a capota acima da minha cabeça. Os torcedores que atravessavam a estrada batiam na lataria dos carros, compondo um batuque tribal. Três homens vestidos de camisetas com a cruz de São Jorge se postaram na frente do Jensen, obrigando-me a parar enquanto davam palmadas no capô. Duas mulheres os seguiam, trajando as mesmas camisas vermelhoe-branco, de braços dados da maneira mais afetuosa. Estavam todos animados, mas estranhamente ameaçadores, como se celebrassem o futebol como a última esperança de violência da sociedade. Caminharam ao longo da fila de carros estacionados e então entraram num grande BMW. Lançando seus faróis em direção ao batuque selvático, abriram caminho em meio ao tráfego e se afastaram em alta velocidade.

O comentarista nos telões flutuava sobre a noite, a voz ecoando nas arquibancadas vazias. Clipes de lances vigorosos de futebol apareciam em montagem paralela com exibições de banheiras de hidromassagem e fornos de microondas. Ele continuava sua arenga quando tomei o rumo do norte, seu sorriso esmaecendo na bruma das luzes de arco voltaico, autêntico em sua insinceridade.

5. O Metro-Centre

Como todos os grandes shopping centers, o Metro-Centre encobria a inquietude, neutralizava sua própria ameaça e oferecia um bálsamo aos fatigados. Eu estava em pé ao sol a cinqüenta metros da entrada sul, observando os compradores atravessarem o amplo pátio que circundava o shopping, uma vasta praça em forma de anel. Em poucos momentos eles seriam banhados por uma luz mais terapêutica do que qualquer coisa que o sol pudesse lhes oferecer. Ao entrar nesses imensos templos nós nos tornamos jovens de novo, como crianças visitando a casa de um novo colega de escola, uma casa que a princípio parecia ameaçadora. Então uma mãe estranha mas sorridente aparece e deixa à vontade a mais nervosa das crianças com uma promessa de que pequenos divertimentos surgirão ao longo da visita.

Todos os shoppings nos infantilizam sutilmente, mas o Metro-Centre dava mostras de que nos incentivava a amadurecer um pouco. Seguranças uniformizados postavam-se junto à entrada, verificando sacolas e bolsas, uma resposta à tragédia que tinha matado meu pai. Um casal de asiáticos idosos se aproximou da entrada e foi imediatamente cercado por voluntários de camisetas com a cruz de São Jorge. Ninguém falou com os dois, mas eles foram encarados e acuados até que um segurança do Metro-Centre interveio.

Tom Carradine, o gerente de relações públicas que aparecera tão animado no funeral, tinha combinado um encontro comigo no balcão de informações. Agora ele liderava o grupo que prestava assistência aos feridos e aos parentes das vítimas. Um mapa impresso que lembrava um novo folheto de propaganda de ações chegara por meio de um mensageiro especial, destacando os muitos descontos e promoções disponíveis nas lojas do Metro-Centre, todos numa escala que sugeria fortemente que a morte de alguém num ataque terrorista propiciava o máximo de vantagens.

Depois de voltar a Londres eu dormira um sono intranqüilo em meu apartamento em Chelsea e fora acordado por um telefonema matinal de Tom Carradine. Ele estava prestativo e atencioso, ansioso para me contar tudo o que sabia sobre as circunstâncias da morte de meu pai. Estava no mínimo entusiástico demais, falando sobre ângulos de tiro e velocidades de projétil, como se descrevesse um jogo de computador que não funcionara direito. Ele me contou que a audiência com os magistrados fora adiada para o dia seguinte, por causa da extensão dos ferimentos de Christie durante sua detenção e dos temores quanto à segurança depois dos tumultos na delegacia de polícia.

Passei o dia andando de um lado para outro no apartamento, irritado com seus cômodos silenciosos. Àquela altura eu havia decidido que estaria presente no tribunal. Tom Carradine me levaria a uma excursão pelo Metro-Centre e eu então veria Christie ser entregue à justiça. Eu já estava inseguro a respeito de tudo — a visão da sra. Christie na recepção do meu representante legal, a sargento Falconer esquentando leite para a filha

54

da mulher, o comportamento agressivo de Fairfax, praticamente me acusando de ser responsável pelo gigantesco shopping na porta de sua casa. No mínimo, a ordem de prisão de Christie iria traçar uma linha firme por baixo de toda aquela irrealidade suburbana.

Virando as costas para o sol, subi os degraus da entrada sul. À minha frente havia uma cidade em plataformas, com séries de ruas suspensas alcançadas por escadas rolantes e elevadores envidraçados. Uma corrente de água gasosa marcava o limiar do saguão de entrada, borbulhando sob pequenas pontes que levavam a jardins ornamentais em miniatura, cada um deles um Éden prometendo uma experiência mais significativa que o autoconhecimento ou a vida eterna. Guardas internos patrulhavam a área, e funcionários recrutavam num balcão voluntários para ingressar na força de segurança do Metro-Centre.

Quando passei pelo balcão, um segurança me ofereceu um folheto que conclamava cada cliente a se tornar um dos olhos e ouvidos do shopping center. Dois homens de meia-idade, um trio de secretárias em horário de folga e vários rapazes com bonés de beisebol preencheram seus formulários e receberam distintivos para pregar em suas lapelas. Uma voz de locutor se sobrepunha de quando em quando à música de fundo para enfatizar que reinava ali uma segurança de aeroporto.

Surpreendentemente, ninguém se constrangia com os guardas uniformizados e seus auxiliares voluntários. Enquanto a música marcial ressoava, eles endireitavam as costas e caminhavam com mais altivez, como londrinos durante os bombardeios. Diante de mim estava um casal com uma criança no carrinho, e sem perceber eu me vi caminhando lado a lado com eles.

Interrompendo o passo, fiz uma pausa numa das pontes e notei que a tinta branca do corrimão estava começando a descascar. A corrente que fluía entre as pedras artificiais tinha perdido sua direção. Redemoinhos de espuma giravam a esmo, exaustos pela tentativa de retornar ao canal principal. Até mesmo o assoalho do saguão de entrada, castigado por cem mil saltos de sapato, revelava algumas rachaduras.

Apesar desses presságios, Tom Carradine estava incansavelmente otimista. Mal saído da adolescência, era sorridente, afável e esmagadoramente determinado. Quando ele emergiu da multidão e apertou minha mão, adivinhei que eu era o primeiro parente de vítima a visitar o Metro-Centre, e que ele já decidira como fazer de minha visita um sucesso.

"Estamos contentes de tê-lo conosco, senhor Pearson." Ele apertou minha mão calorosamente, agradecido pelo fato de eu ter cruzado um deserto para chegar àquele oásis de ar-condicionado. "Esperamos que nos visite outras vezes. Aqui no Metro-Centre temos uma grande fé no futuro."

"Eu também, Tom..."

Ele me conduziu em direção a uma esteira rolante nas proximidades e fez um gesto de aprovação quando pisei nela sem cambalear. Acenou alegremente para os clientes, as mãos marcando no ar o ritmo da música. A intervalos de exatos quinze segundos ele me lançava um enorme sorriso, como uma luz de segurança iluminando uma garagem subterrânea.

"Gosto dessa música", comentei. "Embora talvez ela seja um pouco marcial demais. Em alguns momentos dela sou capaz de ouvir a canção de Horst Wessel."*

"É bom para o moral", explicou Carradine. "Gostamos de manter as pessoas animadas, sabe...?"

"Sei. O movimento chegou a cair... depois da matança?"

Carradine franziu o cenho, incapaz de apreender o con-

---

* Canção de Horst Wessel ou *Horst Wessel Lied*: o hino do Partido Nazista alemão, composto por Horst Wessel, um de seus primeiros militantes. (N. T.)

ceito de um declínio nas vendas, qualquer que fosse a causa. "No início, só um pouquinho. Por respeito, claro. Mas nossos clientes estão nos dando um apoio maravilhoso."

"Eles têm colaborado?"

"Totalmente. Se houve algum efeito, acho que foi o de nos unir. Sei que o senhor fica satisfeito em ouvir isso, senhor Pearson."

Falava com vigor, fitando meus olhos sem piscar. Eu tinha certeza de que ele desconfiava de mim, acima de tudo por ter um pai que se permitira ser morto, como o membro de uma congregação com o mau comportamento de cair morto ao lado do altar no meio de uma cerimônia litúrgica. A morte não tinha lugar no Metro-Centre, que abolira o tempo e as estações, o passado e o futuro. Ele provavelmente sabia que eu era hostil ao shopping, mais um esnobe de classe média que odiava o brilho, a confiança e a oportunidade quando eles eram levados muito ao pé da letra pelas camadas inferiores.

Num tom quase combativo, ele me despejou uma arenga de guia turístico, descrevendo as dimensões imensas do Metro-Centre, os milhões de metros quadrados de espaço de compras, os três hotéis, os seis cinemas e os quarenta cafés. "O senhor sabia", concluiu, "que temos mais espaço de lojas do que a cidade de Luton inteira?"

"Estou impressionado. No entanto..." Apontei para as lojas dos dois lados da esteira rolante, cheias de marcas familiares de jóias, câmeras e aparelhos elétricos. "...Vocês vendem as mesmas coisas."

"Mas elas parecem diferentes." Os olhos de Carradine pareciam faiscar. "É por isso que os nossos clientes vêm aqui. O Metro-Centre cria um novo clima, senhor Pearson. Temos êxito naquilo em que o Greenwich Dome fracassou. Este não é apenas um shopping center. Está mais para uma..."

"Experiência religiosa?"

"Exatamente! É como ir à igreja. E você pode freqüentar todo dia e levar alguma coisa para casa."

Seus olhos reviravam para cima enquanto ele ouvia o eco de suas palavras no interior da cabeça. Mal se tornara um adulto e já era um fanático de meia-idade em formação. Imaginei que ele não tinha vida alguma fora do Metro-Centre. Todas as suas necessidades emocionais e seu senso de identidade eram satisfeitos por aquele imenso espaço de compras. Era inocente e entusiástico, cumprindo um noviciado que nunca teria fim. E eu ajudara a criá-lo.

A esteira rolante chegou ao final de sua jornada, levando-nos ao coração do Metro-Centre. Estávamos agora no átrio central, um pátio circular onde os consumidores caminhavam para as escadas rolantes que os levariam aos pisos superiores de lojas. Uma aura difusa preenchia o espaço perfumado, mas de quando em quando o raio de um holofote escondido atingia meu olho. Eu sentia que estava no palco de uma vasta casa de ópera, cercado por um balcão e uma galeria superior lotados de espectadores. Tudo parecia dramatizado, cada gesto e pensamento. A geometria fechada do Metro-Centre infundia uma intensa autoconsciência em cada comprador, como se fôssemos extras no drama musical em que o mundo se transformara.

"Tom? O que é isso?"

Carradine me dera as costas. Estava contemplando um dos elevadores de vidro que subiam aos andares mais próximos de onde estávamos. No terceiro piso, entre o elevador e o parapeito do corredor de pedestres, estava a portinhola aberta de um dispositivo contra incêndio, o bocal de metal de uma poderosa mangueira apontado em nossa direção. Desconfortável por estar comigo, Carradine abotoava e desabotoava seu paletó. Concluí que havia sido daquela posição de franco-atirador que meu pai e as outras vítimas tinham sido alvejados, entre as vitrines de meias e cosméticos, as casas de vinhos clássicos e as lojas de laptops.

58

Surpreendentemente, agora que eu estava ali, no centro do palco da matança, eu me sentia completamente calmo. Envolvido por aquela caverna de tesouros transitórios, guiado por aquele homem de relações públicas, a morte perdera seu poder de ameaça, medido em nada mais temível que tamanhos de bustos e quantidades de quilobaites. A raça humana caminhava como sonâmbula para o oblívio, pensando apenas nos logos e marcas que cobriam sua mortalha.

"Senhor Pearson? Desculpe, eu não estava pensando..."

"Tudo bem, Tom. Não precisa se preocupar." Procurando tranqüilizar o jovem gerente, pousei uma das mãos em seu ombro. "A portinhola no terceiro andar. Presumo que os tiros tenham vindo de lá, não?"

"Correto." Carradine se recompôs com um visível esforço de vontade. Endireitou o pescoço e respirou profundamente por cinco segundos. Nada em seu treinamento o preparara para aquela reconstrução. Falou rapidamente, como se estivesse lendo um comunicado à imprensa: "Duas saraivadas de tiros, às duas e dezessete da tarde, antes que qualquer pessoa pudesse se dar conta do que estava acontecendo. Testemunhas dizem que todo mundo parou e ficou escutando os ecos, pensando que eram novos tiros".

"E aí?"

"E aí? Pânico total. Todas as escadas rolantes que desciam ficaram lotadas, as pessoas nos pisos superiores se acotovelavam para entrar nos elevadores. Levamos três dias para identificar todas as sacolas de compras deixadas para trás. O senhor pode imaginar a cena, senhor Pearson."

"Infelizmente, posso."

"Duas pessoas morreram instantaneamente — a senhora Holden, uma aposentada local, e o senhor Mickiewicz, um visitante polonês. Seu pai e quinze outras pessoas ficaram feridas."

Carradine cerrou os punhos, ignorando os clientes que paravam para ouvi-lo, achando que ele comandava uma visita guiada. "Estava tão apinhado, senhor Pearson. O senhor deve compreender que o atirador não tinha como errar."

"Essa deve ter sido a idéia. O pico da hora do almoço." Olhei em volta do saguão e imaginei um atirador abrindo fogo ao acaso. "O surpreendente é que mais gente não tenha sido atingida."

"Bem..." Carradine assentiu pesarosamente com a cabeça quando uma mulher de meia-idade com duas pesadas sacolas de compra se adiantou para sussurrar-lhe alguma coisa. "Os ursos foram atingidos."

"Ursos?"

"Os Três Ursos... os mascotes do Metro-Centre. As pessoas ficaram muito abaladas..."

Carradine apontou para o centro do saguão. Sobre um pedestal circular havia três ursinhos gigantescos. O pai-urso tinha pelo menos cinco metros de altura, seu torso roliço e seus membros cobertos por um lustroso pêlo marrom. Mamãe-urso e bebê-urso estavam atrás dele, as patas erguidas para os compradores, como se estivessem prestes a fazer um anúncio aos clientes a respeito do estoque de mingau de aveia.

"Impressionante", eu disse. "Muito parecidos com os de verdade. Parece que são capazes de falar."

"Eles não falam, mas se movem. Dançam ao som de música. 'Rudolf, a rena de nariz vermelho', era a favorita deles." Sobriamente, Carradine acrescentou: "Desligamos os motores. Em consideração...".

"Muito sensível de sua parte. E os ursos foram atingidos? Fico contente que não tenham sido feridos seriamente."

"Foi por pouco." Carradine apontou para o abdome redondo da mamãe-urso e para a orelha esquerda do papai-urso. Quadrados de pêlos mais escuros tinham sido costurados sobre o tecido original, dando a ambas as criaturas um aspecto um tanto amarrotado, como se eles tivessem tido um entrevero sobre a mesa do café-da-manhã. "Nossos clientes ficaram muito aborrecidos. Mandaram centenas de cartas, de cartões com votos de melhoras..." Sem nos dar conta, tínhamos caminhado até os ursos. Notei os cartões que decoravam o pedestal, muitos deles com mensagens escritas em caligrafia adulta. Havia flores, uma fileira de ursinhos em miniatura, um deles vestindo uma minúscula camiseta com a cruz de São Jorge, e uma dúzia de potes de mel e melado.

Ouvindo minhas próprias palavras, eu disse: "É quase um santuário".

"Com certeza."

"Vamos sair daqui." Sinalizei a Carradine para nos afastarmos do trio estofado, embora estivesse consciente de que a minha comiseração pelos ursos tinha nos aproximado. "É uma pena o que houve com os ursos, mas eles parecem estar sendo bem tratados. Agora me diga, qual dessas escadas rolantes meu pai tomou?"

"Ele não tomou nenhuma escada rolante, senhor Pearson."

"A sargento Falconer disse que ele estava subindo para o terceiro piso. Ele comprava seu tabaco numa loja..."

"Na Dunhill's. Mas não naquela manhã. Ele subiu as escadas para a área de exposições."

O balcão de um mezanino se projetava acima do saguão, entre o térreo e o primeiro andar, e a ele se chegava por uma escadaria com corrimões brancos. Havia uma plataforma de observação onde os clientes podiam descansar e espiar as multidões lá embaixo. Uma parte do mezanino era uma galeria pública, coberta de dioramas de novos condomínios residenciais e parques de ciência.

"Doamos o espaço para negócios locais", explicou Carradine. "Faz parte do nosso programa de educação pública."

"Que louvável iniciativa." Esperei que Carradine respirasse profundamente. "Agora me diga, onde meu pai foi atingido?" Sem dizer nada, Carradine apontou para a plataforma de observação. Tinha começado a suar copiosamente e abotoou o paletó, tentando esconder a mancha de umidade sob a gravata. Ficou me olhando com firmeza enquanto eu escalava a dúzia de degraus até a plataforma, então se virou e fixou o olhar nos ursos gigantes.

Fiquei em pé na plataforma, quase esperando ver manchas do sangue de meu pai no chão metálico. Ele passara seus últimos momentos apoiado no parapeito, descansando de sua caminhada até o Metro-Centre. A portinhola do dispositivo contra incêndio estava a pouco mais de seis metros de distância, e eu tentei imaginar uma bala atravessando minha cabeça. Seguindo sua possível trajetória, notei um sulco raso no parapeito. A escadaria tinha sido repintada, mas eu coloquei meu dedo no sulco, tomando a última pulsação da vida de meu pai, um contato final com um homem que eu nunca conheci.

"Senhor Pearson... está tudo bem?" Carradine ficou aliviado com o fim da excursão, uma provação que ele claramente não havia previsto. "Se formos até a minha sala..."

"Estou bem. Você fez por merecer um bom trago. Antes, porém, preciso dar uma olhada do ponto de vista do controle de incêndio."

"Senhor Pearson? Não é uma boa idéia. Talvez o senhor ache..."

Segurei seu cotovelo e o fiz virar de modo que ficasse de frente para os ursos. Um técnico estava trabalhando no painel de instrumentos embutido no pedestal, e a mamãe-urso teve uma contração nervosa, como que se esquivando de uma nova bala. Eu disse: "Preciso ver o quadro todo. Meu pai morreu na sua loja, Tom. Você deve isso a mim e aos ursos".

Entramos no estreito cubículo atrás da mangueira de incêndio, junto à bomba de alta pressão e aos cilindros dos extintores. A mangueira servia para lançar uma torrente de espuma nos corredores de pedestres e abafar o fogo de escombros incandescentes que caíssem do teto. Debruçado sobre a portinhola aberta, eu podia ver a plataforma de observação, o balcão do mezanino e todo o saguão.

"Ótimo. Então me diga, Tom, como Christie entrou aqui?"

Carradine endireitou seu corpo atormentado. O suor de suas mãos deixava marcas úmidas na parede de metal. "As brigadas antiincêndio têm cartões magnéticos. Christie deve ter roubado um do vestiário delas."

"É um milagre ele ter conseguido chegar aqui." Tínhamos saído de um labirinto de corredores de serviço, túneis e elevadores de carga. "Não é fácil de achar. Christie tinha algum amigo aqui dentro?"

"Impensável, senhor Pearson." Carradine me encarou, chocado com a idéia. "Christie é muito esquivo. Ele estava sempre perambulando por aí."

"De todo modo, ninguém o viu de fato disparar a arma. Como ele conseguiu introduzi-la aqui?"

"A sargento Falconer me disse que ele a escondeu atrás dos extintores."

"A sargento Falconer? Para alguém tão rígido, ela se apressa em..."

"Duas mulheres que saíam do banheiro das funcionárias

viram Christie correr para a saída de emergência. Várias pessoas o reconheceram no estacionamento."

"Todas o conheciam?"

"Ele é um encrenqueiro local, um tipo muito desagradável."

"Esse é o problema." Tirei a arma de espuma de suas argolas, apontando o cilindro de metal para os ursos. "Toda aquela gritaria, todo aquele pânico... Qualquer um que saísse correndo pareceria um assassino. Especialmente o desajustado local."

"Ele é o culpado, senhor Pearson." Carradine sacudiu afirmativamente a cabeça com vigor, sua confiança voltando. "Eles o condenarão."

Baixei os olhos para o mezanino, perguntando-me o que teria levado meu pai ao estande de uma incorporadora de imóveis. Depois do espaço de exposição, separado deste por grades cromadas e um portão de segurança, ficava um pequeno estúdio de televisão. Havia uma área de visitas com sofás de couro preto e um círculo de câmeras e refletores em torno da mesa de um apresentador e das banquetas dos convidados.

"Programa de assuntos dos consumidores", explicou Carradine. "É muito popular. Os consumidores vêm, falam sobre suas experiências nas compras. O Metro-Centre tem seu próprio canal a cabo. À noite temos índices de audiência mais altos do que os da BBC2."

"As pessoas vão para casa e assistem a programas sobre compras?"

"Mais do que compras, senhor Pearson. Assuntos de saúde e estilo de vida, esportes, temas da atualidade, preocupações locais cruciais, como procura de asilos..."

Um monitor na sala de controle se acendeu, e um rosto familiar apareceu, com o mesmo bronzeado profundo e o mesmo sorriso solidário que eu tinha visto nos telões do estádio de futebol.

O rosto nos seguiu até a cúpula, seu charme bronzeado fulgindo na tela de televisão na sala de Carradine, um espaço sem janelas nas profundezas da área administrativa. Enquanto eu sorvia um expresso duplo, contente em afundar meu nariz em seu vapor tranqüilizador, Carradine vasculhava as fotos que tinha tirado de seu arquivo de pastas.

Ele e seus assistentes tinham passado horas a fio suprimindo todas as imagens de manchas de sangue e rostos em pânico. As fotos que ele me passava, obtidas pelas câmeras de segurança, mostravam uma retirada tão calma e heróica como a de Dunquerque, jovens clientes ajudando os mais velhos, pessoal uniformizado conduzindo crianças a seus agradecidos pais. Sacos de compras rasgados, alimentos esparramados, uma criança de três anos berrando, com o rosto sujo de sangue, tudo isso tinha sido limado e relegado à vasta amnésia que o mundo do consumo reservava ao passado. No balcão de vendas, a maior confrontação da raça humana com a existência, não havia ontem, nem história a ser revivida, apenas um intenso presente transacional.

Deixei as fotos sobre a escrivaninha de Carradine e me voltei para a tela de televisão onde o bronzeado apresentador estava entrevistando donas de casa sobre suas experiências com uma nova bandeja sanitária para gatos. Imaginei que o clipe gravado não seria levado ao ar.

"Eu já o vi antes", contei a Carradine. "Anos atrás. *EastEnders, The Bill.** Ele costumava encarnar pedófilos e viúvos que tinham assassinado suas esposas... com aquela ligeira insinceridade."

---

* *EastEnders* (1985) e *The Bill* (1984): conhecidas séries da TV inglesa. (N. T.)

65

"David Cruise." Ao som do nome, Carradine endireitou os ombros. "Ele dirige o canal a cabo do Metro-Centre. É muito popular, nossos clientes gostam dele."

"Não duvido." Ele estrelou alguns lançamentos de produtos para nós. Eu me lembro do comercial de um novo microcarro exibido nos cinemas. Ele era grande demais para caber no carrinho e tivemos que dispensá-lo. A tela de televisão é do tamanho certo para ele."

"Ele é bom. Estamos felizes que esteja aqui. O presidente do eleitorado local acha que ele daria um bom parlamentar."

"Daria, sim. A política atual é feita sob medida para ele. Sorrisos vazando para todo lado, música relaxante, a campanha de vendas que não precisa de um produto. Até mesmo a insinceridade. As pessoas gostam de ser tapeadas. Isso as faz lembrar que tudo é um jogo. Com todo o respeito..."

Houve uma rápida batida na porta e a secretária de Carradine entrou na sala. Quase às lágrimas, ela falou a Carradine com urgência e em seguida ficou parada à porta enquanto ele apanhava o telefone.

"Christie? O que é que você está dizendo?" Enquanto ouvia, ele golpeava a boca com a palma da mão. "Quando? O tribunal? O senhor Pearson está aqui. Como vou explicar uma coisa dessas?"

Segurou o fone com uma das mãos e desligou o aparelho cuidadosamente com a outra, olhando fixamente as fotos sobre a escrivaninha.

"Tom? Qual é o problema?" Dei a volta na escrivaninha. "Notícias de família?"

"Sua família." Carradine apontou o fone para mim. "Duncan Christie."

"Que houve com ele? Morreu? Não me diga que ele se enforcou na cela?"

"Está vivo." Carradine deu um passo para trás, tentando deixar o maior espaço possível entre nós. Olhou-me cara a cara, em dúvida se eu seria capaz de lidar com as notícias que tinha para mim. Pela primeira vez ele não parecia mais um adolescente. "Muito vivo. Havia uma audiência especial esta manhã. Acabou agora. O magistrado livrou-o das acusações. Decidiu que não havia caso algum a ser julgado."

"Como assim? Não acredito." Tomei o fone da mão de Carradine e o apertei com força na base, tentando silenciar aquele oráculo absurdo. "É um embuste. Ou um erro monumental, uma asneira judiciária. Estão falando de um caso diferente."

"Não. É Duncan Christie mesmo. A Promotoria da Coroa não ofereceu evidência alguma. A polícia retirou as acusações. Três testemunhas se apresentaram, dizendo que viram Christie no hall da entrada sul no momento em que os tiros foram disparados. Elas o identificaram numa fileira de homens na polícia. Christie não estava nem próximo do mezanino. Sinto muito, senhor Pearson..."

Virei-lhe as costas e fitei o apresentador que ainda sorria e seduzia suas donas de casa. Eu me sentia atordoado, mas notei que David Cruise preferia seu perfil esquerdo, que escondia o início de calvície acima de sua têmpora direita. De um jeito quase tranqüilizador, sua presença suave e insinuante oferecia a única realidade no mundo absurdo que a morte de meu pai e o Metro-Centre tinham criado em conjunto.

6. Indo para casa

Eu esperava encontrar uma multidão ruidosa diante do tribunal, mas a polícia era mais numerosa que os poucos espectadores. Transeuntes paravam por um momento na calçada oposta, mas os últimos fotógrafos já recolhiam seu equipamento, privados de seu alvo. Sintonizando no rádio do carro o noticiário local, no caminho do Metro-Centre até ali, ouvi a confirmação da notícia. Batuquei com os punhos no volante, certo de que a lei tinha tropeçado nas próprias pernas. Eu tinha visto Christie de perto o bastante para poder esmurrá-lo, e sua cabeça indolente e seus olhos inconstantes, numa visível tentativa de escapar de si mesmo, me convenceram de que ele era culpado. De algum modo eu tinha de reverter aquela decisão despropositada e ridícula. O grande vazio deixado em minha vida pelo assassinato de meu pai tinha sido invadido agora por outro vazio.

Deixei o Jensen num trecho marcado com dupla faixa amarela, acenando ao policial que cautelosamente não disse nada quando passei por ele. Eu subia a escadaria do tribunal quando vi a sargento Falconer emergindo das portas. Ela me reconheceu e começou a virar o rosto, simulando ajeitar o cabelo. Incapaz de escapar, ela se recompôs e tomou meu braço com um vigoroso aperto.

"Senhor Pearson...?" Sua mente parecia a milhas de distância, mas ela me conduziu até o saguão, passando por três guardas que oscilavam sobre os calcanhares. "O senhor ouviu? Aqui dentro é mais silencioso. O público..."

"Não se preocupe, foram todos fazer compras. Ninguém parece aborrecido nem mesmo surpreso."

"Acredite em mim, é uma surpresa completa." A sargento Falconer estudou meu rosto, aliviada por me ver à beira da raiva, uma emoção com a qual seu treinamento a ensinara a lidar. Levou-me até um banco. "Vamos nos sentar aqui. Farei o possível para lhe dar todos os detalhes."

"Podemos entrar? Consciência cívica, essas coisas todas. Todo mundo deveria observar um erro judicial."

"O tribunal está fechado." Ela sorriu de um jeito fraternal e tocou meu braço. "O senhor Christie deve sair logo. Está tudo certo...?"

"Ótimo. Ele é inocente, não é?" Fiquei vendo os guardas saltitarem escadas abaixo, os cassetetes relutantemente embainhados, como vendedores despojados de seus fregueses. Sem pensar, eu disse: "A polícia vende violência".

"O quê?"

"A idéia de violência." Ri comigo mesmo. "Desculpe, sargento."

"O senhor está aborrecido. É compreensível."

"Bem..." Eu me acalmei, tocado por seu interesse pessoal. "Meia hora atrás eu estava seguro sobre quem tinha matado meu pai, e sobre qual era a razão. Um doente mental com rancor contra um shopping center. Agora, de repente, é um mistério de novo. Brooklands, a M25, essas cidades de beira de estrada. São lugares para lá de estranhos. Nada é o que parece ser." "É por isso que as pessoas se mudam para cá. Os subúrbios abastados são o último grande mistério." "E é por isso que você está indo embora?" Tomei sua mão, surpreso com seu calor quase febril. Havia uma cicatriz de operação no nó de seu dedo anular, o traço de uma velha lesão do tendão produzida por algum arruaceiro com uma garrafa de cerveja. Ou será que um tenaz anel de noivado tinha sido removido cirurgicamente, como se seu corpo se apegasse a uma paixão que sua mente reprimia? A sargento Falconer era reservada e defensiva, e não apenas quanto à confusa investigação policial sobre a morte de meu pai. Eu sabia que ela queria me ver longe dali, são e salvo de volta à área central de Londres, mas eu sentia que ela própria desejava estar longe dali, liberta da teia que se estendia a seu redor.

"Senhor Pearson? O senhor caiu no sono por um momento."

"Certo. Desculpe. Essas testemunhas que se apresentaram — quem são elas? Ecologistas, protetores dos animais, hippies maconheiros? Imagino que sejam amigos de Christie. Até que ponto são confiáveis?"

"São totalmente confiáveis. Nada de ecologistas nem de hippies. São pessoas de boa posição. Profissionais respeitáveis locais: um médico do Brooklands Hospital, um professor-chefe, o psiquiatra da unidade de custódia que cuidou de Christie."

"O psiquiatra dele próprio?"

"Todos eles o viram no hall da entrada sul enquanto ouviam os disparos. Christie estava a poucos metros de distância deles."

"Eles reconheceram Christie? E o que me diz das testemunhas anteriores?"

"Não confiáveis. Uma ou duas pessoas o viram atravessar correndo o estacionamento, mas àquela altura todo mundo estava correndo para fugir."

"Então..." Inclinei minha cabeça para trás num gesto de pura fadiga e fitei o teto opressivo. "Se Christian não matou meu pai..."

"Outra pessoa o matou. O Departamento de Investigações Criminais de Brooklands está trabalhando vinte e quatro horas por dia nisso. Nós o encontraremos. Volte para Londres, senhor Pearson. O senhor não conhecia de verdade seu pai. É tarde demais para começar a criar uma lembrança de toda a vida dele."

"Isso é um tanto rude de se dizer, sargento. Sempre houve uma lacuna na minha vida, e agora estou tentando preenchê-la. Uma última coisa. Vi você no escritório de Geoffrey Fairfax depois do tumulto na delegacia. Ele leu o testamento de meu pai e me orientou quanto a seu patrimônio. Quando eu saí de lá, você estava esquentando leite para a filha da senhora Christie."

"E o que tem isso?" A sargento Falconer me olhou com a maior frieza. "Eu fazia parte da equipe de proteção à infância designada para a família de Christie."

"No escritório de Fairfax?" Ergui minhas mãos no ar. "Ele disse que não representava Christie mais. Mas ainda está dando abrigo à mulher de um assassino."

"O senhor Fairfax a ajudara antes. Com dinheiro para pequenas despesas, contas de hotel. Pagou para que ela viajasse com a filhinha no feriado. É o que se chama caridade, senhor Pearson. As pessoas bem de vida em Brooklands ainda tentam ajudar os menos afortunados."

"Decente da parte delas. Embora Geoffrey Fairfax não me pareça ser do tipo caridoso. Exército Territorial, praticante de caça à raposa, espingarda junto à escrivaninha. Pelo que vi, é meio que um capanga fascista. Como é que ele pôde representar alguém como Duncan Christie?"

"Advogados representam as pessoas mais estranhas, senhor Pearson. Não há conflito algum de interesse."

"Exatamente. Fairfax sabia que Christie não seria incriminado."

"O que o senhor está insinuando?" A sargento baixou a voz.

"Uma armação envolvendo o tribunal?"

"Não uma armação. Mas Fairfax tinha confiança de que a acusação contra Christie seria retirada. Caso contrário ele teria passado o patrimônio de meu pai para outra firma de advocacia."

"Então como ele sabia?" A sargento Falconer falava de modo casual, mas com cuidadosa ênfase. "Hein, senhor Pearson?"

"Não sei dizer. Mas alguma coisa nisso tudo me parece mais do que só um pouco peculiar..."

A sargento Falconer se levantou quando seu celular tocou. Ela atendeu rapidamente e em seguida falou com os guardas na porta. Voltando-se para mim, sorriu e acenou animadamente para que eu me levantasse.

"Volte para Londres, senhor Pearson. Procure seu agente de viagens. Sinto muito quanto a seu pai, mas se o senhor mexer demais nas coisas vai acabar criando mil complôs e conspirações. Senhor Pearson...?"

Fiquei observando-a enquanto ela aguardava uma resposta minha. Estava quase trêmula de impaciência para que eu fosse embora. De algum modo eu havia desestabilizado o edifício periclitante que ela construíra a seu redor em Brooklands, um castelo de cartas de compromissos e meias-verdades que ameaçava desabar sobre ela. Eu já sentia que, tanto quanto eu, ela era um peão naquele jogo. Geoffrey Fairfax desejara que eu a visse na copa de seu escritório, assim como desejara que eu visse a sra. Christie sentada na recepção.

Estalando os dedos, a sargento Falconer me virou as costas quando uma van azul sem identificação parou diante do tribunal. O motorista fez um sinal para os guardas na escadaria. Portas bateram num corredor próximo e um grupo de guardas em camisas de mangas curtas percorreu rapidamente o hall, escoltando um homem que eles empurravam em direção à entrada.

Reconheci Duncan Christie, o rosto ainda machucado e de barba por fazer, camisa branca abotoada até o pescoço, braços seguros pelos guardas. Levando em conta toda aquela urgência, Christie parecia relaxado, sorrindo com a arrogância bem-humorada de um futebolista milionário absolvido da acusação de furtar em lojas. Atrás dele estava sua esposa, ainda em sua jaqueta vermelha de sarja, a lapela rasgada presa por um alfinete de segurança. A sargento Falconer se enfiou no meio do bolo, segurou a sra. Christie e conduziu-a escada abaixo.

Mas pelo menos Christie tinha me visto. Quando se aproximava da van ele se libertou com um safanão dos guardas antes que estes o jogassem dentro do carro. Ignorando sua esposa, ele agarrou o braço da sargento Falconer e apontou para mim, em pé sozinho do lado de fora do tribunal.

Caminhei até meu carro, acenando para o guarda de trânsito que havia colocado uma notificação de multa no meu limpador de pára-brisa e esperava para ver como eu reagiria. Uma vez na vida, eu estava pensando em assuntos ainda mais urgentes do que multas de estacionamento proibido. Ao dar a partida no carro eu já havia tomado minha decisão. Em vez de voltar a Londres eu me tornaria um morador temporário de Brooklands. Aquelas ruas suburbanas junto ao Metro-Centre e à M25 eram o tabuleiro de xadrez por onde estava se movendo o assassino de meu pai. Eu não confiava na polícia, que logo perderia interesse no caso. Tinham prendido o homem errado e podiam muito bem fazer isso de novo. A sargento Falconer fizera o possível para me confundir, mas o Metro-Centre parecia desorientar todo mundo que estava à sua sombra.

Eu podia ter ficado sozinho na escadaria do tribunal, mas tinha um importante aliado: meu pai. Ao chegar mais perto dele eu começaria a ver Brooklands através dos seus olhos. Moraria em seu apartamento, cozinharia em sua cozinha e talvez até dormisse em sua cama. Ele e eu estávamos juntos agora, e ele me ajudaria a encontrar seu assassino.

Eu estava indo para casa.

Afastei o carro do meio-fio, os olhos fixos no espelho retrovisor. Trinta metros atrás de mim, também estacionado numa dupla faixa amarela, mas livre da vigilância do guarda de trânsito, estava um Range Rover familiar, pára-choque e calotas salpicados com a melhor lama de Surrey. Movido pela curiosidade, fiz um giro brusco de 180 graus e passei de novo em frente ao tribunal.

Geoffrey Fairfax estava sentado ao volante, a cabeça parcialmente escondida por um exemplar de *Country Life*, um advogado vigiando cuidadosamente seu cliente.

7. Cobras e escadas*

As cobras no tabuleiro de Brooklands apenas fingiam estar dormindo, e as escadas levavam a qualquer parte. Destranquei a porta da frente e entrei no apartamento escuro, pousando minha mala no chão. Ao meu redor estavam os poucos cômodos, os agora silenciosos espaços da vida de meu pai, ainda menos familiares do que tinham me parecido quatro dias antes. Eu me senti como um estudante retornando depois de um ano numa universidade estrangeira, perturbado pelas estranhas formas dos cômodos na casa da família.

Ninguém estava ali para me receber, abrir uma garrafa de champanhe ou me dar as chaves do meu primeiro carro esporte. Mas havia boas-vindas de uma outra espécie. Reconheci o aroma de meu pai no ar, o hálito suave de um velho, o cheiro doce e penetrante de tabaco impregnado nas cortinas e tapetes.

Uma presença que eu mal conhecia já estava se instalando

---

* No original, *snakes and ladders*, jogo infantil jogado com um tabuleiro e dados. (N. T.)

à minha volta. Será que eu deveria dormir na cama de meu pai? Hesitei antes de entrar em seu quarto. Dormir em seu colchão, com a cabeça em seu travesseiro enquanto sonhava com ele, era proximidade demais para ser confortável. Deixei minha mala no vestíbulo e abri as cortinas, consciente de que luz diurna em demasia abalaria os fantasmas.

Na estante de livros ao lado da cama havia uma prateleira de diários de bordo traçando seus deslocamentos pelo globo. Havia biografias de pilotos de testes dos anos 1960, publicadas reservadamente por companhias aéreas do passado — Fairey, De Havilland, Avro —, autografadas e dedicadas ao meu pai: "Para Stuart, que sempre manteve a velocidade de vôo...".

Espantosamente, havia um exemplar de *Terra dos homens*, de Saint-Exupéry, com dedicatória de minha mãe, enviado a ele dois anos depois do divórcio, uma tentativa desesperada de chegar até ele. Enquanto ela morava comigo em nossa casa grande mas escassamente mobiliada, com o Mercedes de segunda mão e a necessidade de manter as aparências a todo custo, a vida de meu pai deve ter parecido glamorosa e sem esforço, com horizontes exóticos surgindo como numa série interminável de filmes de viagem.

Antes de explorar a cômoda dele, servi-me de uma pequena dose de uísque. Todo mundo tinha uma vida sexual, e seus pequenos hábitos pessoais, nem todos agradáveis. Mas não havia nada na estante ao lado da cama, a não ser um frasco de colírio e uma cartela de betabloqueador, com sua fileira de furinhos terminando na manhã de sua morte. Não havia comprimidos para dormir nem tranqüilizantes. O velho piloto dormia com facilidade, e o sono era algo a ser resolvido rapidamente. Meu pai tinha sido um homem que queria permanecer acordado.

Levei minha mala até o segundo quarto e abri as janelas com sua vista para o Metro-Centre. A presença do shopping era curiosamente convidativa, cheia daqueles tesouros que eu passara a infância cobiçando. A despeito de nossa casa grande e do Mercedes, o lar que minha mãe fez para nós era desolado. Raramente alguma coisa nova entrava em nossa vida. Nós nos virávamos com um televisor velho, um relógio elétrico que tentava bravamente adivinhar a hora e um sistema de aquecimento central que gemia sem parar. Lojas e casas de departamentos eram lugares de magia. Eu vivia mostrando a minha mãe propagandas de novas torradeiras elétricas e máquinas de lavar, na esperança de que elas aliviassem o fardo da existência para ela. Até mesmo meus presentes eram racionados. Uma parte dos presentes de aniversário que me eram enviados pela irmã dela e amigos era cuidadosamente posta de lado e trancada no armário para uso futuro, de tal modo que eu ficava sempre grande demais para meus presentes.

Surpreendentemente, acabei me tornando um tanto espartano quando adulto, vivendo em apartamentos espaçosos que eu mantinha quase sem mobília. Trabalhava o dia inteiro concebendo maneiras de vender às pessoas um monte de bens de consumo, mas raramente comprava alguma coisa, a não ser que precisasse mesmo. A infância tinha me vacinado contra o mundo do consumo pelo qual eu ansiara com tanta avidez.

Procurando lençóis e fronhas na área de serviço, notei a escrivaninha no canto, com seu computador. Os e-mails de meu pai ainda estavam se acumulando, mensagens e programações dos clubes esportivos locais com os quais ele contribuía. Naveguei pelos detalhes de partidas de hóquei no gelo, competições de arco-e-flecha, torneios de basquete. Meu pai torcia por um número enorme de times e deve ter se exaurido indo a rinques de patinação, estádios de futebol e ginásios esportivos.

Mas os livros na prateleira vizinha foram uma surpresa ainda maior. Ao lado do anuário de um fabricante de armas de fogo estavam biografias de Perón, Goering e Mussolini, e uma história de Oswald Mosley* e a União Britânica de Fascistas. Apanhei um guia ilustrado de insígnias nazistas e uniformes cerimoniais do Terceiro Reich. O grosso papel laminado estava gasto pelo freqüente manuseio, e eu quase podia ver meu pai sentado em sua escrivaninha virando as páginas para examinar cuidadosamente as ilustrações de emblemas dos oficiais do Reich e de capotes de couro da ss. Um aroma mais obscuro invadira o apartamento. Eu me recostei na cadeira diante da escrivaninha e abri a gaveta metálica. Havia uma miscelânea de bugigangas do Metro-Centre, cartões de fidelidade e passes permanentes, convites para clubes de consumidores e eventos esportivos. Um clipe prendia uma dúzia de edições de um boletim do Metro-Centre, cheio de fotos de jantares de clubes esportivos, todo mundo com suas camisetas com a cruz de São Jorge. Os times pareciam elegantes e disciplinados como unidades paramilitares.

Presente em vários dos retratos de grupos estava David Cruise, o apresentador do canal a cabo do Metro-Centre, com seu rosto bonito e vazio de ator, um bronzeado de campanha publicitária e um sorriso que não tinha humor algum. Sua mandíbula avantajada me fez pensar em Wernher von Braun posando ao lado de um foguete Redstone no Arizona, o nazismo atrás de si e o futuro em suspenso.

Será que meu pai tinha sido um partidário do National Front?** Dormir naquele apartamento seria menos fácil do que

---

* Sir Oswald Ernald Mosley (1896-1980), político conservador inglês, fundador da União Britânica dos Fascistas. (N. T.)

** National Front [Front Nacional]: associação nacionalista e conservadora criada na Inglaterra em 1967 para combater o multiculturalismo e a imigração em massa. (N. T.)

eu imaginara. Abri a janela, na tentativa de deixar sair a emanação desagradável, e notei uma bandeira pendurada na parede atrás da porta. Trazia o distintivo de um clube local de futebol, o Brookland Eagles. Bordadas em fios dourados, duas aves de rapina com garras grotescas em forma de anzol faziam careta no campo escarlate. Os interesses de meu pai o haviam levado a alguns terrenos ameaçadores. A modesta escrivaninha era quase um altar neofascista. Parei por um momento diante da pilha de roupa esmeradamente passada a ferro sobre a tábua de passar. Erguendo uma das camisetas, desdobrei a familiar cruz de São Jorge, com águias armoriais costuradas no ombro esquerdo. Segurei a camisa contra o peito e imaginei meu velho pai vestindo aquele traje ameaçador com suas águias estridentes, o mais velho hooligan de Brooklands.

Encarei-me fixamente no espelho de meio corpo acima da chaleira e da lata de biscoitos da empregada. A bandeira ornada com bordas pendia atrás de mim, como se eu estivesse num palanque diante de uma multidão em festa. Eu parecia mais agressivo, não do jeito valentão dos brutamontes de rua que tinham arrancado o imame de sua mesquita suburbana, mas no estilo mais cerebral dos advogados, médicos e arquitetos que tinham se alistado no grupo de elite de Hitler. Para eles, os uniformes negros e os emblemas com a caveira da morte representavam uma violência da mente, em que a agressão e a crueldade faziam parte de um código radical e negavam o bem e o mal em favor de uma patologia adotada voluntariamente. A moral dava lugar à vontade, e a vontade se submetia à loucura.

Tentei sorrir, mas um eu diferente estava por trás da camisa. Minha maneira cautelosa de estar no mundo, imposta a mim por minha mãe neurótica, tinha dado lugar a alguma coisa muito menos introvertida. O foco do meu rosto mudou dos olhos e da testa alta para minha boca e minha mandíbula. Os músculos do meu rosto estavam mais visíveis, os fios de um apetite mais opressivo, de uma fome mais consciente.

Joguei a camisa no cesto vazio de roupa suja.

Que jogo perigoso meu pai estivera jogando? Anos de aeroportos desmazelados do Terceiro Mundo faziam vir à tona um sórdido traço de racismo em pilotos veteranos. Ou será que havia algo de fascista no próprio ato de voar? A morte, longe de ter fechado sua vida, abrira a porta para uma dúzia de futuros possíveis. Ele já era um homem diferente da figura sábia e simpática que eu havia imaginado. Que tipo de pai ele teria sido? Imaginei minha infância livre e sossegada, mal controlada por minha mãe distraída, dando lugar a um regime mais disciplinado. Disciplina como meio de instilar amor...?

O apartamento estava abafado, e eu precisava caminhar por um estacionamento aberto em algum lugar para arejar a cabeça. Fechei a porta atrás de mim e deixei o prédio de apartamentos, ouvindo meus passos sobre o cascalho, um terreno escorregadio horizontal em que nada estava assentado com firmeza.

Eu estava sentado no lugar do motorista do Jensen, esperando que minha bússola mental se recompusesse, quando um Audi cinza parou ao meu lado no estacionamento. Um asiático alto, de meia-idade, num terno amarrotado, saiu do carro. Enquanto seus grandes sapatos sulcavam seu caminho até a porta de entrada, notei que ele carregava um jornal enrolado como um canudo na mão direita, agitando-o no ar como um maestro de banda marcando o ritmo. Seus volumosos ombros e tórax me fizeram lembrar do intruso que eu apertara brevemente contra a parede.

"Desculpe...! Senhor, o senhor pode esperar...?"

Alcancei-o no saguão, quando ele procurava suas chaves do apartamento no térreo. Espantou-se quando passei porta adentro e deixou cair as chaves no chão de ladrilhos. Nenhum de meus vizinhos me visitara para expressar seus pêsames, mas aquele morador asiático devia ter me visto saindo e entrando, e devia supor quem eu era.

Tentando tranqüilizá-lo, eu me apresentei. "Richard Pearson. Sou filho do capitão Pearson. Ele morreu na chacina do Metro-Centre. O senhor está lembrado...?"

"Claro. Meus mais profundos pêsames." Seus olhos percorreram rapidamente meu terno cinza e minha gravata e então se voltaram para a porta do saguão, como se ele suspeitasse que um cúmplice pudesse estar de tocaia do lado de fora. "Um acontecimento chocante, mesmo para Brooklands."

"Para Brooklands...?" Eu me agachei e apanhei suas chaves, entregando-as em seguida a ele, consciente do jornal enrolado e da bandagem em torno de seu pulso direito. "Diga-me, senhor..."

"Kumar. Nihal Kumar. Moro aqui há muitos anos."

"Ótimo. É um lugarejo agradável. Já nos encontramos antes, senhor Kumar. Não...?"

"Pouco provável." Kumar apertou a campainha de seu apartamento, confuso demais para usar suas chaves. "Talvez quando seu pai...?"

"Poucos dias atrás. Deixei a porta do apartamento aberta. O senhor provavelmente pensou que um assaltante havia entrado. Ainda tenho sua revista médica. O senhor é médico?"

"Absolutamente não." Fazia gestos cansados. "Minha carreira profissional é na engenharia. Sou gerente do laboratório de pesquisas da Motorola em Brooklands. Minha esposa é médica."

"Pediatra? Faz sentido." Eu ainda estava desconcertado por seu extremo desconforto diante de mim, e tentei apertar sua mão.

"Eu devia ter sido mais cuidadoso. A morte de meu pai, eu estava com os nervos à flor da pele."

"É compreensível." Kumar pareceu relaxar um pouco, convencido de que eu não estava prestes a lhe fazer algum mal. "É melhor manter sua porta trancada. Em qualquer circunstância."

"Obrigado pelo conselho. Há muitos crimes por aqui?"

"Crimes? Com certeza. E violência."

"Eu já notei. Essas cidades ao longo da M25. Tem alguma coisa no ar. Imagino que existam grupos de direita por aqui."

"Muitos. Criam um medo muito real." Kumar tocou sua campainha de novo, impaciente para entrar em seu apartamento. "A comunidade asiática está profundamente preocupada. Nos velhos tempos havia ataques organizados, mas eram previsíveis. Agora vemos a violência pela violência."

"Esses assim chamados clubes esportivos?"

"Esportivos? Um único esporte. Espancar pessoas."

"Asiáticos, principalmente?"

"Asiáticos, kosovares, bósnios. Muitos e muitos clubes esportivos. A polícia deveria detê-los."

"Acho que meu pai pertencia a um deles." Como Kumar não deu resposta alguma, eu disse: "O senhor conhecia meu pai?".

"Nos últimos tempos, não muito bem. Quando ele chegou a Brooklands foi muito simpático com minha esposa. Nos fez sentir em casa. Depois..."

"Ele mudou?"

"Seus novos amigos... às vezes vinham aqui. Eles apavoravam minha esposa."

"Meu pai não era violento?"

"Seu pai era um cavalheiro. Mas a atmosfera estava diferente... em toda parte as cruzes vermelhas, não para ajudar as pessoas, mas para feri-las."

"Lamento muito. Diga-me, senhor Kumar, toda essa violência — de onde o senhor acha que ela está vindo?"

"Do Metro-Centre? É possível."

"Como? É só uma grande loja."

"É mais que uma loja, senhor Pearson. É uma incubadora. As pessoas entram lá e despertam, percebem que a vida delas é vazia. Então elas vão em busca de um novo sonho..."

Ele estendeu a mão para a campainha, mas sua porta se abriu silenciosamente. Uma elegante mulher asiática na faixa dos cinqüenta, com uma testa alta e um rosto austero, nos encarou. Presumi que a dra. Kumar estivera ouvindo tudo o que dissemos. Seus olhos me seguiram enquanto eu subia as escadas. Ela esperou até que eu saísse de seu campo de visão antes de dar um passo para o lado e deixar seu marido entrar.

8. Acidentes e emergências

A sala de espera do departamento de Acidentes e Emergências do Brooklands Hospital estava quase vazia quando me sentei. Uma adolescente com um hematoma na bochecha mexia nervosamente um telefone celular quebrado. Uma mulher levemente histérica discutia sem parar com o marido passivo acerca de um cruzamento de ruas. Um idoso com um lenço molhado sobre os olhos aguardava notícias sobre sua esposa. Por fim, havia eu mesmo, mais incerto com relação a meu pai do que estava quando cheguei ali pela primeira vez. Juntos éramos uma coleção de incapazes e perdidos — uma briga de playground, uma curva errada à direita, um coração fraco demais para empreender sua próxima batida e a bala de um assassino tinham nos reunido ali.

A dra. Julia Goodwin, que atendera meu pai quando o trouxeram do Metro-Centre, iria me ver em breve, de acordo com uma das enfermeiras. Mas o relógio na parede discordava, e como de costume prevaleceu sobre ela. Tentei ler o jornal local, sorri de modo tão consolador quanto possível para o homem idoso e vi televisão.

Estava sintonizada no canal a cabo do Metro-Centre e mostrava um programa vespertino de debates transmitido do estúdio no mezanino. O rosto bronzeado de David Cruise dominava tudo e cobria os acontecimentos como um verniz barato mas brilhante ao extremo. Ele estava sorridente e afável, mas levemente hostil, como um camareiro ameaçador. Talvez as pessoas nas cidades à beira da estrada gostassem de ser tratadas aos gritos.

"Senhor Pearson?" A enfermeira posicionou seus amplos quadris na frente do televisor. "A doutora Goodwin vai atendê-lo. Por alguns minutos... ela está muito ocupada."

"Ótimo. É uma grande sorte ter ocupação..."

A dra. Julia Goodwin estava em pé, de costas para mim, na pequena sala, batendo as gavetas de metal de um arquivo como se estivesse jogando fliperama num salão de diversões eletrônicas. Quando ela me lançou um olhar através de sua franja protetora eu reconheci a moça que estava no crematório de Golders Green, observando-me de um jeito moroso enquanto sua amiga procurava na bolsa as chaves do carro. Havia o mesmo olhar evasivo, e senti que ela sabia de algo a meu respeito que eu ainda tinha de descobrir. Era atraente, mas tinha se exaurido durante um tempo excessivo, tentando ainda raspar uma migalha de compaixão pelos pacientes no fundo de um tacho havia muito esvaziado.

Depois de me apresentar, eu disse: "É amável de sua parte me receber. A senhora foi uma das últimas pessoas que estiveram com meu pai. Isso ajuda a mantê-lo vivo".

"Ótimo... Fico contente." Pousou suas mãos cansadas na escrivaninha, como um crupiê distribuindo as últimas duas cartas do vinte-e-um. "Sinto muito não ter podido fazer mais. Às vezes você tenta obter um milagre e acaba metendo os pés pelas mãos, mas fiz o melhor que pude por ele. Um caso terrível. Aquele shopping pavoroso..."

"O Metro-Centre?"

"Não me diga que não percebeu." Desabotoou o jaleco branco, revelando uma blusa de cashmere de corte elegante. "Aquele átrio enorme, todas aquelas pessoas comprando sem parar até esvaziar suas mentes tacanhas. Se o senhor quer saber, é uma tentação permanente para qualquer maluco com algum ressentimento. Infelizmente, seu pai estava no caminho."

"Ele estava consciente? Quando a senhora o viu, digo."

"Não. A bala..." Tocou a massa de cabelo escuro acima de sua orelha esquerda e traçou uma linha até a nuca, uma travessia quase erótica que expôs a brancura sedosa de seu couro cabeludo. "Ele não sentiu nada. Levá-lo ao Royal Free* era sua única esperança. Mas..."

"A senhora tentou, e eu lhe sou grato. Já o havia encontrado antes?"

Ela me encarou e em seguida abriu as mãos de maneira a poder ler as próprias palmas. "Não que eu saiba."

"A senhora foi ao funeral. Lembro-me de tê-la visto lá."

Ela se recostou na cadeira, pronta para encerrar nossa conversa, e seu olhar pairou sobre meu ombro. Estava desconfortável com minha presença, mas queria me manter em sua sala. Eu tinha a sensação de que alguém lhe fizera um relatório a meu respeito, e que ela sabia mais sobre meu histórico do que seria de esperar de uma ocupada médica de acidentados.

"Sim. Fui de carro a Golders Green com uma amiga. Uma viagem danada de longa, e uma cerimônia lamentável. Quem neste mundo escreve aqueles roteiros medonhos? Dá para per-

---

* O Royal Free Hospital é um hospital público localizado no norte de Londres. Com novecentos leitos, atende cerca de meio milhão de pacientes por ano. (N. T.)

ceber por que a morte não é exatamente popular. Eles deviam tocar um pouco de Cole Porter e servir uns canapés." Ela sorriu com audácia, afastando com um gesto sua pequena encenação.

"Ele me pareceu um velho rapaz decente, então achei que devia ir. Afinal de contas, Brooklands o matou."

"A senhora se sentiu culpada?"

"De certo modo. Não. Que bobagem! Será que acredito de fato nisso? É espantoso o absurdo que pode sair da boca da gente quando não estamos atentos."

"Quando ele foi trazido estava vestido com suas roupas?"

"Até onde eu sei, sim. O senhor soa como um detetive."

"Brooklands faz isso com a gente. É capaz de lembrar que roupa ele usava?"

"Não tenho idéia." Ela se virou e fechou bruscamente uma gaveta de metal que cutucava suas costas. "Isso é importante?"

"Talvez seja. Ele estava vestindo uma camiseta de São Jorge? Sabe qual é, com a cruz vermelha..."

"Claro que sei!" Fez uma careta e se virou para o cesto de lixo, pronta para cuspir dentro dele. "Odeio essas malditas camisas. Tenho certeza de que ele não estava vestindo uma. Isso importa? A morte não tem um código de vestuário."

"É fácil falar. Essas camisas são o significante de um novo tipo de..."

"Fascismo? Palavra difícil de pôr para fora, não é? Suponho que não seja ouvida com muita freqüência na King's Road. Essas camisas são usadas pela maioria dos nossos milicianos." A dra. Goodwin falava com firmeza, como se explicasse a uma criança descuidada o perigo de se queimar num forno quente. "Fique longe de todo esse contra-senso odioso. Seu pai concordaria comigo."

"Foi isso o que eu pensei. Esta manhã encontrei uma pilha delas no apartamento dele. Recém-passadas pela empregada filipina. Um vizinho me contou que os membros dos tais clubes esportivos vinham às vezes visitá-lo."

"Difícil de acreditar. Ele tinha setenta e cinco anos. Um pouco tarde para sair batendo em gente que busca asilo."

"Isso talvez o tivesse transformado num alvo. Se estivesse vestindo uma quando foi atingido."

Esperei pela resposta da dra. Goodwin, mas ela estava observando pela janela dois meninos de uns dez anos de idade que vagavam a esmo pelo estacionamento dos pacientes. Quando um deles tentou arrancar o emblema do capô de um Mercedes ela sorriu quase como uma menina, feliz em compartilhar a liberdade e a irresponsabilidade deles.

"Senhor Pearson?" Ela me encarava com uma estranha mistura de hostilidade e malícia. "O senhor mora em Londres?"

"Em Chelsea Harbour. Cidade de brinquedo de milionários. Meu apartamento está à venda."

"Eu poderia comprá-lo. Qualquer coisa para sair deste lugar horrível."

"A senhora não gosta daqui? A próspera Surrey, ar puro, alamedas frondosas para passear com o labrador?"

"Toda essa porcaria. Ela me assusta." Baixou o tom de voz. "Há sempre coisas acontecendo aqui... O senhor esteve no Metro-Centre?"

"É muito impressionante. O puro poder das compras vibrando pelo éter."

"Argh. É uma panela de pressão. Com a tampa atarraxada e o fogo no máximo."

"E o que ela está cozinhando?"

"Uma coisa sórdida, acredite. Mas diga, onde o senhor está hospedado?"

"No apartamento de meu pai."

"Bom para o senhor." Sorriu sem afetação. "Uma atitude bem corajosa."

Ela se levantou e eu deduzi que nosso encontro tinha chegado ao fim, mas ela ficou indecisa diante da porta. Algum tipo de plano estava sendo concebido por aquela mulher atraente mas mordaz, tão evidentemente em conflito consigo mesma. "Saio do trabalho às seis." Sua mão pousou na maçaneta da porta. "Acho que preciso animá-lo. O senhor poderia me pagar um drinque."

"Claro." Surpreso, eu disse: "Será um prazer".

"Talvez. Não aposte nisso. Estou um tanto irritada. Encontro-o no Holiday Inn. Há um bar junto à piscina ao ar livre. Depois de um par de gins é possível imaginar que se está em Acapulco..."

Sentei na cantina junto à lojinha do hospital, pensando em meu encontro com a inquieta Julia Goodwin. Ela achava que estava me enganando, e eu me sentia contente em participar do jogo. Eu tinha certeza de que ela sabia mais do que admitia sobre a morte de meu pai. Médicas ocupadas não atravessam Londres inteira para comparecer aos funerais de estranhos. Lembrei-me do jeito dissimulado como ela me observara do estacionamento do crematório. Mas era atraente, e pelo menos estava vindo em minha direção. Todos os outros que eu havia conhecido — a sargento Falconer, Geoffrey Fairfax e meu vizinho, o sr. Kumar — tinham se recolhido atrás de seus respectivos biombos.

Abri o jornal local, que Julia Goodwin tinha me dado quando saí de sua sala. Suas páginas estavam repletas de anúncios de uma enorme gama de bens de consumo. Cada cidadão de Brooklands, cada morador das proximidades da M25, estava constantemente comercializando os componentes da casa, pondo em seu lugar os mesmos carros e câmeras, os mesmos anões de porcelana, os mesmos banheiros. Nada estava sendo trocado por nada. Por trás daquela rotação frenética, prevalecia um tédio gigantesco.

Compartilhando o tédio, rompi um velho hábito de publicitário e comecei a ler as colunas editoriais. Na página três, o único espaço do jornal dedicado a notícias de verdade, estava um relato da audiência dos magistrados na qual Duncan Christie fora inocentado das acusações. "Tiroteio no Metro-Centre... Homem Libertado... Polícia Recomeça Investigações." Esquadrinhei a breve reportagem e os resumos dos depoimentos das testemunhas. As três testemunhas "proeminentes" eram nomeadas, moradores meritórios que atestavam ter visto Christie na entrada sul no momento dos tiros.

Seus nomes eram: dr. Tony Maxted, consultor psiquiátrico do hospital de doenças mentais de Northfield, e William Sangster, professor-chefe do Colégio de Brooklands. O terceiro nome era Julia Goodwin.

9. A praia do Holiday Inn

O Holiday Inn era um prédio de sete andares, com o terraço de seu bar debruçado sobre uma piscina circular cujas águas faziam ondas numa praia arenosa em forma de lua crescente. Guarda-sóis e espreguiçadeiras mobiliavam a praia, e uma luz suave, livre de raios ultravioleta, banhava o cenário. Tudo isso estava nas profundezas interiores do Metro-Centre, numa região dominada por seus hotéis, cafés e entrepostos repletos de artigos esportivos. Um hóspede do Holiday Inn, ou dos vizinhos Novotel e Ramada Inn, poderia imaginar que aquilo fazia parte de um complexo de lazer num subúrbio de Tóquio ou de Xangai.

Pedi um copo de vinho a uma garçonete vestida como instrutora de tênis e passei os olhos pela praia deserta com sua areia imaculada e suas fileiras de espreguiçadeiras à disposição. A máquina de fazer ondas tinha sido ligada na força mínima, e uma marola vagamente gástrica, como um refluxo de vômito reprimido, deslizava sobre a água colorizada.

Eu já me perguntava por que Julia Goodwin escolhera aquele local, onde meu pai tinha encontrado a morte. Observei-a

91

aproximando-se do terraço, meia hora atrasada, jogando seu chiclete na indolente arrebentação. Seu crachá de identificação do hospital pendia da lapela do paletó, e ela soltara os cabelos, uma espessa nuvem negra como a coluna de fumaça de um furioso destróier. Falou com a garçonete como se estivesse se dirigindo a um paciente subnormal e pediu uma água tônica com duas gotas de angostura.

"Confortável?", perguntei quando ela se sentou à mesa do terraço. "Por que estamos nos encontrando aqui?"

"Perdão...?"

"Isto aqui é o kitsch com um gole de estricnina. É onde o meu pai foi baleado."

Surpresa com meu tom cáustico, ela inclinou o corpo para a frente e levantou os cabelos que lhe cobriam os olhos. "Olhe, eu pensei que devíamos ver o lugar juntos. De certo modo, ele explica por que seu pai morreu. Não tive a intenção de aborrecer você. O que acha da praia?"

"Melhor que Acapulco. Já estou até pegando um bronzeado."

"Tão bom quanto o de verdade?"

"Não foi concebido para ser de verdade." Decidi tranqüilizá-la e ajustei minha boca ao tipo de sorriso fácil exibido por David Cruise. "Tudo faz parte de uma brincadeirinha benévola. Todos sabem disso."

"Sabem mesmo? Espero que tenha razão. Nos dias atuais até a realidade tem de parecer artificial."

"Talvez. Meu pai era de verdade, e foi atingido por uma bala muito real. Por que você diz que o Metro-Centre pode explicar a morte dele?"

Ela deu um gole na sua tônica com angostura, deixando as bolhas efervescentes roçarem seus cílios. Estava ainda cautelosa, insegura quanto a mim e aos meus motivos para me encontrar com ela. "Richard, pense nisso por um momento. As pessoas vêm aqui em busca de algo que valha a pena. O que elas encontram? Tudo é inventado, todas as emoções, todas as razões de viver. É um mundo imaginário, criado por gente como você. Um maluco entra nele com sua arma e pensa que está numa galeria de tiro. Na cabeça dele, talvez esteja mesmo."

"E...?"

"Por que não começar a atirar? Há uma profusão de alvos, e ninguém parece se preocupar muito." Parou subitamente e se recostou no assento. "Deus... que conversa mole. Você acredita em alguma palavra disso?"

"Não." Vencido, pedi outra rodada à garçonete. "Mas você odeia o Metro-Centre."

"Não é apenas um lugar sinistro. Todos esses centros comerciais são iguais. Pessoas sem raízes perambulando a esmo. O único momento em que elas tocam a realidade é quando ficam doentes e me procuram. Educadas, bem alimentadas, bondosas com seus filhos..."

"Mas selvagens?"

"Não todas. Não." Levantou os cabelos com as duas mãos. Amarrou-os com um elástico que provavelmente prendera antes o histórico médico de um paciente, e em seguida tirou minha taça de vinho do caminho para poder falar com mais vigor. "Há um novo tipo de ser humano aparecendo no cenário. São pessoas que agem de modo estranho e deviam ter mais consciência."

"Médicos de acidentes?"

"Médicos, advogados, policiais, gerentes de banco... eles têm idéias esquisitas na cabeça. Alguns deles começam a pensar logicamente."

"Isso é ruim?"

"Pensar logicamente? Aqui é perigoso. Muito perigoso. Pode levar pessoas inteligentes a fazer o que não deviam, como agir racionalmente e pelo bem público. Tiro isso por mim. Qualquer lugar próximo à M25 é perigoso."

"Por que você não vai embora daqui?"

"Eu vou. Primeiro, há algumas coisas a serem arranjadas. Eu me envolvi numa coisa bem besta que eu não estava de fato querendo..."

Olhou fixamente para uma onda que avançava em nossa direção. Exposto à luz, seu rosto estava pálido mas surpreendentemente forte, marcado por tremores de dúvida como os de uma atriz incapaz de compreender suas falas. Quando me viu a observá-la, levantou as mãos para soltar os cabelos, mas eu segurei seus pulsos e pressionei-os contra a mesa até que ela se controlasse.

"Julia... se acalme."

"Certo. Vou me engajar nos Médicos sem Fronteiras. Partir para algum lugar no Terceiro Mundo onde as praias ainda têm cheiro de peixe morto. Talvez eu possa fazer alguma coisa boa."

"Você está fazendo aqui", eu lhe disse. "Tentando acreditar em si própria."

"Impossível. Além do mais, o setor de Acidentes e Emergências é uma autopunição. Bêbados, desastres de carro, brigas de rua, trocas de socos. Há uma enorme quantidade de violência de rua. As pessoas não sabem, mas estão enlouquecendo de tédio. Esporte é o grande engodo. Onde quer que o esporte desempenhe uma parte importante na vida das pessoas, pode estar certo de que elas estão enlouquecendo de estupidez e tédio e só esperando para arrebentar os móveis."

"Você vai ter que se mudar. Só um problema: aonde quer que vá, não vai encontrar nada que não seja um novo tipo de tédio."

"Isso soa divertido. Poderíamos ir juntos. Você inventa a realidade e depois eu aplico os curativos."

Eu gostava de Julia, e estava contente por ela aparentemente apreciar meus gracejos. Mas ela se retraiu assim que tentei fitar seus olhos e passou a contemplar as ondas em vez de encarar o que quer que estivesse escondendo. O terraço à nossa volta agora estava cheio de bebedores de fim de tarde. Grupos de homens e mulheres de meia-idade, quase todos vestindo camisetas com a cruz de São Jorge, estavam em pé, copos na mão, fumando e dando tapinhas na barriga. Eles transbordavam para o calçadão diante da entrada do hotel. Os distintivos bordados em suas camisas mostravam que eram membros de um clube de defensores do Metro-Centre. Eram ruidosos mas autocontrolados, saudando cada recém-chegado com afetuosos vivas.

"Torcedores de futebol?", perguntei a Julia Goodwin. "Parecem bem afáveis."

"Tem certeza? Ouso dizer que veremos alguns deles no setor de Acidentes e Emergências esta noite."

"O jogo começou às sete — eles perderam o primeiro tempo."

"Esses não são do tipo de torcedores que vão aos jogos. Eles estão aqui para o quebra-pau."

"Hooligans?"

"Nada disso. São bem organizados, praticamente milícias locais. Dê uma boa olhada, depois fique longe deles."

Os bebedores esvaziaram suas cervejas e deixaram o terraço, formando pelotões de barrigudos, cada um deles comandado por um líder. Saíram entoando em coro saudações irônicas, uma mulher do bando rompendo fileiras para invadir uma delicatéssen. Mas a marcha deles era vigorosa e sincronizada, e presumi que Julia combinara nosso encontro no Holiday Inn para que eu pudesse ter um vislumbre do lado mais sombrio de Brooklands.

Ela fazia de conta que vasculhava dentro da bolsa enquanto a fumaça passava entre nós, vinda de uma dúzia de cinzeiros. Ela sabia qual seria minha próxima pergunta, uma vez que fizera questão de me dar o jornal local. Uma lenta confissão estava emergindo, tão morosa quanto a onda artificial.

"Julia... antes que eu me esqueça. Você depôs como testemunha no tribunal."

"Sim, depus. E...?"

"Por que, exatamente?"

"Era a coisa de interesse público a fazer. Você não faria o mesmo?"

"Provavelmente. Você viu mesmo Duncan Christie lá? No momento em que ouviu os tiros?"

"Sem dúvida."

"A que distância ele estava?"

"Sabe Deus. Dez ou quinze passos. Eu o vi nitidamente."

"Em meio a toda aquela aglomeração?" Olhei em volta, torcendo para que alguém desligasse a máquina de fazer ondas. "Você se lembra daquele rosto específico no meio da multidão?"

"Sim!" Julia se debruçou sobre a mesa, irritada comigo por ser tão obtuso. "Eu tratei dele com freqüência. Ele estava sempre sendo atacado e espancado."

"O que ele estava fazendo no Metro-Centre? Ele odeia o lugar."

"Não tenho a menor idéia. Ele gosta de ficar de olho no local."

"Difícil de acreditar. Por falar nisso, o que você estava fazendo ali? Você odeia o lugar tanto quanto ele."

"Não me lembro. Estava de passagem, por acaso."

"Como as outras testemunhas — o próprio psiquiatra dele, que o liberou naquele dia do hospital de doentes mentais. E o professor-chefe que deu aulas para ele no colégio local. E você. Três pessoas que simplesmente calhou de estarem lá e lembrarem de algumas compras que precisavam ser feitas. E todos vocês chegaram na mesma hora..."

"Deus do céu..." Julia bateu os punhos na mesa, derrubando minha taça de vinho no chão ladrilhado. "Uma porção de gente em Brooklands conhece Duncan Christie. É o personagem local, quase o idiota da aldeia."

"Certo. Ele era representado pelo escritório de Geoffrey Fairfax. Vi você lá na noite em que Christie foi trazido de volta a Brooklands."

"Geoffrey Fairfax? Soa improvável. Você anda ouvindo histórias falsas demais."

"Julia... pelo amor de Deus." Impaciente com sua fingida inocência, elevei o tom de voz, na esperança de conseguir arrancar à força a verdade daquela médica jovem e adorável, com suas negativas quase desesperadas. "Você estava sentada de costas para mim na sala de reuniões, escondida atrás desse cabelo lindo. Imagino que as pessoas com quem você estava eram as outras testemunhas."

"Sim..." Julia olhou fixamente a taça quebrada a seus pés. "Provavelmente eram."

"Você não acha isso estranho? Christie tinha acabado de ser preso, mas as testemunhas-chave já estavam alinhadas, sincronizando seus relógios. A coisa realmente estranha é que me foi dado ver vocês, testemunhas, na sala de reuniões, a senhora Christie na recepção, a sargento Falconer esquentando o leite. Tudo oferecido a mim como a reconstrução de um crime. Por que, Julia? O que é que queriam me comunicar?"

"Pergunte a Geoffrey Fairfax." Ela ajeitou o paletó, pronta para partir. "Talvez ele lhe diga."

"Duvido. Ele é doido, mas esperto. Visto de fora, um confiável e antiquado advogado. Por dentro, um raivoso maníaco de direita. Me espantaria que ele movesse céus e terras por aquele 'miserável desajustado'."

Um tanto debilmente, Julia disse: "As pessoas simpatizam com Christie".

"Pelo fato de se opor ao shopping? Quem exatamente? Pequenos lojistas, os poujadistas* de Thames Valley?"

"Não só o shopping. Todos esses centros comerciais lhe parecem pacatos, mas por trás deles há algo de muito sórdido acontecendo. Christie e Geoffrey Fairfax viram isso há muito tempo."

"Christie matou meu pai?"

"Não!" Julia se levantou, empurrando com o gesto a mesa contra meu corpo. Encarou com olhos selvagens a onda que se aproximava, como se fosse um tsunami prestes a galgar a praia e afogá-la. "Eu conheço Duncan Christie. Dei pontos em seu couro cabeludo, consertei suas fraturas. Ele não seria capaz..."

Estava trêmula, incapaz de se controlar. Eu me levantei de um salto e segurei seus ombros, surpreso com a fragilidade que ela aparentava.

"Julia, você tem razão. Foi outra pessoa que baleou meu pai. Quero que você me ajude a encontrá-la. Esqueça Duncan Christie e Fairfax..."

Julia me deixou conduzi-la de volta a sua cadeira. Por alguns segundos ela se agarrou fortemente a meus braços, em seguida me afastou com uma careta de irritação ante a própria fraqueza. Falou calmamente, olhando para a onda.

"Estou certa de ter visto Christie perto da entrada. Pelo menos, acho que o vi..."

---

* Poujadistas: partidários do movimento conservador criado nos anos 1950 na França por Pierre Poujade. Reunia pequenos proprietários rurais e urbanos em torno da União de Defesa dos Comerciantes e Artesãos. O grande capital e os impostos eram os principais alvos do movimento, que chegou a contar com mais de 500 mil filiados, até ser extinto com o advento da V República, em 1958, embora a UDCA tenha continuado a existir. (N. T.)

10. Gente da rua

"Este lugar poderia tornar completamente sensata qualquer pessoa." Julia Goodwin espanou um caquinho de vidro de seu sapato. "Não me diga que não existe saída alguma."

"Eu lhe dou uma carona até sua casa. Que aconteceu com seu carro?"

"Está... na oficina."

Caminhou em frente enquanto eu pagava a conta. Sua confiança de meia-tigela tinha sido restaurada. Seus pacientes raramente respondiam a ela, e Julia ficara irritada com minhas perguntas, consciente de que, mesmo que Duncan Christie fosse inocente, ela havia de algum modo mentido para si própria. Mas uma insólita dissimulação estava em andamento, parte da qual me estava sendo permitido ver.

Atravessamos o pátio central, margeando os ursos gigantes com seu pêlo remendado e as oferendas de mel e melaço com votos de pronto restabelecimento. Consumidores andavam a esmo, como turistas numa cidade estrangeira. Não havia relógios no Metro-Centre; nem passado nem futuro. A única pista para saber a hora era o jogo de futebol nos monitores de TV suspensos. Fileiras de holofotes brilhavam através da névoa escura, e os telões em cada extremidade do campo traziam o rosto familiar de David Cruise, um messias do consumo na era da TV a cabo.

Deixamos o Metro-Centre por uma das portas exclusivamente de saída e caminhamos até o estacionamento. Grupos de torcedores estavam deixando o edifício, portando bandeiras dos times locais de hóquei e atletismo. Alinhavam-se entre suas caminhonetes 4×4 e marchavam em passos sincronizados para os estádios e ginásios noturnos.

Seguindo as instruções de Julia, atravessamos o deserto bairro de escritórios da cidade, passando por entradas fechadas com grades de aço.

"Estão esperando alguma coisa", comentei. "Para onde estamos indo?"

"Para o sul de Brooklands. Conheço um atalho. Você se dá bem com ruas de mão única?"

"Mão única? Por que não?"

"Na contramão? Poupa tempo. Quem não arrisca nada perde tudo."

Passamos pelo tribunal de justiça, depois entramos numa área de lojas de móveis em liquidação, armazéns e locadoras de automóveis. O estádio de futebol parecia se manter sempre à nossa esquerda, como se o estivéssemos rodeando a uma distância segura, sem vontade de ser atraídos para seu enorme campo magnético.

"O.k." Julia se inclinou em direção ao pára-brisa. "Vire à esquerda. Não, à direita."

"Aqui?" Hesitei antes de passar por uma placa de passagem proibida que guardava uma rua de casas miseráveis. "Onde estamos?"

"Eu já disse. É um atalho."

"Para a cadeia mais próxima? Doutora, sempre use seu cinto de segurança. O que é isso? Uma espécie de ritual de sedução?"

"Espero muito que não. Seja como for, cintos de segurança são estorvos sexuais."

Olhei para as casas modestas, com suas portas e janelas déco, um fóssil dos anos 1930 agora ocupado por famílias imigrantes. Uma fileira de pequenos trailers se formava diante de descuidados jardins, com furgões quebrados sobre o gramado macilento. Tudo era banhado pelo fulgor intenso das luzes do estádio, como se a área estivesse sendo interrogada sobre seu fracasso em aderir à sociedade de consumo. Sempre que olhassem para fora de suas janelas, os moradores asiáticos ou europeus orientais veriam o rosto gigantesco de David Cruise sorrindo nos telões.

"Vamos sair daqui." Pisei no freio para evitar um buraco cavernoso. "Que lugar para viver."

"Você está falando dos meus pacientes." Julia protegia os olhos do clarão. "A maioria é de Bangladesh. São muito ambiciosos."

"Graças a Deus. Precisam ser mesmo."

"E são. Seu maior sonho é ser faxineiros e zeladores no Metro-Centre. Lembre-se disso na próxima vez que fizer xixi..."

Avançamos para as bordas da área residencial e passamos por uma arena de hóquei no gelo pela segunda vez, forçados a diminuir a velocidade quando um grupo de torcedores embandeirados bloqueou a estrada. A trezentos metros do estádio de futebol, em meio às estradas secundárias que levavam à via expressa, havia um campo de atletismo com uma lívida pista artificial, banhada pelo mesmo fulgor intenso dos holofotes. Grupos de torcedores esperavam em pé na rua pelo resultado de uma corrida de longa distância.

"Por que eles não entram?", perguntei a Julia. "As arquibancadas estão quase vazias."

"Talvez não estejam tão interessados."

"Difícil de acreditar. O que estão fazendo aqui então?"

"São reforços."

"Reforçando o quê?"

Chegamos a uma encruzilhada e dobramos à esquerda em direção a outro distrito residencial. O jogo de futebol terminara, e espectadores transbordavam para as ruas em torno do estádio. David Cruise estava sozinho novamente, falando para seu duplo no outro extremo do campo a respeito de uma linha de colônias masculinas e correlatos. Fragmentos do som da propaganda trovejavam no ar noturno, batucando como punhos contra as janelas das casinhas amedrontadas.

"Julia, continuamos seguindo rumo ao estádio. O que está havendo, exatamente?"

"A velha história de Brooklands. Procure um cinema antigo... Não se preocupe, não vamos ficar de mãos dadas vendo um filme."

Os primeiros espectadores passaram por nós, homens e mulheres com a cruz de São Jorge nas camisetas, golpeando alegremente as capotas dos carros estacionados. Parte da multidão tinha se desgarrado do corpo principal e estava descendo uma rua de pequenos atacadistas asiáticos de alimentos. Os homens eram rudes mas disciplinados, comandados por líderes com bonés vermelhos de beisebol, berrando com seus telefones celulares. A multidão marchava atrás deles, zombando das lojas fechadas. Um grupo de jovens torcedores arremessava moedas nas janelas dos andares superiores. O som de vidro quebrando rasgava a noite como o grito de um animal.

"Julia! Cinto de segurança! Onde a polícia se meteu?"

"Estes são os policiais..." Julia se atrapalhou com o cinto, perdendo a fivela na escuridão. Estava chocada mas excitada, como a namorada de um jogador de rúgbi que assiste a seu primeiro jogo brutal.

Carros vinham em nossa direção, em fila tripla, faróis na máxima potência. Atrás deles, um bando de torcedores gritando a plenos pulmões, discutindo com os jovens asiáticos que apareceram para defender suas lojas. Alguém foi chutado no chão e houve um tropel de tênis brancos como bolas de neve numa nevasca.

Virei bruscamente a direção, jogando Julia contra a porta do passageiro, e emboquei o Jensen num terreno de estacionamento no momento em que os carros passavam a toda, abalroando meu retrovisor lateral com um som que pareceu o de um tiro. Em algum lugar uma vidraça espelhada se espatifou no chão, e uma torrente de cacos cortantes se esparramou sob os pés que corriam.

A multidão passou correndo por nós, os punhos batendo na capota do carro. Um homem obeso e com aspecto de bandido berrava em seu celular enquanto dava chutes num velho asiático que tentava proteger a porta de sua loja de ferragens. Os torcedores marchavam em sincronia, cantando disciplinados, mas pareciam não ter idéia de onde seus líderes os estavam conduzindo, felizes por berrar no escuro e vandalizar todas as ruas por onde marchavam.

"Julia! Não saia do carro."

Julia estava escondendo seu rosto de um homem que a chamava pela janela do passageiro, incitando-a a juntar-se a eles. Abri minha porta e saí para a rua. Na calçada oposta um asiático de meia-idade estava de joelhos, tentando se levantar apoiado num parquímetro depredado. Um jovem de rosto magro, vestindo uma camiseta com a cruz de São Jorge, dançava à sua volta, gingando e chutando como se estivesse batendo uma série de pênaltis, gritando e erguendo os braços cada vez que marcava um gol.

"Senhor Kumar...!"

Agarrei o rapaz pelo braço e empurrei-o para longe. Ele deu um grito bem-humorado, feliz em deixar para mim o próximo pênalti. Saiu dançando, os pés espalhando os cacos de vidro. Ajudei o sr. Kumar a ficar de pé, então conduzi aquele homem corpulento em direção a um beco de serviços ao lado de um pequeno armazém.

"Por favor... meu carro."

"Onde o senhor está estacionado? Senhor Kumar...!"

Ele estava tonto e desgrenhado, olhando por cima de meu ombro para a multidão como se tentasse distinguir quem exatamente eram eles. Então ele voltou os olhos para meu rosto, reconhecendo-me com um olhar aterrorizado.

"Não... não... nunca..."

Ele se afastou de mim antes que eu pudesse tranqüilizá-lo, braços pesados me empurrando para um lado, e cambaleou para a escuridão do beco.

Tentando recuperar o fôlego, segui-o até a rua vizinha. Os manifestantes estavam voltando ao estádio, e portas de carro batiam com violência enquanto eles tocavam suas cornetas e davam a partida para ir embora dali. O sr. Kumar tinha evaporado, talvez se refugiando com amigos locais que estivera visitando. Rapazes asiáticos varriam vidro estilhaçado da calçada para os bueiros, fumando seus cigarros e ouvindo os ruídos da noite.

Caminhei pela rua deserta, perdido no resplendor dos refletores do estádio. Do outro lado da estrada havia um cinema transformado, um prédio dos anos 1930, um Odeon de azulejos brancos que lembrava um surrado iceberg, transformado durante anos num bingo e agora num mercadão de tapetes.

Um carro de polícia se aproximou, cruzando as ruas silenciosas como se nada tivesse acontecido. Galguei os degraus até a bilheteria cerrada. O velho Odeon já não era sequer uma sombra de si próprio, e a violência migrara havia muito da tela para as ruas ao redor. Mas suas sacadas azulejadas, como os cantos de um imenso banheiro público, ofereciam um refúgio momentâneo.

Das sombras fiquei observando o carro de polícia fazer uma parada diante do Odeon, e então piscar seus faróis. Reconheci o policial veterano no banco do passageiro, o inspetor Leighton, da guarda de Brooklands, cuja foto tinha sido estampada no jornal local que eu lera na cantina do hospital. Ao lado dele, ao volante, estava a sargento Falconer, com o quepe do uniforme sobre seu cabelo imaculado de donzela do Reno. Esperaram diante do velho cinema, como um casal decidindo se iria ver um programa duplo, então lançaram suas luzes sobre a rua deserta e continuaram sua ronda.

Junto ao Odeon ficava o estacionamento do cinema, vazio exceto por um Range Rover salpicado de lama. O motorista observava a rua, falando em seu celular. Vestia uma pesada jaqueta impermeável, chapéu de feltro caído sobre os olhos; ainda assim era inequivocamente Geoffrey Fairfax. Ao lado dele estava um homem de cabelo à escovinha com uma ampla cabeça romana, vestindo um casaco de pele de carneiro. Juntos eles pareciam caçadores esportivos seguindo os cães, felizes por contemplar a caça do conforto do seu carro, animados por uma garrafa térmica de conhaque.

Mas estariam eles comandando a caça, em vez de simplesmente acompanhá-la? No banco atrás deles havia dois homens usando camisetas com a cruz de São Jorge, braços musculosos pressionados contra os vidros. Ambos falavam à vontade com Fairfax e seu passageiro, apontando para as encruzilhadas próximas como se descrevessem uma ordem de batalha e relatassem o moral e o entusiasmo das tropas.

Um mapa passou de mão em mão entre os homens, e Fairfax acendeu a luz de teto do carro. Depois de consultar o mapa ele deu a partida, mas eu já vira claramente que havia uma quinta pessoa no Range Rover.

Sentada no banco de trás, entre os dois homens vestidos com a cruz de São Jorge, cabelo solto sobre os ombros, estava a dra. Julia Goodwin.

Caminhei de volta a meu carro, pisando nas sombras e evitando os asiáticos que tentavam limpar as fachadas de suas lojas. Submersas no resplendor das luzes do estádio, chamas se erguiam de uma casa incendiada.

11. Uma noite dura

Assim como na vida inglesa em geral, nada em Brooklands poderia ser tomado pelo que parecia ser. Passei os três dias seguintes no apartamento de meu pai, tentando encontrar o sentido daquele município residencial aparentemente civilizado — um município cujos líderes civis, advogados proeminentes e chefe de polícia estavam participando de uma revolução de algibeira. Será que eu tinha topado com uma conspiração que agora tomava forma a meu redor? E teria sido meu pai um dos seus instigadores?

O tumulto do estádio, orquestrado por Geoffrey Fairfax sob as vistas do inspetor de polícia, tinha me abalado profundamente. Bebendo um pouco demais do uísque do velho, eu contemplava o estacionamento do prédio, na esperança de ver o sr. Kumar e convencê-lo de que eu não havia participado do ataque contra ele. Durante a confusão alguém tinha socado minha testa, e a marca de um anel de sinete ornamentava a pele acima do meu olho esquerdo. Encarando-me no espelho do corredor, eu quase podia ver o rosto ferido de Duncan Christie emergindo do meu.

107

Tudo somado, minha primeira experiência com a política das ruas fez com que me sentisse como um atacante de rúgbi fora de forma depois de um agarra-agarra no campo. Como seria possível que meu pai, aos setenta e cinco anos, tivesse lidado com a violência e o vandalismo? À noite, vendo televisão com o som baixo e as cortinas fechadas, eu ouvia as multidões de torcedores saudando os times do Metro-Centre. Sirenes de ambulâncias uivavam pelas ruas, e carros de bombeiros abriam ruidosamente caminho para os bairros miseráveis entre Brooklands e a M25. Uma noite dura baixava sobre as cidades ao longo da via expressa, muito mais dura do que a névoa rósea do centro de Londres. Sob a capa de um programa compacto de eventos esportivos estava ocorrendo um exercício de limpeza étnica, com a evidente conivência da polícia local. Lembrei-me da sargento Falconer piscando seus faróis para o Range Rover de Fairfax. Usando os clubes dos torcedores com seus uniformes patrióticos, eles estavam avançando contra a população imigrante, expulsando-a de suas ruas decaídas para dar lugar a novos centros de compras, marinas e residências de executivos.

Mas o que estava em curso era mais do que uma expropriação territorial. A cada noite havia disputas de futebol, rúgbi e atletismo, nas quais os times do Metro-Centre competiam com rivais das cidades ao longo da via expressa. Arcos iluminados resplandeciam no ar da noite como as luzes em torno de um conjunto de campos de prisioneiros, um novo gulag de colônias penais onde o trabalho forçado consistia em comprar e gastar.

As competições tinham acabado, mas aí vinha o batucar de punhos nas capotas dos carros, um chamado tribal à violência. Os Audis, Nissans e Renaults eram os novos tambores. Todos os dias o jornal local noticiava ataques contra um albergue noturno, o incêndio de um mercadinho bangladeshiano, ferimentos causados a um jovem kosovar jogado por cima de uma cerca no terreno de uma fábrica. As reportagens geralmente terminavam dizendo que os seguranças do Metro-Centre tinham "evitado uma violência maior".

Em seu canal a cabo vespertino, David Cruise sorria astutamente para seus convidados. Eu observava aquele ator de terceira, tão bonito e agradável na superfície, aplicando seu verniz bem polido sobre a horrenda violência.

"...Não quero puxar a brasa para a sardinha do Metro-Centre, mas o consumo tem a ver com muito mais do que simplesmente comprar coisas. Você concorda, Doreen? Ótimo. É nossa principal maneira de expressar nossos valores tribais, de nos comprometermos com as esperanças e ambições uns dos outros. O que você vê aqui é um conflito de culturas, um choque de diferentes estilos de vida. De um lado há gente como nós — nós usufruímos as facilidades proporcionadas pelo Metro-Centre e nos baseamos nos altos valores e ideais mantidos pelo shopping e seus fornecedores. Juntos eles provavelmente atuam melhor como representantes dos nossos interesses reais do que os nossos deputados no Parlamento. Sem ofensa, e sem e-mails, por favor. Do outro lado estão as expectativas mesquinhas das comunidades imigrantes. Suas mulheres reprimidas são exiladas internas que nunca compartilham a dignidade e a liberdade de escolher aquilo que vemos no ideal do consumidor. Certo, Sheila?"

Como sempre, os convidados acenavam firmemente com a cabeça concordando, sentados em seus sofás de couro preto no estúdio do mezanino, com os ursos gigantes às suas costas. Mas aquela noite trouxe ataques contra lojas de asiáticos por parte de bandos de torcedores de rúgbi e hóquei, e um armazém de malhas baratas foi destruído pelo fogo. E, como sempre, a polícia chegou dez minutos depois dos bombeiros. Quase nada apareceu na imprensa nacional, na qual os incidentes eram espremidos em meio a relatos de violência no esporte e bebedeiras nas cidades de província.

Que papel meu pai tinha desempenhado naquilo tudo? Eu pensava no velho piloto sentado diante de sua escrivaninha na despensa bagunçada, com a tábua de passar roupa e sua pilha de camisetas com a cruz de São Jorge, rodeado por sua sinistra biblioteca, um altar para os deuses do extremismo. Teria ele sido uma vítima de um golpe de extrema direita, um velho soldado de infantaria que perdera seu equilíbrio no terreno escorregadio de uma guerra política por território? Concebivelmente, ele não era um inocente transeunte, mas o verdadeiro alvo do assassino.

Teria o tiroteio no shopping sido uma tentativa de prejudicar o Metro-Centre? Numa matéria especial sobre os mega-shoppings, o *Financial Times* noticiou que o movimento de vendas do Metro-Centre não crescera no ano anterior, já que o fator novidade havia se desgastado e seus clientes estavam sendo atraídos a centros comerciais mais barateiros da região.

O tiroteio, com seus clientes mortos e feridos, prejudicara as vendas, não importava o que Tom Carradine pudesse dizer. Mas nenhuma conspiração bem planejada teria contratado um desajustado como Duncan Christie. Ao mesmo tempo eu achava difícil acreditar nas testemunhas que se apresentaram para inocentá-lo. Pensava em Julia Goodwin, sentada entre os musculosos policiais no banco de trás do Range Rover de Fairfax, enquanto o advogado consultava seu mapa de guerra.

Eu queria encontrá-la de novo, mas tudo nela era evasivo demais. No Holiday Inn, diante das águas plácidas do lago artificial, ela estivera nervosa e agressiva, um tanto vaga a respeito de suas razões para comparecer ao funeral de meu pai. Ao mesmo tempo eu tinha certeza de que ela queria me contar alguma coisa sobre a morte dele, talvez mais do que eu quisesse saber.

A noite toda tinha sido um elaborado ardil, uma desajeitada excursão por Brooklands e seus pontos perigosos. Ela soubera desde o início que os distúrbios aconteceriam, e queria que eu os testemunhasse. Mas será que estava tentando me alertar para que eu me afastasse ou me recrutando para sua conspiração suburbana? A dissimulação era uma parte tão grande da vida da classe média que a honestidade e a franqueza pareciam ser o estratagema mais insidioso de todos. A mentira mais deslavada era o mais próximo que se podia chegar da verdade.

Pensando naquela melancólica jovem médica, levei meu uísque para a despensa. Estava ligeiramente bêbado quando contemplei o computador silencioso e as biografias dos líderes fascistas. Pousei meu copo na tábua de passar roupa e toquei uma das camisetas com a cruz de São Jorge. Quase sem pensar, apanhei a camiseta, desdobrei-a com uma sacudida e a vesti pela cabeça.

Postei-me diante do espelho, ciente de que o tumulto na rua deixara minha pele brilhante. Os ombros de meu pai tinham encolhido em seus últimos anos, conforme eu notara em suas fotos, e a camiseta ficava apertada no meu peito, como o abraço de um pai aprobativo.

12. Palácios de neon

Fiquei sentado dentro do meu carro diante do Colégio de Brooklands, esperando até que os últimos alunos saíssem. Passando por mim aos bandos, eles enchiam as ruas adjacentes com seu ruído e sua anarquia, uma turba adolescente que em breve tomaria conta do mundo. Eu gostava deles todos, dos garotos cruéis e sebentos com seu humor surrealista e das garotas cruéis e majestosas.

Quando os professores haviam partido em seus carros, desci do meu e caminhei pela alameda coberta de embalagens de doces, maços de cigarro e latas de Coca-Cola, os destroços de uma calamidade agradável. Entrei no saguão principal, que ainda ecoava os gritos e assobios e exalava o cheiro forte de testosterona e material esportivo não lavado.

A secretária do professor-chefe confirmou minha hora marcada. Imaginando que eu fosse um pai de pretendente a aluno, que seria certamente frustrado pela falta de vagas na escola, ela foi alegre e simpática. Contou-me que o sr. Sangster estava na biblioteca, mas em breve me receberia.

Esperei do lado de fora de sua sala por quinze minutos, e então saí à procura do professor-chefe. Imaginei que William Sangster, uma das três testemunhas de Duncan Christie, não estivesse com muita vontade de me conhecer, tendo feito sua parte para libertar o homem prestes a ser acusado de assassinar meu pai. Mesmo uma vida toda de experiência enfrentando pais desagradáveis e comitês educacionais seria de pequena ajuda para lidar com um filho ávido por vingança.

A biblioteca era um antro de livros amarrotados, bilhetes de amor e guimbas de cigarro jogadas pelos cantos. Sangster saíra poucos segundos antes de eu chegar, e ouvi o som de passos que se afastavam pelo corredor. Passei por salas de aula vazias, acenei com a cabeça para uma professora que fazia anotações em livros de exercícios diante de seu quadro-negro e vi um homem alto de capote preto virar rapidamente em direção ao ginásio de esportes.

Atravessamos ao mesmo tempo o piso de madeira, separados por quinze metros de superfície polida, mas sincronizados no mesmo passo, participando de uma forma de dança a distância. Ele era um homem desnecessariamente grande, com braços e ombros pesados e um rosto rechonchudo de bebê, muito mais jovem do que eu esperava. Evitou a mão que lhe estendi, e me perguntei se não seria um impostor, um ator de trinta e cinco anos que de alguma maneira assumira a direção de uma escola deteriorada e agora estivesse procurando uma saída. Notou meus pés se desviando de três embalagens de camisinhas no chão.

"Nós..." Simulou uma leve gagueira, apontando para as camisinhas, e deu um sorriso desanimado. "Nós... ensinamos alguma coisa a eles. Senhor...?

"Pearson. Tenho uma reunião marcada. Richard Pearson."

Encarou minha mão erguida como se eu estivesse tentando lhe vender um acessório sexual e afastou um dedo indicador muito roído de seus lábios de bebê. "Certo. Seu pai...?"

"...morreu em decorrência do tiroteio no Metro-Centre. O senhor estava lá."

"Eu me lembro." Sangster olhou fixamente as embalagens de camisinha. "Trágico, definitivamente. Receba minhas condolências."

Acenou para que eu entrasse numa sala de aula vazia e então me conduziu a um passeio pela classe, até me indicar uma carteira na primeira fila. Quando me sentei, ele ficou andando diante do quadro-negro, parando para apagar um algarismo numa equação matemática; era claramente um desses homens grandalhões que parecem nunca saber o que fazer com certas partes do corpo. Baixou os olhos para o braço esquerdo, como se o descobrisse pela primeira vez, em dúvida sobre como encaixar aquele membro no quadro mental que fazia de si mesmo.

Impaciente para chegar logo ao ponto, e cansado de ficar à mercê daquele homem esquisito, eu disse: "Senhor Sangster, o senhor obviamente é muito ocupado. Será que poderíamos...?".

"Claro." Sentou-se na cadeira do professor e me deu sua atenção plena, sorrindo de um modo genuinamente amistoso. "Dois pais de alunos nossos foram feridos naquele dia, senhor Pearson. O senhor quer desesperadamente encontrar o homem que matou seu pai. Mas não sei se há algo que eu possa fazer."

"Bem... num certo sentido, o senhor já fez."

"É mesmo? Como?"

"O senhor ajudou a inocentar Duncan Christie."

Sangster recostou-se na cadeira, a cabeça repousando sobre a equação matemática, suportando minha rudeza. "Testemunhei que vi Christie no hall de entrada quando os tiros foram disparados. Eu não ajudei a inocentá-lo. Não tenho esse poder. Foi a declaração de uma testemunha."

"O senhor estava de fato no Metro-Centre?"

"Naturalmente. Houve duas outras testemunhas que depuseram."

"Eu sei. Por alguma razão, isso me incomoda." Tentando não exasperar aquele professor-chefe altamente sensível, adotei meu mais amistoso sorriso de executivo de publicidade, uma careta que eu imaginara ter abandonado para sempre. "Todos vocês o conheciam. Isso não é estranho?"

"Por quê?" Com a cadeira inclinada para trás, Sangster me olhava por cima da mesa do professor, inflando suas bochechas gordas como um baiacu avaliando o tamanho de sua vítima. "De outro modo não o teríamos reconhecido. Por que motivo faríamos de conta que o vimos?"

"Esse é o nó da questão. É difícil pensar num motivo comum..."

"Senhor Pearson, o senhor está sugerindo que conspiramos para livrar Christie?" Sangster tocou o quadro-negro atrás de sua cabeça, simulando estar me ouvindo só pela metade. "Três testemunhas respeitáveis?"

"O senhor é respeitável. Quase respeitável demais. É possível que tenha visto alguém parecido com Christie. O senhor poderia pensar que o viu, e naturalmente sente que ele é inocente."

"Ele é inocente, senhor Pearson, dei aulas para ele. Durante três anos fui seu professor de matemática, nesta mesma classe. Na verdade, ele sentava nessa carteira onde o senhor está sentado agora. Alguém deu aqueles tiros, mas não Duncan Christie. Ele é inconfiável demais, errático demais. Faz uns bicos para mim, como remendar a cerca ou cortar a grama. Trabalha duro por cinco minutos e aí sua mente começa a viajar, ele larga as ferramentas e desaparece por uma semana. Seu cérebro é uma espécie de teatro, onde ele brinca com a própria sanidade. Ele não matou seu pai."

"Certo." Saí da carteira rabiscada de tinta de caneta. "A bem da verdade eu concordo com o senhor."

"O senhor concorda? Ótimo." Sangster se pôs de pé e espanou com as mãos o giz de seu casaco, equações invertidas virando pó e caindo sobre seus grandes pés. Indicou-me a porta. "Mas por quê...?"

"Eu o vi diante do tribunal. Estava fazendo o papel do assassino, só para incitar todo mundo. Só parou quando me reconheceu e soube que não era uma brincadeira. O verdadeiro assassino não faria isso."

"Bem colocado." Sangster balançou a cabeça gravemente. "Você passou por um bom bocado, Richard, e manteve seu foco. Pode parecer uma conspiração, mas muitos de nós conhecíamos Duncan Christie e não queríamos vê-lo incriminado falsamente..."

Saímos caminhando pelo corredor, o corpanzil de Sangster quase preenchendo o espaço estreito. Ele relaxara visivelmente, dando tapinhas no meu ombro como se eu fosse um aluno que acabara de demonstrar uma súbita propensão para o cálculo diferencial. Fechou a porta de sua sala, deixando do lado de fora sua intrigada secretária, apanhou duas taças e uma garrafa de xerez de um balcão lateral e sentou-se atrás da escrivaninha. Ainda vestindo seu casaco, ficou me observando enquanto eu sorvia o doce líquido, seus lábios de bebê imitando os meus.

"Xerez dos pais de alunos", contou. "Torna mais curto um longo dia. Pense nele como um apoio de trabalho."

"Por que não? Sinto por você. Tentar educar seiscentos adolescentes no meio de um circo." Apontei para a cúpula visível através de suas janelas. "Tantas cavernas de Aladim, uma centena de palácios de neon cheios de tesouros."

"As únicas coisas verdadeiras são as miragens. Podemos lidar com isso. Ainda assim, eu sei como você se sente, Richard. Um velho é baleado sem nenhum motivo. O único fator comum é o Metro-Centre. De algum modo ele explica tudo."

"Meu pai e todo o pesadelo consumista? Acho que há uma conexão. A maioria das pessoas aqui está enlouquecendo sem se dar conta."

"Todos esses centros de compras, a cultura de aeroporto e via expressa. É um novo tipo de inferno..." Sangster se pôs de pé e pressionou suas mãos enormes contra as bochechas, como se tentasse se esvaziar. "Essa é a perspectiva Hampstead,* a visão da Clínica Tavistock. A sombra de Freud se estende sobre a terra, o Agente Laranja da alma. Acredite, as coisas são diferentes aqui. Temos de preparar nossas crianças para um novo tipo de sociedade. Não faz sentido falar a eles sobre a democracia parlamentar, a Igreja ou a monarquia. As velhas idéias de cidadania com que você e eu fomos formados são na verdade um tanto egoístas. Toda aquela ênfase nos direitos individuais, habeas corpus, liberdade do indivíduo contra a massa..."

"Liberdade de expressão, privacidade?"

"Qual é o sentido da liberdade de expressão se você não tem nada a dizer? Encaremos os fatos, a maioria das pessoas não tem nada a dizer, e sabe disso. Qual é o sentido da privacidade se é apenas uma prisão personalizada? O consumo é um empreendimento coletivo. As pessoas aqui querem compartilhar e celebrar, querem estar juntas. Quando vamos às compras, tomamos parte de um ritual coletivo de afirmação."

"Então ser moderno, hoje, significa ser passivo?"

Sangster deu uma palmada no tampo da mesa, derrubando

---

* Hampstead: subúrbio rico de Londres, famoso por suas mansões e por sediar associações artísticas, literárias e musicais. A Clínica Tavistock, assim chamada por localizar-se na Tavistock Square, em Londres, é um centro de psicanálise renomado sobretudo por seus estudos sobre educação e tratamentos voltados para os traumas de guerra. (N. T.)

o porta-lápis. Inclinou-se para mim, o enorme casaco crescendo a seu redor.

"Esqueça isso de ser moderno. Aceite, Richard, todo o empreendimento modernista foi intensamente divisionista. O modernismo nos ensinou a desconfiar e a desgostar de nós mesmos. Toda aquela consciência individual, aquela dor solitária. O modernismo foi conduzido pela neurose e pela alienação. Olhe para sua arte e sua arquitetura. Há algo de profundamente frio nelas."

"E o consumismo?"

"Celebra a união. Sonhos e valores compartilhados, esperanças e prazeres compartilhados. O consumismo é otimista e olha para a frente. Naturalmente, ele nos pede que aceitemos a vontade da maioria. O consumismo é uma nova forma de política de massas. É muito teatral, mas gostamos disso. É comandado pela emoção, mas suas promessas são atingíveis, não apenas retórica oca. Um novo carro, um novo eletrodoméstico, um novo aparelho de CD."

"E a razão? Nenhum lugar para ela, suponho."

"A razão, bem..." Sangster andava de um lado para outro atrás de sua cadeira, as unhas roídas contra os lábios. "Está muito próxima da matemática, e a maioria de nós não é muito boa em aritmética. Em geral eu aconselho as pessoas a se afastarem da razão. O consumismo celebra o lado positivo da equação. Quando compramos uma coisa, acreditamos inconscientemente que ganhamos um presente."

"E a política demanda um fluxo constante de presentes? Um novo hospital, uma nova escola, uma nova via expressa...?"

"Exatamente. E sabemos o que acontece a crianças que jamais ganham brinquedos. Somos todos crianças hoje em dia. Queira ou não, só o consumismo pode manter unida uma sociedade moderna. Ele pressiona os botões emocionais certos."

"Então... o liberalismo, a liberdade, a razão?"

"Fracassaram! As pessoas não querem mais ser chamadas à razão." Sangster se curvou e rolou sua taça de xerez sobre o tampo da mesa, como se esperasse que ela se levantasse por conta própria. "O liberalismo e o humanismo são um grande entrave à sociedade. Eles tiram proveito da culpa e do medo. As sociedades são mais felizes quando as pessoas gastam, não quando poupam. Precisamos agora é de uma espécie de consumismo delirante, do tipo que você vê nos salões do automóvel. As pessoas sentem falta de autoridade, e só o consumismo pode fornecê-la."

"Compre um novo perfume, um novo par de sapatos, e você será uma pessoa mais feliz e melhor? E você pode convencer disso seus adolescentes?"

"Eu não preciso. Vem com o ar que eles respiram. Lembre-se, Richard, o consumismo é uma ideologia redentora. Em sua melhor forma, ele tenta estetizar a violência, embora infelizmente nem sempre consiga..."

Sangster se empertigou, sorrindo consigo mesmo de um jeito quase sereno. Contemplou suas mãos enormes, satisfeito por aceitá-las como diligentes postos avançados de si próprio.

Separamo-nos na escada diante da entrada. Eu gostava de Sangster, mas tinha a nítida sensação de que ele já havia me esquecido antes mesmo de se despedir e voltar para dentro da escola. Saí caminhando entre as embalagens de doces que revoavam pelo caminho, em meio às latas de Coca-Cola, os maços de cigarro e as embalagens de camisinha.

13. Duncan Christie

Uma banda de metais atacava um pot-pourri de temas de Souza,* fogos de artifício abriam guarda-chuvas de luz turquesa e rosa berrante sobre a cidade estremunhada, buzinas soavam e vozes rugiam e aclamavam, saudando o pequeno dirigível do Metro-Centre que sobrevoava a cúpula, mais parecido com um sonho do que qualquer coisa que tivesse povoado nossa cabeça durante a noite. O fim de semana era um festival esportivo prolongado, bancado pelo Metro-Centre e envolto em mais promessas do que o próprio William Sangster poderia ter imaginado.

Enquanto tomava um tardio café-da-manhã, eu ouvia os ônibus e peruas trazendo times e torcedores das cidades à margem da via expressa. Sob as luzes de arco voltaico do anoitecer haveria uma "Olimpíada do Vale do Tâmisa", incluindo jogos de futebol e de rúgbi, competições atléticas, eliminatórias de hóquei no gelo e uma série de maratonas e corridas de carro. O es-

---

* Referência ao compositor norte-americano John Philip Souza (1854-1932), famoso sobretudo como autor de marchas militares. (N. T.)

porte e as compras celebrariam um casamento de dois dias, a ser comandado por David Cruise. O céu seria o teto do casamento, e todo o sudeste de Londres estava convidado. No canal a cabo do Metro-Centre os apresentadores aqueciam a audiência, atiçando as rivalidades dos esportes de contato físico, as "guerras" entre times de hóquei da área de Heathrow.

Por volta das duas horas, quando finalmente cheguei ao Metro-Centre, a maior multidão que eu já havia visto em Brooklands enchia a praça ao lado da entrada sul, uma congregação de fiéis que teria lotado uma dúzia de catedrais. Consumidores conversavam entre si, vendedores em uniformes oficiais carregavam cartazes listando os descontos do dia em roupas masculinas, carne moída e tratamentos com Botox. Agentes de segurança murmuravam em seus walkie-talkies, funcionários vestidos com moletons do Metro-Centre pelejavam para manter aberta uma passagem com corrimões entre a rodovia perimetral e a entrada.

Torcedores de clubes esportivos eram a força majoritária, um exército suburbano de cruzados em suas camisetas com a cruz de São Jorge. Estacionei meu carro na garagem subterrânea, usando o passe vip que Tom Carradine me concedera como cortesia. Emergindo do elevador, eu me vi incorporado a uma equipe de futebol correndo e saltando sem sair do lugar. O cheiro de seu suor e de seu ânimo, seus urros e gritos de ira sagrada elevavam-se no ar em direção ao dirigível que se movia em círculos. Perto dali, mulheres de um clube atlético feminino se exercitavam graciosamente, movendo-se como alunas de dança por um repertório de posturas de líderes de torcida. Em nenhum lugar havia sequer um policial.

O único sinal de tensão vinha da estrada perimetral, onde uma caminhonete escangalhada tinha enguiçado no meio-fio. Mas aquele não era um dia para infrações de estacionamento, o pecado capital em que todo mundo dos subúrbios incidia, assim como os cheques sem fundo e os estouros nos cartões de crédito. Parar em fila dupla, como o adultério e o alcoolismo, era uma parte vital do cimento social que mantinha os subúrbios saudáveis.

Caminhei na direção da caminhonete encalhada, onde a multidão parecia mais rarefeita. Rádios começaram a zumbir e gemer à minha volta, o espírito de colméia ganhando vida na presença de um intruso. Um jovem estava em pé junto à carroceria, descarregando uma geladeira na calçada. Uma pequena multidão já se aglomerava a seu redor, mães segurando suas inquietas crianças. Uma mulher negra estava sentada no lugar do motorista; enquanto sua filha brincava a seu lado, ela lia uma revista, ignorando a multidão e o próprio marido.

Eu vira pela última vez o rapaz diante do tribunal, e agora finalmente eu tinha uma boa chance de falar com Duncan Christie.

A maior das entregas de Christie ainda estava para ser descarregada, uma geladeira dupla com portas cromadas e um congelador grande o suficiente para o bar de um hotel. Exaurido pelo esforço de movimentar sua carga, Christie se apoiou na carroceria e sorriu para o dirigível do Metro-Centre que vagava sobre sua cabeça. Havia se restabelecido do duro tratamento nas mãos da polícia, mas seu rosto estava pisado e pálido, como se as violentas tempestades que se agitavam dentro dele tivessem deixado sombras em sua pele.

Sua boca cicatrizada, seu cabelo auto-aparado — sem dúvida tosquiado com uma máquina elétrica durante uma pausa num canteiro de obras — e seu ar geral de desleixo faziam com que parecesse errático e dispersivo, um viciado em metadona sempre emergindo de um tratamento de reabilitação. Tudo nele — de seus grandes pés metidos num par de tênis desencontrados até o tique que o fazia puxar o piercing infectado da orelha — fixava-o firmemente como um espantalho urbano talhado para afugentar qualquer câmera de circuito interno.

Mas seus olhos estavam calmos, e ele parecia ter feito as pazes com o indolente dirigível duzentos metros acima de sua cabeça, como se esperasse que o cinegrafista na cabine fosse filmar a modesta exposição de bens que ele descarregara da caminhonete.

Alinhada ao longo do meio-fio havia uma seleção de aparelhos de cozinha — uma secadora de roupas, duas geladeiras, um trio de máquinas de lavar e um forno de microondas. Nenhum deles era novo, e a ferrugem rompia seu esmalte. Eram a mobília familiar de todas as cozinhas de Brooklands, mas havia em sua presença algo de surrealista, que perturbava a pequena multidão. Uma mulher de meia-idade a meu lado puxava a trela de seu dócil spaniel, fazendo o bicho levantar os olhos para mim e rosnar ameaçadoramente.

"Certo, belezinha..." Christie despertou de sua comunhão com o dirigível e cuspiu nas mãos cheias de cicatrizes. "Hora de carregar você, garota..."

Abraçou a geladeira pelo meio, balançou-a de um lado para o outro e a levou passo a passo até a prancha rebaixada da carroceria. Era mais forte do que eu pensava, com braços sólidos de estivador, mas a geladeira era pesada demais para ele. Quando ela se inclinou para a frente, uma das portas se abriu e prendeu sua mão direita.

"Meu Deus!" Incapaz de se mexer, com a geladeira pressionando seu peito, encarou os espectadores imóveis. "Nenhum de vocês é uma porra de um cristão? Maya!"

Sua mulher assistiu a tudo isso pelo espelho retrovisor, avaliou a situação e voltou a brincar com a filha. Dei uns passos à frente e fechei a porta da geladeira, libertando os dedos dormentes de Christie, e em seguida ajudei-o a baixar a volumosa máquina até o chão. Ele se inclinou na minha direção, um Sansão sem fôlego agarrado a seu templo.

"Obrigado, senhor. Obrigado. Uma boa ação nos dias de hoje requer coragem."

Uma mulher idosa de casaco de sarja e chapeuzinho ficara olhando para Christie, irritada por sua aparente euforia.

"Está me ouvindo?", gritou ela enquanto ele meneava a cabeça. "Você está no lugar errado. Quer um reembolso?"

"Reembolso?" Christie despertou e examinou a mulher. "Não quero um reembolso, senhora, quero uma recompensa."

"Recompensa? Você não pode obtê-la aqui." A mulher virou-se para o marido, que balançava a cabeça para o microondas como se estivesse reconhecendo um amigo caído em desgraça. "Harry, de que seção é isso?"

"Você pergunta isso para mim?"

"Estou perguntando para você."

Ainda às turras, eles saíram caminhando em direção a um grupo de balizas que marchava junto a sua banda de gaitas-de-foles.

Christie assumiu seu lugar perto dos eletrodomésticos enfileirados. Sua postura era afável, mas seus olhos se escureceram como se uma rajada de vento tivesse atravessado sua mente. Ele era uma incubadora de doenças mentais, uma cultura de caretas e tiques. Curvou-se atrás da geladeira e cuspiu no chão, depois se recompôs como um vendedor, dirigindo um sorriso selvagem a seus fregueses.

"Bem, quanto você me oferece?" Ele acariciava o microondas e se dirigia a uma moça cuja filha empurrava um carrinho de boneca. "Teve um único e cuidadoso dono, funciona perfeitamente, alguns frangos à Kiev, intercalados com um ou outro cheeseburger. Totalmente recondicionado."

"Quanto é?" A mulher passou um dedo pelo esmalte engordurado. "Tem uma garantia por escrito?"

"Por escrito?" Christie revirou os olhos e sussurrou para mim: "Uma súbita confiança na alfabetização. Por escrito, senhora?".

"Você sabe, um documento impresso."

"Um documento..." Christie elevou a voz até gritar por sobre o som da banda de gaitas-de-foles. "Senhora, nada é verdadeiro, nada é falso! Não diga nada, não admita nada, acredite em tudo..."

A mulher e sua filha se afastaram, levando com elas a pequena multidão. Vendo que eu era o que restava de sua platéia, Christie se voltou para mim.

"Senhor, eu o estive observando. Diga se não estou certo. O senhor está de olho naquela geladeira. A grandalhona...?"

Aguardei enquanto Christie me media de cima a baixo. Eu era o inimigo, no meu terno de verão cinza-chumbo, uma criatura do Metro-Centre e dos centros comerciais. Eu tinha absoluta certeza de que ele já não se lembrava de mim. Sua prisão, a polícia truculenta, sua aparição no tribunal, tudo isso tinha desaparecido por algum ducto de lixo no fundo de sua mente.

"Sim, a grandalhona." Toquei a enorme ruína de geladeira. "Devo supor que ela esteja funcionando?"

"Perfeitamente. Faz gelo o bastante para congelar o Tâmisa."

"Quanto é?"

"Bem..." Deleitando-se, Christie fechou os olhos. "A bem da verdade, o senhor não tem condições de comprá-la."

"Vamos ver."

"Nem adianta. Acredite, o preço está além do seu alcance."

"Vinte libras? Cinqüenta libras?"

"Por favor... o preço é inimaginável."

"Continue."

"É *de graça!*" Um sorriso quase maníaco distorceu o rosto de Christie. "De graça!"

"Você quer dizer...?"

"Grátis. Nem um centavo, nem um euro, necas." Christie deu alegres tapinhas no meu ombro. "De graça. Um conceito inconcebível. Olhe para o senhor. Escapa a toda sua experiência. O senhor não é capaz de lidar com isso."

"Sou, sim."

"Duvido." Assumindo um ar de confidência, Christie baixou a voz: "Venho aqui todo sábado, e a certa altura alguém pergunta: 'Quanto é?'. 'De graça', eu digo. Eles ficam perplexos, reagem como se eu estivesse tentando roubá-los. Isso é o capitalismo para vocês. Nada pode ser de graça. A idéia causa-lhes mal-estar, eles querem chamar a polícia, mandar mensagens para seus contadores. Não se sentem merecedores, estão convencidos de que pecaram. Precisam sair correndo e comprar alguma coisa para poder recuperar o fôlego..."

"Muito bem." Esperei enquanto ele acendia um baseado. "Pensei que talvez fosse uma performance de teatro de rua. Mas na verdade você está dizendo uma coisa muito séria."

"Perfeitamente. Maya, ouça o que o homem está dizendo."

"Esse é o seu protesto contra o Metro-Centre e todos os outros supershoppings. Por que não botar fogo neles de uma vez?"

"Bem que se poderia." Christie tragou a doce fumaça do cigarro. "Se eu acendesse o estopim, o senhor seguraria a tocha?"

"Talvez. Para falar a verdade, tenho meus próprios problemas com o Metro-Centre. Meu pai morreu num tiroteio lá."

Christie deu uma baforada e voltou-se para mim sem demonstrar surpresa. Por alguns segundos toda expressão tinha sumido de seu rosto, ele estava destituído de emoções. Dor, simpatia e remorso tinham se mudado para outro território da sua mente. Se ele me reconhecia ou não como o homem que o observara do lado de fora do tribunal era agora uma questão irrelevante. Percebi que, mesmo que tivesse sido autor dos tiros, ele teria reprimido havia muito tempo toda lembrança disso.

"Seu pai? Puxa, essa é dura." Afastou-se de mim, batucando com os punhos nas máquinas de lavar. Enquanto sua mulher descia da cabine da caminhonete, ele gritou: "Maya... foi por pouco. Quase consegui um comprador".

"Christie, temos que ir."

Ela estava calma mas determinada, cuidando do marido como uma enfermeira cansada. Os olhos dela se encontraram com os meus e em seguida se afastaram, como se estivesse habituada a lidar com os desgarrados que Christie atraía com sua tagarelice sem propósito.

Um carrão americano tinha estacionado no meio-fio a uns cinqüenta metros dali, um Lincoln prateado com o logotipo de uma operadora de TV a cabo estampado nas portas. Um chofer com o uniforme do Metro-Centre desceu e deu a volta no carro até a porta traseira do passageiro. Uma equipe de televisão aproximou-se do carro, conduzida em meio à multidão de curiosos por três funcionários uniformizados. O operador da Steadicam* agachou com sua parafernália, filmando o passageiro do banco traseiro, uma bela figura familiar que inspecionava seu denso bronzeado num espelhinho.

David Cruise estava usando maquiagem de estúdio, pronto para a tomada que abria seu programa de sábado. O cinegrafis-

---

* Steadicam: marca registrada de câmera cinematográfica com um complexo sistema de contrapeso que permite ao cinegrafista se movimentar sem que a imagem fique tremida ou desequilibrada. (N. T.)

ta o filmaria saindo do Lincoln prateado, saudando a animada multidão e as balizas da banda e em seguida entrando no palácio do consumo onde ele reinava.

A banda atacou *Hail to the chief* * e um sorriso se desenhou no lábio superior de Cruise, um leve tremor que se expandiu para os músculos de seu rosto. Revigorado por essa careta, ele saltou agilmente do banco do passageiro. Saudou os espectadores como um político experiente, beliscando a bochecha de uma senhora maravilhada, trocando gracejos com dois trabalhadores vestidos de macacão, distinguindo pessoas na multidão para oferecer-lhes seu sorriso pessoal. Eu notava sua ausência de agressão e a suavidade de suas mãos, que estavam em toda parte, voejando à sua volta como pássaros ensinados, apertando, dando tapinhas, acenando e saudando.

Com seu batom, seu ruge e sua base, Cruise parecia ainda mais real do que na televisão. Ele lembrava os atorezinhos que eu tinha dirigido quando filmava comerciais. O comercial de TV saltava o fosso entre a realidade e a ilusão, criando um mundo onde o falso se tornava real e o real se tornava falso. As pessoas que assistiam ao avanço régio de Cruise até a entrada sul esperavam que ele usasse maquiagem e achavam natural que elogiasse exageradamente os produtos que elas eram tão facilmente persuadidas a comprar. David Cruise, ator coadjuvante de séries televisivas nas quais ele entrava quando a audiência despencava, era uma ficção completa, da cintura apertada com colete ao sorriso juvenil. Mas era uma fraude em que as pessoas eram capazes de acreditar.

"Você tem razão", eu disse a Christie. "Nada é verdadeiro, nada é falso. O que era isso? Não diga nada, acredite em tudo...?"

---

* *Hail to the chief* (Salve o comandante): hino oficial do presidente dos Estados Unidos. (N. T.)

Christie estava de pé a meu lado, tão perto que eu podia ouvir sua respiração forçada. Seus pulmões se moviam em súbitos arrancos, como se seu corpo estivesse tentando desesperadamente se desatrelar de seu cérebro. Num pasmo profundo, ele contemplava a figura de David Cruise em retirada, fendendo a multidão como um messias em liquidação. Achei que Christie estivesse à beira de um ataque epilético, cercado pela aura de alerta que precede o acesso. Pousei minhas mãos em seus ombros suados, pronto para agarrá-lo quando caísse. Mas ele me empurrou, endireitou as costas e ficou olhando para o dirigível que sobrevoava nossa cabeça. Entregara-se ao transe voluntariamente, expressando todo o seu ódio ao corpulento ator que encarnava tudo o que ele abominava no shopping.

"Christie, está na hora de ir embora." Sua mulher tomou-lhe o braço e sussurrou alto o bastante para que eu escutasse: "O nenê está ficando cansado".

"Nenê não tá cansado. Nenê tá despertando."

Eu me virei, contente em deixá-los com seus jogos de casal, e me vi defronte a um grupo hostil de seguranças usando camisetas com a cruz de São Jorge. Eles abriam caminho na multidão, agarrados uns aos outros como lutadores em meio ao povaréu. Uma criança berrou, atiçando um terrier demente que começou a latir e a morder. Na tentativa de escapar, maridos trombavam com suas mulheres, e um tumulto irrompeu quando a geladeira caiu de cara no chão. Seguranças berravam mais alto que o som da banda.

"Certo! Vamos pegar você! Fora com esse lixo!"

Punhos golpeavam a lataria da caminhonete. Agarrada à filha, a sra. Christie agitava a mão livre para os agressivos seguranças. Totalmente desperto agora, seu marido lutava corpo a corpo com o líder deles, um brutamontes louro de colete de jogador de hóquei sob a camisa.

Recuei um passo e perdi o equilíbrio ao ser abalroado no ombro por uma mulher pesadona que usava um capacete de ciclista. Em meio à confusão de pernas, joelhos e punhos vi um conversível encostar atrás da caminhonete. O motorista saltou de seu assento, amarrando uma jaqueta de couro em torno da cintura, evidentemente ávido para entrar na briga.

Ele se enfiou na multidão, empurrando com força qualquer um que chegasse perto. Estava bem entrado nos cinqüenta, com uma carranca quase cômica, os ombros oscilantes de um boxeador e a cabeça raspada de um leão-de-chácara de boate. Aparecia com freqüência na televisão, mas na última vez que eu o vira ele estava sentado ao lado de Geoffrey Fairfax no banco dianteiro do Range Rover do advogado. Era o psiquiatra de Christie, dr. Tony Maxted, a terceira de suas prestativas testemunhas.

Ele me viu ajoelhado junto à roda traseira da caminhonete e veio direto em minha direção. Agarrou meus ombros, como um enfermeiro musculoso dominando um paciente mental, e riu com vontade quando tentei afastar suas mãos com um safanão. Ajudou-me a ficar de pé e me empurrou em direção a seu carro.

"Richard Pearson? Vamos embora antes que você bata em alguém. Acho que os Christies podem cuidar de si mesmos..."

14. Rumo a uma loucura voluntária

A terceira testemunha.

Esperando a hora certa, fiquei encolhido no banco reclinável do alegre Mazda enquanto o dr. Maxted nos conduzia erraticamente pelas ruas do leste de Brooklands. Passamos por uma prisão de jovens infratores, em seguida viramos em direção a um condomínio de negócios onde os laboratórios de pesquisa da Siemens, da Motorola e dos computadores Astra tentavam subjugar uns aos outros com o olhar por sobre gramados intocados e canteiros de suaves narcisos que haviam desistido de esperar pelo poeta que os cantasse. Emergindo numa rua de galpões de vidro e metal, desembocamos numa rodovia duplicada que passava por uma marina e um clube de esqui aquático construídos ao lado de um lago artificial com fundo de cascalho.

Deduzi que Maxted estava tentando me confundir, construindo um labirinto em torno de minha cabeça com um atlas de desordenadas ruas de periferia e estradas secundárias. Quando passamos pela segunda vez diante da prisão de jovens infratores, toquei o ombro de Maxted, mas ele me apontou a estrada em frente, como se o carro precisasse de minha atenção plena.

Decidi ceder e passei a examinar os vigorosos músculos de seu pescoço e o cabelo raspado que cobria seu amplo crânio. Dirigia o potente carro com uma surpreendente falta de graça, os dedos mal tocando o volante, socando a caixa de câmbio enquanto afundava o pé pesado na embreagem. Como tantos psiquiatras, ele precisava praticar joguinhos com todo aquele que entrasse em seu espaço profissional, cumprindo os rituais privados do xamã dos tempos modernos.

Finalmente chegamos ao Northfield Hospital, o sanatório mental onde Duncan Christie estivera internado. Paramos no portão e Maxted tocou a buzina para despertar o guarda que cochilava sobre seu jornal vespertino. Passamos por uma academia de ginástica e esportes, por blocos de apartamentos dos funcionários e por uma capela ecumênica que parecia um mictório de vanguarda. Estacionamos diante do prédio da administração central e caminhamos até uma entrada lateral oculta por uma cerca viva de rododendros. Usando seu cartão magnético, Maxted me conduziu até um elevador parecido com um caixão.

Enquanto subíamos até a cobertura, ele me olhou de cima a baixo, balançando afirmativamente a cabeça sem dizer palavra.

"Obrigado pela excursão misteriosa", eu disse. "Um carro e tanto, especialmente quando é o senhor que está dirigindo."

"Isso é um elogio?" Maxted afrouxou a gravata. "Eu não estava tentando confundi-lo. Dirigir em linha reta teria esse efeito. Fico admirado, para começar, que você tenha encontrado o caminho para Brooklands."

"Não estou seguro de ter encontrado..."

Saímos do elevador para uma antecâmara sem janelas. Depois de digitar um código de acesso, Maxted me conduziu pelo corredor de entrada de uma espaçosa cobertura, que parecia construída tardiamente com lâminas de vidro e metal. Sacadas salientes davam vista para os edifícios do hospital, abaixo. A uma milha de distância, para além de um território de rodovias de pista dupla e pátios de fábricas, erguia-se a cúpula do Metro-Centre, com seu dirigível pairando sobre ela como uma alma acorrentada.

Maxted apontou com gestos para a mobília cara mas anônima, os sofás de couro preto e as luminárias cromadas iluminando áreas remotas do carpete que ninguém jamais visitara. Aquilo me lembrou o estúdio de televisão do mezanino onde David Cruise recebia seus convidados. Num certo sentido, o apresentador e o psiquiatra estavam no mesmo negócio, redefinindo o mundo como uma estrutura minimalista na qual os seres humanos eram uma intrusão desmazelada. Adequadamente, as estantes de livros estavam vazias, e na sala de jantar deserta a mesa estava posta para convidados que nunca viriam.

"É uma espécie de choupana glamorosa..." Maxted exibia os ambientes de teto baixo com um gesto de pouco-caso, mas parecia relaxado e confiante, saltitando como se o lugar refletisse sua secreta visão de si mesmo. "A nova ala de pesquisas foi financiada pela DuPont. Ajudei a levantar boa parte do dinheiro. Esta é uma das mordomias, como ter seu elevador privativo. Ajuda a afastar a dor."

"Existe alguma dor?"

"Pode crer que sim. No entanto, você está acostumado com esse tipo de coisa. Uma grande agência londrina, salário de sete dígitos, participação nos lucros, apartamento duplex... Estou certo?"

"Errado. A bem da verdade, acabo de ser demitido." A voz de Maxted tinha revelado uma ponta de desejo, intocado pela inveja, como se ele ficasse feliz em viver de modo vicário a vida elegante que aquela cobertura apenas sugeria. Apontei o Metro-Centre, sem saber por que ele havia me levado ao hospital. "Não parece assim tão grande visto daqui. A melhor vista de Brooklands."

"Mesmo que eu esteja vivendo em cima de um hospício?" Maxted deu uma risada generosa, caminhou até o armário de bebidas e voltou com uma garrafa e dois copos. "Laphroaig* — só para pacientes particulares."

"Eu sou um paciente?"

"Ainda não decidi." Maxted me indicou a poltrona que ficava de frente para ele. Seus olhos passearam por mim, detendo-se nos meus sapatos gastos mas caros, embora eu tivesse decidido não lhe contar que nunca teria dinheiro para comprar outro par igual. Ele sorvia ruidosamente seu uísque, fiando-se em seu charme áspero para me dobrar. Era fisicamente forte mas inseguro, e parecia contente por encontrar abrigo no copo de uísque. Deduzi que sabia tudo sobre mim, e que Geoffrey Fairfax lhe contara sobre minhas investigações.

"Então..." Maxted pousou seu copo. "Diga uma coisa: você gosta de violência?"

"Violência? Que homem não gosta?" Decidi deixar o uísque falar por mim. "Sim, provavelmente. Quando era mais jovem."

"Ótimo. Soa como uma resposta honesta. Escaramuças de rúgbi, quebra-quebras em boates — esse tipo de coisa?"

"Esse tipo de coisa."

"Você lutava boxe na escola?"

"Até que o aboliram. Formamos uma sociedade de artes marciais para driblar a proibição. Chamávamos de autodefesa."

"Pontapés e grunhidos? Tabefes no tatame?" Maxted sorriu nostalgicamente. "Qual é o atrativo?"

"Numa palavra?" Desviei o olhar de seus olhos levemente lascivos. "O perigo."

---

* Laphroaig: marca de uísque de malte cuja fábrica se localiza na ilha de Islay, na costa oeste da Escócia. (N. T.)

"Continue."

"Medo, dor, qualquer coisa que quebre as regras. A maioria das pessoas nunca se dá conta de quão violentas são de fato. Ou quão corajosas, quando encostadas na parede."

"Exatamente." Maxted inclinou-se para a frente, punhos cerrados, Laphroaig esquecido. "É quando você incita a si mesmo, ainda que alguém esteja arrancando sangue do seu cérebro."

"Não me diga que o senhor luta boxe?"

"Lutei muito tempo atrás. Segunda divisão na universidade. Mas me lembro da sensação. Depois de três assaltos você se sente vivo de novo." Maxted tirou a tampa da garrafa. "É esse o problema com a videoconferência. Agressividade primal reprimida, nada de diretos de esquerda, nada de cruzado no queixo. Somos uma espécie de primatas com uma inacreditável necessidade de violência. Canoagem em rios de corredeiras não chega a dar conta do recado. É preciso que haja algo mais."

"E há. O senhor sabe disso, doutor Maxted."

"Gostaria de ouvir de você."

Olhei fixamente para a cúpula, tentando adivinhar a disposição de espírito daquele psiquiatra dissidente, quase tão estranho quanto qualquer um de seus pacientes. A tarde começava a cair, e as luzes internas transformavam o Metro-Centre numa abóbora iluminada. Eu disse: "Perigo, sim. Dor, medo da morte. E completa insanidade".

"Insanidade... claro." Saboreando a palavra, Maxted se recostou no sofá, repousando seu compacto pescoço no couro preto. "É esse o verdadeiro apelo, não é? A liberdade de perder deliberadamente o controle."

"Doutor, podemos...?"

"Certo." Tendo arrancado a resposta que queria de mim, Maxted bateu palmas. Tirou a garrafa da frente, desobstruindo a mesa entre nós. "Vamos ao que interessa. Eu o trouxe aqui,

Richard, porque há coisas que precisamos conversar. Você está em Brooklands há poucas semanas, e francamente está indo um pouco rápido demais. Cada briga de rua, cada escaramuça de torcedores, aquela confusão idiota desta tarde com os Christies... Você é um ímã apontado para a violência."

"Estou tentando encontrar quem matou meu pai. A polícia está à deriva."

"Não está, não." Maxted me fez um gesto de calma. "Ouça o que eu lhe digo. Sinto muito pelo velho. Um jeito cruel de partir desta vida. Às vezes a roda da fortuna gira e você não vê nada senão zeros. Um acidente terrível."

"Acidente?" Bati meu copo na mesa. "Alguém disparou uma arma contra ele. Talvez Duncan Christie ou..."

"Esqueça Christie. Você está embarcando na canoa errada."

"A polícia não pensava assim, até que o senhor e outras 'testemunhas' se apresentaram. Ele era o principal suspeito."

"A polícia sempre tira conclusões precipitadas. Faz parte do trabalho deles, ajuda a conquistar a confiança do público. Você viu Christie hoje. Ele não consegue se concentrar o tempo necessário para trocar um fusível, que dirá empreender um assassinato."

"Assassinato?" Virei a cabeça para encarar a cúpula, que parecia crescer em tamanho ao brilhar na penumbra do entardecer. "Isso sugere alguém importante. Quem, exatamente?"

"O alvo? Impossível dizer. David Cruise?"

"Um apresentador de canal a cabo? Trabalhei com ele uma vez. O homem é um insignificante. Por que alguém iria querer matar David Cruise?"

Maxted sorriu afetadamente para o próprio uísque. "Tem gente aqui que lhe daria cem razões. Ele tem uma grande base de poder. As vendas estão baixas no Metro-Centre, e sem David

Cruise eles estariam em maus lençóis. Há até mesmo rumores de que ele criaria um partido político."

"Do tipo que marcha com passo de ganso? O Oswald Mosley do subúrbio? Não acho que ele seria convincente."

"Não precisaria ser. Seu apelo funciona num plano diferente. É mais em seu mundo do que no meu. Política para a era da TV a cabo. Impressões fugidias, uma ilusão de sentido flutuando num mar de emoções indefinidas. Estamos falando de uma política virtual desconectada de qualquer realidade, uma política que redefine a realidade enquanto tal. O público conluia em favor de sua própria tapeação. Cruise está disposto a isso? Tenho minhas dúvidas."

"Então quem era o alvo? E quem matou meu pai?"

"Pergunta difícil, e obviamente você quer uma resposta..."

Maxted fez um gesto no ar, como se tentasse invocar um gênio da garrafa de uísque, e eu me lembrei dele sentado no banco da frente do Range Rover de Geoffrey Fairfax, e dos faróis piscando diante do Odeon decaído. Mas decidi não dizer nada, na esperança de que ele caísse por conta própria numa indiscrição útil. Apesar de toda sua obstinação taurina, ele estava inquieto com alguma coisa, e provavelmente mais vulnerável do que eu era capaz de perceber. Fiquei aguardando enquanto ele se levantou e passou a andar de um lado para o outro no carpete, repassando um passo de dança meio esquecido.

Impaciente por uma resposta, eu disse: "Poderíamos pressionar um pouco mais a polícia. Descobrir quem são seus principais suspeitos. Doutor Maxted?".

"A polícia? Eles vão ficar comovidos com sua fé neles. Ainda não perceberam quanto as coisas têm mudado por aqui. Não estão sozinhos quanto a isso. As pessoas em Londres não podem imaginar o que é a verdadeira Inglaterra. O Parlamento, o West End, Bloomsbury, Notting Hill, Hampstead — tudo isso é a velha Londres, mantida de pé por uma cultura de jantares sociais. Isto aqui é a Inglaterra de hoje. O consumismo impera, mas as pessoas estão entediadas. Estão impacientes, esperando que advenha alguma coisa grande e estranha."

"Dito assim, parece que elas vão ficar aterrorizadas."

"Elas querem ser aterrorizadas. Querem conhecer o medo. E talvez queiram enlouquecer um pouco. Olhe em volta, Richard. O que você vê?"

"Galpões de carga aérea. Shopping centers. Blocos de executivos." Enquanto Maxted me dava ouvidos, aquiescendo melancolicamente com a cabeça, perguntei: "Por que as pessoas não vão embora? Por que o senhor não vai?".

"Porque gostamos daqui." Maxted ergueu as mãos para me impedir de interrompê-lo. "Isto aqui não é um subúrbio de Londres, é um subúrbio de Heathrow e da M25. As pessoas de Hampstead e de Holland Park olham da via expressa ao voltar para casa em alta velocidade de suas casas de campo no oeste do país. Elas vêem uma extensão interurbana sem rosto, um território de pesadelo de câmeras de circuito interno e cães de guarda, um reino descentralizado desprovido de tradição cívica e de valores humanos."

"E é. Eu estive lá. É um zoológico próprio para psicopatas."

"Exatamente. É disso que gostamos. Gostamos de rodovias duplicadas e estacionamentos. Gostamos da arquitetura das torres de controle e das amizades que duram uma tarde. Não há autoridade civil alguma nos dizendo o que fazer. Isto aqui não é Islington ou South Ken. Não há câmara municipal nem salão de reuniões. Gostamos da prosperidade traduzida na compra de carros e aparelhos. Gostamos de rodovias que passam por aeroportos, gostamos de firmas de transporte aéreo e de pátios de locadoras de automóveis, gostamos de decidir impulsivamente passar feriados onde nos dê na telha. Somos cidadãos do shopping center e da marina, da internet e da TV a cabo. Gostamos daqui, e não temos pressa de que você se junte a nós."

"Nem quero. Pode acreditar em mim. Vou embora assim que puder."

"Ótimo." Maxted moveu afirmativamente a cabeça com vigor. "Brooklands é perigosa. Você vai se machucar. As cidades da via expressa são lugares violentos. Não estamos falando de uns poucos indivíduos que saem da linha. Estamos falando de psicologia coletiva. Toda a área está à espera de encrenca. Todos esses torcedores de clubes esportivos são meras gangues vestidas com a cruz de São Jorge."

"Talvez meu pai estivesse usando uma quando foi baleado. Um piloto de aviões aposentado na faixa dos setenta anos? A família asiática do apartamento vizinho tinha medo dele. Eles me olham como se eu fosse do National Front."

"Talvez você seja, sem se dar conta." Maxted falava sem ironia. "Você tem de pensar na Inglaterra como um todo, não apenas em Brooklands e no vale do Tâmisa. As igrejas estão vazias e a monarquia naufragou em sua própria vacuidade. A política é uma tramóia, e a democracia é só mais um serviço público, como o gás e a eletricidade. Quase ninguém tem sentimento cívico algum. O consumismo é a única coisa que nos fornece nosso senso de valores. O consumismo é honesto e nos ensina que tudo o que é bom tem um código de barra. O grande sonho do Iluminismo, de que a razão e o auto-interesse racional um dia triunfariam, levou diretamente ao consumismo de hoje."

Tentei alcançar a garrafa. "Nesse caso, por que se preocupar? Olhe à sua volta aqui em Brooklands. Vocês encontraram o paraíso terrestre."

"Não é um paraíso." Maxted tentava disfarçar seu escárnio. "Brooklands é um lugar perigoso e transtornado. Coisas sórdidas estão fermentando aqui. Todo esse racismo e violência. Incêndios nos negócios dos asiáticos. Intolerância nua e gratuita. E isso é só o começo. Alguma coisa muito pior está aguardando o momento de sair da toca."

"Mas se a razão e a luz triunfaram?"

"Não triunfaram. Porque não somos criaturas razoáveis e racionais. Longe disso. Recorremos à razão quando nos convém. Para a maioria das pessoas a vida é confortável hoje, e temos tempo livre para ser irracionais se quisermos. Somos como crianças entediadas. Estivemos de férias por um tempo longo demais, e ganhamos muitos presentes. Qualquer pessoa que tenha tido filhos sabe que o maior perigo é o tédio. O tédio e um deleite secreto com a própria maldade. Juntos eles podem incitar a uma notável inventividade."

"Vamos encher a boca do bebê de doces para ver se ele pára de respirar?"

"Exatamente." Maxted me viu sorrindo para meu drinque. "Espero que você tenha sido um filho único. Você viu as pessoas por aqui. A vida delas é vazia. Instalar uma nova cozinha, comprar um carro novo, fazer uma viagem para um hotel à beira-mar. Todos esses clubes esportivos financiados pelo Metro-Centre são uma tentativa de impulsionar as vendas. Não tem funcionado. As pessoas estão entediadas, mesmo que não se dêem conta."

"Então uma porção de bebês vai ficar com a cara azul?"

"Não só bebês. O que está acontecendo aqui envolve comunidades inteiras. Todas essas cidades-satélites em torno de Heathrow e ao longo das vias expressas. Só resta uma coisa que pode insuflar alguma energia na vida delas, dar-lhes um senso de direção. Você dirigiu campanhas publicitárias — tem idéia do que seja?"

"Nenhuma. Narcóticos? Uma cultura completa da droga?"

"Destrutivo demais. Pense em..."

"Guerra? É boa para a televisão."

"Difícil de organizar. O vale do Tâmisa não tem como fazer demandas territoriais e invadir a Bélgica. O que eu tenho em mente vem de graça e é fácil de passar adiante."

"Sexo?"

"Já tentaram o sexo. Mais cedo ou mais tarde, o sexo vira trabalho árduo. Trocar de mulher é divertido, mas você acaba conhecendo gente demais que você despreza. A decadência demanda um certo grau de inocência."

"Então o que resta...?"

"Loucura." Maxted baixou a voz e falou com mais clareza, deixando para trás sua torrente habitual de palavras. "Uma loucura voluntária, ou como você quiser chamá-la. Como psiquiatra eu usaria o termo psicopatologia optativa. Não o tipo de loucura com que lidamos aqui. Estou falando de uma insanidade deliberada, na qual nós, primatas mais elevados, florescemos. Veja um grupo de chimpanzés. Eles se entediam mastigando gravetos e tirando pulgas das axilas uns dos outros. Eles querem carne, quanto mais sangrenta melhor, querem saborear o medo de seus inimigos na carne que eles trituram. Então começam a bater no peito e gritar para os céus. Excitam-se até o frenesi e então partem numa expedição de caça. Topam com uma tribo de macacos cólobos e literalmente os estraçalham membro a membro. É odioso, mas essa loucura voluntária lhes proporcionou um jantar saboroso. Eles se esquecem disso durante o sono e voltam a mascar gravetos e a catar pulgas."

"E então o ciclo se repete." Eu me recostei na cadeira, consciente do hálito quente de Maxted no ar. "Mais distúrbios raciais e incêndios criminosos, mais alojamentos de imigrantes em chamas. Então as pessoas das cidades à beira da via expressa estão cansadas de mastigar gravetos. Há uma questão, porém. Quem organiza esses ataques de loucura?"

"Ninguém. É aí que está a beleza da coisa. A insanidade

optativa está aguardando dentro de nós, pronta para vir à tona quando precisarmos dela. Estamos falando de comportamento primata em último grau. Caças às bruxas, autos-de-fé, execuções de hereges na fogueira, o ferro em brasa na bunda do inimigo, forcas ao longo do horizonte. A loucura voluntária pode contaminar um condomínio residencial ou uma nação inteira."

"Alemanha dos anos trinta?"

"Um bom exemplo. As pessoas ainda acham que os líderes nazistas conduziram o povo alemão aos horrores da guerra racial. Não é verdade. Os alemães estavam desesperados para escapar de sua prisão. Derrota, inflação, indenizações de guerra grotescas, ameaça de bárbaros vindos do leste. Enlouquecer os libertaria, e escolheram Hitler para liderar a caçada. Eis por que eles se mantiveram unidos até o final. Precisavam de um deus psicopata para venerar, então recrutaram um zé-ninguém e o colocaram no altar mais elevado. As grandes religiões têm feito isso há milênios."

"Estados de loucura voluntária? O cristianismo? O islã?"

"Vastos sistemas de ilusão psicopata que mataram milhões, desencadearam cruzadas e fundaram impérios. Uma grande religião significa perigo. Hoje as pessoas estão desesperadas para acreditar, mas só são capazes de chegar a Deus mediante a psicopatologia. Veja as áreas mais religiosas do mundo atual — o Oriente Médio e os Estados Unidos. São sociedades doentes, e vão ficar ainda mais doentes. As pessoas nunca são mais perigosas do que quando não têm nada em que acreditar, exceto Deus."

"Mas em que outra coisa se pode acreditar?" Fiquei esperando que Maxted respondesse, mas o psiquiatra contemplava a cúpula do Metro-Centre através da janela panorâmica, os punhos agarrando o ar como se ele tentasse estabilizar o mundo a sua volta. "Doutor Maxted...?"

"Nada. Exceto a loucura." Maxted se recompôs e se virou

para mim. "As pessoas sentem que podem se fiar no irracional. Ele lhes oferece a única garantia de liberdade ante o papo furado e as mentiras e a propaganda que nos são impingidos pelos políticos, pelos bispos e pelos acadêmicos. As pessoas estão deliberadamente se reprimitivizando. Elas anseiam pela magia e pela desrazão, que lhes foram úteis no passado e talvez possam ajudá-las de novo. Estão ávidas para entrar numa nova Idade das Trevas. As luzes estão acesas, mas elas estão se recolhendo a suas próprias trevas interiores, à superstição e à desrazão. O futuro será uma batalha entre vastos sistemas de psicopatias concorrentes, todas elas voluntárias e deliberadas, partícipes de uma tentativa desesperada de fuga de um mundo racional e do tédio do consumismo."

"O consumismo leva à patologia social? Difícil de acreditar."

"Pavimenta o caminho para ela. Metade dos bens que compramos hoje em dia não é muito mais do que brinquedos para adultos. O perigo é que o consumismo vai precisar de alguma coisa parecida com o fascismo para continuar crescendo. Veja o Metro-Centre e suas baixas vendas. Feche os olhos por um momento e ele já se parece com um comício em Nuremberg. As fileiras de balcões de vendas, os longos corredores, os cartazes e faixas, todo o aspecto teatral."

"Sem botas militares, porém", ponderei. "Sem führers vociferantes."

"Por enquanto. De todo modo, eles pertencem à política da rua. Nossas 'ruas' são os canais de consumo da TV a cabo. O distintivo do nosso partido são os cartões-fidelidade ouro e platina. É meio risível? Sim, mas as pessoas também achavam que os nazistas eram uma piada. A sociedade de consumo é uma espécie branda de estado policial. Achamos que temos escolha, mas tudo é compulsório. Temos de continuar comprando ou então fracassamos como cidadãos. O consumismo cria imensas necessidades inconscientes que só o fascismo pode satisfazer. No mínimo, o fascismo é a forma que o consumismo assume quando escolhe a loucura optativa. Isso você já vê aqui."

"No arborizado Surrey? Não acho, não."

"Está chegando, Richard." Maxted franziu os lábios, como que para eliminar a menor possibilidade de um sorriso. "Aqui e nas cidades em torno de Heathrow. Dá para sentir no ar."

"E a figura do führer?"

"Ainda não chegou. Ele aparecerá, porém, saindo de algum shopping center ou de algum conjunto comercial. Os messias sempre emergem do deserto. Todo mundo estará esperando por ele, e ele saberá agarrar a oportunidade."

"E o Parlamento, o governo, a polícia? Eles vão detê-lo."

"Pouco provável. Eles não estão diretamente ameaçados, então vão fazer de conta que não vêem. É um novo tipo de totalitarismo que opera junto à caixa registradora. O que acontece nos bairros ricos afastados nunca preocupou o governo."

"Uma nova Idade das Trevas... O que fazemos?"

"Tentamos controlá-la. Conduzi-la até a praia. Um monstro está se agitando nas profundezas, precisamos empurrá-lo para a margem enquanto ele ainda está sonolento. Agora é a hora de agir, Richard."

"Certo." Terminei o que restava de meu uísque, tentando não olhar nos olhos de Maxted. Ele era uma figura marcante, com sua enorme cabeça e suas mãos fortes, mas eu também estava sendo empurrado para as águas rasas. Ele começara a consultar o relógio de pulso, e eu quase temia que as portas se abrissem bruscamente para a entrada de uma brigada de resistência comandada por Geoffrey Fairfax. Num tom casual, eu disse: "Imagino que não esteja sozinho. Há outros que pensam como o senhor?".

"Uns poucos. Podemos ver o que está por vir e estamos preocupados."

"Geoffrey Fairfax, William Sangster? O inspetor Leighton?"

"Por acaso, sim." Max não parecia surpreso. "Há outros."

"A doutora Goodwin?"

"À sua maneira ambígua. Julia é menos audaciosa como médica do que como mulher. Por que pergunta?"

"É interessante que vocês sejam o mesmo grupo que por acaso estava no Metro-Centre."

"E que tenhamos visto Duncan Christie na entrada sul? Tem razão."

"Sorte dele. Sua médica, seu psiquiatra, seu professor-chefe..."

"Nós nos encontramos no estacionamento e entramos juntos."

"Muito justo. E quais são os seus planos agora?"

"Cortar esse mal pela raiz. Se esperarmos muito mais tempo seremos submergidos."

"Loucura voluntária..." Repeti a frase, já como um slogan de uma campanha publicitária. "O senhor acha que meu pai foi morto por alguém tão entediado que decidiu escolher a insanidade?"

"Por alguns segundos. Tempo suficiente para puxar o gatilho." Maxted tirou a jaqueta de couro para libertar os braços, então os estendeu e agarrou meus ombros numa súbita exibição de confiança. Senti o cheiro do suor de sua camisa, uma mistura de desodorante vencido e desconforto puro e simples. Ele vinha transpirando desde que chegáramos à cobertura, mas a cuidadosa exposição de seus temores tinha sido mais do que um alerta de saúde pública. Estivera escondendo o desconforto que sentia por ter de expor sua culpa pessoal a alguém que o observava um tanto detidamente demais. A obstinada bazófia era uma máscara ostentada por um homem pensativo e inseguro. Lembrei-me dele sentado no Range Rover diante do Cine Odeon, ao alcance dos ruídos de um distúrbio violento que ele e Fairfax tinham orquestrado. No entanto ele não fizera nada para interrompê-lo.

Soltou as mãos de meus ombros e fez o possível para arrumar meu paletó. "Pense nisso, Richard. Você pode nos ajudar de muitas maneiras. Enquanto vai pensando, preciso dar um telefonema. Sirva-se de um uísque e desfrute a vista. Vai ser uma noite quente..."

"Doutor Maxted, diga-me uma coisa." Esperei que ele chegasse até a porta. "O senhor sabe quem matou meu pai?"

"Acho que sim." Maxted me observou como se eu fosse um paciente condenado para o qual a verdade fosse a última dose letal. "Sim, eu sei."

"Mas...?"

"Estarei com você em cinco minutos. Tem muita coisa que você não sabe."

15. O prisioneiro na torre

Recostei-me no sofá, vendo as luzes que percorriam a planície da via expressa, os descampados desertos da Inglaterra do comércio varejista. Era uma noite de importantes competições esportivas: as legiões de luzes de arco voltaico sobre os estádios de futebol e atletismo resplandeciam num clarão brumoso que capturava cada inseto no vale do Tâmisa. Milhares de espectadores usando camisetas com a cruz de São Jorge já estariam ocupando seus assentos, prontos para se acumular de fúria antes de tomar a plácida cidade.

Lá estava eu sentado com meu uísque, naquela cobertura situada apropriadamente em cima de um asilo de lunáticos. Maxted me impressionara, mas eu não levava a sério sua afirmação de que sabia quem tinha atirado em meu pai. Suas motivações eram ambíguas mesmo para um psiquiatra de bairro nobre suburbano que aparecia com demasiada freqüência na televisão. Ali ele desempenhava o mesmo papel, o do médico durão-porém-afável fazendo um bico como leão-de-chácara de boate, mas até mesmo o público da televisão não se deixara tapear. Ele

147

estava tentando me recrutar para seu grupo de "resistência", mas eu podia ouvir o canto coletivo dos estádios, grandes hinos de guerra que pareciam sacudir a noite, e sabia que Maxted e sua milícia de profissionais excêntricos estavam condenados.

Caminhei até o terraço e contemplei o dorso prateado do Metro-Centre, uma estrutura auto-sustentada muito mais impressionante que o Millennium Dome de Greenwich, que não passa de uma celebrada tenda espetada por bilros gigantescos. O Metro-Centre era uma casa de tesouros que enriquecia a vida de seus visitantes. Como um vendedor sem importância, mas esforçado, num mercado árabe, eu dedicara toda a minha carreira à tarefa de exibir esses tesouros em todo o seu esplendor.

Voltei para a sala de estar e fiquei ouvindo o silêncio. Era fácil imaginar Maxted com uma próstata do tamanho de uma bola de críquete, escarranchado na privada, discutindo ao celular o caso de um paciente complicado enquanto espremia a morosa urina para fora da bexiga.

Abri a porta para dentro do apartamento. Um corredor levava ao banheiro e ao quarto, mas nada da voz de Maxted ao telefone. O apartamento estava em silêncio, as luzes dos telões dos estádios cintilando nas vidraças. Eu estava sozinho na cobertura, e presumi que Maxted tinha saído às pressas para atender a um chamado de emergência, perturbado demais para se lembrar de me avisar.

Pressionei o botão do elevador e fiquei olhando o painel indicador dos andares, então pressionei de novo e esperei. Não houve resposta, e a luz vermelha de alerta brilhava sem parar na fechadura magnética. Sem um cartão magnético o elevador estava interditado a mim, como parte do elaborado sistema de segurança que protegia os laboratórios de pesquisa e seus estoques de drogas dos pacientes evadidos.

"Maxted... pelo amor de Deus!"

Irritado pela infindável seqüência de enigmas que pareciam brotar uns dos outros, esmurrei as portas do elevador e apertei o ouvido contra a superfície de metal. Aborrecido comigo mesmo por ter deixado Maxted jogar seus jogos marotos, voltei para a cozinha. Uma porta de vidro levava a um balcão estreito, onde uma pequena escada se juntava à saída de incêndio principal.

Com cautela, dando ao sistema de segurança tempo para pensar, girei a maçaneta da porta, mas ela não abriu. Em algum lugar da cobertura ficava o quadro de luz com a chave que controlava as trancas de segurança, mas meus nervos estavam em ebulição. Segurando a cadeira da cozinha pelos pés, ergui-a sobre a cabeça e bati sua estrutura de metal com toda a força contra a porta de vidro. Os violentos golpes ecoaram como tiros nas salas vazias, mas só deixaram minúsculos arranhões no vidro reforçado. Então, depois do terceiro golpe, ouvi o som agudo de um alarme muito abaixo de onde eu estava.

Trinta minutos depois eu estava sentado na poltrona preta de Maxted, terminando o que restava do uísque na garrafa e meditando sobre o modo quase deliberado como todo mundo que eu visitava em Brooklands me dava álcool sem parar. Até mesmo meu pai tinha deixado um suprimento substancial de gim e uísque, como se quisesse atenuar o choque cultural que me aguardava. Fairfax, Sangster e o dr. Maxted tinham sido tão rápidos com a garrafa quanto um sommelier ultra-atencioso num restaurante impopular.

Eu estava encarando com melancolia a garrafa quando as portas do elevador finalmente se abriram. Surgiram dois seguranças, carregando uma camisa-de-força de couro. Aproximaram-se de mim sem abrir a boca, gingando ao redor dos móveis como adestradores de cães encurralando um pit bull alcoolizado, mas eu estava certo de que eles sabiam quem eu era. Depois de inspecionar o apartamento eles me indicaram com um gesto o elevador.

"Senhor Pearson, temos de colocá-lo para fora."

"Ótimo. Vou sair calmamente. Imagino que vocês sejam da Unidade de Ação Rápida."

"O doutor Maxted disse..."

"Não me conte. Eu não suportaria..."

Imaginei que Maxted saíra de fininho para realizar alguma incumbência, sabendo que eu acionaria o alarme, e dissera aos seguranças para me libertar meia hora depois. Entrei no elevador, os guardas atrás de mim com sua camisa-de-força, prontos para lançá-la sobre mim ao primeiro sinal de demência.

As portas se fecharam. Na pausa que antecedeu o movimento do elevador ouviu-se o som distante de uma explosão poderosa, um sonoro estrondo cuja reverberação penetrou no poço acima de nós e fez o elevador balançar.

Saí para o ar da noite e meus olhos vasculharam o céu à procura de estilhaços incandescentes daquele imenso fogo de artifício. Um carro de polícia estava estacionado ao lado da cerca viva de rododendros. Os faróis estavam acesos na máxima intensidade e, ao volante, uma policial aflita tentava se comunicar por um rádio cheio de chiados. Ela me viu caminhar em direção à barreira de segurança e fez sinal para que eu parasse.

Enquanto eu me aproximava do carro de polícia uma loura de moletom e tênis emergiu do setor de administração. Passou por mim com passos largos e sentiu o cheiro de uísque no ar escuro.

"Senhor Pearson?" A sargento Mary Falconer pareceu surpresa ao me ver ali. Apontou para os seguranças que ainda me observavam da porta do elevador. "O que o senhor está fazendo aqui? Invadiu o prédio?"

"Invadir?" Ergui as mãos para agarrar seus ombros e em seguida deixei-a dar um passo para trás. "Este lugar é mesmo uma casa de loucos. Durante a última hora eu tentei foi sair."

"Sair?" Lutava com uma mecha rebelde de cabelo. "Por quê? Como o senhor entrou?"

"Esqueça. Não admira que a taxa de crimes esteja subindo tanto. O doutor Maxted me trouxe aqui."

"Doutor Maxted? O senhor é paciente dele?"

"Nesta toada logo serei. Agora preciso encontrar um táxi."

"Espere um momento. Fique aqui..."

A sargento Falconer ouviu a conversa pelo rádio e esfregou o mostrador do seu relógio de pulso. Estava vestida para a pista de atletismo, ou pelo menos para uma corrida pelo bairro, embora praticamente não tivesse nenhum cabelo ou cílio fora do lugar. Ao mesmo tempo, parecia pouco à vontade, como um ator coadjuvante escalado para o papel errado. Mais uma vez ela me lembrava uma professora austera mas vulnerável, ciente de que sua classe a surpreendera tendo um comportamento questionável.

Um segundo carro de polícia saiu da estrada principal e se aproximou da barreira de segurança, mas a sargento Falconer estava perturbada demais para notar sua presença. Ela ouviu as sirenes de ambulância ao longe e tirou um celular do agasalho de moletom. Leu uma mensagem de texto e então atravessou a rua e foi até o segundo carro de polícia. Tomou do motorista o fone do rádio, ouviu brevemente o que se dizia e correu de volta até onde eu estava. Pela primeira vez ela estava alerta e concentrada, como se o script que vinha seguindo agora entrasse em sincronia com a realidade.

"Sargento Falconer...?" Segurei seu braço. "Alguma coisa está acontecendo. O que é que seu pessoal está fazendo?"

"Entre no carro." Evitando meu hálito, ela me empurrou pela porta traseira. "Vamos lhe dar uma carona."

"O que é isso?" Vi o segundo carro de polícia fazer a volta e partir em velocidade. "Pegaram o atirador?"

"Quem? Que atirador?"

"O homem que matou meu pai. Eles o prenderam?"

"Não." Ela afivelou seu cinto de segurança, indicando à motorista que subisse a encosta gramada em torno da barreira de segurança. "É o Metro-Centre. Houve um atentado a bomba. Grandes estragos, mas nenhuma vítima. Até agora..."

16. O atentado a bomba

O templo estava sob ameaça, e a congregação acorria para defendê-lo. Multidões de torcedores de futebol tomavam as ruas, passando celeremente por nosso carro de polícia paralisado no tráfego próximo à prefeitura. Instigada pela sargento Falconer, a policial ao volante tentava abrir nosso caminho por entre a massa de torcedores e de consumidores noturnos. Todas as competições no Estádio Olímpico do Vale do Tâmisa tinham sido abandonadas quando eclodiu a notícia do atentado a bomba no Metro-Centre. Os torcedores deram as costas aos jogos arranjados de hóquei sobre o gelo e às disputas de pênaltis e partiram pelas ruas para socorrer a catedral atingida.

A quinhentos metros do Metro-Centre podíamos ver claramente a fumaça se erguendo do telhado, escuros vagalhões iluminados pelas chispas lançadas verticalmente para o alto. Ainda intacta, a cúpula assomou à nossa frente quando chegamos à praça central, como sempre tão imensa que nem reparei nas viaturas policiais, ambulâncias e carros de bombeiros alinhados em torno da entrada para o estacionamento subterrâneo.

Um pequeno trecho do telhado estava preto, um estreito triângulo do tamanho e do formato da vela bujarrona de uma escuna. A enorme bomba explodira no andar superior do estacionamento subterrâneo e rasgara o chão do Metro-Centre, a pressão da explosão estourando as placas de vidro e alumínio sessenta metros acima do átrio. O shopping center, de acordo com os relatos da polícia pelo rádio, estava praticamente intocado, e a fumaça saía dos carros incendiados pela explosão. Abrindo a janela do passageiro, olhei pasmado para o triângulo preto perto do cume da abóboda. Logo ele seria reparado, mas no momento uma seção do espaço-tempo tinha sido apagada, expondo uma profunda falha no nosso sonho coletivo.

A sargento Falconer mostrou seu distintivo aos policiais que guardavam uma pista aberta para os carros de emergência. Sob o alarido das sirenes de ambulância um guarda de jaqueta amarela nos conduziu ao estacionamento subterrâneo.

"Parece que foi um carro-bomba", a sargento Falconer me disse. "Um quilo e meio de Semtex. Há outro maníaco à solta."

"Alguém morreu ou se feriu?"

"Ninguém. Graças a Deus..."

Mas o alívio da sargento com a notícia não a deixou menos agitada. Mechas de cabelo louro se soltavam de suas tranças. Por alguma razão, a menor perturbação fazia a sargento Falconer parecer fragilizada e insegura. Impaciente para chegar ao estacionamento, tomou a frente da motorista e agarrou a direção, tentando mudar de pista. O carro morreu, e a aturdida motorista afogou o motor, enquanto a sargento Falconer batia os punhos no painel de instrumentos.

Quando chegamos à rampa de entrada, virei-me para trás e olhei para a praça em torno do Metro-Centre, agora ocupada por uma imensa multidão, atraída para a praça de São Pedro do mundo das compras. Todos olhavam para cima, contemplando as colunas de fumaça que penetravam o céu da noite. Na primeira fila estava Tom Carradine, o jovem gerente que primeiro me dera as boas-vindas à catedral. Corria de um lado para outro, desesperado para encontrar uma visão melhor, perturbado demais para se expressar de outro modo — um tenista saltitando numa quadra como se quisesse evitar a derrota para um adversário invisível com uma bola invisível. Era evidente que a idéia de que alguém pudesse não gostar do Metro-Centre e desejar danificá-lo nunca lhe havia ocorrido.

Entramos no estacionamento subterrâneo e seguimos ao longo dos cones colocados pela polícia até uma das áreas de carga e descarga de mercadorias, encontrando um lugar entre dois caminhões. O pessoal do turno da noite estava sendo interrogado por um grupo de investigadores, e as esteiras de mercadorias estavam paradas desde o momento da explosão. Ternos acondicionados em embalagens de plástico, controles de videogames e cafeteiras elétricas apoiavam-se uns sobre os outros numa grande desordem. Sobre todas as coisas pairava um fedor de petróleo e borracha queimada, e uma nuvem ácida de cimento pulverizado.

Luzes de emergência da polícia brilhavam através da névoa, e fitas adesivas isolavam as áreas vazias do estacionamento que estavam sendo inspecionadas pela polícia técnica. Um bloco em forma de cunha do teto de concreto tinha desaparecido, arremessado para dentro de um dos vestiários de uma academia de ginástica próxima ao átrio.

"Todos os freqüentadores tinham ido às competições esportivas", explicou a sargento Falconer. "Então eles tinham decidido fechar a academia esta noite. É um milagre ninguém ter sido ferido."

Eu observava as equipes da polícia técnica abrindo caminho entre os destroços. "Não há muito que achar. O que eles estão procurando?"

"Fragmentos de bomba-relógio. Um mecanismo de relógio. Tecidos humanos..." A sargento Falconer me encarou com preocupação. "Este não é um lugar indicado para o senhor, senhor Pearson. Seria melhor que fosse para casa."

"Tem razão."

Minha presença a inquietava, e ela estava ansiosa por se livrar de mim. O que não estava claro era por que ela me levara ao Metro-Centre antes de mais nada, assim como não estavam claras as motivações do dr. Maxted para me levar a seu hospital psiquiátrico.

Tentei lembrar onde estacionara o carro naquela manhã, mas as perspectivas de tudo o que havia no estacionamento subterrâneo pareciam ter se alterado. Eu dera voltas com o carro por alguns minutos, procurando uma vaga, depois perdi o tíquete numerado durante minha escaramuça com os agressores que atacaram Duncan Christie.

Uma dúzia de carros pegou fogo quando seus tanques de gasolina explodiram, queimando furiosamente antes que o sprinkler antiincêndio entrasse em funcionamento. Cobertos por espuma, os veículos enegrecidos eram testemunhas de sua própria destruição, com janelas e portas faltando e tiras de pneus pendendo de suas rodas.

No centro estava o carro que transportara a bomba, uma agonia de lataria retorcida, molas de assento expostas, motor, eixo. Toda a capota tinha desaparecido, e os policiais técnicos, de aventais brancos, se debruçavam sobre os escombros, vasculhando os restos carbonizados do painel de instrumentos.

Presumi que o autor do atentado roubara o carro antes de conduzi-lo ao Metro-Centre e deixara a bomba no porta-malas, bem em cima do tanque de gasolina. Tanto a placa dianteira como a traseira tinham derretido na bola de fogo, mas o volumoso motor tinha atenuado os danos à parte da frente do carro. Um distintivo do Guards Polo Club* ainda estava aparafusado ao capô dianteiro.

Um distintivo semelhante estava fixado no meu Jensen quando o comprei da jovem viúva de um tenente granadeiro, poucos meses depois da morte dele na guerra do Iraque. Como um aceno ao soldado morto, deixei o distintivo onde estava, na esperança de que talvez fosse visto por seus ex-camaradas.

Desviei os olhos, protegendo o rosto das duras luzes de emergência. De todos os veículos que tinha à sua escolha no estacionamento do Metro-Centre, o terrorista deixara sua maligna surpresa no meu velho mas ainda lustroso e belo Jensen...

Peguei as chaves do carro e fitei o velho chaveiro de correntinha, único remanescente do viajante estiloso de uma era extinta de automobilismo. Ocorreu-me que o motorista, não o carro, era o verdadeiro alvo, e que eu escapara por pouco de ser ejetado pela capota do Jensen. A hora que passei aprisionado na cobertura de Maxted provavelmente me salvara. Se eu tivesse deixado o Northfield Hospital com Maxted e tomado um táxi de volta para o Metro-Centre, estaria dirigindo o Jensen rumo ao apartamento de meu pai no momento da detonação da bomba.

Caminhei até o policial que recolhia pedaços rotos dos tapetes do carro. Em alguns dias, senão em horas, os números do motor e do chassi levariam a polícia à viúva do granadeiro, e em seguida a mim.

Será que eles pensariam que eu era o criminoso? Meu pai

---

* Sofisticado clube de pólo fundado em 1955 pelo duque de Edimburgo e ligado à família real britânica. Localiza-se próximo ao Castelo de Windsor e seu nome deriva do Corpo de Guarda do Exército britânico. Os oficiais do Corpo de Guarda estão isentos de taxa de admissão, hoje por volta de 17 mil libras esterlinas. (N. T.)

morrera no Metro-Centre, e deixar uma bomba no subsolo soaria à polícia como um ato plausível de vingança. O policial técnico se voltara para me olhar, e percebi que eu estava chacoalhando as chaves do Jensen na mão, um tique nervoso que viera do nada.

Procurei me acalmar e saí à procura da sargento Falconer. Ela estava em pé junto a um grupo de jornalistas que interrogava um inspetor uniformizado. Num saco plástico transparente ele segurava um chapéu de feltro com um buraco rasgado na copa. Tirou o chapéu do saco e mostrou-o aos jornalistas. Enquanto falava, seus dedos tocavam de leve uma isca artificial de pesca costurada à fita do chapéu.

Os jornalistas escreviam às pressas em seus caderninhos, claramente impressionados pelo chapéu. Mas eu observava a sargento Falconer. Mesmo no clarão desagradável das luzes de emergência, seu rosto estava pálido de um modo pouco natural. O sangue tinha abandonado suas faces, revelando os ossos sob a pele, que esperavam pacientemente seu dia chegar. Ela se virou e cambaleou, trombando com o inspetor. Ainda falando aos jornalistas, ele acenou para duas policiais atrás de si e elas rapidamente ampararam a sargento Falconer até a cabine do motorista de um furgão da polícia técnica estacionado dentro da área isolada pelas fitas.

Preocupado com ela, tentei passar pela fita mais próxima, mas um guarda ordenou que eu me afastasse. Ao recuar, tentando limpar a garganta do gosto e da irritação do ar, esbarrei na jovem policial que dirigira a viatura que nos trouxera do hospital.

"Ela está bem?" Segurei seu braço. "A sargento Falconer. Ela desmaiou..."

"Ela vai ficar bem. Há uma má notícia. Encontramos a primeira vítima. Ou o que restou dele."

"Deus meu... onde ele está?"

"Num sórdido joguinho de quebra-cabeça." Tirou minha mão de seu braço e me encarou com expressão sagaz, ainda sem saber ao certo se eu era um paciente do hospital psiquiátrico. "Não respire muito fundo nem olhe para as solas dos seus sapatos..."

"Pode deixar." Apontei para o inspetor que dispersava a legião de jornalistas. "O chapéu? O morto era um pescador local?"

"Um advogado testamenteiro de Brooklands. Seu nome está dentro do chapéu. Geoffrey Fairfax." Ergueu a aba de seu quepe, em dúvida se devia me deter como possível suspeito. "O senhor o conhecia, senhor Pearson...?"

Agradeci à policial e subi os degraus ao lado da entrada de veículos de carga, tentando não respirar até chegar ao ar livre, e a uma escuridão ainda mais profunda do que a noite.

17. A geometria da multidão

Os policiais estavam indo embora de Brooklands, entrando em suas viaturas estacionadas na estrada perimetral e se afastando do shopping center. Atravessei a enorme multidão na praça externa do Metro-Centre e enchi os pulmões com o ar fuliginoso, tentando expelir o cheiro penetrante de poeira e borracha queimada. A noite pairava pesadamente sobre os rostos taciturnos, a escuridão manchada pelo suor dos corpos dos atletas, pelo cheiro de chiclete, cerveja e fúria.

No meio da multidão, subi no estribo de um Land Cruiser abandonado e ergui a cabeça para receber uma breve lufada de ar mais fresco. Tom Carradine já tinha ido, encerrando sua frenética partida de tênis contra si mesmo, sem dúvida já tramando uma enxurrada de animados releases para a imprensa. A cidadela tinha sido violada, mas a polícia batia em retirada, deixando a defesa a cargo de uma brigada improvisada de executivos de relações públicas, assessores e secretárias.

Dois guardas do último carro-patrulha ficaram observando um grupo de torcedores de hóquei cercar um Volvo esquecido e bater com os punhos na capota, num batuque tribal familiar. O pára-brisa se estilhaçou, mas os policiais ignoraram o incidente e partiram em sua viatura.

Somente a equipe da polícia técnica permanecia no estacionamento subterrâneo do Metro-Centre, vasculhando os escombros de meu carro. Eu já sentia saudade do clássico Jensen, com seu design elegante e seu enorme motor americano. Achava difícil acreditar que Geoffrey Fairfax tivesse se empenhado em me matar. Era possível que o advogado tivesse visto o terrorista colocar o dispositivo no meu carro e tentado desativá-lo antes que eu voltasse.

Ou será que eu estava sendo vítima de uma armação da parte de Fairfax e seu obscuro grupo, incriminado como o provável terrorista por causa de meu ódio obsessivo ao Metro-Centre? Havia perguntas inquietantes, com respostas mais inquietantes ainda. A meia garrafa de Laphroaig que eu emborcara na cobertura do hospital tinha evaporado do meu sistema sangüíneo no momento em que eu reconhecera o Jensen destruído.

Contemplei a estrada perimetral, esperando a chegada de reforços policiais. Uma inquieta multidão de milhares de pessoas rodeava o Metro-Centre, movendo-se em vastas correntes encerradas sobre si mesmas. Grupos de torcedores circundavam o shopping center, aficionados de futebol e hóquei empurrando uns aos outros ao andar a esmo na escuridão. Não havia hostilidade entre os grupos, mas eu quase podia sentir o cheiro da raiva, o hálito rude de uma fera atormentada à procura de um inimigo.

Um líder de torcida de hóquei sobre o gelo, o valentão que agrediu Duncan Christie, caminhava a passos largos em meio ao aperto da multidão, os punhos socando o ar. Andava sem rumo, juntando cada vez mais espectadores no seu rastro. A certa altura os perdeu quando eles passaram a seguir uma dupla de enormes halterofilistas que com seu gingado abriam caminho na multidão.

Grupos familiares, pais com filhos adolescentes e esposas mantendo as filhas sob vigilância, ainda fitavam o Metro-Centre enquanto um resto de fumaça subia pela fresta do telhado. Mas a maioria dos espectadores tinha dado as costas para a catedral. A multidão assistia a si própria, uma congregação noturna esperando a cerimônia começar.

O Land Cruiser ergueu-se bruscamente, e a coluna de uma das portas golpeou a maçã do meu rosto. Agarrei-me no porta-bagagem sobre a capota enquanto o carro era balançado de um lado para o outro. Um grupo de fãs de atletismo, homens de meia-idade com camisetas de times, cercou o Land Rover e arrancou suas antenas e retrovisores laterais. As pessoas se viravam para observá-los, com o olhar indiferente de funcionários de escritório assistindo à escavação de um canteiro de obras.

Desci do estribo e me juntei à multidão. Uma ovação irrompeu quando o Land Cruiser se inclinou para a direita, recebeu um empurrão final e caiu pesadamente de lado como um rinoceronte ferido. Suas luzes de alarme se acenderam, piscando em pânico. Mãos hábeis apalparam embaixo do tanque e um canivete furou a bomba de combustível. A gasolina jorrou em volta do pneu traseiro, liberando um fedor que me apertou a garganta.

Um isqueiro faiscou na escuridão. Houve um lampejo, e chamas em miniatura arderam no chão, correndo atrás umas das outras. Os espectadores recuaram, centenas de rostos iluminados num círculo em torno da fogueira do acampamento. Então uma chama única, de três metros de altura, ergueu-se do automóvel, e num instante o Land Cruiser virou um inferno de lataria carbonizada e vidro estilhaçado.

Quando cheguei à estrada perimetral, ainda esperando que a polícia aparecesse, outros três carros estavam pegando fogo. A fumaça pairava sobre a multidão, e algumas pessoas me seguiam, fazendo sombra sobre meus passos e mudando de direção quando eu mudava. Três torcedores de hóquei caminhavam em passos firmes à minha direita, enquanto um casal idoso vestido com a cruz de São Jorge se mantinha alinhado comigo à esquerda. Atrás deles vinha um grande grupo de torcedores, bebendo silenciosamente suas latas de cerveja. Quando virei para evitar um sinal fechado a coluna toda virou atrás de mim. Parei para soltar uma tira de borracha queimada grudada no meu sapato e eles marcaram passo sem perceber, retomando sua marcha quando recomecei a andar.

Nenhum deles olhava para mim, ou parecia consciente de que eu os liderava. Eles me seguiam como passageiros apressados numa estação de trem lotada, indo atrás de qualquer pessoa que tivesse encontrado uma brecha na massa de transeuntes. A singular geometria interna da multidão tinha entrado em funcionamento, escolhendo primeiro um líder e depois outro. Aparentemente passivos, eles se reagrupavam e mudavam de direção sem seguir nenhuma lógica aparente, um molde de barro impelido por vetores de tédio e falta de rumo.

Tentando me livrar deles, atravessei a estrada perimetral. Em frente ficava a via principal de Brooklands, uma rua de prédios de escritórios, casas comerciais e pequenas lojas de departamentos que levava à prefeitura. Pelo menos quinhentas pessoas me seguiam, embora algumas tivessem me ultrapassado, como peixes-pilotos. Juntos havíamos fendido outras fatias da multidão nos estacionamentos do Metro-Centre. Grupos de várias centenas de torcedores atravessavam a estrada perimetral e se embrenhavam pelas ruas laterais. Bandos de rapazes usando camisetas com a cruz de São Jorge brincavam de empurra-empurra uns com os outros. O Metro-Centre estava esquecido, um resquício de fumaça subindo de sua cúpula, um pesaroso Vesúvio do vale do Tâmisa.

Segui em frente, procurando me manter o mais próximo possível das entradas dos prédios comerciais. Depois de uns cinqüenta metros me dei conta de que a multidão tinha me esquecido. Impelidos em conjunto para a rua estreita, todos se moviam ombro a ombro. Eu cumprira meu papel, e a lógica da multidão me dispensara.

Parei para descansar na entrada de uma companhia de seguros e observei as pessoas que passavam, cigarros acesos na escuridão, estilhaços de vitrines das lojas. Um sistema de som emitia rajadas de rock. Eu estava ofegante e me sentia estranhamente excitado, como se estivesse prestes a fazer amor com uma mulher desconhecida, senhor de mim mesmo pela primeira vez desde minha chegada a Brooklands.

E ainda não havia polícia alguma. Passei por um pequeno carro forçado a parar na calçada, a capota amassada por punhos violentos. O motorista de cabelos grisalhos mantinha-se agarrado ao volante, assustado demais para descer do carro. Bandos de jovens arremessavam garrafas de cerveja nas janelas superiores de um jornal local, e o som de vidro estilhaçado se misturava aos gritos de zombaria. Um trio de homens do Leste Europeu emergiu da porta de uma agência que recrutava faxineiros noturnos para o Brooklands Hospital. Foram rapidamente submergidos. Com o nariz sangrando, os braços como escudos diante do rosto, eles abriram caminho para uma rua lateral por um corredor polonês de socos e pontapés.

Cinqüenta metros adiante ficava a praça principal, onde holofotes iluminavam a sacada da prefeitura. Um jantar comemorativo para as equipes esportivas vencedoras estava sendo oferecido pelo prefeito e seus secretários, e uma equipe de filmagem esperava na sacada, com as luzes a postos.

Em questão de minutos a enorme multidão encheu a praça, assobiando e gritando em direção à prefeitura, invadindo os jardins municipais e pisoteando os canteiros de flores. Um modesto cordão de guardas uniformizados defendia a escadaria da prefeitura, mas nenhum policial extra tinha sido convocado, como se a quase-insurreição que avançava pelas ruas, os carros incendiados e as lojas depredadas fossem parte integrante das festividades noturnas.

Novas levas chegavam e aumentavam a pressão na praça, equipes de atletismo portando suas faixas, jogadores de hóquei vestindo seus capacetes e cotoveleiras. Contornei a multidão pelas bordas e galguei os degraus do escritório de advocacia de Geoffrey Fairfax. O lugar estava às escuras, com grades trancadas a cadeado nas portas e janelas, como se os funcionários estivessem cientes de que um tumulto estava agendado para aquela noite.

Uma ovação se ergueu da multidão, seguida por um alarido de vaias e assobios. O prefeito de Brooklands, um proeminente empresário local que estava ostentando suas condecorações, surgiu na sacada com os capitães de dois times de futebol. Aturdido pela multidão inquieta, e pela visão de um carro incendiado numa rua próxima, o prefeito fez um esforço para pedir silêncio, mas sua voz amplificada foi abafada pelas vaias. Garrafas de cerveja voavam por cima da cabeça dos tensos policiais e se espatifavam na escadaria municipal.

Então as vaias morreram, e a praça ficou em silêncio. As pessoas à minha volta aplaudiam e assobiavam em aprovação. Uma grande aclamação irrompeu, seguida por uma mistura de trompas de caça, apupos e gritos jocosos.

Dois homens estavam na sacada, atrás do prefeito. Um deles era David Cruise, vestido como um líder de banda, de smoking branco com faixa de cetim vermelho na cintura, sorrindo em profusão e abrindo os braços para abraçar a multidão. Baixava a cabeça em reverência, uma exibição de modéstia que me pareceu esquisita, uma vez que seu rosto gigante, com seu sorriso incansável, dominava Brooklands dos telões dos estádios. Na verdade, seu rosto parecia pequeno e vulnerável, como se o esforço de encolher a si próprio até a dimensão humana o tivesse esgotado.

O prefeito lhe ofereceu o microfone, na evidente esperança de que Cruise acalmasse a multidão e desarmasse sua fúria pelo atentado ao Metro-Centre. O apresentador de TV a cabo desviou a cabeça e tentou deixar a sacada, mas teve seu caminho barrado por Tony Maxted. Com aspecto de mafioso em seu smoking, a cabeça raspada reluzindo à luz das câmeras, o psiquiatra segurou Cruise pelos braços e virou-o de novo de frente para a multidão, como o experiente assessor de um presidente que apresentasse os primeiros sinais de Alzheimer e não soubesse muito bem a que tipo de platéia estava se dirigindo.

Sem deixar de segurá-lo com firmeza, Maxted soprou a Cruise algumas linhas de diálogo, gritando-as em seu ouvido quando a multidão começou a escarnecer. Atrás dos dois homens estava William Sangster, com uma jaqueta de couro por cima da roupa de noite. Estava cansado mas sorridente, contraindo suas bochechas gorduchas como se tentasse se disfarçar perante aqueles na multidão que poderiam reconhecer seu antigo professor-chefe. Ele e Maxted empurraram Cruise para a sacada, cada um deles erguendo uma das mãos do apresentador como auxiliares animando um pugilista que cambaleasse sobre o ringue. Pareciam instigar Cruise a assumir a liderança da multidão e a enfrentar os poderes da noite que haviam profanado o Metro-Centre.

Cruise, no entanto, se recusava a ceder. Acenava para a multidão, mas tinha apagado o sorriso, um gesto que parecia dizer que ele estava desligando sua audiência. Virou as costas para a ruidosa praça, forçou passagem entre Maxted e Sangster e saiu da sacada.

Houve assobios e vaias quando o prefeito tomou o microfone. Matracas de torcida de futebol, que não se ouviam nos estádios havia anos, se agitaram no ar, emitindo seu estrépito rangente que lembrava o chilreio de macacos. A multidão estava inquieta, no limite de sua paciência. A meu lado, uma mulher e sua filha adolescente, ambas com camisetas de hóquei sobre o gelo, começaram a assobiar de insatisfação. Elas precisavam de ação, sem ter a menor idéia de qual forma esta poderia assumir. Tinham esperado que David Cruise as orientasse e comandasse. Elas o teriam seguido, mas estavam igualmente prontas a vaiá-lo e escarnecê-lo. Precisavam de violência e se davam conta de que David Cruise era irreal demais, era ilusão eletrônica demais, um confeito de sessão da tarde dos mais doces e xaroposos. Tinham fome de realidade, um evento raro na vida deles, um produto que Cruise nunca poderia promover ou suprir.

Vaias e aclamações se elevaram na praça quando Tony Maxted falou ao microfone. Mas ele estava com aspecto mafioso demais, com sua cabeça romana e seu rosto de máscara que revelava tudo. A multidão queria ser usada, mas à sua própria maneira. Uma irônica "ola" percorreu a praça acompanhada por uma avalanche de assobios treinados ao longo de anos de prática nos estádios diante de decisões de juízes ladrões. Um grupo de jovens botou fogo num banco de praça, atirando ramos dos arbustos do jardim municipal para alimentar as chamas.

Um golpe atingiu o lado da minha cabeça, quase me derrubando no chão. O som de uma enorme explosão veio de uma rua próxima. Todo mundo se abaixou quando o clarão iluminou as trêmulas vidraças nas cercanias da praça. O tremor agitou as árvores, sugando o ar de meus pulmões e comprimindo minhas costelas. Um vácuo engolfou a noite e em seguida se recolheu violentamente sobre si mesmo.

18. Uma revolução fracassada

Todos estavam correndo, como se tentassem alcançar e subjugar seus próprios temores. O pânico e a ira disparavam em cem direções. Em um minuto a praça estava vazia, embora a prefeitura e os escritórios de advocacia próximos tivessem escapado incólumes. A explosão tinha levantado nuvens de poeira da antiga argamassa, e espectros de vapor flutuavam como fumaça pálida ao extremo, fantasmas agitados daqueles veneráveis edifícios.

A bomba explodira numa estreita rua lateral repleta de estacionamentos cobertos, mas ninguém se feriu, como se Brooklands fosse uma cidade cenográfica, um parque temático freqüentado por crianças malignas e incendiárias. Ouvi as sirenes das ambulâncias que disparavam pelas ruas, o intermitente lamento das buzinas da polícia. Para além das sirenes e buzinas se erguia um som mais ruidoso e profundo, o clamor de uma multidão cercando a meta adversária.

O tumulto se espalhou pelas ruas de Brooklands ao longo da hora seguinte. Vestia dois figurinos, a farsa e a crueldade. Bandos de torcedores de futebol arrombavam cada supermercado de asiáticos e saqueavam as prateleiras de bebidas, saindo com engradados de cerveja que empilhavam nas ruas e transformavam em bares livres para a multidão à deriva. O tumulto logo se afogou em bebedeira, mas milícias de torcedores mais determinados de hóquei sobre o gelo juntaram forças com aficionados de trilhas e escaladas e marcharam para dentro de um pátio de fábrica no deteriorado leste de Brooklands, um deserto noturno de câmeras de vídeo e rondas de segurança. Furiosos cães de guarda se arremessavam contra a cerca de arame, levados ao frenesi pelos manifestantes que agitavam suas faixas e jogavam por cima da cerca os hambúrgueres que tinham roubado.

Esperando a polícia chegar, segui esse pouco disciplinado exército privado até um albergue cigano ao lado de uma garagem de ônibus. Os assobios e cantos agressivos aterrorizaram as fatigadas ciganas, que tentavam refrear seus maridos. Abandonei o cortejo e caminhei de volta ao prédio da prefeitura. Um carro emborcado ardia em chamas diante da escola de balé, enquanto um grupo de aficionados de boxe tentava provocar os alunos, a quem eles viam como uma corja mimada e ociosa de sexualidade dúbia.

Para lá do estádio de futebol um núcleo duro de manifestantes violentos invadiu um conjunto habitacional de bengaleses. Incendiaram uma bandeira de futebol no jardim de um bangalô miserável, uma cruz incandescente embebida em gasolina sugada do velho Mercedes parado na entrada. Quando o dono do bangalô, um dentista asiático que eu tinha visto no hospital, abriu sua porta para protestar, recebeu uma chuva de latas de cerveja.

Em meio a toda essa destruição sem sentido trafegava o dr.

Tony Maxted em seu Mazda esporte, ainda vestido de smoking, como um playboy revolucionário. Toda vez que o tumulto parecia amainar ele descia do carro e caminhava a esmo pela multidão, compartilhando uma lata de cerveja e puxando os cânticos, filmando a cena com seu celular. Como eu esperava, poucos policiais apareceram entre a fumaça e o barulho. Eles permaneciam nos contornos de Brooklands, mantendo os curiosos do lado de fora. Na cobertura da prefeitura eu vi Sangster em pé ao lado do inspetor Leighton, ambos examinando o tumulto com o olhar calmo de senhorios que observassem seus inquilinos se divertirem, como se carros incendiados e conflitos raciais fossem turbulentas recreações que combinavam com a rusticidade brutal das cidades à beira da via expressa.

Mas o mundo lá fora começara a tomar conhecimento. Atrás do prédio da prefeitura dois policiais de motocicleta interceptaram uma equipe jornalística da BBC armando sua câmera. Mandaram a equipe voltar para o seu furgão, disseram ao motorista para fazer meia-volta e escoltaram o veículo até a M25.

Uma pequena multidão os viu partir, desapontada pelo fato de que o tumulto de Brooklands, a primeira chance de fama da cidade desde os anos 1930, não estaria no noticiário da manhã. No breve silêncio antes que eles encontrassem alguma outra coisa para atacar, ouvi o último boletim noticioso num rádio compartilhado por duas adolescentes de camisetas com a cruz de São Jorge. Estavam ocorrendo brigas de rua entre torcedores de times rivais, observava o repórter, numa eclosão do passatempo tradicional da Inglaterra, o hooliganismo futebolístico. A força policial da cidade, acrescentava, estava de prontidão, mas por enquanto se abstinha de agir.

Desapontados por seus inimigos, os agitadores começaram a voltar-se contra si mesmos, e a noite evoluiu para uma série de brigas de bêbados e ataques entediados a locais já saqueados.

Dando as costas a tudo isso, fui embora pelas ruas mais tranqüilas. Estava perdido, e queria estar. Odiava o tumulto e a violência racista, mas sabia que a massa estava desapontada pelo fracasso da perspectiva de pôr fogo nas cidades em torno da via expressa. Eu já desconfiava que a bomba colocada em meu Jensen tinha sido uma tentativa de acender um estopim. Mas faltava um elemento na mente dos entediados consumidores que compunham a população de Brooklands. Encalhados em seu paraíso das compras, faltava-lhes a coragem de levar a cabo sua própria destruição. A multidão diante da prefeitura desejara que David Cruise a liderasse, mas o apresentador de TV a cabo estava inseguro demais quanto a si próprio. O tumulto terminara com a turba frustrada encarando a si mesma no espelho e arrebentando a testa ensangüentada contra o vidro.

Agora eu sabia que tínhamos todos sido manipulados por um pequeno grupo de marionetistas ineptos. Um grupo de proeminentes cidadãos locais que se sentiam ameaçados pelo Metro-Centre montara um golpe de estado amador, uma tentativa de mover o relógio para trás e resgatar sua velha comarca da praga dos varejistas. Geoffrey Fairfax, o dr. Maxted, William Sangster, entre outros, provavelmente com a conivência do inspetor Leighton e dirigentes da polícia, aproveitaram a chance dada pelo tiroteio no Metro-Centre que resultou na morte do meu pai. Somente um ataque direto ao grande shopping center despertaria uma população profundamente entorpecida. Nenhuma igreja ou biblioteca vandalizada, nenhuma escola ou local histórico depredado causaria comoção. Uma revolta violenta, o rastilho da insurreição civil no afluente Surrey, obrigaria a câmara municipal e o Ministério do Interior a reagir. Os centros comerciais seriam fechados, a raposa voltaria para sua toca, e a caça correria solta de novo em estradas de pista dupla abandonadas e nos pátios de postos de gasolina esquecidos.

Enquanto isso, meu martirizado Jensen estava a caminho do laboratório da polícia técnica, e eu corria o risco de ser acusado de instigador de uma revolução fracassada...

19. A necessidade de compreender

Uma fila de ambulâncias apareceu no meio da fumaça e da névoa, esperando diante da entrada do pronto-socorro do Brooklands Hospital. Os manifestantes tinham descido a rua em frente ao hospital, depredando várias das lojas. As vitrines quebradas de uma agência de viagens jaziam na calçada à minha frente, uma armadilha de vidro prestes a morder os tornozelos de um incauto pedestre.

Abri caminho entre as perigosas pontas e notei uma mulher de jaleco branco em pé ao lado de um carro estacionado, gesticulando de um jeito vago para dissipar a fumaça. Reconhecendo a dra. Julia Goodwin, senti uma onda de prazer em vê-la, e por um momento toda aquela noite desastrosa ficou para trás.

"Julia? Que aconteceu? Você parece..."

"Senhor... Pearson? Meu Deus, aconteceu de tudo." Parecia confusa, os punhos batucando no carro como se ela admoestasse um paciente teimoso. "O que o senhor está fazendo aqui?"

"Estive participando de um tumulto." Tentei acalmá-la, tomando seus pulsos em minhas mãos, um par de munhecas que pareciam pulsar num ritmo diferente. "Você está...?"

"Bem? Que diabo você acha?" Num arranco libertou suas mãos e notou um motorista de ambulância descendo de sua viatura. Acenou para ele de modo um tanto impulsivo e baixou a voz, os olhos revirando em meio à névoa. "Richard, você é muito sensato, a maior parte do tempo. O que, exatamente, está acontecendo?"

"Você não sabe?"

"Não tenho a menor idéia." Ela ficou encarando o carro, e disse de modo prosaico, como se não acreditasse totalmente em si mesma: "Geoffrey Fairfax está morto".

"A bomba no Metro-Centre. Que tragédia... Sinto muito por ele."

"Ele era meio gângster, na verdade." Dizer isso pareceu reanimá-la. "Ele tentou desativar a bomba."

"Quem lhe contou isso?"

"A sargento Falconer. Uma figurinha e tanto; eu não gostaria de ser interrogada por ela. Geoffrey deve ter visto o dispositivo no carro-bomba. Ela diz que vão rastrear o proprietário. Quem é que roda por aí com uma maldita bomba no banco de trás?" Virou-se para mim e, sem pensar, espanou a fuligem do meu ombro, como se cuidasse do gato de um vizinho. "Richard, este lugar inteiro está enlouquecendo."

"Acho que a idéia é essa. Mas não funcionou."

"Do que você está falando? Você viu Tony Maxted e Sangster?"

"Em toda parte. Estão em todos os lugares. Praticamente animadores de torcida."

"Estão tentando baixar a temperatura. Acalmar as pessoas e impedir alguma coisa realmente feia. A polícia os está apoiando."

"Foi isso que a sargento Falconer disse?"

"Mais ou menos. Ela estava um pouco abalada, como você pode imaginar. Não sei o que Geoffrey Fairfax viu nela..."

Segurei Julia pelos ombros, tentando firmá-la quando ela trombou com o carro. Apontei para o hospital, no momento em que um motorista de ambulância desligava o motor. "Você não devia estar no...?"

"Pronto-socorro? Meu turno acabou há dez minutos." Tendo sido lembrada do seu papel profissional, ela se afastou de mim e arrumou a saia. "Obrigada pela ajuda. Você é muito gentil. É espantoso que não haja um número maior de vítimas. Destruir vitrines a pontapés, botar fogo nos carros — o povo de Brooklands parece levar jeito. Quero voltar para casa, mas olhe para isto..."

Apontou para o pára-brisa estilhaçado, uma teia de vidro fraturado deixada por um taco de beisebol. Erguendo a cabeça, ela começou a gemer baixinho, para si própria.

"Julia, vamos chamar um táxi." Tentei pegar sua mão. "Ouça, vou levar você de volta ao hospital. Você não deveria ser atendida por alguém?"

"Por quem?" Minha pergunta inepta interrompeu-a no meio de uma respiração. "Por um dos médicos? Deus meu!" Ela assoprou o cabelo dos olhos, genuinamente espantada comigo. "Richard, trabalho com eles o dia todo. Não há um único desses merdinhas em quem eu confiaria..."

"Muito bem." Eu me debrucei sobre o pára-brisa e usei o cotovelo para forçar o vidro a cair para dentro do carro. "Você ainda pode dirigir seu carro. É só manter a velocidade baixa."

"Ótimo." Animando-se de repente, ela disse: "Eu lhe dou uma carona. Onde está seu carro?".

"Ele... o motor pifou. Levaram para dar uma olhada."

"Que chato. Conheço a sensação." Abriu a porta e espanou os caquinhos de vidro de seu assento. Acomodando-se diante do volante, disse: "No fim das contas, a rua é tudo em que você pode confiar".

* * *

Rodamos pela cidade deserta, estilhaços do pára-brisa caindo no nosso colo. O Metro-Centre estava calmo, um resto de fumaça subindo do Land Cruiser revirado. Uma equipe de bombeiros esguichava água em outro carro depredado na praça deserta. Os distúrbios tinham terminado, como se um árbitro tivesse apitado o fim do tempo regulamentar. Uns poucos torcedores voltavam a pé para casa, as camisetas com a cruz de São Jorge amarradas na cintura, maridos de peito nu de braços dados com suas esposas. Um carro de polícia passou por eles, reassumindo discretamente a noite.

Dirigir acalmou Julia. Ela espiou pelo buraco no pára-brisa e assobiou diante dos carros incendiados.

"Richard, o que aconteceu aqui? Algo de novo e muito perigoso está em curso."

"Você tem razão. A bomba no Metro-Centre foi o sinal. O estrago na cúpula deveria desencadear uma insurreição geral."

"E desencadeou."

"Não. Esta noite foi só mais um tumulto futebolístico. Maxted e Sangster estão sendo usados. Não sei quanto a Geoffrey Fairfax. As pessoas por trás da bomba querem uma revolução nas ruas, uma coisa violenta e feia, que se espalhe por todas as cidades às margens da via expressa. Com David Cruise como o Wat Tyler* da TV a cabo, liderando uma nova revolta camponesa. Então a polícia e o Ministério do Interior vão entrar em ação. Fechar o shopping, resgatar os sanduíches de pepino** e restaurar o reino de Surrey."

---

* Wat Tyler: rebelde inglês, líder da revolta camponesa de 1381. (N. T.)
** Sanduíches de pepino são associados às classes altas da era vitoriana, na Grã-Bretanha. Costumam ser citados na literatura, no teatro e no cinema como signos da elite britânica, geralmente em tom satírico. (N. T.)

"Quase aconteceu."

"Nem tanto. David Cruise não mordeu a isca. Ele não passou todos esses anos na televisão para nada. Percebeu que era uma armação."

"Mas por quê? Detesto o maldito shopping, mas não quero matar ninguém."

"Você ainda tem seu emprego. Tem gente que estava se dando muito bem e agora se sente para trás. O poder se deslocou para o Metro-Centre e os centros de compras ao longo da M25. É um novo tipo de consumismo — times de futebol patrocinados, torcidas organizadas, bandos que marcham, refletores de estádios acesos a noite toda, TV a cabo. Um monte de gente não gosta disso. A polícia, a câmara municipal, empresários da velha guarda que não conseguem tirar sua casquinha. Eles querem desacreditar o Metro-Centre e farão qualquer coisa para prejudicá-lo."

"Tony Maxted? E Bill Sangster?"

"Eles são amadorísticos demais. Para Maxted a coisa toda é um estudo de caso. Um dia ele escreverá um livro e o verá adaptado para a BBC2. Sangster é diferente, como e por que eu não saberia dizer."

"Eu sei. Ouça, ele foi arrastado para a loucura de tudo isso. Todo dia ele tem de manter sua escola em pé, um imenso esforço de vontade. Por que se importar? Secretamente, está exausto. Não se importaria se jogassem o maldito lugar na privada e dessem a descarga..." Estendeu a mão para pegar a minha. "Richard, sinto muito por Brooklands, tem sido um pesadelo para você..."

Eu me recostei no assento, contente de estar com aquela moça vivaz e caótica, ainda que nos escombros de uma noite que me deixara mais confuso do que nunca. Uma parte de mim queria interpelar Julia Goodwin acerca do ferimento fatal de meu pai e do papel misterioso desempenhado por Duncan Christie. Ela vestia seu desconforto pela morte do velho como se fosse um agasalho mal talhado. As emoções congestionavam seu rosto, competindo por espaço entre caretas e carrancas. Como uma criança, seus sentimentos culpados jogavam com sua boca e seus dentes expostos, esfregando seus olhos cansados e os músculos de seu rosto. Às vezes, toda a sua personalidade era um tribunal onde ela própria era julgada.

Quando chegamos ao apartamento de meu pai, ela conduziu o carro cuidadosamente pela alameda do jardim da frente do prédio, então perdeu o rumo na escuridão. Um pedaço de cerca viva bateu no que restava do pára-brisa, lançando uma chuva de estilhaços sobre nós. Agarrei a direção, mudei o câmbio para ponto morto e deixei o carro rodar lentamente pelo cascalho. Julia espiou pelo retrovisor, estremecendo ao ver um pequeno corte em sua testa.

"Você não devia olhar para isso." Ajudei-a a descer do carro. "Eu tenho um velho estojo de primeiros socorros de avião. Tome uma bebida enquanto eu chamo um táxi..."

Hesitei antes de abrir a porta da frente do apartamento, inseguro sobre como Julia iria reagir à presença de meu pai em cada poltrona de couro e em cada cinzeiro. A princípio ela ficou rígida e sem jeito, como se temesse que ele fosse aparecer e desafiá-la. Mas parecia sentir-se em casa quando saiu do banheiro, com um curativo acima da sobrancelha. Circulou pela sala de estar, aquecendo as mãos em torno do copo de conhaque, sorrindo diante dos descansos de cachimbo e da fileira de fotografias emolduradas. Teria ela sido a última das amantes de meu pai? Eu era capaz de imaginá-la na cozinha, lembrando-o da próxima vacina contra a gripe enquanto ele cozinhava uma omelete para ela.

Surpreendentemente, Julia estava à vontade comigo, e sentou-se no braço de minha poltrona, uma das mãos em meu ombro.

"Richard? Você está bem?"

"Mais ou menos. Foi um dia muito bizarro. Estou contente que você esteja aqui."

"Eu queria ver o lugar." Ela estremeceu com a incansável intermitência de um alarme distante. "Richard, eu avisei que coisas estranhas estavam em curso."

"Não sei bem o que está acontecendo. Depois do almoço encontrei o 'selvagem do deserto' local — seu amigo Duncan Christie. Completamente louco e completamente são ao mesmo tempo. Então Maxted me trancou em seu depósito de malucos. Escapei graças à loura trapalhona dele, a sargento Falconer, e no momento seguinte eu estava liderando uma insurreição. Durante dez minutos aquela enorme multidão estava de fato me seguindo."

"A gente tem de seguir alguém. Pobres-diabos, não há outra coisa em nossa vida."

"Não muita, de todo modo. É por isso que eu me dei bem na vida — tudo em que acreditamos vem da propaganda. Esta noite foi diferente, porém. A bomba no Metro-Centre supostamente deveria acender um estopim, mas não funcionou."

"Será que é porque não estava fazendo propaganda de nada?"

"Você tem razão. É preciso que haja uma mensagem. Da próxima vez vou me lembrar."

"Outro selvagem do deserto. Meu Deus..." Ela apanhou seu drinque e sentou-se à mesa de centro, de frente para mim. "Ouça, Richard. Você está acordando dentro do pesadelo cujo roteiro ajudou a escrever. Volte para Londres. Os subúrbios ricos são esquisitos demais para você. Por que abandonou seu emprego?"

"Foi ele que me abandonou. Para falar a verdade, fui despedido. Desalojado por um rival que conhecia todas as minhas fraquezas."

"Como assim?"

"Minha esposa. Na verdade, eu tinha chegado ao fim da linha."

"Com ela?"

"E no negócio da publicidade. A economia está rolando ao longo de uma planície sem fim, e os consumidores estão entediados com a vista. Alguma coisa estranha é necessária para sacudi-los."

"Estranha como?"

"Estranha, e mais do que só um pouco maluca. Essa era a minha grande idéia. Tínhamos até um slogan — 'Louco é mau. Mau é bom'. Nós o testamos uma vez, com um novo microcarro, mas morreu gente. Ninguém gostou da idéia depois daquilo."

"Terrivelmente obtuso da parte das pessoas."

"Foi o que eu pensei. Mais uma grande revolução da propaganda que não levou a parte alguma."

"A hora dela vai chegar." Ela tirou o cabelo da frente do rosto, como que se expondo para mim, retirando mais um dos véus que se interpunham entre nós. "Você conhecia bem seu pai?"

"Quase nada. Minha mãe nunca superou o fato de ele tê-la deixado. Durante anos ela me contou que ele morrera num desastre aéreo. Chegavam cheques em meu aniversário e ela dizia que eles vinham do além. Eu pensava que os bancos da rua principal eram postos avançados do paraíso. O curioso é que vim a conhecê-lo melhor depois que ele morreu."

"Tenho certeza de que era um homem distinto."

"Era, sim. Com uma ou duas idéias esquisitas."

"Interessante..." Ela perambulou pela sala de estar e espiou o corredor que levava aos quartos. "Posso dar uma xeretada? Hoje em dia a gente não vê onde os pacientes moram."

181

Entrei atrás dela na cozinha e vi quando ela deteve o olhar na modesta legião de ervas e temperos. Ela partiu o manjericão que eu tinha comprado, arrancou uma folha e levou-a a uma narina. Estava cansada mas cheia de estilo, claramente comovida pelas lembranças do velho que ela tentara manter vivo por umas poucas horas derradeiras. Eu a seguia, ainda excitado por seu aroma, um perfume dela mesma, destilado de beleza, crueldade e cansaço crônico.

"Então era aqui que ele dormia?" Parou de pé à porta do quarto do meu pai, o nariz farejando na escuridão, buscando o rastro do corpo de um velho. Deu um passo à frente e acendeu a luz do abajur, então sentou-se na cama, alisando as dobras da colcha de seda.

"Julia...?"

"Aqui..." Ela me indicou que sentasse a seu lado. Como que sem pensar, soltou o botão de cima da camisa. "Então... a cabeça dele repousava naquele travesseiro. Os sonhos de um velho piloto. Pense neles, Richard. Todas aquelas intermináveis pistas de pouso e decolagem..."

"Julia..." Sentei a seu lado e segurei-a pelos ombros. Percebi que ela estava trêmula, um leve tremor, como se tivesse sido surpreendida por um frio súbito, uma corrente de ar gelado vinda de uma porta entreaberta para a escuridão. Uma mulher desesperada estava sentada na cama de meu pai, prestes a fazer amor com o filho dele por razões que tudo e nada tinham a ver com o sexo, o tipo de amor arrebatado e violento que só os destituídos chegam a experimentar.

Tomou a minha mão e enfiou-a dentro da camisa, então a pousou sobre o seio. "Você não precisa gostar de mim."

"Julia..." Tentei acalmá-la. "Não aqui. Vamos para o meu quarto. Julia...?"

"Não." Falava num tom monocórdio, com uma voz quase áspera. "Aqui."

"Querida, tente..."

"Aqui! Tem de ser aqui!" Lançou-me um olhar feroz. "Será que você não entende?"

20. A pista de corrida

Deixei-a dormindo na cama de meu pai. Ainda estava escuro quando me levantei, às quatro, incomodado com os contornos estranhos do colchão, as valas estreitas formadas pelos quadris e ombros de um velho, e as marcas mais perturbadoras deixadas pela sua mente. Julia estava deitada a meu lado quando me sentei na cama, então se virou e se aninhou facilmente no molde do velho piloto. A travessia de uma estranha noite a deixara exausta. Sonhos inquietos se seguiram a um fogoso ato de amor. Ela me agarrara como se eu fosse um demônio a ser subjugado, um enviado da tumba de meu pai. O sexo comigo era em parte expiação e em parte retribuição, um ato de penitência.

Sentei na cama, afagando a nuvem de cabelo escuro, e segurei sua mão livre, na esperança de instilar nela um pouco de meu afeto. Houve uma leve pulsação em resposta, como um bilhete de agradecimento enfiado por baixo da porta emocional, e ela mergulhou num raso sono matinal que duraria horas.

Eu precisava sair e percorrer as ruas antes que qualquer outra pessoa estivesse de pé. Enquanto vestia meu abrigo esportivo, fiz um breve inventário de mim mesmo. Uma lista desanimadora: sentia falta de meu carro, de meu emprego, de meus amigos de Londres. Sentia falta de meu pai, a quem eu nunca conhecera, e sentia falta da esquisita mas amável jovem médica que eu encontrara no hospital, com a qual eu dividira uma cama, mas a quem também não conhecia direito. Algum tipo de culpa e constrangimento nos separava, apesar de toda a ternura que eu claramente sentia por ela. Será que ela tinha falhado com meu pai de alguma forma durante as últimas horas dele na unidade de terapia intensiva? Montada sobre mim, ela fazia amor como se tentasse ressuscitar um cadáver. Eu atentava para sua respiração, os soluços e pequenos arrotos de uma criança, sons modelados em êxtase, e pensava na filha que Julia e eu poderíamos ter um dia.

Mas eu tinha de deixar o apartamento e visitar a pista de corrida de Brooklands, para ouvir os fantasmas de motores rugindo na escuridão.

Um suco de laranja de caixinha na mão, saí trotando do prédio e parti em direção ao autódromo, meia milha para o sul. À minha volta as ruas residenciais ainda estavam em silêncio, os subúrbios de lugar nenhum, pavilhões imaculados que me faziam pensar nas tumbas elegantes na ilha-cemitério na laguna de Veneza.

Um trecho do aterro de Brooklands se erguia na escuridão, com nove metros de altura em seu cume, a linha de seu espinhaço cortada por uma rodovia de acesso. Corri por aquele estreito corredor e parei na praia de concreto antigo. Pensei em meu pai visitando a pista nos anos 1930, um garotinho embriagado pelo cheiro forte de combustível e de perfume caro, o aroma do glamour e do perigo. Desastres espetaculares enchiam os cinejornais do momento, mortes heróicas que eram a resposta da Inglaterra aos ditadores do outro lado do canal e expressavam a inconsciente necessidade de guerra por parte do reino.

"Olá...? Você aí... venha cá, junte-se a mim. Aqui você tem uma visão melhor da corrida..."

Acima de mim, no alto da rampa do aterro, um homem vagava pela escuridão. Vestia um smoking branco, como se tivesse se desgarrado de uma festa de varar a noite. Acenou para mim com um gesto de ator, mas se movia com cuidado à beira da encosta de concreto, como se toda uma vida de solos traiçoeiros o tivesse ensinado a desconfiar de qualquer superfície. Vendo que eu estava demasiado ofegante para subir até onde ele estava, desceu a rampa.

Esperei que ele me alcançasse e notei um carro americano estacionado na estrada abaixo. Um motorista de quepe pontiagudo estava recostado na porta, fumando um cigarro e traçando pequenos desenhos no ar escuro com o vermelho de sua brasa.

"Certo..." David Cruise segurou minha mão, sorrindo de modo tranqüilo e condescendente, como se saudasse um novo participante em seu programa de TV a cabo. "Vale a pena subir até lá, ainda dá para sentir o vento deslocado pelos bólidos. Ouça... Ouviu isso?"

"Espere um pouco. Um Bugatti, acho. Quatro carburadores, ou quem sabe um Napier-Railton."

"Isso mesmo!" Satisfeito por eu ter desempenhado meu papel em sua pequena rotina, Cruise apertou e sacudiu a minha mão. "Senhor...?"

Eu me apresentei, mas Cruise deixou meu nome se perder no nevocnto ar da alvorada, partindo do pressuposto de que ele era famoso demais para precisar se apresentar. Sem se dar conta, ele agia como se atuasse para a câmera, que me parecia estar em algum lugar do outro lado de seu perfil favorito, o esquerdo.

"Bom, bom..." Saboreava o ar, como se desfrutasse o cheiro penetrante da borracha queimada. "Maravilha... Ilimitados cavalos de força, motores de dois mil centímetros cúbicos. Não há nada parecido hoje em dia. Temos a tecnologia, mas não podemos construir um sonho."

"Fórmula 1? Não?"

"Ah, cá entre nós... Milionários em macacões de amianto emplastrados de logotipos. A coisa autêntica era aquela."

"Mais do que o Metro-Centre?"

Cruise parou para me olhar enquanto descíamos até o Lincoln. "O Metro-Centre? Eu queria vê-lo durar sete anos, que dirá setenta."

Correu os olhos por sobre os telhados escuros da cidade, onde a última fumaça de uns poucos carros carbonizados se misturava à névoa da manhã. No estádio de futebol os telões gigantescos ainda estavam acesos, mostrando um comercial às arquibancadas desertas. O eu televisivo dele falava a uma idosa torcedora sobre a nova decoração da suíte dela, sua mão batendo no colchão como se a convidasse para uma travessura.

Cruise calou-me com um punho erguido e parou para observar a si próprio. Sua boca gesticulou em resposta a seu repertório característico de sorrisos sedutores, as tímidas caretas que expressavam um profundo interesse nos convidados de seu programa.

Apesar da luz baça, eu podia vê-lo claramente na aura pálida da fama suburbana que o cercava. O escuro era seu meio, a profunda escuridão disfarçada de interior de um estúdio de TV. Eu estava surpreso com quanto ele parecia pequeno, embora tivesse quase um metro e oitenta, com o tipo de físico musculoso dos usuários de academias. Era simpático e brincalhão, mas nunca irônico a seu próprio respeito. Uma divindade menor nunca deve expressar dúvida quanto a sua própria existência. Sob todos os aspectos ele era uma criatura da televisão vespertina, com uma cabeça de cabelo prateado esculpida para exibir a metade inferior de seu rosto e esconder sua testa alta e a frieza íntima de seus olhos. Muito tempo atrás ele se convencera de que gostava de gente comum e se sentia à vontade com ela, e essa ilusão o sustentava.

Uma breve cascata de faíscas cintilou para além da arquibancada norte do estádio, um armazém posto em chamas, decerto um golpe contra a seguradora, tirando vantagem dos incêndios da noite.

Cruise estremeceu e virou-se para seu carro. "Um manicômio — saques, incêndios, vidraças quebradas... uma bomba no Metro-Centre. Como se não tivéssemos problemas suficientes."

"Eu vi o estrago. A polícia me levou ao estacionamento subterrâneo."

"Você estava lá? Homem valente. Plantaram a bomba no carro de alguém."

Cruise tinha chegado ao Lincoln, onde o motorista aguardava de pé ao lado da porta aberta do passageiro. Decidi arriscar e disse: "Meu carro, por acaso".

"Seu carro?" Cruise fez uma pausa antes de entrar para o banco de trás de seu automóvel. Pela primeira vez ele me notava, um rosto numa multidão de figurantes que o diretor localizou e lhe indicou pelo ponto eletrônico. "Explodiram seu carro? Coitado. Você deve ter ficado chocado."

"Fiquei. Um velho Jensen. Lindo carro: nada funcionava, incluindo a fechadura do porta-malas."

"Enguiçada? Graças a Deus que o criminoso morreu." Cruise apontou para o aterro silencioso. "E foi por isso que você veio para cá, para a pista de corrida. Você queria ouvir aqueles motores de novo. A coisa autêntica, como seu Jensen."

"Talvez você esteja certo."

"Eu estou certo!" Cruise me segurou pelos ombros com um par de mãos fortes, como se consolasse um participante desolado de seu programa. "Eu sei — foi por isso que eu vim. É uma ruína, mas é a única parte de Brooklands que é de verdade."

"O Metro-Centre é de verdade."

"Ora, por favor..." Pegou meu braço. Mergulhado em pensamentos, conduziu-me para longe do Lincoln. "Ouça, será que eu já o vi antes?"

"Ontem. Do lado de fora do Metro-Centre. Você chegou para seu programa da tarde."

"Não. Em outro lugar. Anos atrás." Encarou meu rosto com o olhar frio de um patologista examinando um cadáver. "Você era mais jovem, mais durão, mais ambicioso. Sua voz era mais potente, você vivia me dando ordens. Meu Deus, eu precisava daquele emprego. Qual é seu ramo de trabalho?"

"Publicidade."

"Isso mesmo! Aquele comercial maluco de Skoda. Eu fazia o motorista perigoso. Todo mundo achava que era loucura."

"Era loucura. Essa era a idéia."

"Meu agente me alertou para não fazer aquilo. Muito bizarro, disse ele. Eu ficaria estigmatizado. Era uma grande chance, eu não tinha trabalho fazia um ano. Acabou que eu era grande demais para o carro, não dava para ver meus olhos. Mas depois disso eu não parei mais. Meu agente tinha de se livrar das propostas. De certa forma, graças a você...?"

"Richard Pearson. Você era muito bom."

"Não, eu ainda estava tentando atuar. Um grande erro nesse ramo. Você tem de ser você mesmo. Isso demanda um bocado de trabalho. Cada um de nós é um elenco de personagens. Eu dizia a mim mesmo que era um diretor montando uma nova peça. Todas essas pessoas aparecem no teste, e todas são eu mesmo. Algumas são mais interessantes que outras, algumas são mais verdadeiras, algumas tocam seu coração. Isso acontece a cada manhã quando eu me levanto. Tenho de escolher, e tenho de ser impiedoso. Você compreende."

"Totalmente. É uma questão de achar os papéis certos. O tipo de papéis nos quais você não precisa atuar."

"É isso. Eu me lembro, no ano passado você ganhou um prêmio da indústria. No Savoy, eu vi você recebendo o prêmio..."

Cruise se endireitou, deixando seus pensamentos flutuarem pelo aterro. Concluí que logo eu seria esquecido, o criador de sua carreira abandonado ali como o Ben Gunn* daquela praia de concreto.

Então percebi que o motorista tinha dado a volta no Lincoln. Agora as duas portas dos passageiros estavam abertas.

"Richard..." A mão bronzeada de Cruise segurou meu cotovelo, conduzindo-me em direção ao carro como se empurrasse um feliz contemplado para seu prêmio. "Vamos tomar um café-da-manhã na minha casa. Há uma ou duas coisas que precisamos conversar. Você pode me dar uns conselhos. Já sinto que podemos trabalhar juntos..."

---

* Ben Gunn: personagem do romance *A ilha do tesouro* (1883), de Robert Louis Stevenson (1850-94). (N. T.)

21. Uma nova política

"Brooklands? O lugar todo está fora de órbita. Simplesmente não entendo." David Cruise amassou seu lenço de papel e o atirou na câmera montada num tripé ao lado da piscina. "Que diabo andou acontecendo ontem à noite?"

"Acho que você sabe." Eu contemplava a superfície da água, calma e plácida como um espelho. "Uma tentativa de golpe."

"Golpe?"

"Uma revolução palaciana."

Cruise fez uma careta diante de seu espelho de maquiagem. "Cadê o palácio?"

"Nós vivemos nele. O Metro-Centre e todos os centros de compras daqui até Heathrow. Você e eu e as pessoas que assistem a seus programas de TV."

"Não o bastante delas — esse é o problema. Quem seria o líder dessa revolução?"

"Você sabe também. Você."

"Eu? Vou me lembrar, da próxima vez vou precisar de um camarim e de uma limusine. Uma revolução, um palácio..."

* * *

Estávamos sentados junto à piscina coberta anexa à casa de Cruise no condomínio Seven Hills, uma comunidade exclusiva de Waybridge que já foi lar dos Beatles, de Tom Jones e de outras celebridades pop. O teto de vidro em forma de abóbada — um eco deliberado, eu supus, do Metro-Centre — lembrava um observatório aberto ao firmamento, mas a única estrela contemplada por David Cruise era ele próprio.

A casa era um edifício substancial em estilo neo-Tudor, com cômodos amplos o bastante para servir como quadras de squash, mobiliados como um hotel fora de temporada. Num escritório próximo aos closets, os empregados do turno diurno discutiam os cachês pelos compromissos beneficentes de Cruise e lidavam com a correspondência de seus fãs. Logo que chegou, Cruise passou os olhos por seus faxes e e-mails, em seguida me conduziu pelos cômodos desertos até a piscina, onde nos recostamos em espreguiçadeiras junto ao bar. Duas dóceis garotas filipinas nos serviram o café-da-manhã — mamão, café e costeletas de cordeiro —, mas Cruise estava mais interessado em sua grande vodca.

Observei-o acomodar seu corpo carnudo na espreguiçadeira, smoking branco e camisa franzida bem expostos. Enquanto caminhávamos pelos cômodos da mansão ele tinha me parecido entediado com ela, e vagamente desconfiado daquele que supostamente era seu próprio lar, consciente de que na verdade era pouco mais do que um set de televisão.

Contra minha vontade, eu até que gostava dele. Ele não fazia caso de seu próprio sucesso, e estava à procura de algum tipo de certeza na vida, embora toda a sua carreira estivesse construída sobre a ilusão e um jogo de truques emocionais. Seus modos eram dominadores, mas ele era profundamente inseguro e ficava o tempo todo me manipulando para que o lisonjeasse.

Enquanto isso eu decidira levar adiante um experimento, minha última tentativa de me livrar da rede de intrigas responsável pela morte de meu pai. Até então eu não tinha conseguido quase nada, dando uma de detetive amador que por incompetência corria perigo, perpetuamente atordoado pelas portas que batiam em sua cara.

Mas num terreno eu era um profissional completo: aquele campo magnético onde a propaganda e o gosto popular se fundem. Brooklands e as cidades da via expressa eram a suprema bateria de testes do consumidor, e ali eu poderia colocar em prática as idéias subversivas que tinham custado minha carreira. Em Brooklands não havia comissões de ética para me vigiar, nem reuniões de estratégia sempre recomendando cautela, tampouco uma esposa ambiciosa esperando que eu cometesse um erro. Se eu pudesse mudar a ecologia mental daquela inquieta cidade do Surrey e liberar as imprevisíveis energias de seus habitantes, talvez eu penetrasse nas polidas intrigas que os subjugavam e descobrisse por que meu pai tinha morrido de modo tão estúpido.

Por enquanto, pelo menos, eu fizera meu primeiro aliado valioso. David Cruise era a pessoa mais importante que eu conhecera em Brooklands, e uma das poucas que estavam dispostas a falar. Parecia vulnerável, a me olhar de modo sagaz por cima de sua vodca, como se sentisse que a bomba no Metro-Centre estava dirigida a ele. Aquele apresentador de TV a cabo, galã das donas de casa e ombudsman local, provavelmente não tinha um único amigo.

Lembrei-me de como saímos juntos do autódromo de Brooklands. Sentados no banco de trás do Lincoln, contei a ele que meu pai visitara a pista de corrida quando garoto. Quase sem pensar, Cruise esticou o braço e apertou minha mão, selando uma camaradagem forjada no fogo do terrorismo. E, a despeito de toda a sua brandura, de sua personalidade tão flexível e rasa como um comercial de TV, ele peitara Tony Maxted e Sangster, recusando-se a jogar o jogo deles.

"Admiro você por tê-los deixado na mão", eu lhe disse enquanto as garotas filipinas flutuavam silenciosamente entre nós, levando embora as bandejas do café-da-manhã. "Eles estavam lhe oferecendo as chaves do reino."

"Ou da Prisão Guildford." Cruise tocou de leve o pequeno traseiro da filipina mais velha. "Eles tinham tudo arranjado, a multidão enlouquecida, o rescaldo da bomba, um circo completo. Queriam que eu berrasse de uma sacada. Um ditador suburbano fundado no Metro-Centre — você consegue imaginar?"

"Consigo. Cada shopping center ou conjunto comercial convertido num soviete local. Um levante popular que começa no Tesco* mais próximo. É possível. Há uma sede de violência, é por isso que os esportes obcecam o país inteiro. Todo mundo está se sentindo sufocado — leitores de código de barra demais, câmeras de circuito interno demais, faixas duplas amarelas demais. Aquela segunda bomba realmente lhes deu um novo embalo."

"Era essa a idéia." Cruise examinou seu copo vazio, como se estivesse de luto pelo primeiro drinque do dia. "Mate um punhado de gente e todo mundo fica achando que se divertiu. Não é para mim — é sempre mais seguro se aferrar àquilo sobre o que a gente nada sabe. No meu caso, esportes e melhoramentos domésticos. Esqueça os grupelhos de direita que se escondem por trás de seus brasões familiares."

"Eu esqueci. Mas o tsunami continuava lá. Eu podia senti-lo na multidão. Eles queriam que você os liderasse. Você é a

---

* Tesco: grande rede britânica de hipermercados. (N. T.)

figura emblemática que todo mundo associa ao Metro-Centre. Você mantém as torcidas organizadas de prontidão, você pode dizer o que todo mundo secretamente sente a respeito dos imigrantes e dos que buscam refúgio. Você é o astro dos sonhos de cada dona de casa..."

"Eu, eu, eu demais... esse é o problema. Tenho de carregar o Metro-Centre inteiro." Cruise se recostou, os olhos baixos, lábios formando e reformando uma série de meios sorrisos, o sinal de que estava prestes a ser sincero. "Ouça, Richard — você tem de entender. Sou uma fraude."

"Ora, vamos..."

"Não. Eu represento um papel. Ainda sou um ator, atuo fazendo o papel de comentarista esportivo. E eu sei alguma coisa sobre esportes? Cá entre nós, quase nada. Nunca dei uma tacada de golfe com efeito, nunca encaçapei uma bola sete, nunca fiz um gol no rúgbi, nunca bati um escanteio."

"E isso importa?"

"Não. Na verdade, é uma ajuda. Os melhores comentaristas não sabem nada de esportes. Seus comentários são do tipo que os espectadores fariam. 'Ele é bom no taco, ela está concentrada na vitória...' Terrivelmente tolo. Estou no ramo dos espelhos, dou ao público o rosto que eles querem ver no espelho do banheiro quando acordam. Alguém que compartilha seu tédio e lhes diz que uma visita ao Metro-Centre é a resposta a todos os seus problemas."

"Você faz um grande trabalho. Eu estava diante do prédio da prefeitura ontem à noite. Eles gostam de você."

"Quem sabe? Eles aplaudem, em seguida vaiam." Cruise inclinou-se para a frente, baixando a voz. "Você pode não acreditar, Richard, mas quando eu era jovem a maioria das pessoas não gostava de mim. Instintivamente. Não gostavam do sorriso amistoso, da bonomia. Achavam que eu estava representando o tempo todo. Até meus pais me evitavam. Meu pai era um farmacêutico da classe trabalhadora. Sua especialidade era hipocondria, a doença mais fácil de curar. Minha mãe era um estudo de caso em tempo integral. Eles economizaram dinheiro para me mandar a uma escola particular; agora eu tenho de esconder o sotaque e fazer de conta que venho de algum condomínio de elite de Heathrow. Cada vez que nos encontramos eu sei que eles acham que eu fracassei."

"Você não fracassou. As pessoas daqui acreditam em você."

"Não diga isso. Se bastante gente acredita em você, é um sinal seguro de que acabará pregado numa cruz. É um emprego, um serviço. Às vezes sinto que não estou mais à altura."

"Você está à altura, e não é só um emprego."

Esperei, enquanto Cruise parecia submergir num poço de introspecção e autopiedade. Recostou-se na espreguiçadeira, seu corpo se agitando como uma cobra tentando trocar de pele, uma carapaça lisa que perdia o brilho enquanto ele a observava. Então se sentou ereto, sacudindo-se para se livrar do autoquestionamento, e arremessou seu copo vazio na piscina. A superfície plana se dissolveu numa torrente de pequenas ondas, que Cruise observou como um cristalomante perscrutando o futuro.

"Richard?" Incentivou-me com um gesto. "Vá em frente. Acho que você tem algumas idéias para mim."

"Certo. Eu gostaria de esboçar uma coisa. Uma abordagem diferente."

"Isso é bom — o Metro-Centre pode tirar algum proveito."

"E você tem exatamente o que é preciso. Um novo tipo de política está emergindo no Metro-Centre, e você está no lugar perfeito para comandá-la."

"Antigamente, quem sabe..."

"Agora. Vejo você como o homem de amanhã. O consumismo é a porta para o futuro, e você está ajudando a abri-la. As pessoas acumulam capital emocional, assim como acumulam dinheiro no banco, e precisam investir essas emoções na figura de um líder. Elas não querem um fanático de coturno vociferando numa sacada. Querem um apresentador de TV sentado num cenário de estúdio, falando calmamente sobre o que importa na vida delas. É um novo tipo de democracia, onde votamos na caixa registradora, não na urna eleitoral. O consumismo é o mais formidável dispositivo que alguém já inventou para controlar as pessoas. Novas fantasias, novos sonhos e aversões, novas almas para curar. Por alguma razão peculiar, chamam isso de fazer compras. Mas é de fato a forma mais pura de política. E você está na vanguarda. Na verdade, você pode praticamente governar o país."

"O país? Agora fiquei preocupado..." Cruise agarrou os braços da sua espreguiçadeira, subjugando a tentação de se levantar e andar de um lado para o outro. Olhou para mim com o olhar intenso que lançava aos convidados de seu programa diurno, e eu percebia que tudo o que eu disse já havia passado por sua cabeça. "Você tem razão — eu posso liderá-los. Eu sei que está aqui, dentro de mim."

"Está aí, com certeza. Acredite em mim, David."

"Eu faço um bocado de trabalho beneficente, inaugurando centros comerciais e grandes hipermercados ao longo da M25 — isso ajuda os espectadores a ficarem ligados ao Metro-Centre. Há milhões de pessoas lá fora, em todas essas cidades em torno de Heathrow. Elas estão entediadas, querem ser desafiadas. Têm a garagem para dois carros, o banheiro extra, a colônia de férias no Algarve. Mas elas querem mais. Posso atingi-las, Richard. Há um problema, porém: qual é a mensagem?"

"Mensagem?" Fiquei de pé, erguendo as mãos para pedir a Cruise que continuasse sentado. "Não há mensagem alguma. As mensagens pertencem à velha política. Você não é um führer berrando para suas tropas de assalto. Isso é a velha política. A nova política tem a ver com os sonhos e as necessidades das pessoas, suas esperanças e temores. Seu papel é dar poder a elas. Você não diz a suas platéias o que devem pensar. Você as instiga, as incita a se abrir e a dizer o que sentem."

"Evitar slogans, evitar mensagens?"

"Nada de slogans, nada de mensagens. Nova política. Sem manifestos, sem promessas. Sem respostas fáceis. Eles decidem o que querem. Seu trabalho é montar o palco e criar o clima. Você os conduz detectando seu estado de espírito. Pense num rebanho de gnus na savana africana. Eles decidem para onde querem ir."

"De que tamanho é esse rebanho? Um milhão? Cinco milhões?"

"Talvez cinqüenta milhões. Pense no futuro como um programa de TV a cabo para sempre no ar."

"Soa como o inferno..." Cruise riu consigo mesmo de um jeito culpado. "Mas cinco milhões, isso é uma audiência vespertina bem grande. Como eu os controlo, como imponho algum tipo de foco? A coisa toda pode começar a enlouquecer."

"Enlouquecer? Ótimo. A loucura é a chave de tudo. Pequenas doses, aplicadas quando ninguém está prestando atenção. Você diz que o fluxo de vendas está em baixa no Metro-Centre?"

"Não em baixa. É um patamar estagnado. Um sinal seguro de que há um despenhadeiro por perto. Já fizemos de tudo."

"Tudo? Vocês tentaram a clássica abordagem amistosa, dando aos consumidores o que eles querem. Ou o que eles pensam que querem. Vocês precisam tentar agora a abordagem inamistosa."

"Dizer a eles o que eles têm de querer?" Cruise descartou isso com um gesto. "Não funciona."

"Não. É autoritário demais, colegial demais. Não é nova política."

"E o que é isso?"

"O imprevisível. Seja amável a maior parte do tempo, mas de quando em quando seja vil, quando eles menos esperam. Como um marido entediado, afetuoso mas com um traço cruel. As pessoas vão tomar um susto, mas os números da audiência vão disparar. De quando em quando introduza uma pitada de loucura, um pouco de psicopatologia crua. Lembre-se: a comoção e a psicopatia são o único meio de as pessoas fazerem contato umas com as outras hoje em dia. Não vai demorar para que seus espectadores queiram experimentar a verdadeira loucura, seja ela um produto, seja um movimento político. Encoraje as pessoas a enlouquecer um pouco — isso torna mais interessantes as compras e as relações amorosas. De vez em quando as pessoas querem ser disciplinadas por alguém. Querem receber ordens."

"Exatamente." Cruise bateu com a palma no braço da espreguiçadeira e ouviu o eco se propagar em volta da piscina. "Elas querem ser punidas."

"Punidas e amadas. Mas não por um pai equânime. Digamos que por um carcereiro taciturno, que as observasse por entre as barras da cela. Há umas belas palmadas esperando pelas pessoas que não correm para a liquidação de móveis, ou não pagam em dia seu cartão-fidelidade."

"Elas vão se afastar."

"Não vão, não. As pessoas precisam de um pouco de maus-tratos na vida delas. O masoquismo é a nova onda, e sempre foi. É a música ambiente do futuro. As pessoas querem disciplina e querem violência. Mais do que tudo, elas querem violência estruturada."

"Hóquei sobre o gelo, rúgbi profissional, corrida de stock-cars..."

"Isso mesmo. A nova política será um pouco como o rúgbi profissional. Experimente isso em seu próximo programa do consumidor. Não mude seu estilo, mas de quando em quando os surpreenda. Mostre um lado autoritário, seja abertamente crítico quanto a eles. Faça um súbito apelo emocional. Mostre suas falhas, em seguida peça lealdade. Insista na fé e no compromisso emocional, sem lhes dizer exatamente em que eles devem acreditar. Essa é a nova política. Lembre-se: hoje em dia as pessoas aceitam inconscientemente que a violência é redentora. E no fundo do coração elas estão convencidas de que a psicopatia está próxima da santidade."

"Elas têm razão?"

"Sim. Elas sabem que a loucura é a única liberdade que lhes restou." Sentei de novo em minha espreguiçadeira e esperei Cruise responder. "David...?"

Cruise fitava a piscina, novamente lisa como uma pista de dança. Virou-se e apontou os dois indicadores para mim, um gesto característico que empregava quando um convidado expressava uma idéia inesperada.

"Vejo possibilidades. Richard, gostei..."

PARTE II

22. O herói de capa de chuva

As cidades em torno de Heathrow decolaram da pista, recolheram o trem de pouso e estavam aprendendo a voar, pairando nas correntes de ar quente sob o radiante sol de agosto. Ao deixar a via expressa e me aproximar dos arrabaldes de Ashford, eu podia ver as flâmulas com franjas tremulando num hipermercado de estrada, transformando aquele horrendo galpão de metal numa caravela carregada de tesouros. As bandeiras de São Jorge drapejavam nos carros que passavam e estendiam-se em vitrines de lojas e janelas de casas. As cores dos times locais de futebol e atletismo decoravam a prefeitura e o estacionamento de vários andares, dando um tom festivo à atmosfera barulhenta.

Um desfile esportivo descia a avenida principal, liderado por uma banda de gaitas-de-foles e uma trupe de balizas, aluninhas de pernas de fora fantasiadas com túnicas ruritanianas e barretinas com o logotipo da loja de departamentos patrocinadora. Passaram se pavoneando, obrigando o trânsito a parar para elas, seguidas pelos esportistas que acenavam para os torcedores apinhados nas calçadas e nas sacadas das repartições e casas de comércio.

Atrás deles vinham os organizadores e colaboradores do evento, vestindo camisetas com a cruz de São Jorge, em marcha elegantemente sincronizada ao som da fanfarra que seguia atrás, fechando o desfile. Todas as salas de aula e postos de trabalho tinham sido abandonados em favor da onda de orgulho cívico e entusiasmo que varria aquela cidade comum. Qualquer queda de rendimento, qualquer déficit nas caixas registradoras seriam mais do que compensados por um impulso à produtividade e umas poucas horas de trabalho extra.

Sentado no tráfego paralisado, acenei para um grupo de torcedores que se alinhara espontaneamente atrás dos organizadores, juntando-se ao desfile que marchava rumo ao terminal de ônibus próximo à estação ferroviária. Dali eles seriam levados de ônibus para Brooklands, passariam a tarde fazendo compras no Metro-Centre e depois torceriam por seus times no campeonato local.

Pés passavam por mim pisando firme, braços roçando meu Mercedes alugado. Mas eu gostava daquelas pessoas, sentia-me próximo delas. Muitas eram de meia-idade, joelhos brancos subindo e descendo, vigorosos e sem pelancas. Suas camisas de cruzados estavam cobertas de distintivos costurados, na verdade brasões de escotismo para adultos, mais um dos projetos que eu tinha bolado. Cada um deles ostentava o nome de uma loja local, e dava a quem o usava o aspecto de piloto de Fórmula 1. David Cruise e eu contávamos com uma certa resistência, mas os distintivos eram altamente populares, reforçando a sensação de que a vida das pessoas só era completa quando elas apregoavam o mundo do consumo.

Um vasto experimento social estava em curso, e eu ajudara a concebê-lo. As pessoas negligenciadas das cidades da via expressa, tão menosprezadas pelos londrinos, tinham encontrado um novo orgulho e uma nova solidariedade, uma coesão social que impulsionava a prosperidade e reduzia o crime. Toda vez que saía da via expressa perto de Heathrow eu tinha consciência de estar entrando num laboratório social que se estendia ao longo da M25, envolvendo cada arena esportiva e condomínio residencial, cada playground e centro de compras. Uma química profunda, convulsiva, estava em ação, despertando aqueles dóceis subúrbios para uma luz nova e mais feroz. As cidades-satélites da planície, remotas como Atlântida ou Samarcanda para os habitantes de Chelsea e Holland Park, estavam aprendendo a respirar e a sonhar.

Enquanto a fanfarra se distanciava, eu esperava o tráfego se descongestionar, uma vez na vida sem pressa alguma de escapar para Londres. Três meses depois de meu primeiro encontro com David Cruise eu vendera meu apartamento em Chelsea Harbour a um jovem neurocirurgião. Nossos respectivos advogados tinham finalmente fechado os contratos, depois de semanas de suspense atormentadas pela perspicaz esposa do cirurgião. Ela me pegou vagando por um quarto vazio e interpretou mal minhas últimas dúvidas sobre uma mudança definitiva para Brooklands. "Para onde?", perguntou, quando lhe expliquei minhas razões para a venda do apartamento. "Esse lugar existe mesmo?"

Ela suspeitou de um problema secreto, talvez um poste de amarrar zepelins no andar de cima, ou uma foz de esgoto três metros abaixo. Percorria interminavelmente a sala de jantar, visualizando a eternidade de banquetes que constituíam seu sonho de uma boa vida. O futuro para ela era uma escada rolante de conversas sociais tão alta que gerava suas próprias nuvens. Quando ela partiu, apertei sua mão de modo sugestivo, tentando suscitar um microssegundo de paixão, uma sugestão de malícia sexual, um econômico lampejo de amoralidade. Seja louca, eu quis dizer, seja má. Tristemente, ela saiu andando sem nenhuma reação. Mas aquela era a área central de Londres, uma zona congestionada da alma.

De todo modo, eu tinha certas dúvidas quanto a me mudar para Brooklands. Estava deixando para trás meus amigos perplexos, minhas noites de bridge e de squash, uma antiga amante de quem ainda estava próximo, e até mesmo minha ex-mulher, com quem eu tinha um almoço bimensal áspero mas intrigante. E havia também todos os prazeres e imprevistos da vida metropolitana, do salão de esculturas do v&a* ao lixo na caixa de correspondência. Para meus amigos eu estava aparentemente abrindo mão de tudo isso por conta de uma busca obsessiva pelo assassino de meu pai.

Eu ainda estava determinado a rastrear o atirador que baleara meu pai, mas àquela altura a morte dele não estava mais no centro do palco. A polícia de Brooklands alegava ter fracassado na identificação do proprietário do Jensen. Presumi que eles estavam bem cientes de que o carro pertencia a mim, mas tinham as próprias razões para não me interrogar a respeito da bomba. Talvez temessem que eu os constrangesse me referindo ao mistério não solucionado dos disparos no Metro-Centre. Até onde eu pudesse, preferia ficar fora do caminho deles e pensar a respeito de meu pai. Num certo sentido eu o conhecia muito melhor do que em qualquer momento do passado, mas será que eu me redimira a meus próprios olhos? Eu duvidava. Enquanto isso, topara com um meio muito mais importante de restaurar minha confiança em mim mesmo. Um novo futuro aguardava

---

* v&a: Victoria and Albert Museum, um dos mais importantes museus de Londres. (N. T.)

para me saudar: clemente, cheio de surpresas e pronto para redimir todas as minhas falhas.

O trânsito ainda estava parado na avenida principal, embora o desfile tivesse acabado, e a polícia se limitava a jogar algum obscuro jogo que só dizia respeito a ela própria. Repousei a cabeça no batente da porta do carro e ergui os olhos para o cartaz acima de uma locadora de aparelhos de TV, uma propaganda do Metro-Centre e de seus canais a cabo. Havia agora três canais, misturando esportes, informações ao consumidor e assuntos sociais, e os três tinham grande audiência nas cidades da via expressa.

O anúncio mostrava um close granulado de David Cruise, não mais o enfeitado e maquiado âncora da televisão vespertina, mas o herói fugitivo e caçado de um filme *noir*. Estava sentado ao volante de seu carro, contemplando a estrada aberta e sabe lá que nêmesis a espreitá-lo. Um sinistro clarão iluminava o encardido pára-brisa e expunha cada poro de seu rosto não barbeado. O bronzeado de chocolate desaparecera havia muito. Aquele David Cruise, embora inconfundivelmente o principal apresentador dos canais a cabo, estava mais próximo dos desesperados misantropos de impermeável do cinema, homens malditos sonambulando rumo a seu trágico fim.

De que maneira aquele cenário lúgubre combinava com a infinita promessa de consumo do Metro-Centre não estava claro, e quando esbocei a cena para Tom Carradine e sua equipe de relações públicas eles objetaram vigorosamente. Mas o diretor, o cenógrafo e até mesmo o próprio Cruise perceberam imediatamente o sentido da coisa e me levaram à vitória.

Outro outdoor do Metro-Centre, quase do tamanho de uma quadra de tênis, ocupava o lado todo de um prédio de escritórios no centro da cidade. Mostrava Cruise num ambiente de pesadelo de peça de Strindberg, ameaçador e confuso ao encarar um showroom de cozinhas, um marido que despertara no mais profundo círculo do inferno.

Os cartazes eram fotos de cenas de comerciais de trinta segundos dos canais a cabo. Apresentavam Cruise como uma criatura acossada, de humor estranho e inconstante — fazendo caretas e carrancas, feroz, taciturno, alucinado, obcecado. Ele fitava com olhar quase extático uma lata de lixo amassada, como se houvesse alguma revelação à vista, ou tocava uma campainha ao acaso e fazia cara feia para uma espantada dona de casa, pronto para esbofeteá-la ou implorar por refúgio. Em outros ele rondava a pista de corrida de Brooklands, o guincho estridente dos pneus a torturar sua cabeça, ou seguia um grupo de aluninhas por um saguão de Heathrow como um suposto seqüestrador de crianças.

Com surpreendente boa vontade, Cruise representava os papéis com talento e sensibilidade, movendo-se por uma maligna paisagem consumista de salões do automóvel, centrais de telemarketing e condomínios fechados. Os enredos não tinham pé nem cabeça, mas os espectadores gostavam. Juntos eles faziam sentido num nível mais profundo, cenas do sonho coletivo que se desenrolava indefinidamente nos becos mais recônditos de suas mentes.

Como assessor de mídia de Cruise, eu assumira um risco, mas estava pronto para girar a roda e arriscar tudo. Os índices de audiência dispararam, e por todas as cidades da via expressa os primeiros cartazes piratas logo apareceram, jogando com uma reprimida demanda pelo bizarro e imprevisível. No cruzamento da rua principal de Ashford com a rodovia duplicada havia um outdoor anunciando os programas de doação de uma companhia de seguros local. Mostrava uma moça perturbada arrastando uma criança respingada de sangue por um estacionamento deserto, sob o olhar de um sorridente casal que fazia piquenique ao lado de um Volvo com um pára-lama amassado.

Gargalhei generosamente diante da esperta piada interna. Como todos os cartazes, ele não estava divulgando nada, senão sua própria instabilidade. No entanto, o conceito funcionou. Em toda parte as vendas deram um salto, e o Metro-Centre repôs em funcionamento dois canais a cabo desativados. As pessoas das cidades-satélites, e mesmo de Londres propriamente dita, rodavam como turistas pelas cidades da via expressa, conscientes de que aqueles subúrbios invisíveis estavam inflamados por uma nova febre. Incentivavam as equipes esportivas que desfilavam correndo ou pedalando pelos estacionamentos do Metro-Centre, ficavam em posição de sentido quando os mestres-de-cerimônias vociferavam e batiam o pé no chão. Contemplavam as fileiras disciplinadas de atletas em marcha, o hasteamento cerimonial de bandeiras, os divulgadores de cartões-fidelidade cantando "Metro... Metro...".

Sem que seus atarefados executivos e vendedores percebessem, o Metro-Centre se tornara o quartel-general de um partido político virtual, financiado por seus clubes patrocinadores e portadores de cartão ouro. Um partido que não lançava manifestos, não fazia promessas e não divulgava plataformas. Não representava nada. Mas vários candidatos da cruz de São Jorge, baseados em nada mais do que sua lealdade a um shopping center e seus times esportivos, conquistaram cadeiras nas câmaras locais. A propaganda política do partido que escolheram eram os comerciais de trinta segundos que eu concebera para David Cruise.

Verdade seja dita, Cruise fizera um trabalho soberbo, justificando todas as minhas esperanças nele. Concordava com todas as sugestões que eu apresentava; ansioso por dar tudo àqueles psicodramas tão tensos quanto tolos. Lidava corajosamente com a enxurrada de bilhetes de amor e propostas de casamento, e nunca perdia de vista que era um apresentador de programa de entrevistas. Sua postura modesta constituía grande parte do seu apelo, e permitia a cada espectador masculino pensar em si próprio naqueles papéis atormentados, e a cada admiradora se imaginar como a heroína, encarnando a Jane daquele neurastênico Tarzan da selva suburbana.

"Anos de fracasso", ele costumava me dizer, "são a pior preparação para o triunfo repentino." E a melhor preparação? "Anos de sucesso."

Seguia sendo afável e simpático, a despeito de seu malicioso prazer com a agressividade recém-descoberta. Intimidava e provocava as autocentradas esposas e os opacos maridos que apareciam em seus programas de consumidores, sem no entanto resvalar para a ofensa. Sua impaciência com os convidados mais obtusos, seus punhos cerrados e sua tensão evidente eram facilmente absorvidos pelos personagens desesperados que ele encarnava nos comerciais *noir*.

Prosseguiu como a voz do Metro-Centre, o embaixador do reino da máquina de lavar e do forno de microondas, mas era também o líder de um partido político virtual cuja influência se espalhava pelas cidades da via expressa. Como outros demagogos, ele tirava proveito de traços psicopáticos de sua personalidade. No entanto, ele não tinha emergido das ruas ásperas nem das tavernas dos trabalhadores braçais da Munique mergulhada na depressão, mas sim dos bastidores da TV vespertina, um homem sem mensagem que encontrara seu deserto.

O último dos ônibus desceu a toda velocidade a rodovia duplicada, levando times e torcedores para Brooklands, precedido e seguido pela escolta policial com suas luzes giratórias. O tráfego que ficara parado começou a avançar, impaciente para sair em perseguição.

Abri caminho no engarrafamento, saudado por um guarda sorridente que acenou para que eu avançasse. A despeito de meu papel no Metro-Centre, eu estava pensando em Julia Goodwin. Teríamos um encontro naquela tarde, quando ela terminasse seu turno no hospital, e eu já invejava os pacientes que ela estaria tocando com suas mãos gastas e cansadas.

Uma vaga sensação de culpa mal resolvida pairava entre nós, como se ela tivesse abortado um filho nosso sem me contar. Mas pelo menos essa aspereza revelava sua tenaz honestidade. Eu presumia que ela tivesse se envolvido com Geoffrey Fairfax, o dr. Maxted e Sangster numa tentativa de explorar o tiroteio no Metro-Centre para seus próprios objetivos. Os três homens tentaram de novo na noite do atentado a bomba, na esperança de tomar o poder com seu Bonaparte fantoche, o relutante David Cruise. Eles tinham chamuscado as sobrancelhas e agora mantinham a cabeça baixa, mas Fairfax se autodestruíra, ou ao colocar a bomba em meu carro ou ao tentar desativá-la.

O médico-legista, talvez instado pelo inspetor Leighton, emitiu um laudo de morte acidental, mas Fairfax foi rapidamente abandonado por seus colegas forenses. Fui um dos poucos presentes em seu funeral, pranteando por meu Jensen tanto quanto por aquele excêntrico testamenteiro, soldado de meio período e fanático em período integral. Geoffrey Fairfax pertencia ao passado e a uma Brooklands que havia desaparecido, enquanto eu me comprometera com o Metro-Centre e com a memória de meu pai, com Julia Goodwin e com a nova Brooklands do futuro.

23. O abrigo das mulheres

O trânsito na entrada de Brooklands estava lento de novo, atrapalhado por policiais que instalavam cercas de ferro e placas de passagem proibida, como parte dos pródigos preparativos para o festival de esportes do fim de semana e o desfile correspondente. Vários jogos de futebol importantes teriam lugar naquela noite, e haveria finais aguerridas dos campeonatos de rúgbi, basquete e hóquei sobre o gelo.

O críquete, como eu notava toda vez que Julia me perguntava os resultados da supercopa dos campeões, não era praticado em Brooklands nem nas cidades da via expressa. Os esportes de contato dominavam o campo de jogo, quanto mais brutais melhor. Sangue e agressão eram as qualidades mais admiradas. A falta feia era a essência do esporte, o tipo de violência que florescia à margem do livro de regras. O críquete era amadorístico demais, com suas minúcias complicadas, seu emaranhado de leis incompreensíveis. Acima de tudo, era demasiado burguês e desconectado do impulso consumista assumido pelos torcedores do Metro-Centre. Julia me contou que tinha sido capitã do time de críquete de seu colégio feminino, mas seu interesse no jogo era uma defesa excêntrica contra os valores muito mais duros dos estádios que agora dominavam Brooklands.

Iríamos nos encontrar às três, quando terminava seu turno no hospital. Ela detestava os festivais de esportes, o estrondo interminável das fanfarras que chegava às janelas por cima do gemido das sirenes de ambulâncias e carros de bombeiros. Normalmente ela estaria de plantão, lidando com os destroços humanos levados de maca para as salas de triagem do setor de emergências. Pensando em si mesma uma vez na vida, ela manipulou as escalas de plantão a fim de nos dar um raro fim de semana livre.

Minha esperança era passar pelo menos parte dele com Julia, mas nos últimos tempos ela vinha me mantendo a certa distância. Ainda não tínhamos voltado a fazer amor depois da noite desconfortável que passamos juntos na cama de meu pai. O sexo comigo tinha sido um ato de penitência, de expiação de alguma culpa não admitida. Toda vez que nos encontrávamos ela me observava atentamente, o cabelo sobre os olhos, como que para esconder qualquer sinal denunciador. Mas eu sempre ficava contente ao lado dela. Adorava sua rabugice e seu bolchevismo, o cigarro apagado nos restos de um sorvete, a relação de antagonismo que mantinha com seu carro, o belo gato negro que dormia a seu lado como um marido endemoniado. Tudo entre nós invertia as regras habituais. Começáramos com o sexo de um tipo intenso e desesperado, seguido por um longo período de amor cortês. Até onde eu sabia, eu nunca a decepcionara, e tinha a esperança de que um dia ela finalmente me perdoaria pelo que ela havia feito a meu pai no passado, fosse o que fosse.

Esperando no trânsito que se aproximava do Metro-Centre, eu observava as colunas de torcedores marchando para seus pontos de concentração nas ruas residenciais secundárias. Havia filas de ônibus estacionados sob os plátanos e as faias, cobertos de bandeiras de São Jorge. Os torcedores agora vinham até de Bristol e de Birmingham, atraídos pela atmosfera marcial que tomava a cidade, prontos para marchar pelas ruas, gritar a plenos pulmões e gastar suas economias nos centros de compras que patrocinavam os eventos.

Vinte mil visitantes ocupavam Brooklands a cada fim de semana. No confortável assento do motorista do Mercedes, eu me admirava de como eles eram disciplinados, obedecendo aos bruscos comandos dos monitores que os conduziam ao Metro-Centre, milhares de cruzados suburbanos ornados de logotipos e se movendo como um só corpo. A intervalos sincronizados, num esforço para manter o sangue de meia-idade fluindo, falanges de torcedores de hóquei ou de basquete paravam em posição de sentido e marcavam passo no lugar, os braços balançando como hélices de moinhos humanos.

Impaciente para chegar logo em casa, chequei minhas mensagens de texto, esperando que David Cruise tivesse sobrevivido durante as quarenta e oito horas que passou sem mim. Havia uma breve mensagem de Julia, dizendo que agora trabalharia até as seis no abrigo das mulheres asiáticas. O Colégio de Brooklands estava fechado para as férias de verão, e Sangster emprestara parte da escola para mulheres e crianças asiáticas tão intimidadas por torcedores baderneiros que se recusavam a voltar para casa.

Impaciente por ver Julia, mudei para a pista exclusiva de ônibus, que estava vazia, e rodei até a travessa mais próxima, me metendo pelas avenidas residenciais cheias de ônibus. Guardas municipais controlavam o trânsito, forçando os carros particulares a dar passagem aos pesados mastodontes. A maioria dos moradores de classe média detestava os fins de semana esportivos, por isso apanhei uma bandeirola de São Jorge no banco de trás e a fixei na coluna lateral do pára-brisa, e em seguida vesti meu boné de beisebol com a cruz de São Jorge. No posto de controle seguinte os guardas me ajudaram a furar a fila, e troquei vigorosas saudações com eles.

O boné e a bandeira eram um disfarce, mas funcionavam. Eu odiava a presunção daqueles chefetes, mas a percepção de um inimigo aguçava os reflexos e elevava o espírito de todo mundo. Times visitantes e seus torcedores eram vistos como cidadãos amistosos da nova federação das cidades da via expressa, a conferência das tribos de Heathrow. Todo mundo em Brookland era amigo, mas em algum lugar lá fora estava o "inimigo", constantemente mencionado por David Cruise em seus programas na TV a cabo, mas nunca definidos.

Ao mesmo tempo, todo mundo sabia quem era o verdadeiro inimigo — elementos subversivos em órgãos do governo local, os grupos dominantes do município, a igreja e as velhas classes abastadas, com suas calças de montaria e seus banquetes, suas escolas privadas e seu esnobismo anal-retentivo. Eu simpatizava com os torcedores que marchavam, e estava disposto a apoiá-los em qualquer confronto. Eles haviam tomado a iniciativa e estavam definindo uma nova ordem política baseada na energia e na emoção. Tinham reescrito o enredo da vida deles, marchando orgulhosamente e em passo sincronizado, com o entusiasmo militar de um povo indo para a guerra, ao mesmo tempo que permaneciam confiantes no sonho pacífico de seus quintais e seus churrascos. Tudo isso podia ser parte de uma imensa estratégia de marketing, mas eu me sentia revigorado pela marcha garbosa, pela disciplina e pela saúde viril. Havia uma nuance de arrogância que podia ser perigosa depois do anoitecer, mas uma pitada de tabasco dava gosto ao prato mais anódino.

Meu pai teria aprovado.

Evitando o Metro-Centre e suas ruas congestionadas, penetrei no centro de Brooklands. Muitas lojas estavam fechadas para o fim de semana, mas notei um trio de ativistas de clubes esportivos diante de uma casa de artigos fotográficos de propriedade de poloneses. Portavam panfletos e livros de aliciamento, bem como um sortimento de flâmulas e bandeiras, mas tudo isso foi esquecido durante sua acalorada discussão com o jovem proprietário polonês. Rapaz pálido, com um início de calvície, ele era intimidado pelos ativistas, mas os enfrentava, enquanto sua nervosa esposa tentava puxá-lo de volta para dentro da loja. Dois dos ativistas empurraram o peito do polonês, tentando fazê-lo reagir.

Hesitei quando o sinal abriu para mim, tentado a descer do carro e interceder, e apertei minha buzina. Os ativistas se voltaram agressivamente para mim, então viram o adesivo do Metro-Centre no pára-brisa, com o retrato de David Cruise. Fizeram uma saudação, devolveram o polonês para a sua esposa e desceram a rua em passos firmes, chutando as portas de ferro corrugado.

Segui em frente, constrangido e um pouco culpado. Ativistas de clubes esportivos eram uma praga nas cidades da via expressa, intimidando lojistas asiáticos e do Leste Europeu, achacando pequenos comerciantes até que eles pagassem contribuições "voluntárias". Aqueles que se recusavam eram visitados por torcedores embriagados que rondavam as ruas depois que escurecia. Mas essas extorsões eram toleradas pela polícia, uma vez que os chefetes e ativistas faziam o trabalho que deveria ser dela, ao manter a ordem nas cidades.

Eu fechava minha mente a tudo isso, pensando naqueles que marchavam confiantes a caminho do Metro-Centre. Com o tempo os baderneiros e racistas desapareceriam. Além disso, torcedores ingleses eram famosos por sua belicosidade. Minha consciência dormia intranqüila, mas dormia.

Dez minutos depois entrei com o carro no estacionamento dos funcionários do Colégio de Brooklands, joguei a bandeirola de São Jorge no banco traseiro e parei ao lado do Citroën não lavado de Sangster. Vândalos rondavam a escola. Tinham quebrado várias vidraças no prédio da administração. Mas a autoridade de um professor-chefe, mesmo de um tão caprichosamente excêntrico como Sangster, proporcionava alguma proteção. Generosamente, ele oferecera o ginásio de esportes e um bloco de salas de aula vazias às aterrorizadas asiáticas. Seus maridos ficaram para trás, defendendo suas casas depredadas, tentando manter em funcionamento suas lojas e negócios ameaçados.

Quando cheguei, dois asiáticos estavam descarregando malas de um carro manchado de tinta. Sangster e um grupo de alunos da faculdade de artes estavam consertando a cerca atrás do ginásio, bloqueando uma entrada lateral com estacas de madeira e arame farpado.

Sangster me fez um aceno frouxo, em seguida tocou a testa, tirando um chapéu imaginário numa saudação quase feudal. Eu me lembrei de seu amplo vulto na multidão sublevada na noite do atentado a bomba no Metro-Centre, e de seu estranho comportamento, contendo os desordeiros mas incentivando-os ao mesmo tempo. Ele sabia que eu suspeitava dele e então tentava adotar um tom paternal. Mas ele fracassara; eu tivera êxito.

Três vezes por semana uma clínica pré-natal era instalada no ginásio esportivo para as mulheres asiáticas, dirigida pela dra. Kumar, minha esquiva vizinha do andar de baixo. A última paciente estava juntando suas trouxas. Seus filhos estavam sentados num banco junto às barras paralelas, observando-me com seus grandes olhos sem piscar. Ignoraram meu sorriso afável, como se o bom humor pudesse ser uma nova forma de agressão.

Julia e a dra. Kumar estavam sentadas na cozinha, compartilhando uma xícara de chá de uma garrafa térmica. Ao me ver, a dra. Kumar me fitou raivosamente nos olhos, franziu o cenho e saiu sem dizer palavra.

Segurei Julia pelos ombros e a beijei na testa. Acenei para a dra. Kumar, mas ela vestiu seu casaco e saiu andando abruptamente.

"Mulher brava. Será que eu a ofendi?"

"Claro. Você nunca lhe dá uma trégua."

"Que pena. Estou do lado dela. Ela sempre me evita."

"Não consigo imaginar por quê." Julia encontrou uma xícara limpa e serviu o que restava do chá, então se sentou e sorriu quando fiz uma careta por causa do forte gosto de tanino. "Eu vivo dizendo a ela que você é decente, responsável e bastante digno de estima."

"Isso não soa muito divertido. Que coisa para dizer de alguém." Despejei o chá na pia e abri a torneira. "Diga a ela que assista a meus comerciais para David Cruise."

"Eu disse. Ela diz que há um novo. Algo como um homem que ri num abatedouro."

"O que ela achou?"

"Disse que você está fora do alcance de qualquer ajuda psiquiátrica."

"Ótimo. Isso mostra que ela está se compadecendo de mim. Por que ela foi tão hostil?"

"Olhe no espelho." Julia indicou o espelho de barbear do vigia noturno, acima da pia. "Vá em frente. Coragem."

"Oh, meu Deus... Não admira que as crianças estivessem assustadas."

Eu ainda estava com o boné de São Jorge na cabeça. Coloquei-o sobre a mesa e dei um tapa na minha testa. Julia o apanhou mais que depressa e o jogou na lixeira de pedal mais próxima.

"Julia, sinto muito..."

"Deixa pra lá." Julia estendeu o braço sobre a mesa e tocou minhas mãos. Percebi quanto ela estava cansada e tive vontade de abraçá-la, de fazer desaparecer a pele seca e os ossos não familiares que delineavam seu rosto. Tentei tocar suas faces, mas ela segurou meus pulsos, como se acalmasse um paciente turbulento. "Richard, você está ouvindo?"

"Querida... Fiquei dias sem ver você. Relaxe um pouco."

"Não consigo. As coisas aqui estão desesperadoras. A escola foi atacada na noite passada. Sangster os afastou, mas eles quebraram uma porção de vidraças. As crianças asiáticas ficaram aterrorizadas. Uma das mães teve um aborto."

"Sinto muito. Pelo menos você não se envolveu."

"Devia ter me envolvido. Passei quatro horas no hospital, costurando um monte de desordeiros bêbados. Por que eles fazem isso?"

"Por que atacam uma escola? Todos esses anos de tédio. Um professor-chefe misterioso que os deixava loucos de pavor."

"Não tem nada a ver com isso. Os ataques estão acontecendo em toda parte — Hillingdon, Southall, Ashford. Eles querem expulsar essa gente."

"'Essa gente'?"

Julia golpeou o tampo da mesa com o punho. "Eu os chamo do jeito que eu quero! Bengalis, kosovares, poloneses, turcos. Querem confiná-los num enorme gueto em algum lugar do leste de Londres. Então poderão cuidar deles quando estiverem prontos."

"Julia, por favor..." Eu sabia que ela estava aborrecida comigo por tentar levantar seu ânimo. "Você não está sendo um pouco...?"

"Apocalíptica?"

William Sangster entrou na cozinha, seu grande vulto bloqueando as janelas e deixando o pequeno ambiente na sombra. Tirou suas luvas de lona e deixou-as no escorredor de pratos, em seguida desabou sentado numa cadeira, conferindo se seus enormes braços e pernas estavam em ordem. Parecia cansado, mas em paz, como se os eventos à sua volta confirmassem tudo o que ele tinha previsto. Havia foco de barba em suas bochechas gorduchas e infantis, como um disfarce malfeito.

"Apocalíptica...", repeti. "Algumas pedras? Não é grande coisa."

"Espero que você esteja certo." Sangster jogou a cabeça para trás e contemplou o teto, como se preferisse não ser lembrado de seus obtusos alunos. "Em minha experiência, uma pedra atirada numa vidraça é um prognóstico bastante acurado de que outra pedra logo virá. Depois mais duas. Pedras duras produzem estatísticas duras. Adicione à equação algumas famílias muçulmanas apavoradas e você poderá traçar uma linha reta — ao longo de um cacho de cidades-passagem na planície do Tâmisa."

"Perto do porto de cargas em Rotherhithe." Julia me encarou significativamente. "E do estranho aeroporto que eles querem construir na ilha dos Cães."

"Então..." Sangster sacudiu a garrafa térmica vazia e pousou suavemente uma enorme mão no ombro de Julia. Depois de uma noite de turbulências ele estava exausto para além do mero cansaço, ingressando numa zona onde qualquer fantasia descabelada provavelmente fazia sentido. "Você acha que Julia está sendo apocalíptica, Richard?"

"A bem da verdade, não. A coisa está feia, muito feia. Farei o possível. Vou falar com os líderes de torcida e tentar descobrir quais foram os torcedores que vieram aqui."

"Ótimo." Sangster assentiu com a cabeça, sério. "Julia, ele vai falar com os ativistas. Talvez eles nos contem quando vai ser o próximo ataque. Richard, você pode emitir um boletim. Como naqueles velhos filmes de guerra — o alvo desta noite. Hillingdon, Ashford, alvo opcional Brooklands. O que você acha, Richard? Veja a coisa como uma campanha de marketing."

"E tudo hoje em dia não se reduz a isso?" Consciente de que eles estavam ambos atordoados pela fadiga, eu disse: "Ouçam, vou falar com a polícia".

"Com a polícia?" Sangster fez uma expressão séria como a de uma coruja. "Não pensamos nisso. Julia, a polícia..."

Deixei passar a provocação. "Olhe, eu odeio a violência. Odeio os ataques racistas. Odeio as extorsões e as táticas de intimidação. Mas essas pessoas são um grupelho marginal."

"Só um grupelho?"

"Um grupelho maligno, concordo. Mas muito poucas pessoas estão envolvidas. Em todo lugar onde há esportes você encontra hooligans. Esportes de contato atraem a escória que procura violência. Não julgue o que está acontecendo pelo que você vê à noite."

"Observação oportuna", concedeu Sangster. "Continue."

"Circule por aí durante o dia. Multidões disciplinadas, todo mundo tendo o melhor dos comportamentos. Observei as pessoas uma hora atrás. Famílias inteiras saindo juntas — saudáveis, viçosas, otimistas, ávidas para torcer por seus times. Rivalidade amistosa, cabeças erguidas."

"E as bandeiras?" Julia se debruçou sobre a mesa e agarrou meu pulso. "Você viu? Como legiões romanas. É incrível."

"Certo. Bandeiras tremulando. Há um novo orgulho no ar, ao longo das cidades da via expressa. As pessoas estão mais confiantes, mais positivas. A M25 era um quintal pantanoso de Heathrow, uma piada que ninguém queria compartilhar. Pistas duplas e pátios de carros usados. Nada de interessante a não ser novos portões de jardim e uma visita à Homebase.* Toda a promessa da vida entregue de porta em porta num embrulho sem graça."

---

* Homebase: rede de lojas de artigos de casa e jardim, com mais de trezentas filiais no Reino Unido. (N. T.)

Sangster concordou com a cabeça, examinando suas unhas profundamente roídas. "E agora?"

"Renascimento! Há uma primavera no caminho de cada um. As pessoas sabem que sua vida tem um sentido. Sabem que isso é bom para a comunidade toda."

"E bom para o Metro-Centre?"

"Naturalmente. Proporcionamos o foco e financiamos os novos estádios e os clubes dos torcedores. Usamos os canais a cabo para manter a pressão."

"Pressão?" Julia abria e fechava os punhos, irritada com tudo que eu dizia. "Para vender suas máquinas de lavar e fornos de microondas..."

"Eles fazem parte da vida das pessoas. O consumo é o ar que lhes damos para respirar."

Julia tinha virado as costas, recusando-se a me ouvir enquanto vasculhava sua bolsa à procura do telefone celular. Levantou e tocou de leve minha cabeça. "Preciso fazer uma ligação. Volto num instante."

"Não esqueça que temos um jantar esta noite. Julia?"

"Espero que não." Fez uma pausa junto à porta e me encarou com dureza. "O ar que elas respiram? Richard, as pessoas não só inspiram, mas também expiram..."

24. Um Estado fascista

"Richard..." Sangster bateu na mesa com os grossos nós dos dedos, chamando-me de volta à sua inquisição. "Espero que você se dê conta do que está fazendo."

"Não exatamente." Estávamos sentados um diante do outro à mesa, sem a presença de Julia. "Você vai me dizer."

"Vou, sim." Sangster examinou suas mãos intumescidas e tirou uma lasca de pele do polegar. "De certo modo é um feito e tanto. Nos anos 1930 foi necessário um monte de mentes pervertidas trabalhando juntas, mas você fez tudo sozinho."

"Minha mente é pervertida?"

"Definitivamente não. Isso é que é perturbador. Você é sensato, amável, com toda a sinceridade genuína de um homem de publicidade."

"Então o que foi que eu fiz?"

"Você criou um Estado fascista."

"Fascista?" Deixei a palavra pairar acima de nós e em seguida se dissipar como uma nuvem vazia. "No sentido... que a gente usa conversando num jantar?"

"Não. No sentido real. Não há dúvida quanto a isso. Tenho observado o crescimento da coisa de um ano para cá. Vinha sendo gestada no ventre da mãe, mas você se ajoelhou na palha e trouxe a besta à luz."

"Fascista? É como 'novo' ou 'aprimorado'. Pode significar qualquer coisa. Onde estão as botas militares, os camisas-pardas marchando a passo de ganso, o führer vociferante? Não vejo nada disso a minha volta."

"Não precisa ver." Sangster me observou com um estranho sorriso que não chegava a se completar, como se eu fosse um aluno destrutivo de quem ele não gostava, mas para o qual era atraído inexplicavelmente. "É um fascismo brando, como a paisagem do consumidor. Nada de passos de ganso, nem de botas militares, mas as mesmas emoções e a mesma agressão. Como você diz, há um forte sentimento de comunidade, mas ele não está baseado nos direitos civis. Esqueça a razão. A emoção comanda tudo. Você vê isso a cada fim de semana em torno do Metro-Centre."

"Torcedores incentivando seus times contra os rivais."

"Como os 'planadores' de Goering? De todo modo, esses times não são realmente rivais uns dos outros. Estão todos marchando à música da mesma fanfarra. Quanto a um verdadeiro sentimento de comunidade, as pessoas o têm nos congestionamentos de trânsito e nos saguões de aeroporto."

"Ou no Metro-Centre?", sugeri. "O Palácio do Povo?"

"E numa centena de outros shopping centers. Quem precisa de liberdade e direitos humanos e responsabilidade cívica? Do que precisamos é de uma estética da violência. Acreditamos no triunfo dos sentimentos sobre a razão. O materialismo puro não é o bastante, todos aqueles lojistas asiáticos com sua mentalidade de caixa registradora. Precisamos de drama, precisamos que nossas emoções sejam manipuladas, queremos ser tapeados e bajulados. O consumismo dá conta do recado com perfeição. Está traçado o projeto para os Estados fascistas do futuro. No mínimo, o consumismo cria um apetite que só pode ser satisfeito pelo fascismo. Algum tipo de insanidade é o último caminho que resta à frente. Todos os ditadores da história logo perceberam isso — Hitler e os líderes nazistas se asseguraram de que ninguém pensasse que eles eram completamente sãos.

"E as pessoas no Metro-Centre?"

"Elas sabem disso também. Veja como elas reagem a seus novos comerciais da TV a cabo." Sangster apontou um dedo encardido para mim, convertido a contragosto num cumprimento. "Um mau ator urra da cobertura de um estacionamento de vários andares e achamos que ele é um profeta."

"Então David Cruise é o führer? Mas ele é tão afável."

"Ele é um nada. É um homem 'virtual' sem um único pensamento verdadeiro na cabeça. O fascismo do consumo gera sua própria ideologia, ninguém precisa sentar e ditar o *Mein Kampf*. O mal e a psicopatia foram reconfigurados e convertidos em declarações de estilo de vida. É uma perspectiva medonha, mas o fascismo do consumo pode ser o único meio de manter uma sociedade unida. De controlar toda essa agressão e canalizar todos esses temores e ódios."

"Enquanto as fanfarras tocam e todo mundo marcha em passo sincronizado?"

"Isso!" Sangster inclinou-se para a frente na cadeira, empurrando a mesa contra meus cotovelos. "Então que rufem os tambores, que soem os clarins, que eles sejam conduzidos a um estádio vazio onde possam berrar a plenos pulmões. Dê a eles brinquedos violentos como futebol e hóquei sobre o gelo. Se eles ainda precisarem extravasar a pressão, incendeie algumas bancas de jornal."

Erguendo os braços como que em rendição, Sangster ficou

de pé e virou as costas para mim. Enquanto ele lia mensagens de texto em seu celular, fiquei olhando para fora pela janela. Um táxi tinha entrado pelo portão principal da escola e parado diante do prédio da administração.

"Seu táxi?", perguntei a Sangster quando ele deixou de lado o telefone.

"Não. Tenho trabalho a fazer aqui." Apontou para a cerca, onde os estudantes estendiam um fio de arame cortante entre as estacas. "Estamos organizando uma delegação para ir ao Ministério do Interior — Julia, o doutor Maxted, eu mesmo, alguns outros. Gostaria que você se juntasse a nós."

"Uma delegação...? Whitehall...?"*

"A sede do poder, assim dizem. Talvez não nos avistemos com o ministro do Interior, mas Maxted conhece um subministro, que ele encontrou num programa de televisão. Alguma coisa tem de ser feita — esse negócio está se espalhando ao longo da M25, mais cedo ou mais tarde o nó vai se apertar em torno de Londres e sufocá-la até a morte."

"E a polícia?"

"Inútil. Ruas inteiras incendiadas e eles dizem que é mero hooliganismo de torcedores. Secretamente, eles querem os asiáticos e os imigrantes fora daqui. A câmara municipal também. Menos lojas de esquina, mais hipermercados, mais arrecadação de impostos. Mais dinheiro em circulação, mais prédios residenciais, mais contratos de infra-estrutura. Eles gostam das fanfarras e dos pés que marcham com vigor, abafando o som das caixas registradoras."

"Essa é a Inglaterra de hoje. Whitehall?" Desviei os olhos.

---

* Whitehall: também chamado de Whitehall Palace, antigo palácio construído no centro de Londres por Henrique III. O nome acabou designando um conjunto de edifícios de órgãos governamentais a seu redor e, por extensão, o governo britânico. (N. T.)

"Não estou seguro de que faça muito sentido. O que está ocorrendo nas cidades da via expressa pode ser o primeiro sinal de um renascimento nacional. Quem sabe o final do último estágio do capitalismo e o início de algo novo...?"

"É possível." Sangster estava em pé junto a mim e eu podia sentir o cheiro de sua roupa gasta, ameaçadora. "Você vai conosco?"

"Vou pensar no assunto."

Sangster me agarrou pelos ombros com suas mãos enormes, num aperto de urso. "Não pense."

Deixamos a cozinha e entramos no ginásio de esportes. Mulheres asiáticas estavam sentadas em fila com seus filhos junto às barras paralelas, malas depositadas a sua frente. Eram recém-chegadas passando pelos exames da dra. Kumar.

"Triste. Muito errado." Eu disse a Sangster: "As casas delas foram incendiadas?".

"Não. Mas estão com medo do que pode acontecer esta noite. Avise-me sobre o que decidir quanto à delegação ao Ministério do Interior."

"Vou pedir a Julia que lhe telefone." Lancei um olhar ao vestiário feminino. A clínica pré-natal havia encerrado o expediente e os armários que guardavam os suprimentos médicos estavam trancados. "Julia... Onde está ela?"

"Foi para casa." Sangster me observava com um leve tom de presunção. "Um táxi veio buscá-la."

"Eu poderia ter lhe dado uma carona. Vamos jantar juntos esta noite."

"Talvez não..."

Sangster saiu andando, sorrindo para si mesmo enquanto atravessava a passos largos o assoalho de madeira polida. Acenei com a cabeça para a dra. Kumar, que me ignorou, e vasculhei os corredores laterais à procura de Julia. Eu lamentava que ela tivesse ido embora, irritada e perturbada pela conversa de Sangster sobre fascismo. Eu suspeitava que ele tivesse provocado deliberadamente a partida dela. Ao mesmo tempo ele falara com tanta força que parecia dar justificativas para aquilo contra o que argumentava. Eu intrigava Sangster porque fazia parte do impetuoso mundo novo para o qual ele se sentia atraído. A matemática podia ser sua matéria, mas a emoção era o cavalo indomado que ele cavalgava de modo tão brutal. Nem todos os chefetes nazistas de Brooklands estavam de guarda em barreiras de trânsito.

No playground uma mulher asiática passou por mim, envolta em xales escuros, um atestado numa das mãos, o filhinho tentando valentemente ajudá-la com a mala. Dois homens asiáticos se aproximaram, mas nenhum deles ofereceu ajuda, então eu parei a mulher e tomei sua mala. Ajudado pelo menino, levei a mala até o prédio das salas de aula e deixei-a do lado de dentro da porta principal, onde uma asiática idosa ergueu a mão para me mandar parar.

Retomando o fôlego, olhei para a cúpula do Metro-Centre, sua superfície de prata iluminada por um trio de holofotes móveis. Na M25 os motoristas diminuíam a velocidade para observar os desfiles, enquanto ouviam os comentários de David Cruise no rádio do carro. Os subúrbios ganhavam vida de novo. Uma facção maligna tinha feito seu estrago, aterrorizando uma minoria inocente de asiáticos e europeus orientais.

Mas um cadáver tinha ressuscitado e agora, sentado, exigia seu desjejum. As cidades moribundas da via expressa, os habitantes da planície de Heathrow, estavam se posicionando na pista, prontos para decolar.

25. Solitário, perdido, furioso

Como de costume, Tom Carradine estava esperando no meio-fio quando parei perto da entrada sul do Metro-Centre. Antes mesmo que eu pudesse soltar o cinto de segurança, ele tinha aberto a porta e desligado o motor do carro. Confiante e entusiástico, estava vestido com o novo uniforme do departamento de relações públicas: um conjunto azul-esmalte com galões que podia ter sido usado por um major-brigadeiro de Mussolini.

"Obrigado, Tom." Esperei que ele me ajudasse a sair do carro e travei as portas. "Isso dá uma nova dimensão ao serviço de manobristas. Na minha próxima encarnação vou voltar como um Mercedes ou um BMW..."

"O estacionamento vip a seu dispor, senhor Pearson. O Jensen ainda está no conserto?"

"Bem... acho que ele está chegando ao fim da sua vida natural."

Carradine fez prontamente um gesto afirmativo, mas havia nele uma cautela perspicaz que se tornara mais pronunciada desde a explosão no estacionamento subterrâneo. O Metro-Centre tinha sido atacado, e cada consumidor era agora um inimigo potencial, obrigando-o a uma revolução em sua visão de mundo. Para Tom Carradine o Metro-Centre nunca foi uma empresa comercial, mas um templo da verdadeira fé, que ele defenderia até o último palmo do carpete de veludo e o último dia de liquidação. Ele fitou o grande pátio diante da cúpula, cheio de multidões de compradores, torcedores com o uniforme de seus times, turistas de olhos arregalados, bandas de gaitas-de-foles e balizas. Uma câmera de TV numa grua esquadrinhava o cenário, sempre alerta a qualquer fanático com um colete de explosivos. Espremendo os olhos, Carradine me acenou para que avançasse. Dois seguranças nos precediam, abrindo caminho educadamente na multidão.

"Você está de uniforme novo", eu disse a ele. "Estou impressionado. Sinto como se precisasse lhe bater continência."

"Sou eu que lhe bato continência, senhor Pearson. O senhor fez tudo aqui. Nunca esquecerei que o senhor trouxe o Metro-Centre de volta à vida. O senhor e o senhor Cruise. Todo mundo adora de fato o último comercial da TV a cabo."

"O do abatedouro? Não é lúgubre demais?"

"De jeito nenhum. Escolha existencial. Não é com isso que o Metro-Centre tem a ver?"

"Acho que é."

"O doutor Maxted explicou tudo em seu programa de ontem. A propósito, senhor Pearson, o alfaiate do Metro-Centre vem aqui esta tarde. Ele vai ficar contente em tirar suas medidas para fazer seu uniforme."

"Ora, obrigado, Tom." Num momento de guarda baixa eu tinha experimentado um dos novos paletós. "Mas não estou muito seguro..."

"Três anéis, uma porção de ovos mexidos na aba do boné."

"Eu sei. Sou apenas um escritor, Tom. Eu invento slogans."

"O senhor é mais do que um escritor, senhor Pearson. O senhor nos deu de volta nosso coração."

"Mesmo assim. É um tanto militar demais..."

"Temos de defender o Metro-Centre."

"Estou com você nisso. Mas ele está em perigo?"

"Está sempre em perigo. Temos de estar prontos, aconteça o que acontecer."

Contemplei os músculos que se moviam em seu rosto. Por trás de toda a bajulação, a oferta de um uniforme era uma esperta manobra política de sua parte. Todo mundo de uniforme estaria sob o comando de Tom Carradine, incluindo eu. A ameaça ao Metro-Centre havia aguçado seus reflexos, mas ele seguia sendo o jovem líder fanático, pronto a se sacrificar por seus princípios.

Chegamos à entrada sul. Acima da marquise havia um par de alto-falantes usados para o controle das massas, operado de um quiosque do lado de fora. Em meio ao alarido das bandas de gaitas-de-foles e dos pés que marchavam, ouvi uma sucessão de cliques e chiados amplificados enquanto alguém ajustava os controles.

Então uma voz áspera trovejou sobre nossa cabeça:

"NADA É VERDADEIRO! NADA É FALSO...!"

Carradine parou e segurou meu braço, como se o céu estivesse prestes a desabar sobre a cúpula e escorregar pelo telhado em nossa direção.

"... FALSO! NADA É... OUÇAM... NADA É VERDADEIRO...!"

Carradine se desgarrou de mim, correndo entre os consumidores aturdidos que olhavam fixamente para o ar. Os dois seguranças o seguiram, empurrando jovens mães e velhinhas para abrir caminho. Correram em direção ao quiosque de controle e agarraram um rapaz alto vestido de colete listrado e calça jeans puída, que brandia o microfone como se fosse uma clava, na tentativa de mantê-los afastados.

Quando cheguei ao quiosque ele estava estendido no chão, sendo chutado ferozmente pelos seguranças. Escorria sangue de seu nariz e do ouvido esquerdo. Reconheci Duncan Christie, golpeando o chão de mármore com o queixo como se estivesse sofrendo um ataque epiléptico. Carradine pisava nas mãos de Christie e apontava para o microfone que pendia de seu fio, quase mesmerizado por aquela ameaça ao Metro-Centre. Tinha perdido seu boné, mas um garotinho de roupa de marinheiro o encontrou em meio ao alvoroço dos pés e o entregou de volta. Carradine o colocou na cabeça fazendo cara feia, momentaneamente desorientado.

"Tom, vá com calma..." Segurei-o pelos ombros, tentando serenar o confuso gerente, e acenei aos seguranças para que se afastassem de Christie. "É só uma travessura — ninguém se machucou."

As bandas em marcha enchiam o ar, e a multidão se espremia portas adentro, o slogan de Christie já esquecido. Retorcido e machucado, o sangue de seu nariz fazendo uma poça no chão de mármore, Christie se apoiou nos joelhos para levantar. Ergueu os olhos para mim e balançou a cabeça num sinal de alerta, como se quisesse que eu voltasse as costas ao Metro-Centre.

Um dos seguranças se inclinou para ele e berrou junto ao seu rosto. Christie ergueu a mão para acalmá-lo, então girou o corpo e arremeteu em minha direção, os braços estendidos para agarrar meus ombros.

Carradine e os seguranças se lançaram contra ele, forcejando para controlar seu corpo comprido e violento, escorregadio por causa da sujeira e da oleosidade que cobriam sua pele e seus andrajos. Deram-lhe uma rasteira, mas, no momento em que punhos atingiam sua testa, um braço se esticou em minha direção. Ele agarrou minha mão esquerda e colocou uma pedra quente em minha palma.

Enquanto Christie era arrastado em meio à multidão, abri a mão, escondendo-a de qualquer olhar curioso.

Pousado na minha palma estava um cartucho de munição.

Sopesando o cartucho em minha mão, avancei pelo hall de entrada e tomei a esteira rolante para o átrio central. Depois de momentos de horrenda violência, o ar do Metro-Centre estava agradavelmente fresco e perfumado. O sistema de som ambiente tocava uma aprazível seqüência de temas marciais, um arranjo adocicado, à la Mantovani, da canção de Horst Wessel e do "Coro dos escravos hebreus".* A música era distante e não invasiva, mas quase todo mundo se movia a seu ritmo.

Ainda abalado pelo ataque brutal a Christie, examinei a bala sob a luz. Tentei ler os símbolos impressos na base do cartucho. Christie se esforçara para colocar a munição em minha mão, mas sua mensagem era no estilo bastante oblíquo que ele apreciava. Fiquei na dúvida se ele estava me ameaçando. Ao mesmo tempo essa bala de presente, provavelmente do mesmo tipo da que matara meu pai, trazia um sinal claro da parte de Christie, um sinal que eu não tinha vontade de ouvir...

No centro do átrio os três ursos gigantes postavam-se em seu pedestal, patas marcando o ritmo da música, um trio amável cujos olhos vidrados não viam nada e viam tudo. No seu jeito de brinquedo eles exibiam uma tocante serenidade. A seus pés

---

* A canção de Horst Wessel, ou Horst-Wessel Lied, é o nome pelo qual ficou conhecida a canção *Die Fahne hoch* ("Bandeira ao alto"), que tem letra de Horst Ludwig Wessel e se tornou o hino do Partido Nazista e um dos hinos oficiais da Alemanha entre 1933 e 1945. O "Coro dos escravos hebreus" é um trecho célebre do terceiro ato da ópera *Nabucco* (1842), de Giuseppe Verdi. (N. T.)

havia mais oferendas de mel e caramelos, e vários "diários" redigidos por admiradores que detalhavam suas vidas imaginárias. Num momento de descontração David Cruise tinha sugerido um comercial no qual ele atacava os ursos e decepava a cabeça deles, mas eu vetei. Entre outros motivos, porque os ursos me faziam lembrar de todos os brinquedos que eu jamais ganhara na infância.

Escalei as escadas até o estúdio no mezanino onde Cruise estava conduzindo seu programa vespertino de debates. O palco aberto estava cheio de visitantes, tão próximos de Cruise quanto permitia a segurança reforçada. Encontrei uma cadeira na área de exibição e fiquei assistindo num monitor a um repeteco das últimas conversas do programa.

Cruise estava sem gravata, vestido com o surrado terno preto e a puída camisa branca que agora eram sua marca registrada, um traje que eu concebera baseado no figurino dos heróis malditos dos filmes de gângster, homens desesperados à beira da loucura. Cruise tinha perdido peso, e seu bronzeado característico tinha sido atenuado pelo departamento de maquiagem, conferindo-lhe um ar faminto e martirizado: o messias dos shopping centers.

Cruise conversava atentamente com seu círculo de dóceis e obedientes donas de casa.

"...'comunidade', Angela? Eis uma palavra que eu *odeio*. É o tipo de palavra usado por gente esnobe, da classe alta, que quer colocar as pessoas comuns no lugar delas. Comunidade significa viver num cubículo, dirigir um carrinho, curtir férias modestas. Significa obedecer às regras que "eles" dizem para você obedecer. Você não concorda, Sheila? Francamente, vocês que se danem. Voltem para seu cubículo e encerem sua salinha de jantar. Comunidade? Eu sei o que é uma comunidade asiática. Sei o que é uma comunidade islâmica. Todos nós sabemos, não é?

Sim... Odeio comunidade. Para mim, a única verdadeira comunidade é a que nós construímos aqui no Metro-Centre. É nisso que eu acredito. Os times esportivos, as torcidas organizadas, as noites dos cartões-fidelidade. Sheila? Cale a boca. Quero dizer uma coisa que vai chocar vocês. Estão prontas? Quando saio daqui e vou para casa, sabem como me sinto? Betty, vou lhes dizer. Eu me sinto sozinho. Talvez eu beba demais e sinta demasiada pena de mim mesmo. Sinto falta de vocês, garotas. Sheila, Angela, Doreen e todo mundo que assiste. Sinto falta de suas perguntas malucas e de seus sonhos loucos e maravilhosos. Tenho idéias estranhas — sim, Sheila, idéias desse tipo também —, quero demolir o velho mundo e construir uma nova ordem, algo como o que estamos construindo juntos dentro do Metro-Centre. Eu sei que estou certo, sei que podemos dar vida a um novo mundo. Começou aqui dentro do Metro-Centre, mas está se espalhando por toda a Inglaterra real. Se você consegue sentir o cheiro da via expressa, é porque está na Inglaterra real. Você é capaz de sentir isso, não é, Cathy? Bem no fundo de você mesma. Não, não aí, Sheila. Venha me ver mais tarde e vamos encontrar juntos. Sim, eu me sinto sozinho, não durmo direito; uma parte de mim, honestamente, está um pouco pirada. Mas estou certo, eu vi o futuro e eu *acredito*. Quero fazer coisas que não posso nem mencionar. Preciso de todas vocês, e preciso de vocês aqui..."

O discurso atingira seu clímax, enquanto a câmera principal fechava em close no rosto selvagemente belo de Cruise. O produtor fez seu sinal de encerramento, as donas de casa se recostaram nas poltronas, com ar aturdido, e Cruise desconectou seu microfone e correu para o camarim.

Em questão de segundos, chegariam telefonemas, e-mails e mensagens de texto de espectadores desesperados para ajudar Cruise a aplacar seus demônios. Haveria convites para churrascos, ofertas de título de sócio honorário de torcidas organizadas, apelos sentidos ("por favor, por favor"). Mais recrutas inundariam o recinto, magnetizados pelo Metro-Centre. Aquilo era um movimento político, mas um movimento que prescindia de qualquer suporte burocrático e clientelista. A vontade de poder vinha de baixo para cima, de mil caixas registradoras e corredores de consumo. As promessas estavam ao alcance da vista e das mãos nas prateleiras de mercadorias. As obsessões e os problemas sexuais de Cruise eram a coreografia de uma abelha-rainha enlouquecida, levando o enxame a um destino que ele já havia escolhido. Sua atuação no bate-papo televisivo, baseada em roteiros que construí para ele, podia ser uma performance, mas ratificava a ânsia e a inquietação de seus espectadores. As donas de casa que lhe mandavam suas fotografias estavam executando rituais de aprovação, expressando sua busca por uma fé para além da política.

Caminhei entre as câmeras enquanto a equipe desmontava o equipamento, felicitei o produtor e seu assistente por mais um soberbo desempenho e em seguida entrei no camarim de Cruise.

Estava recostado diante da janela panorâmica com vista para o átrio central, saudando generosamente cada transeunte que acenava para ele.

"Richard! Viu o programa?"

"Você estava ótimo. Solitário, perdido, furioso. Mais que uma mera sugestão de perturbação mental. Quase acreditei em você."

"É tudo verdade. Eu não estava representando." Endireitou-se no sofá e agarrou minhas mãos. "Estou me encontrando ali. Estou me despindo, rasgando lascas de minha carne, deixando o sangue gotejar no microfone. Coisas que eu não sabia a respeito de mim mesmo. Meu Deus, o material que pede para vir à tona. Todo o lixo psíquico represado durante anos."

"Não o reprima. As pessoas precisam desse troço. É ouro puro."

"Você acha mesmo? De verdade?" Esperou até que assenti vigorosamente. "Estou enlouquecendo para que eles possam permanecer sãos."

"O programa acabou. Tente se acalmar."

"Estou bem." Ele se recostou e levantou a mão, esperando que eu passasse a ele seu copo de vodca e tônica. "Preciso de um tempo para aterrissar. Tenho de voar tão alto, é um tanto estranho o tempo lá em cima. Passei anos humilhando meus convidados sem chegar a lugar algum. Agora eu humilho a mim mesmo e sou um enorme sucesso. O que você conclui disso?"

"É o ar que respiramos."

"Tem razão." Apontou para uma reprodução, em seu toucador, de um dos papas vociferantes de Francis Bacon, como se reconhecesse a si próprio naquele pontífice demente que vislumbrara o vazio escondido dentro do conceito de Deus. Num impulso bizarro eu dera aquela reprodução a Cruise, e ele desenvolvera um intenso interesse por ela. "Richard, diga-me mais uma vez: contra o que exatamente ele está vociferando?"

"A existência. Ele se deu conta de que não existe Deus algum e de que a humanidade está livre. Seja lá o que significa 'livre'. Você está bem mesmo?"

"Ótimo. Conheço a sensação. Às vezes..."

Ainda segurando o copo de vodca, pronto para pousá-lo na manopla vacilante de Cruise, sentei na poltrona próxima do sofá, na posição de um analista escutando um paciente perturbado. Aquelas atuações em programas de bate-papo estavam transformando Cruise. Ele começava a se parecer com os heróis atormentados que representava nos comerciais. Seu rosto estava mais magro e anguloso, e tinha a palidez cinérea de um refém libertado depois de anos de cativeiro.

"Então, Richard. Vendeu seu apartamento? Adeus, Chelsea, adeus a todos aqueles jantares mauricinhos. Você agora faz parte de Brooklands, está comprometido com o Metro-Centre. Vamos lhe pagar um salário."

"Não é uma má idéia."

"Não vou mandar em você. Seja como for, você merece. As vendas e os índices de audiência estão em alta, e não apenas no Metro-Centre. Ao longo de toda a M25. Há algo de novo aí, e é isso o que eu dou a eles."

"Algo violento. Que me assusta um pouco."

"Sinto por você, Richard. Depois de sentar durante anos atrás de uma grande mesa na Berkeley Square, você ainda acredita na raça humana. As pessoas gostam de violência. A violência agita o sangue, acelera a pulsação. É o melhor meio de controlar as pessoas, garantindo que as coisas não saiam realmente de controle."

"Já saíram. Esses ataques contra asiáticos e pessoas que buscam asilo, as cruzes de fogo nos jardins das casas. Você não queria tudo isso, David. Alguns desses torcedores estão usando os eventos esportivos como fachada para ataques racistas. Pondo fogo em quarteirões residenciais. É limpeza étnica."

"Teatro de rua, Richard. Mero teatro de rua. Talvez eu tenha dado um pouco de corda nelas, mas as multidões querem sangue. Elas acreditam no Metro-Centre, e os asiáticos não vêm aqui. Eles têm uma economia paralela. Eles se excluíram, e estão pagando o preço."

"Mesmo assim. Você pode conversar com os principais ativistas de torcidas? Tentar acalmar as coisas?"

"Tudo bem. Vou ver o que posso fazer." Entediado pela conversa e pela minha voz suplicante, Cruise se endireitou no assento e afastou o copo de vodca. "Pense nessas coisas como marcas de pneus na pista. Animal atropelado. Mas tempos de seguir em frente. Você se lembra? 'Louco é mau. Mau é bom'."

"Era sério. Ainda é."

"Ótimo. Talvez precisemos ir além, turbinar um pouco o produto. Eu poderia falar mais a respeito de meu alcoolismo e consumo de drogas."

"Você não é um alcoólatra. Não é um usuário de drogas."

"Não é essa a questão." Cruise me encarou com paciência. "Alcoolismo, consumo de drogas. São os equivalentes atuais do serviço militar. Têm uma espécie de..."

"Autenticidade de homem para homem?"

"Exatamente." Cruise ergueu um dedo indicador, para chamar minha atenção. "Veja a compulsão sexual, por exemplo. Andei vendo aquele livro que você me deu."

"Do Krafft-Ebing?"

"Esse mesmo. Está cheio de idéias. Poderíamos introduzir uma ou duas no programa e ver como as senhoras do sofá reagem."

"Elas teriam um ataque cardíaco." Tentando recuperar o controle, eu me levantei e virei as costas à janela panorâmica e aos consumidores que acenavam do piso do átrio. "Tome cuidado para que as pessoas não comecem a ter pena de você. É muito melhor que elas o temam. Não se entregue demais. Seja mais punitivo, mais exigente."

"O porrete, em vez da cenoura?"

"Seja mais misterioso. Livre-se do Lincoln. É americano demais, *show business* demais."

"Ei, ei! Eu amo aquele carro."

"Troque-o por um Mercedes preto. Uma limusine Mercedes preta com vidros escuros. Agressivo, mas paranóico. Ao mesmo tempo deixe claro que está manipulando as emoções deles. Faça das compras uma experiência emocionalmente insegura. Esqueça o valor do dinheiro, das boas compras, toda essa bobagem liberal de classe média. Queremos más compras. Tente atingir o desconforto deles, o desagrado deles por todas aquelas pessoas que torcem o nariz para o consumismo."

"A velha postura provinciana? Eu gosto disso."

"Outro ponto." Dei a volta no sofá, aparentemente imerso em pensamentos. "Você precisa de seu público, mas de quando em quando zomba dele. Você o despreza, mas precisa dele. Assuma o papel do pai imprevisível. Invente alguns novos inimigos. Diga às pessoas que se associem a um clube de consumidores no Metro-Centre se quiserem fazer parte de sua verdadeira família. Defender o shopping é a mensagem."

"Defender o shopping." Cruise assentiu solenemente com a cabeça. "É isso."

"Diga às pessoas que participem das noitadas do cartão ouro, das noites de compras com desconto, nas quais elas podem comparecer à TV. Deixe-as alertas para o perigo de perderem o seu afeto. Trate-as como crianças — é isso o que elas de fato querem."

"Elas são crianças!" Cruise jogou as mãos para o alto, então brandiu o dedo médio para a janela panorâmica. "Adoro isso, Richard. Estou contente por termos conversado a respeito. Dá para sentir a coisa acontecendo — parlamentares estão nos telefonando para oferecer ajuda, dizem que querem participar da organização. Eu lhes digo que não há organização nenhuma! Até mesmo a BBC me ofereceu um programa."

"Você recusou?"

"Claro. O pessoal daqui me cortaria o saco."

"Não queremos isso... O que a Cory ou a Imelda iriam achar?"

Rindo dessa referência a suas criadas filipinas, Cruise se levantou e me deu uma palmada nas costas. Uma estrela vermelha pulsava em seu painel de controle, e ele bateu continência alegremente. "Certo. Agora tenho ensaio para o programa noturno. Vai ficar para ver?"

240

"Vou para casa e assisto lá. Ainda estou terminando a mudança."

"Não tenha pressa." Cruise me seguiu até a porta, com um braço envolvendo meus ombros. "Alguém me disse que você estava partindo para Londres de novo."

"Isso para mim é novidade. Quando?"

"Aquela delegação ao Ministério do Interior. Julia Goodwin, Maxted, Sangster. Querem mais polícia envolvida em nossa vida."

"Esse é o jeito da classe média."

"Você não vai?"

"Definitivamente não."

"Ótimo. O Metro-Centre é seu verdadeiro lar, Richard. Seu pai teria compreendido isso."

Deixei a cúpula por uma das saídas laterais e me juntei à multidão do fim de tarde que enchia o pátio externo do Metro-Centre. Três eventos separados estavam ocorrendo. Três fanfarras tocavam e evoluíam, torcidas organizadas aclamavam as balizas de pernas de fora. As cidades da via expressa saíam depois do fim do expediente, criancinhas nos ombros dos pais, garotas adolescentes em bandos ruidosos. As famílias resplandeciam de saúde e otimismo, saudando e batendo palmas ritmadamente. Eu ainda me via como parte de uma operação mercantil que fazia tilintar todas as caixas registradoras do vale do Tâmisa, mas alguma coisa muito maior estava em curso, uma nova espécie de Inglaterra que era disciplinada, orgulhosa e contente. As casas asiáticas incendiadas pertenciam a outro país.

26. Uma bala na mão

Voltei ao apartamento de meu pai, disposto a tomar uma ducha e me livrar do cheiro enjoativo da atmosfera esterilizada do shopping. Um carro de bombeiros bloqueava a via de acesso, fazendo uma lenta manobra para retornar à avenida. Gritei para um dos bombeiros, mas ele estava concentrado na manobra do enorme veículo. Um fedor de tinta queimada e plástico carbonizado impregnava o ar, infiltrando-se nas cercas vivas e misturando-se a um terceiro ingrediente que me lembrou um açougue.

Esperei até que o carro de bombeiros chegasse à avenida e enfiei meu carro na via de acesso cheia de fumaça de escapamento, seguido por uma ambulância com suas luzes piscando em meu retrovisor. Duas viaturas de polícia e um carro-guincho estavam estacionados diante dos apartamentos. O prédio estava intacto, com os moradores espiando pelas janelas enquanto um grupo de vizinhos era interrogado por uma policial.

Estacionei junto às latas de lixo, deixando a ambulância passar por mim rumo à entrada. Fitas de isolamento cercavam um pequeno Fiat com os pneus furados, espuma de extintor de incêndio liquefazendo-se no cascalho como desovas de siri numa praia. Técnicos da polícia prenderam um cabo de aço no automóvel, preparando-o para o engate no carro-guincho.

Caminhei em direção à entrada, acenando a meus vizinhos, que como sempre não me responderam. A porta de vidro estava ornada por um buraco de bala, e uma poça de sangue cobria os ladrilhos. Acima da minha cabeça uma janela se fechou bruscamente, e um casal idoso que falava à policial ficou em silêncio quando me aproximei. Fechando a cara para mim, eles recuaram um passo, como se eu estivesse voltando um pouco cedo demais ao local de meu crime.

"Não se aproxime. Está me ouvindo, senhor Pearson?"

Eu me voltei e dei com a sargento Falconer tentando me afastar dos ladrilhos ensangüentados. Estava tão perto de mim que eu podia sentir o cheiro do pó-de-arroz em seu rosto. Ela me perscrutou atentamente, como se buscasse um indicador do crime violento que chegara às portas daquele enclave outrora pacífico.

"Sargento? Não vi você. Esse carro...?"

"Acabou. Não há mais risco de incêndio. Posso lhe perguntar o que está fazendo aqui?"

Seu queixo estava erguido, os olhos apertados enquanto ela me encarava. Para mim, ela tinha mudado de lado desde o atentado ao Metro-Centre. Lembrava de como ela quase desmaiara ao ouvir que Geoffrey Fairfax tinha sido morto. Ela estivera envolvida intimamente com Fairfax e Tony Maxted, mas seus modos ríspidos deixavam claro que aquilo pertencia ao passado. A facção da polícia de Brooklands que se aliara àquela estranha turma tinha caído em desgraça, e eu concluí que o inspetor Leighton estava adotando uma nova posição no jogo de xadrez da política local, e levava consigo a sargento Falconer. Será que ela tivera no passado um caso com Geoffrey Fairfax? Eu duvidava disso, embora aquela mulher gélida, com sua maquiagem sempre imaculada, precisasse provavelmente se sentir subserviente a um homem forte.

"Senhor Pearson!"

"O que estou fazendo aqui? Ora, é aqui que eu moro. Mudei para o apartamento de meu pai."

"Sei disso." Ela estava mais agressiva do que eu me lembrava, ombros rígidos e cabeça inclinada para um lado, como se estivesse a ponto de me empurrar sobre o canteiro. "Por que está aqui agora?"

"Simplesmente vim para casa." Dei um passo para me desviar dela, enquanto os moradores no vestíbulo se afastavam. "O que, exatamente, está acontecendo?"

A sargento Falconer esperou que o Fiat incendiado fosse engatado no carro-guincho. Baixando a voz, ela segredou: "Seus vizinhos não gostam muito do senhor, não é mesmo?".

"O que eles andaram dizendo? Isso não tem nada a ver comigo."

"Nada? Onde o senhor estava uma hora atrás?"

"No Metro-Centre. No camarim de David Cruise. Centenas de pessoas devem ter me visto lá."

"O senhor usou um telefone? Contatou alguém?"

"Você quer saber se eu mandei um sinal? O que aconteceu aqui?"

Quase distraidamente, ela disse: "Houve um ataque contra os Kumars logo depois das cinco horas. O senhor Kumar estava vindo para casa no carro da esposa. Um grupo de torcedores de hóquei o seguiu pela rua e o atacou quando ele tentou sair do carro. Seus vizinhos os viram jogar gasolina nele e atear fogo".

"Meu Deus... coitado. Ele...?"

"De alguma maneira ele saiu pela porta do carona e chegou

ao vestíbulo. A gangue gargalhava e cantava enquanto a doutora Kumar tentava reanimá-lo. Ela foi falar com eles, mas um dos torcedores sacou uma pistola e a baleou no peito."

"Por quê...? Deus todo-poderoso... Eles estão bem?"

"Vamos saber quando eles chegarem ao hospital. Se o senhor tiver qualquer informação, senhor Pearson, é importante que a passe para mim."

"Informação...?"

Os paramédicos emergiram do apartamento dos Kumars, empurrando uma maca sobre rodinhas. Em algum lugar sob a máscara de oxigênio e a chapa de metal estava o sr. Kumar, figura volumosa apequenada pelas correias de contenção. A sargento Falconer me arrastou para longe quando tentei me aproximar dele. Os paramédicos deslizaram Kumar para dentro da ambulância e voltaram correndo para sua esposa. Aturdido pela visão daquela mulher elegante reduzida a um pacote de escombros vagamente humanos, fitei a ambulância até ela se afastar, com as sirenes gritando como se anunciassem a notícia.

O motorista do carro-guincho manobrou pela via de acesso e a porta do carona do Fiat se abriu acima de nossa cabeça. Pendurado no vidro fosco como um pergaminho chamuscado havia um fragmento do que parecia ser pele humana.

Sem pensar, agarrei o braço da sargento Falconer. "Essa gangue — quem eram eles?"

"Quem?" A sargento me encarou, como se eu estivesse sendo cansativamente brincalhão. "O senhor não sabe?"

"Por que diabos eu saberia? Sargento?"

"Algumas pessoas acham que o senhor tinha um motivo. O senhor queria os Kumars fora de seu prédio."

"Isso é uma bobagem absoluta. Não aprovo esses ataques."

"Talvez não. Mas está fazendo um bocado para encorajá-los."

"Com uns poucos comerciais de tv? Estamos tentando vender geladeiras."

"O senhor está vendendo muito mais do que isso." Ela me desviou do caminhão que dava marcha a ré. "Se David Cruise é o rei do castelo, o senhor é seu grã-vizir."

"Escrevendo slogans publicitários?"

"Ah, sim... o tipo de slogan que convence as pessoas de que o preto é branco, de que tudo bem ficar um pouco louco. O senhor pensa que está vendendo geladeiras, mas o que está vendendo de fato é a guerra civil, sob a bela embalagem do esporte."

"Então por que a polícia não faz mais do que tem feito? Vocês deixaram as coisas saírem de controle."

Pela primeira vez a sargento Falconer foi evasiva. Desviou de mim o olhar, compondo sua expressão e apertando os lábios contra os dentes. "Estamos no controle, senhor Pearson. Mas nossos recursos estão no limite. O chefe de polícia acha que talvez provoquemos mais violência se banirmos as marchas e manifestações."

"Você concorda com ele?"

"É difícil dizer. O Ministério do Interior vê isso como uma questão de disciplina comunitária. Há surtos de vandalismo ligados ao futebol a cada quatro ou cinco anos. A contenção, e não o confronto, é a política oficial..."

"Papo furado. Famílias estão sendo arrancadas de suas casas, baleadas na sua própria porta. O doutor Maxted está organizando uma delegação ao Ministério do Interior, para pedir mais ação. Talvez eu me junte a eles."

"Não faça isso." A sargento tomou meu braço. Baixando a voz, aproximou-se de mim. "Tenha cuidado, senhor Pearson. Volte para Londres e siga sua vida. Temo que o doutor Maxted esteja perdendo o tempo dele."

"É mesmo? Você mudou de lado, sargento. Não faz muito tempo você estava realizando tarefas para Geoffrey Fairfax e seu grupelho e esquentando o leite para o filhinho de um assassino."

"Duncan Christie foi absolvido. A polícia não encontrou provas."

"Certo. Ele cumpriu seu papel, desviando a atenção do verdadeiro assassino. Fairfax e o inspetor Leighton o deixaram em exposição tempo bastante para causar problemas ao Metro-Centre. A propósito: o que aconteceu ao inspetor? Não tenho visto você conduzindo-o de carro por aí."

"Está de licença médica por tempo indeterminado." A sargento Falconer tentou se afastar de mim, mas eu a encurralara junto ao canteiro. Ela acenou para os dois policiais que interrogavam meus vizinhos, mas nenhum deles respondeu. "O atentado a bomba foi um enorme trauma para a força policial de Brooklands."

"Aposto que sim. Pelo menos o inspetor escapou de ter seus miolos estourados. Espero que ele não tenha fornecido a bomba a Geoffrey Fairfax."

"Senhor Pearson? Isso é uma acusação?"

"Não. Só um pensamento passageiro." Tirei o cartucho de munição do meu bolso e o estendi para ela. "Reconhece, sargento? Heckler & Koch de uso da polícia, eu apostaria. Alguém me deu isto do lado de fora do Metro-Centre esta tarde. Não tanto um alerta amigo, mas mais propriamente um cartão de votos de pronto restabelecimento, dizendo-me para ficar de olho."

A sargento Falconer esticou o braço para apanhar o cartucho, mas fechei minhas mãos em torno de seus dedos, pressionando a bala quente em sua palma macia. Fiquei surpreso que ela não tentasse libertar sua mão. Fitou meus olhos com seu jeito firme, imperturbada por meu jogo abertamente sexual e esperando para ver o que eu iria fazer. Se era verdade que ela gostava de se ligar a homens fortes, então havia uma vaga na sua vida agora que Fairfax e o inspetor Leighton tinham saído de cena. Como o vizir de David Cruise, eu era certamente poderoso e poderia ocupar essa vaga. A bala Heckler & Koch, idêntica à que matara meu pai, era meu cartão de amor para ela. Ao me aproximar daquela mulher atraente mas dividida, ao observá-la esquentando o café com leite na cozinha de meu pai, talvez eu descobrisse a verdade sobre a morte dele.

"Senhor Pearson?" Ela libertou sua mão, mas não fez nenhuma tentativa de tomar o cartucho de mim. "Mais pensamentos passageiros?"

"De certo modo. Mas bem mais interessantes."

"Ótimo." Seu equilíbrio nunca a abandonava, qualquer que fosse o custo posterior em humilhação. "Vi que o senhor está dirigindo um carro diferente."

"É alugado. Meu Jensen teve um acidente."

"Nada muito grave?"

"Difícil dizer. Por algum motivo acho que ele não vai conseguir seu licenciamento anual."

"Que pena. A doutora Goodwin achava que ele combinava com o senhor." Ergueu o queixo e deu um sorriso distante. "O senhor sabe — passado um pouco da flor da idade, mas ainda bonito o bastante para mais uma volta. Direção um pouco errática e freios gastos. Uma tendência a derivar para ruas sem saída..."

"Não exatamente adequado para as rodovias?"

"Parece que não. Tente ser um pedestre, senhor Pearson. Mas olhe por onde anda..."

Ela se afastou de mim, o sorriso se transformando num esgar malicioso, e se juntou aos dois policiais, arrematando seus interrogatórios. Eu a desestabilizara, e toda consideração que ela pudesse ter por mim desaparecera. Mas as emoções, no sentido convencional, provavelmente significavam pouco para a sargento Falconer. Ela se apegava a homens fortes esperando ser humilhada e quase acolhendo com prazer os dissabores que pudesse encontrar. Desempenhara seu papel nas conspirações entrelaçadas que haviam florescido depois da morte de meu pai, provavelmente sem chegar a se dar conta de que outras vidas estariam em jogo.

Entretanto meu próprio papel estava ainda mais comprometido. Eu me via como partícipe de um esquema de marketing num shopping center de bairro afluente, usando o chamariz "mau é bom", que supostamente deveria ser o supra-sumo da vigarice irônica e inofensiva. Recrutara um ator e apresentador de TV a cabo de terceira categoria para representar o bufão autorizado, o anão na corte dos reis espanhóis. Mas a ironia havia evaporado, e o slogan se tornara um movimento político, enquanto o apresentador de TV crescera cem vezes e estava disposto a sair de sua garrafa. O homem da publicidade via-se defrontado com a humilhação final de ser levado ao pé da letra.

Pela primeira vez eu me arrependi de ter vendido meu apartamento em Chelsea Harbour. Virei-me para a porta com o furo de bala, mais do que disposto a uma ducha fria e a um drinque gelado, mas meu pé parecia estar grudado nos ladrilhos da entrada. Baixei os olhos para meu sapato e me dei conta de que havia pisado a poça de sangue da dra. Kumar. A sargento Falconer me acenou enquanto eu tirava o sapato e claudicava hall adentro.

27. Uma interrupção angustiada

Violência e ódio estavam entrando na brincadeira.

Os Kumars sobreviveram, a médica com uma profunda puntura no pulmão esquerdo e seu marido com queimaduras graves no peito e nos braços. Tentei visitá-los no Brooklands Hospital, mas os parentes que vieram de Southall me impediram. Um dos sobrinhos que velavam a dra. Kumar me empurrou para o elevador e ameaçou me matar se eu aparecesse ali de novo. Julia Goodwin, lamentavelmente, passou a me evitar e a deixar de atender meus telefonemas. Meus vizinhos eram igualmente hostis, encarando-me nas escadas e recusando-se a estacionar seus carros perto do meu Mercedes.

A delegação ao Ministério do Interior liderada por Sangster e pelo dr. Maxted não deu em nada. O subministro ofereceu-lhes as habituais promessas, mas ele representava um eleitorado pobre de Birmingham com altas taxas de desemprego e estava era desejoso de importar a fórmula mágica de esporte, disciplina e consumismo.

Durante a semana seguinte permaneci no apartamento, sozinho com meu pai, mergulhado em lembranças do velho piloto, ou, para ser mais exato, na minha reconstrução dele a partir das pequenas pistas que ele me deixara. Desde o início eu tinha me afastado de suas posições de direita, de suas camisetas de São Jorge e suas biografias de Hitler, de sua obsessão pelas insígnias nazistas. Eu odiava tudo aquilo, assim como odiava os ataques contra as comunidades asiáticas às margens da M25. Não obstante, meus vizinhos me viam como um manipulador sinistro que ajudava a vender não geladeiras e fornos de microondas, mas um führer desmontável e um horrendo fascismo suburbano. O consumismo e um novo totalitarismo tinham se encontrado por acaso num shopping center de cidade-satélite e celebravam um casamento de pesadelo.

Enquanto isso, os fins de semana esportivos pareciam durar para sempre, atravessando sem interrupção a semana de trabalho. Uma série compacta de atrações ocupava cada local de eventos entre Brooklands e Heathrow. Minitorneios e campeonatos instantâneos traziam ônibus cheios de torcedores ao Metro-Centre, onde eles marchavam de um lado para outro ao ritmo de suas bandinhas. Havia tantos palcos, tantas finais locais que se transmutavam em quartas-de-final nacionais, que os torcedores festejavam sem parar. Eles precisavam marchar e gritar e agitar suas bandeiras, precisavam acreditar em alguma coisa ou, se essa coisa falhasse, em nada.

À noite, horrrendamente, preferiam o nada. Boletins nacionais de rádio e TV deixavam claro que a violência crescia proporcionalmente à febre esportiva. Ataques contra lojas e centros comunitários dos muçulmanos eram agora tão rotineiros quanto o chope pós-jogo. Depois das partidas noturnas de futebol, todas as casas chinesas e indianas de comida para viagem nas cercanias do estádio eram atacadas por bandos de torcedores à procura de violência. No seu programa de TV David Cruise comentava maliciosamente que a maneira mais fácil de encontrar uma loja de curry era procurar olhos negros e vidros quebrados.

Ao redor do Metro-Centre as torcidas organizadas, saudadas como guardas de honra por Tom Carradine, tinham se convertido em brigadas paramilitares, protegendo hipermercados e centros comerciais de "ladrões e forasteiros", que eram responsabilizados pelo vandalismo e pela baderna. David Cruise se referia casualmente ao "inimigo", um termo mantido deliberadamente vago que abarcava asiáticos e europeus orientais, negros, turcos, não-consumidores e qualquer pessoa que não se interessasse por esportes.

Novos inimigos eram sempre necessários, e um em particular logo foi encontrado. A tradicional classe média alta, com suas escolas particulares e seu desdém pelo Metro-Centre, tornou-se um alvo popular. Entediados depois de destruir mais um açougue islâmico ou mais uma mercearia sique, bandos de torcedores passaram a rondar as áreas residenciais mais prósperas, zombando de qualquer casa com detalhes em madeira, uma pérgula com roseiras e uma quadra de tênis. Uma van da Harrods ou da Peter Jones, quando surpreendida numa cidade da via expressa, era prontamente pichada com spray e tinha os pneus esvaziados. Garotas adolescentes trotando em seus dóceis cavalos velhos sob as faias de avenidas chiques eram seguidas por carros ruidosos ornados com as insígnias de São Jorge. Bizarramente, pichações da estrela-de-davi começaram a aparecer nas portas de garagem dos advogados e arquitetos mais ostensivamente gentios.

Instei Cruise a pedir moderação, mas ele estava ocupado demais exibindo seu novo Mercedes, uma longa limusine preta que ele batizou de "Heinrich". Com as garotas filipinas saltitando nos assentos dobráveis atrás do motorista, ele ia do estádio ao rinque de hóquei e à pista de atletismo. Em pé no camarote da diretoria, com Cory e Imelda dando risinhos a seu lado, ele trovejava para a multidão, sua voz amplificada reverberando no céu noturno. Enquanto "Heinrich" avançava ameaçadoramente pelas ruas, ele fazia comentários contínuos para uma câmera a bordo, lembrando seus leitores das seletas noitadas de cartão ouro no Metro-Centre. Tendo como pano de fundo seu teatrinho com as filipinas, e os fortes indícios de que na sua compartilhada jacuzzi rolavam mais do que cócegas e tapinhas, ele conclamava seus espectadores a defender sua "república" contra a aliança corrupta entre a classe média esnobe e os ainda mais arrogantes bairros nobres de Londres que sempre desprezaram as cidades da via expressa.

Mas as inquietações de Cruise eram só para exibição. O reinado da intimidação tinha começado. Liderado por Cruise e pelo Metro-Centre, o novo movimento estava se espalhando pelas cidades-satélites de Londres. Torcedores usando camisetas com a cruz de São Jorge desfilavam altivamente pelas ruas principais de Dagenham a Uxbridge, rondando em bandos os condomínios de classe média e aterrorizando cada golden retriever que viam pela frente.

Três dias depois do ataque aos Kumars, uma gangue de torcedores invadiu o tribunal de Brooklands onde estavam sendo levados a julgamento dois líderes de torcida acusados pela polícia de tentativa de assassinato. Os torcedores provocaram os policiais e berraram para abafar o testemunho dos vizinhos idosos que haviam presenciado o ataque. A audiência foi suspensa e os aturdidos magistrados adiaram o caso, libertando os acusados em troca de uma fiança simbólica.

No dia seguinte, grupos de torcedores invadiram as sedes da previdência social em Brooklands, Ashford e Hillingdon, exigindo um aumento imediato de benefícios suplementares para aqueles que haviam deixado seus empregos a fim de se tornar seguranças nos centros comerciais locais.

Apesar do crescente clima de medo, o que restava da máquina política local apoiava decididamente David Cruise e sua tendência de consumismo ideológico. Prefeitos, parlamentares e até mesmo líderes religiosos viam Cruise e o Metro-Centre como influências pacificadoras. Admiravam a nova disciplina, especialmente por exaltar o valor da propriedade e trazer um aumento de fluxo em todas as caixas registradoras num raio de dez milhas a partir de Heathrow. A criminalidade continuava a cair ao longo do vale do Tâmisa, e os chefes de polícia minimizavam os ataques contra comunidades asiáticas e de imigrantes, qualificando-os como excessos de meia dúzia de torcedores.

De modo tranqüilizador, não havia um centro óbvio no novo movimento. Não havia estrategistas frios tramando a tomada do poder. Se tudo aquilo trazia vagos ecos de fascismo, era um fascismo light, de um tipo suave e atóxico.

Eu tinha bem menos certeza disso, e ficava diante do televisor, espantado pelos relatos feitos por repórteres da BBC nos estacionamentos do Metro-Centre. Admirando as multidões autoconfiantes e as fanfarras, eles lembravam aos espectadores que ninguém estava organizando aquelas exibições de orgulho local.

Mas a violência e o ódio, como sempre, organizavam a si mesmos.

28. A busca do velho

Pensando nos Kumars, ambos felizmente em recuperação, desliguei o noticiário da BBC. Fiquei ouvindo as sirenes dos carros de polícia e ambulâncias que passavam, agora uma parte integrante do festival de Brooklands. Andei de um lado para outro da sala, fitando as fotos emolduradas e os diários de bordo de meu pai. Anos no Oriente Médio o haviam convertido num fanático direitista com sua horrenda biblioteca e seus estandartes romanos. Mas seu impacto sobre mim ainda vigorava, e eu meio que acreditava que ele teria apoiado tudo o que eu fizera no Metro-Centre.

Atormentado por tantas dúvidas, deixei a sala e atravessei a cozinha rumo à despensa. Eu mantinha a porta trancada, evitando o menor vislumbre das camisetas bem passadas e das biografias de Hitler. Mas agora eu precisava recorrer de novo a seu apoio, e a chave estava na fechadura.

Sentei diante da mesa, uma estação de trabalho disfarçada

de relicário, e comecei por seu computador. O espólio de meu pai ainda estava em processo de legitimação, um processo retardado pela morte de Geoffrey Fairfax e transferido para um de seus sócios, e a maior parte de seus registros estava arquivada em várias pastas de computador.

Passei os olhos pela lista de pastas: restituições de imposto de renda, cotas de ações, contribuições para a previdência, relação de asilos na área de Brooklands, agentes funerários e suas tarifas, campos de golfe nas proximidades de Marbella e Sotogrande, aeródromos no Algarve. A última pasta tinha o título "Diário Esportivo". Imaginando encontrar uma lista de ralis automobilísticos de veteranos, abri a pasta, pronto para ler seu relato da corrida Londres—Brighton.

Mas o diário registrava encontros de uma espécie muito diferente. A imagem de meu pai num blusão de couro, sentado garbosamente num vetusto Renault ou num Hispano-Suiza, logo se dissipou. Desviando os olhos do monitor, eu podia sentir o cheiro das páginas muito manuseadas das biografias de Hitler e o peculiar fedor químico do papel plastificado que os editores pareciam reservar para as fotos de atrocidades.

O diário esportivo cobria os últimos três meses da vida de meu pai e registrava uma série de incidentes racistas que ele testemunhara, ataques contra lojas asiáticas e albergues de imigrantes em busca de asilo. Cada seção descrevia o evento esportivo que servira de fachada para o incidente pós-jogo, o número de torcedores presentes, os danos causados e os pensamentos gerais de meu pai sobre o espírito de corporação dos torcedores, bem como seus antecedentes e profissões.

O primeiro registro tinha sido feito em 3 de fevereiro.

Arena esportiva de Byfield Lane. Quartas-de-final da Liga Espartana de Futebol. Brooklands Wanderers 2 × Motorola FC 5. Trinta torcedores de Brooklands se reuniram no Feathers, um ponto de encontro habitual. Pelo menos dez deles tinham estado no jogo. Vestiam camisetas de São Jorge e foram recebidos calorosamente. Às 9h15 nos perfilamos e marchamos até a área industrial. Uma revistaria de bengaleses foi atacada, vidros quebrados, refrigerantes e barras de chocolate roubados. Tudo com bom humor, e sem brados racistas. A coisa foi vista por todos como uma travessura. Membros: subgerente de supermercado, um operador de telemarketing, dois motoristas de carros de entregas, atendente de hospital. Poucos deles conheciam uns aos outros, mas permaneciam juntos quando um carro de polícia passava em sua ronda, e esperavam que eu os alcançasse. Tipos decentes, em sua maioria casados; o esporte os une. Nenhum interesse em Hitler e nos nazistas. O National Front eles vêem como uma piada.

Quinze dias depois, meu pai estava no estádio de hóquei sobre o gelo.

Brooklands Bears 37 × Addlestone Retail Park 3. A ampla goleada deixou todo mundo alucinado. Esportes de contato físico agem como a adrenalina. Um grupo seleto de uma dúzia se reuniu no Crown and Duck. Protetores de ombros e de cotovelos sob as camisetas de São Jorge. Mantiveram-me a uma certa distância até que eu falei em altos brados sobre "os esnobes de classe média". Arrebanharam vinte torcedores que esperavam no estacionamento e foram para o terminal de ônibus. Fast-food chinês atacado. Cozinheiro e esposa assistiam pacientemente enquanto rolinhos primavera eram lançados nas paredes. O gerente esvaziou a caixa registradora, ofereceu-lhes dinheiro, foi chutado no chão como retribuição. Indignação com a idéia de que queriam dinheiro. Violência aberta e fúria racista, mas orgulho comunitário. Sentem que estão defendendo Brooklands, mas não têm nem idéia contra o quê. Projetista, motorista de táxi, protético, recepcionista de hotel. Têm carros, casas próprias, esposas e filhos. Mantêm-se juntos, mas à procura de liderança.

Li outras seções inteiras. Meu pai se associara a várias torcidas organizadas. Parecia consciente das limitações daqueles fascistas de botequim e estava tentando ter acesso a níveis mais elevados de liderança, se é que isso existia. Estava claramente preocupado com a possibilidade de os ataques descoordenados descambarem para a anarquia. Listou ataques a propriedades asiáticas, a incursão contra um albergue de refugiados do Kosovo e a destruição de um acampamento não oficial de uma caravana de ciganos.

Numa anotação de 12 de abril ele relatou:

Derby local num estádio de fora. Arquibancadas de lata com telões da mais avançada das tecnologias, como um teco-teco equipado com uma turbina Rolls-Royce. Tremenda atmosfera, uma sensação verdadeira de comunidade unida. Gente bem-disposta, apaixonada. Cem torcedores ou mais, todos de clubes do Metro-Centre, se alinharam no estacionamento e partiram para a zona leste de Brooklands. Depredaram a alfaiataria de um bengali, em seguida invadiram um grande supermercado asiático. Batalha incessante com jovens siques armados com facas e barras de ferro. As camisetas de São Jorge disseram a que vieram. Os torcedores resistiram bravamente, mãos limpas contra as facas asiáticas, defendendo suas posições como seus avós fizeram em Arnhem e Alamein. Homens excelentes, preocupados em me proteger, embora eu fosse um estorvo execrável. Os melhores combatentes voluntários: gerentes de lojas, eletricistas, vendedores de sapatos. Anseiam por disciplina e liderança. Só o Metro-Centre dá um foco à vida deles.

Meu pai descreveu a condução de um homem gravemente ferido ao Brooklands Hospital.

Nós o deitamos no assento traseiro do Bristol. O sangue se espalhou pelo estofamento de couro. Com o pé na tábua, corri mais que os Vauxhalls da polícia, e recebi muitos cumprimentos calorosos. "Tudo de que o senhor precisar, Tio." Quando pedi para conhecer o líder deles, ficaram pasmos.

Continuava:

Dei-me conta de que não havia um líder. Um folheto do Metro-Centre sobre uma liquidação de tapetes é tudo o que os une. Anseiam por autoridade e por alguma espécie de significado mais profundo em sua vida. Precisam de alguém para admirar e seguir. A finalidade não importa. O que há de mais parecido com um líder é um apresentador de TV a cabo chamado David Cruise. Ele os anima nos jogos esportivos, mas é inadequado, um ex-ator perdido por falta de script. Ele é perigoso, porque o Metro-Centre é a força motriz da vida vazia deles.

O perigo crescente de uma pista de corridas. A cidade inteira vai emborcar à velocidade de quatrocentos nós. Será que os passageiros se importarão? Tudo o que eu li sobre os líderes nazistas mostra que seus seguidores não temiam o desastre, mas o acolhiam ativamente.

Meu principal problema é que não há ninguém com quem eu possa falar sobre tudo isso. O esporte domina tudo, e a violência de facções faz parte da cultura. A polícia é tolerante demais, e de todo modo vê os imigrantes como uma fonte de problemas, mesmo que eles não tenham culpa. A única pessoa que encontrei é um psiquiatra de Northfield, o dr. Tony Maxted. Um sujeito singular, com interesses próprios. Há um lado dele que acolhe a violência — ela confirma uma certa teoria acadêmica. Ficou encantado com a minha descrição de uma arquibancada de pista de corridas.

Lamentavelmente, o Bristol foi roubado durante a noite. Encontrado em chamas no acostamento de uma estrada de Waybridge. Eu adorava aquela lata velha, e é doloroso que ela tenha pagado o pato. Custe o que custar, evite chamar a atenção. Em qualquer nível, a política é um jogo de manada...

Em 30 de abril:

Há um limite para a infiltração que posso realizar. As manifestações estão ficando cada vez mais violentas. Estou apto, mas não sirvo para brigas de rua. Tomei um soco em plena cara de um jovem bengali que defendia sua mãe. Não percebeu que eu estava tentando ajudá-la. O grupo admira meus "colhões", mas me manda ir para casa.

É espantoso quanto meu disfarce funcionou. Ninguém suspeita de um velho piloto da British Airways. O que mais lamento é ter aterrorizado meus vizinhos, especialmente a dra. Kumar e seu marido. Mas tenho de manter o fingimento por mais algumas semanas. Esses clubes esportivos do Metro-Centre são perigosos e precisam ser contidos. As torcidas estão se tornando milícias, embora não se dêem conta. É uma coisa estranha. Quando estive com Fairfax para tratar de minha pensão de aposentado, ele perguntou: "Quem são os líderes?". É a pergunta óbvia que todo mundo faz. Não há líderes. Por enquanto. Mais cedo ou mais tarde algum valentão esperto, com talento para a oratória, vai tomar o controle por meio de um golpe sem sangue. Já corre uma conversa sobre uma nova "república" que se estende de Heathrow a Brooklands, o corredor inteiro da M3 e da M4. Uma nova espécie de ditadura baseada no Metro-Centre. Tentei abordar a questão com Fairfax, mas ele preferiu falar sobre seu torneio amador de golfe. Ele faz parte de um curioso grupelho de conspiradores; eles possivelmente têm ambições políticas próprias.

Então, em 2 de maio, a última anotação.

Assisti ao apresentador de TV David Cruise. Agradável como ator. Uma sensibilidade altamente desenvolvida para as "pequenas" emoções das pessoas. Perigoso? Ele é um joguete, esperando que alguém se dê ao trabalho de lhe dar corda. Talvez tenha apelo junto a um certo tipo de pessoa desenraizada, que não acredita em nada e que desenvolveu alguma teoria trôpega para justificar seu próprio vazio.

Amanhã vou vestir minha camiseta com a cruz de São Jorge e tentar participar de seu programa. Vou desempenhar o papel do velho piloto da British Airways e fazer uma manifestação pessoal. Alertar as pessoas contra o perigo de esportes em excesso e nada mais. Mas cedo ou mais tarde um messias vai aparecer...

Fechei a pasta e me recostei na cadeira, meus olhos mal percebendo o bigode de führer e o topete na lombada de uma biografia de Hitler. Eu sentia um profundo alívio, e um surto de convicção naquele apartamento de subúrbio e suas lembranças. Sentia-me próximo de meu pai de novo, e impressionado pela valentia do velho. Ele percebera que alguma coisa ia mal e estava determinado a chegar à fonte da doença que ameaçava aquela pacata comunidade. Sua filiação aparente aos clubes de São Jorge convencera seus vizinhos e convencera a mim. Numa medida mais ampla do que eu gostaria de admitir, eu tinha me amparado em meu pai para justificar meu apoio ao Metro-Centre e a suas milícias esportivas.

Agora eu sabia a verdade e podia admirar meu pai e aceitar a mim mesmo. Não precisava mais evitar os espelhos do apartamento. Ao mesmo tempo, aquelas missões secretas levantavam uma série de questões sobre sua morte. Será que ele tinha sido traído por um amigo em quem confiava? Geoffrey Fairfax seria capaz de delatá-lo sem escrúpulos. Será que alguém invadira o apartamento e bisbilhotara seus arquivos no computador? Pensei no "curioso grupelho de conspiradores" liderado por Fairfax e pelo inspetor Leighton, que tinha atraído Julia Goodwin para sua teia sinistra. Será que o grupelho tinha implicado com o velho intrometido, recrutando como matador algum atirador da polícia caído em desgraça, que matou meu pai com um tiro quando ele subia as escadas para o estúdio no mezanino? Usando a cortina de fumaça da confusão que se seguiu eles apresentaram o desajustado Duncan Christie, espantalho urbano, e o mantiveram no papel tempo suficiente para que os rastros do assassino sumissem na poeira. Talvez nem mesmo Sangster e o dr. Maxted tivessem idéia do verdadeiro jogo de Fairfax. A abertura rápida exibida no tabuleiro escondia um gambito muito mais elaborado...

Para desgraça de Fairfax, o velho assassinado foi substituído por seu filho, um intrometido ainda maior. A bomba em meu carro, colocada pelo impaciente procurador, deveria ter removido do tabuleiro um pequeno estorvo.

Mas finalmente as peças estavam começando a reagir contra os jogadores.

29. A cidade atacada

Havia muito pouco ar no apartamento. Mesmo com as janelas abertas, eu me sentia sufocado. Esquemas e conspirações saltavam de alçapões a meu redor e em seguida evaporavam. Eu precisava clarear a mente, e o único lugar em Brooklands intocado pelo Metro-Centre era a pista de corrida, um monumento a um sonho de velocidade muito mais são.

Deixei o apartamento e desci até meu carro. A multidão ruidosa no estádio de atletismo, os gritos de aclamação e a vociferação incessante do locutor, tudo isso se juntava para machucar a tarde. O estrondo fazia vibrar as janelas das casas próximas, convertendo um agradável dia de sol num verão em Babel.

Rodei pelas avenidas residenciais rumo ao autódromo, passando pelos portões de ferro lavrado e pelas bandeiras com a cruz de São Jorge. A cada dia um número maior delas tremulava em mastros improvisados, ou pendia frouxamente de postes de luz dos jardins, numa tímida tentativa de se precaver das rondas das torcidas organizadas, insígnias de rendição que indicavam a capitulação de uma classe poderosa.

A meia milha da pista de corrida a estrada estava bloqueada por uma barreira policial. Guardas estavam postados junto de seus carros, comandando o tráfego em direção a um desvio. Ignorando seus sinais, entrei numa rua lateral, mas o acesso seguinte à estrada estava interditado por um cordão de isolamento. Placas de desvio obrigavam o tráfego a uma volta interminável por casarões parcialmente de madeira, e eu tive uma visão momentânea de toda a classe média alta de Brooklands, seus prósperos advogados, médicos e executivos, confinados em seu próprio gueto, sem nada para fazer o dia inteiro exceto escovar seus pôneis e brandir seus tacos de croquet.

Contente com a perspectiva de caminhar, estacionei junto à entrada de uma casa de saúde e saí a pé. A polícia patrulhava os cruzamentos, mas havia pouco tráfego perto do autódromo. Atravessei a estrada perimetral e me aproximei do trecho do aterro.

Como sempre, eu podia ouvir motores roncando a distância, o rugido profundo de escapamentos abertos e os soluços entrecortados dos carburadores sedentos de ar. Restava apenas um pequeno trecho da pista, mas em minha cabeça, e na de meu pai, o grande circuito estava intacto. A superfície sobre o aterro ainda suportava os carros esportivos que corriam para sempre em tardes longínquas, num mundo mais feliz de velocidade e glamour e mulheres elegantes com capacetes e macacões brancos.

Os motores soavam, mas não em minha cabeça. Segui pela trilha marginal à estrada de acesso que penetrava o aterro. O estacionamento ao lado da área industrial no centro do circuito estava cheio de veículos policiais e militares. Dezenas de vans camufladas e caminhões cobertos de lona estavam alinhados de costas para o aterro. Ônibus convertidos em restaurantes móveis, caminhões-baús repletos de antenas e equipamentos de comunicações e caminhões-plataformas carregando três enormes escavadoras estavam estacionados na pista do desativado campo de pouso do interior do autódromo. Dezenas de policiais e soldados vestindo macacões cruzavam a pista de pouso até um galpão metálico na área industrial, requisitado como um quartel temporário.

Eu caminhava pelo estacionamento de veículos de uma grande força de invasão, e presumia que ela estava prestes a ensaiar a tomada do aeroporto de Heathrow depois de um ataque terrorista. Um soldado estava sentado no banco do motorista de um caminhão camuflado, fumando um cigarro enquanto examinava um mapa rodoviário.

Caminhei em sua direção, mas um carro de polícia com as luzes piscando deixou a estrada e escalou o aterro atrás de mim, seu pára-lama roçando meus joelhos. Um policial se debruçou na janela e, sem falar, acenou para que eu me afastasse; em seguida ficou me vigiando até que eu deixasse o circuito.

Caminhei de volta até meu carro, surpreso pela escala daquela operação militar. Veículos continuavam chegando, sendo parados e inspecionados por policiais militares. Aldershot, a principal guarnição do exército britânico, ficava a apenas algumas milhas da M25, e concluí que um exercício de defesa civil de larga escala estava em curso.

Quando cheguei a meu carro fiz uma pausa para examinar de cima a baixo a avenida deserta. As placas de desvio ainda estavam no lugar e as bandeiras com a cruz de São Jorge pendiam frouxas nas entradas dos jardins. Os comentários amplificados e os cânticos coletivos tinham desaparecido, e pela primeira vez em muitos dias, se não em semanas, ninguém fazia festa.

Uma moça veio correndo da casa de saúde em minha direção, empurrando um carrinho de bebê com uma criança assustada. A mulher parecia perturbada, os botões da blusa abertos, e eu ergui as mãos para acalmá-la.

"Deixe-me ajudar você, por favor... Você está bem?"

Presumi que ela estivesse desolada pela situação de um parente, e estava disposto a confortá-la. Mas ela passou bruscamente por mim, falando um palavrão ao tropeçar no meio-fio. Apontou selvagemente para o céu.

"O domo* está em chamas!"

"O domo? Onde?"

"Está em chamas!" Acenou para os telhados. "Estão incendiando o Metro-Centre!"

Fugiu com sua criança, os últimos habitantes de uma cidade atacada.

---

* No original, em inglês, a palavra usada é *dome*, que pode ter múltiplos sentidos, com os quais o autor parece jogar deliberadamente: cúpula, zimbório, edifício imponente, catedral. Em português, *domo* é o termo que cobre a maior parte desse campo semântico, mantendo a ambigüidade do texto original. (N. T.)

30. Assassinato

Um silêncio mais estrondoso que um trovão pairava sobre Brooklands. Eu podia ouvir o tráfego fluindo pela M25 e pinçar o ruído de motores de caminhões e automóveis específicos. Os estádios e ginásios esportivos tinham sido esvaziados, e todos os eventos noturnos foram adiados. Todo mundo esperava por notícias do domo.

Como a maioria das pessoas, passei a tarde diante de meu televisor. Das janelas da sala eu podia ver a estreita coluna de fumaça branca que subia de uma abertura de emergência no telhado do Metro-Centre. No ar parado ela subia verticalmente, tremulava e por fim se dispersava na capa de nuvens.

Imaginei que a culpa seria atribuída a uma falha elétrica no sistema de ar-condicionado. O fogo seria controlado e os rumores de um incêndio criminoso, prontamente estancados. Mas equipes de reportagem da ITN e da BBC, falando da entrada sul, diziam-se em dúvida sobre a causa, e incapazes de avaliar os estragos. Ambos os repórteres confirmaram que o domo não fora evacuado e asseguravam aos espectadores que não havia vítimas.

Uma vista do átrio central, captada por uma câmera escondida, mostrava as multidões caminhando, os três ursos gingando e dançando ao som da música e nenhum sinal de pânico.

Em contraste, os três canais a cabo do Metro-Centre amplificavam a ameaça, alegando que incendiários desconhecidos haviam tentado reduzir o domo a cinzas. Locutores se revezavam falando de graves estragos, cujos custos se elevavam a dezenas de milhões de libras, e de inimigos sinistros determinados a não deixar pedra sobre pedra do edifício.

Uma reportagem ao vivo mostrava David Cruise no front de batalha, usando um capacete vermelho e um macacão de bombeiro. Numa série de tomadas com câmera na mão no estacionamento subterrâneo, ele saiu da cabine de uma viatura de emergência, conferenciou apressadamente com um lívido Tom Carradine e uma equipe de técnicos do Metro-Centre e tocou com suas mãos curadoras o labirinto de canos e cabos na sala do gerador. Ofegando em sua máscara de oxigênio, compartilhou garrafas de uma água mineral muito propagandeada com uma exausta equipe de bombeiros. Quando se dirigiu à câmera, não tinha dúvidas quanto à ameaça a cada cliente do Metro-Centre e a cada torcedor de clube esportivo. Esfregando a testa afogueada, os ossos malares marcados estilosamente com um risco escuro de comando militar, ele disse:

"Todos vocês aí... aqui é David Cruise, em algum lugar da linha de frente. Ouçam-me, se é que ainda estou chegando até vocês. Precisamos de seu apoio, do apoio de cada um que está nos vendo. Não se enganem, há gente lá fora que quer nos destruir. Eles odeiam o Metro-Centre, odeiam os clubes esportivos e odeiam o mundo que criamos aqui". Tossiu dentro da sua máscara de oxigênio, afastando para o lado a atraente paramédica que tentava acalmá-lo. "Desta vez teremos de lutar por aquilo em que acreditamos. As pessoas que fizeram isto vão tentar novamente. Quero que todos vocês estejam prontos. Vocês criaram isto aqui, não deixem que eles destruam o que vocês criaram. Há inimigos lá fora, e vocês sabem quem são eles. Se não nos avistarmos mais, podem estar certos de que caí lutando pelo Metro-Centre..."

Uma hora mais tarde a fumaça ainda se elevava do telhado, uma pluma branca quase invisível na luz do fim de tarde. Um jornalista da BBC entrara no subsolo e relatara que a origem do fogo agora estava clara. Uma grande caçamba cheia de caixas de papelão tinha sido incendiada, mas agora tudo estava sob controle.

David Cruise, no entanto, estava mais perto da ação. Subiu por um alçapão de observação e tirou cansadamente o capacete, então sussurrou com voz rouca acerca dos perigos de o suprimento de combustível do Metro-Centre se inflamar. "Estamos falando de mecanismos de tempo programado", informou sombriamente a seus espectadores. "Fiquem alertas e vistoriem suas garagens e porões. Cada um de nós é um alvo..."

Às sete horas ele falaria a seus telespectadores do estúdio no mezanino. Fiquei vendo-o representar seu papel, um figurante agora promovido a astro de seu próprio inferno na torre. Os técnicos a sua volta pareciam vagamente constrangidos, mas Cruise era completamente sincero, o cidadão naturalizado de um novo reino onde nada era verdadeiro ou falso. Muitos de seus espectadores provavelmente sabiam que o fogo numa caçamba de lixo era um ardil concebido para conclamar o apoio ao Metro-Centre, por razões que ainda não estavam claras. Sabiam que estavam lhes contando mentiras, mas, se as mentiras eram coerentes o bastante, acabavam por se credenciar como uma crível alternativa à verdade. A emoção governava quase tudo, e as mentiras eram dirigidas por emoções familiares e fortalecedoras, ao passo que a verdade vinha com arestas que cortavam e machucavam. Eles preferiam mentiras e música ambiente, eles aceitavam o faz-de-conta do David Cruise bombeiro e defensor da liberdade deles. Não foi por acreditar na verdade que o consumo capitalista prosperou. As pessoas dos shopping centers preferiam as mentiras porque podiam ser cúmplices delas.

Lamentavelmente, chamas verdadeiras ardiam nos arrabaldes de Brooklands. No início da noite uma enorme multidão se juntou diante do Metro-Centre, um exército suburbano vestido de camisetas de São Jorge. Torcidas de clubes se perfilavam e saíam marchando rumo às bordas da cidade como se fossem defender os muros de uma capital sitiada. Como eu temia, eclosões de incêndios, depredações e pilhagens logo assolaram os conjuntos habitacionais de asiáticos e imigrantes.

Mas os bandos foram rápidos em encontrar novos alvos. Entediados pelas escaramuças com bengalis desesperados e kosovares exaustos, passaram a atacar a escola para adultos perto da praça central da cidade com seus cartazes irritantes anunciando aulas de culinária cordon-bleu, arqueologia e gravura em metal. A biblioteca foi outro alvo, os poucos livros expostos varridos de suas estantes, embora o enorme estoque de CDs, vídeos e DVDs tenha permanecido intocado.

Outros bandos invadiram o Clube de Críquete de Brooklands, onde defecaram no campo de jogo, e a Escola de Equitação Gymkhana, um bastião da suposta classe média alta que foi imediatamente consumido pelo fogo. Os telejornais mostravam cavalos de olhos alucinados galopando pelos estacionamentos do Metro-Centre, suas crinas chamuscadas soltando faíscas. Até mesmo a delegacia de polícia e o fórum foram ameaçados e acabaram protegidos por um fino cordão de isolamento formado por policiais com uniforme de tropa de choque.

Funestamente, a BBC relatou que estavam estourando brigas entre os grupos de torcedores — incapazes de encontrar novos inimigos, eles se voltavam contra si próprios.

Eu estava tentando telefonar para Julia Goodwin e alertá-la de que o abrigo para mulheres asiáticas estava em perigo, quando David Cruise começou seu discurso endereçado à sua nova "república", transmitido ao vivo do estúdio do mezanino do Metro-Centre. Ele trocara o macacão de bombeiro por uma estilosa jaqueta de combate, mas as garotas da maquiagem tinham deixado intocado seu cabelo revolto e as contusões oleosas de suas faces. Ele tentava controlar a própria histeria, consciente de que seus clubes esportivos podiam semear a baderna numa modesta cidade-satélite, mas o árbitro estava prestes a soprar o apito final e não haveria tempo extra. O que os repórteres de televisão ainda chamavam de hooliganismo futebolístico era o que o governo central qualificava de insurreição civil. O exército e a polícia estavam esperando.

Cruise se inclinou em direção à câmera, pronto a conclamar seu público fiel e incapaz de resistir a seu familiar sorriso descarado. Mas no momento em que abriu a boca, exibindo dentes fortes e vigorosa língua, pareceu escorregar da cadeira. Num espasmo de indigestão, levou uma das mãos ao peito, e seus olhos perderam o foco. Adernou para um lado, o cotovelo deslizando sobre a mesa, e arrancou o microfone de lapela da jaqueta. Estendeu os braços como se quisesse agarrar o ar que lhe faltava, os olhos rolando sob as pálpebras. Seu sorriso deu a impressão de flutuar para longe, um esgar vazio abandonado como um barco que afunda. Empertigou-se na cadeira e então caiu para a frente, a cabeça em cima de seu script manchado de sangue.

Cinco segundos depois, a tela ficou em branco. Houve um

breve silêncio e então um bramido profundo se elevou do Metro-Centre quando a multidão que contemplava os telões acima da entrada sul deixou escapar um grito de ira e de dor, o urro visceral de um animal aguilhoado no momento do abate. O som pairou sobre Brooklands, vibrando nas janelas e fazendo eco nos telhados das redondezas.

Mudei para o noticiário do Canal 4. A repórter fitava de modo inquieto seu *teleprompter*, prestes a interromper a si própria.

"Estamos ouvindo relatos... de uma tentativa de assassinato num shopping center de Brooklands. Testemunhas oculares afirmam que um atirador solitário... Ainda não sabemos se..."

Desliguei o televisor e fitei a sala escurecida. Alguém baleara David Cruise, mas eu achava difícil encarar a idéia de que ele tivesse sido ferido gravemente. Eu o conhecia bem demais, e tinha ajudado a criá-lo. Ele era uma figura tão presente, tão impregnada em quase todos os momentos da minha vida em Brooklands, que se tornara havia muito um personagem de ficção. Tinha flutuado em liberdade para um espaço-tempo paralelo onde a celebridade redefinia a realidade em seus próprios termos. Seu deslizar agônico sobre a mesa, o jeito desesperado como arrancou o microfone do peito que explodia, tinham sido o último episódio da série de comerciais *noir* que eu concebera para ele. Na verdade, eu desligara a TV para me impedir de voltar ao canal a cabo e ver o produto que patrocinava o episódio.

Mas eu já estava me esquecendo de David Cruise. Julia Goodwin estaria em desespero total, tentando proteger suas mulheres asiáticas da reação feroz que logo viria. Destituídas de seu paladino e filósofo televisivo, as torcidas organizadas ficariam frenéticas, atacando o que vissem pela frente.

Caminhei até o corredor e destranquei o armário onde eu guardava minhas malas de viagem. A sacola de golfe de meu pai, com os tacos intocados havia meses, estava apoiada na parede dos fundos. Puxei a pesada sacola de couro, apalpei entre os tacos e trouxe para a luz a espingarda Purdey de meu pai.

Na prateleira acima havia uma caixa de cartuchos calibre doze, o bastante para expulsar qualquer hooligan que tentasse saquear sua velha escola. Nada era verdadeiro e nada era falso. Mas o real estava tomando uma modesta atitude contra o irreal.

31. "Defendam o domo!"

Um carro se aproximou, os pneus revolvendo o cascalho diante da entrada do prédio. Seus faróis estavam com luz máxima, inundando o estacionamento como se fosse um set de filmagem. Debrucei-me por uma das portas traseiras do Mercedes e depositei a espingarda no chão do carro, embrulhada na minha capa de chuva. Sua coronha repousava sobre o dorso elevado da transmissão, ficando facilmente ao alcance do motorista.

Os faróis do carro visitante ainda batiam em cheio na minha cara. O motorista, um homem corpulento, desceu do veículo e deixou o motor ligado. Olhou em volta, a cabeça careca resplandecendo na escuridão, e então me reconheceu.

"Certo... Achei mesmo que você estaria aqui. Deixe o carro e venha comigo."

"Quem é que...? Doutor Maxted?"

"Espero que sim — nada é muito certo agora. Vamos logo."

"Espere... aonde é que nós vamos?"

Maxted me encarou enquanto eu hesitava, uma das mãos avançando em direção à espingarda. Ele estava exausto mas determinado, seu rosto inquieto abertamente hostil ao me perscrutar. Com ar aborrecido, pegou-me pelo braço.

"Aonde? Para seu lar espiritual: o Metro-Centre. Uma vez na vida você vai fazer algo útil."

"Espere aí..." Contemplei os fogos que se erguiam no céu noturno e apontei para o Mercedes. "Há uma espingarda no banco de trás."

"Esqueça. Se ela for necessária, já é tarde demais. Vamos em meu carro."

"Você ouviu as últimas notícias? Sobre David Cruise?"

"Alguém meteu uma bala nele." Maxted entrou no Mazda esporte. "No ar! Meu Deus, tenho de dar o crédito a vocês. Não me diga que foi você que inventou isso?"

"Não..." Deslizei para o apertado banco do carona. Na luz refletida da fachada do prédio eu podia ver o rosto inchado de Maxted, marcas de soco inglês na bochecha machucada. "Ele está vivo?"

"Quase." Maxted engatou a ré e atropelou um canteiro de rosas. Estremeceu diante das buzinas e do rumor do tráfego na avenida, dos brados e aclamações que haviam retornado a Brooklands. "A bala aniquilou um pulmão. Vamos torcer para que ele sobreviva a esta noite."

"Quem o baleou? Já se sabe?"

"Ainda não. Algum bengali que teve sua lojinha arrasada mais de uma vez, talvez um kosovar que viu a esposa ser esbofeteada." Maxted acelerou pela estreita via de acesso, então freou bruscamente quando chegamos à avenida, uma confusão de trânsito engarrafado, faróis histéricos e pedestres em pânico. Ele foi obrigado a gritar por cima do alarido geral. "Uma coisa que David Cruise tinha era um suprimento ilimitado de inimigos. Fazia parte de sua estratégia. Você sabe disso, Richard. Você planejou as coisas assim."

Ignorei a provocação, pensando nas horas que eu passara na piscina de Cruise, servido pelas criadas filipinas. "Onde ele está? No Brooklands Hospital?"

"No ambulatório de primeiros socorros do Metro-Centre. Até que ele se estabilize é muito arriscado transferi-lo de lá. Esperemos que o ambulatório seja bem equipado. Nunca pensei que um dia diria isso, mas David Cruise é uma pessoa que precisamos manter viva."

"E se ele morrer?"

"As pessoas aqui estão prontas a reagir violentamente. Não só em Brooklands, mas em todas as cidades ao longo da via expressa. Não gosto do que vem acontecendo, mas o próximo capítulo poderá ser bem mais horrível."

"Uma espécie eletiva de...?"

"Psicopatia? Isso mesmo. Loucura voluntária." Maxted enfiou o carro esporte na corrente do tráfego, uma babel motorizada de buzinas e sirenes. "Eles não sabem, mas têm vivido à espera do estopim. Mais cedo ou mais tarde algum fulano iria aparecer com a chave e colocá-la na fechadura para eles."

"E apareceu?"

"Oh, sim."

"Quem?"

"Você." Maxted ultrapassou uma caminhonete lotada de torcedores agitando bandeiras. "Você escreveu o script para o nosso führer de bolso. Um doutor Goebbels de subúrbio... O que você achou que estava fazendo? Vendendo máquinas de lavar?"

"Algo assim. Funcionou."

"Funcionou bem demais. O capitalismo tardio está coçando suas hemorróidas e tentando imaginar onde é que vai cagar agora. Todas as portas das latrinas estão fechadas, exceto uma. Comprar uma máquina de lavar é um ato político — a única espécie real de política que resta hoje em dia."

Ficamos parados no trânsito congestionado, o ar vibrando com o clamor das buzinas. Torcedores com camisetas de São Jorge passavam rapidamente entre os carros, batucando nas capotas. Todo mundo no vale do Tâmisa estava convergindo para o Metro-Centre. Ele se erguia por cima das casas e prédios de escritórios, um imenso fantasma branco, um mausoléu se aprontando para a morte.

"E o incêndio desta tarde?", perguntei a Maxted, gritando por cima do barulho. "No domo?"

"Não é para levar a sério. Era David Cruise tentando acender o estopim."

"Foi uma armação?"

"Sem dúvida. Ele precisava desencadear uma rebelião, mas sabia que a havia adiado demais. Tinha ouvido a respeito das unidades militares que esperavam no velho autódromo."

"Eu as vi hoje à tarde. Parece que não estão para brincadeira."

"Não mesmo." Maxted riu em meio às buzinas estridentes. "Isso deve ter deixado você sóbrio."

"Eu já estava sóbrio. Cheguei o computador de meu pai e li seu diário. Ele não era um militante nacionalista. Odiava os clubes esportivos e a coisa toda do Metro-Centre."

"Fico feliz em ouvir isso. Agora você tem alguém melhor em quem se mirar."

"Ele tentou se infiltrar no movimento e descobrir quem o comanda. É possível que tenha sido por isso que foi baleado."

"Talvez." Dois torcedores de hóquei sobre o gelo se sentaram no capô do Mazda, batucando com os punhos, e Maxted tocou a buzina até que eles saltaram para o meio da confusão de faróis. Ele berrou para mim: "Ninguém está no comando. Lamento que seu velho tenha sido morto, mas isto aqui é uma revolução de baixo para cima. É por isso que é tão perigosa. Sangster e eu estávamos tentando refreá-la. Queríamos que Cruise saísse do estúdio e fosse para as ruas, onde poderia ver o que estava acontecendo. Mas a realidade nunca foi o forte dele."

"Por que o governo não interveio? Faz meses que Brooklands está fora de controle."

"Não só Brooklands. O Ministério do Interior quer ver o que acontece. As cidades-satélites são o laboratório social perfeito. Você pode conceber qualquer patógeno e testar seu grau de virulência. O problema é que eles esperaram demais. Toda a M25 poderia explodir e arrastar o resto do país para a mais completa psicopatia."

"Impossível. As pessoas são dóceis demais."

"As pessoas estão entediadas. Profundamente, profundamente entediadas. Quando as pessoas estão entediadas a esse ponto, tudo é possível. Uma nova religião, um quarto reich. Elas cultuarão um símbolo matemático ou um buraco no chão. A culpa é nossa. Nós as criamos à base de violência e paranóia. Mas agora, o que está acontecendo aqui?"

O tráfego contornava um Range Rover estacionado diante de uma mansão em estilo Tudor. Um bando de torcedores estava quebrando os vidros do carro com barras de ferro. A motorista, uma jovem matrona apavorada, de jaqueta de pele de carneiro, tentava objetar, afastando com as mãos um rapaz que a assediava.

"Maxted... a gente devia ajudar."

"Não temos tempo." Com a cabeça baixa, Maxted seguiu rodando, e desembocou no bulevar principal que levava ao domo. "Você tem de chegar ao Metro-Centre antes que a casa caia."

"Você quer que eu fale com David Cruise?"

"Falar? Julia Goodwin diz que o homem está respirando por aparelhos."

"Julia? Ela está lá?"

"Sangster a levou do abrigo para lá. Julia sabe que temos de manter Cruise vivo."

"E o que eu posso fazer?"

"Tomar o lugar de David Cruise. Você conhece a equipe de produção, eles vão ficar contentes em contar com você. Você escreveu os scripts, portanto sabe tudo de cor. Fale para a câmera, conclame todo mundo a ir para casa se acalmar. Diga que todo o programa dos clubes esportivos é um exercício de relações públicas, um experimento de marketing que falhou. Remende alguma coisa, mas diga que vocês estavam errados."

"Eu não estava errado."

Deixamos o automóvel a quinhentos metros do domo. Maxted subiu com o Mazda numa ilha no meio da avenida e saímos a pé por entre as fileiras de carros e ônibus que levavam ao Metro-Centre torcedores de todo o vale do Tâmisa. Uma enorme multidão apinhava a praça aberta diante do shopping, fitando o domo como se esperasse uma mensagem. Observavam os telões acima da entrada sul, nos quais dois locutores descreviam a batalha de Cruise pela vida numa sala cirúrgica de emergência montada no ambulatório de primeiros socorros.

Maxted abriu caminho entre os espectadores, mostrando sua carteira de médico e berrando com um segurança que tentava nos afastar dali. Atrás de nós, faróis de carros fulguravam ao longo da estrada perimetral, e as luzes giratórias das viaturas policiais e militares forçavam seu caminho em meio ao tráfego. Um carro blindado de transporte de tropas abalroou o pequeno Mazda de Maxted, jogando-o para o lado. Pesados caminhões com pára-choques dianteiros de ferro empurravam os carros menores para fora do caminho e os lançavam brutalmente no acostamento. Tropas de choque marchavam em frente antecedidas por uma saraivada de ordens berradas no megafone.

"Richard! Deixe isso para lá!" Maxted agarrou meu braço. "Vamos direto para o portão sul."

A multidão se movia conosco, uma turba obstinada empurrada pela polícia contra o domo. Estouravam brigas, punhos se agitando às cegas em meio à hábil dança dos cassetetes da polícia. Uma moça caiu no chão, nocauteada ao tentar defender o marido. Os filhos dela começaram a gritar, suas vozes logo foram abafadas pelo ruído das hélices dos helicópteros do exército açoitando o ar noturno. Fachos de luz varriam a tempestade de poeira agitada pelo vento, esquadrinhando os setores mais turbulentos da multidão. Brigadas de torcidas organizadas juntavam forças contra as agressivas tropas de choque, capturando seus comandantes. Um cavalo de polícia empinou, encolhendo as patas para escapar da chuva de tacos de beisebol. O cheiro acre do gás lacrimogêneo se misturava com o fedor de vômito.

A massa cedia, recuando para a entrada sul. Amparei uma mulher idosa que falava ao celular. Ela tentou se desvencilhar de mim e gritou: "Eles querem fechar o domo!".

Chacoalhei seus ombros de passarinho. "Por quê? Eles quem?"

"A polícia! Estão fechando o domo!"

Por toda a minha volta o grito se propagou, um terrível mantra que passava como o clarão de um espectro de uma boca a outra.

"Fechando o domo...! Fechando o domo...!"

Todo mundo estava berrando. A multidão investiu contra o portão, uma frenética onda que nos levou junto, arrastando-nos por baixo dos telões, passando pelas bancas de primeiros socorros e pelos portões até o abrigo iluminado do saguão de entrada. As pessoas cambaleavam, amparando-se umas às outras, sapatos perdidos na confusão, consumidores voltando a seu santuário, a seu templo e fortaleza, a seu refúgio sagrado.

Um novo clamor se ergueu.

"Defendam o domo...!"

32. A república do Metro-Centre

Fugindo do gás lacrimogêneo e dos cassetetes da polícia, o que restava da multidão se espremeu portas adentro e invadiu o saguão de entrada. Os fachos de luz pareciam nos perseguir dentro do domo, e o estrondo metálico dos helicópteros vibrava no telhado sobre nossa cabeça, a linguagem da dor rugindo através da alegre luz interior.

Tropecei num carrinho de compras e caí de joelhos, derrubando comigo uma mulher negra e duas crianças agarradas a meu paletó. Tony Maxted tinha desaparecido, arrastado pela turba. As pessoas embarcavam na esteira rolante, buscando segurança no vasto interior do Metro-Centre, brandindo seus cartões-fidelidade para os aturdidos balconistas que apareciam às portas de suas lojas.

Ao me levantar, notei que havia perdido o sapato esquerdo. Sandálias, tênis, sapatos esportivos e até um par de pantufas jaziam esparramados em meio às sacolas de compras abandonadas. Encontrei meu sapato ao lado de um salto agulha quebrado, e me lembrei de uma mulher grandalhona de casaco de pele pisando no meu pé e depois me gritando impropérios.

Por trás das portas uma fileira de soldados com escudos e bastões dispersava as centenas de espectadores que tinham deixado seus carros na estrada perimetral. Policiais com uniforme da tropa de choque e capacetes com visor agora bloqueavam a entrada, ignorando as câmeras de televisão que registravam a cena a partir das vans de reportagem dos principais canais jornalísticos.

Mas uma modesta reação já havia começado. Atiçado pelas luzes das câmeras, um grupo de seguranças e de torcedores vestindo camisetas de São Jorge se lançava contra as portas externas. Eles fecharam as trancas manuais, desenrolaram uma pesada mangueira do posto de emergência antiincêndio e usaram seu bocal de metal para bloquear as maçanetas das portas.

A polícia ignorava tudo isso, imaginando que poderia escancarar as portas no momento que quisesse. Dois policiais graduados confabulavam, observando os seguranças levantarem uma barricada feita com pedaços de balcões de lojas e painéis de propaganda, claramente despreocupados com toda aquela determinação feroz. Neutralizando o Metro-Centre, a polícia debelara a ameaça de uma insurreição civil, e os cabeças de uma possível rebelião haviam convenientemente se isolado de seus apoiadores que estavam fora do domo.

Sentado numa cadeira ao lado do balcão de informações, tirei minha meia ensangüentada e amarrei meu lenço em volta do pé. Fiquei observando os seguranças animarem suas equipes, admirando seus esforços vãos para defender o shopping center. Muitos dos clientes aprisionados no interior do domo pelo tumulto estavam agora ajudando a levantar a barricada, e seu compromisso com o Metro-Centre era mais do que um conjunto de slogans. Revoltavam-se contra a emboscada da polícia e o envolvimento do exército. Os helicópteros, sobrevoando o telhado sem parar, tentavam intimidá-los, e eles haviam decidido defender seu território. Todos aclamaram uma equipe feminina de judô que carregou pelo saguão um quiosque de hambúrgueres, deixando um rastro de óleo quente. Aplaudidas pelos marmanjos, elas balançaram o quiosque para a frente e para trás e o jogaram em cima da barricada. Até os policiais fizeram um gesto de admiração.

Fiquei de pé, tentando limpar a garganta da poeira e do gás lacrimogêneo. O sistema de som tocava um pot-pourri de marchas de Strauss, e os telões de informação anunciavam a abertura de um novo espaço para as crianças. Havia ainda clientes sentados num café nas proximidades, com seus expressos duplos e seus doces dinamarqueses. Mas, apesar de toda essa valentia, o Metro-Centre tinha colidido com seu iceberg. Eu precisava encontrar Julia Goodwin e ajudá-la a transferir David Cruise para o Brooklands Hospital antes que naufragássemos juntos.

Do lado de fora do domo uma coluna de viaturas de choque e caminhões militares tinha se perfilado. Holofotes estavam apontados para as portas, convertendo o saguão de entrada numa gigantesca alucinação de sombras móveis. A polícia forçara três das portas, e uma brigada de uma dúzia de guardas se aproximou das barricadas, mas inicialmente não fez nenhuma tentativa de derrubá-la. Um oficial superior, subcomissário da polícia de Surrey, começou a falar à multidão que assistia. Mal se ouviam fragmentos da sua mensagem amplificada em meio ao clangor dos helicópteros.

"...a partir desta noite o Metro-Centre vai fechar para reformas... gerência de pleno acordo... preocupação com os clientes... para sua própria segurança saiam de modo ordenado..."

Pelo menos quinhentas pessoas se espremiam no saguão de entrada e nos corredores de lojas adjacentes. Funcionários, torcedores de clubes esportivos, consumidores surpreendidos pelo tumulto e transeuntes levados pelo pânico a buscar refúgio no domo estavam unidos à espera de que alguma coisa acontecesse. Muitos queriam sair, mas ficaram em silêncio quando uma minoria militante gritou palavrões contra o subcomissário.

A um sinal, os policiais começaram a desmantelar a barricada, primeiro jogando para um lado o quiosque de hambúrgueres, patinando e escorregando no óleo. Escaramuças irromperam na multidão que assistia, e crianças soltaram gritos agudos diante das sombras briguentas projetadas pelos holofotes nas paredes do saguão de entrada.

"Certo..." Transferi o meu peso para o pé que não estava machucado, pronto para me juntar ao êxodo do Metro-Centre. "Acabou tudo. A pequena revolução no vale do Tâmisa..."

"Não tenho tanta certeza." A meu lado um homem idoso de sobretudo cinza, pastinha na mão, sorria consigo mesmo de modo resignado. Eu o notara buscando abrigo atrás do balcão de informações, e depois imaginei que tivesse deixado o domo quando o tumulto começou. Ele apontou para a entrada de serviço perto dos vestiários. "Desconfio que não veremos nossa cama esta noite..."

Abrindo caminho agressivamente em meio à multidão, e quase em marcha sincronizada, vinha um grupo de seguranças, técnicos com macacão laranja e uns cinqüenta torcedores com camisetas de São Jorge. À sua frente estava Tom Carradine, ainda em seu uniforme azul-celeste de relações públicas, mas não mais a simpática figura cuja fé no shopping eu achava tão tocante. Parecia pequeno mas firme, tão vigilante e sisudo quanto um toureiro confrontado com um touro estúpido, mas perigoso. Atrás dele, formando sua guarda pessoal, estavam os dois seguranças que haviam jogado Duncan Christie no chão quando ele tentou colocar um projétil em minha mão. Ambos os seguranças portavam espingardas e concluí que as haviam pilhado em alguma das muitas lojas de armas do domo. A mão direita de Carradine estava erguida acima de sua cabeça, e ele fazia sinais aos seguranças com movimentos sutis do indicador. Estava confiante e audaz, feliz por enfrentar finalmente seu desafio supremo.

Nos calcanhares dos seguranças vinha William Sangster, ombros largos gingando de um lado para outro, a cabeça compacta fazendo movimentos de esquiva, como um pugilista antes de subir ao ringue. Seus olhos perscrutavam a multidão, como que à procura de velhos alunos que ainda estavam cabulando aula. Sorria de um jeito desorientado, inseguro de si e do que estava fazendo com aqueles homens armados.

Soou um tiro, um estrondo brusco como a batida de uma porta. A multidão silenciou. Uma espingarda apontava para o teto, enquanto a fumaça de seu cano desvanecia no ar tenso. O subcomissário baixou seu megafone e os guardas que desmontavam a barricada pararam à espera de novas ordens.

Carradine entregou a espingarda aos seguranças. Tirou o boné, revelando seu cabelo louro penteado para trás a partir de uma testa surpreendentemente alta. Ficou à escuta do silêncio que enchia o saguão de entrada e em seguida falou brevemente ao microfone que lhe foi passado por um segurança. Sua voz amplificada, com seu sotaque da via expressa, ressoou sobre a cabeça dos policiais e soldados do lado de fora do domo.

"O Metro-Centre está dominado... Retirem todas as unidades militares... Repito, o Metro-Centre está dominado... Temos reféns... Repito, temos reféns..."

Os sons ecoaram pelo shopping, reverberando no teto. Carradine, os seguranças e os técnicos olhavam fixamente para cima, como se esperassem que a salvação descesse dos céus. Até mesmo Sangster parara de balançar a cabeça e inclinara o corpo para trás.

"O que eles estão fazendo?" Mantive a voz baixa ao falar com o velho em pé a meu lado. "Estão à espera de um milagre."

"Improvável..." Tentava obter sinal em seu celular, mas desistiu. "De todo modo, você está na pista certa."

"Esses reféns... Quem são?"

"Isso eu posso lhe dizer. Somos *nós*."

Houve um suspiro da multidão, e cem mãos apontaram para o teto do vestíbulo de segurança, o corredor que levava ao saguão de entrada. Uma porta corta-fogo de aço estava descendo lentamente de seu suporte, isolando a barricada, o subcomissário e seus policiais.

Um profundo estrépito metálico, como o ranger dos dentes de um gigante, encheu o saguão quando a porta atingiu o chão. A vibração se foi, uma onda subsônica que parecia absorver tremores menores das portas de saída do domo, as respostas dos mais distantes postos avançados de uma vasta cripta que estava se isolando do resto do mundo.

Fitei o pesado escudo e ajudei o velho a chegar à cadeira junto ao balcão de informações. Ele me agradeceu e disse: "Seu pé está sangrando".

"Eu sei. Me diga uma coisa: estamos trancafiados?"

"Parece que sim."

"E a entrada norte?"

"Imagino que também esteja fechada."

"E as saídas laterais?"

"Tudo fechado. Os estacionamentos e a entrada de cargas." Ergueu uma das mãos para me acalmar, percebendo que eu estava agitado. "É o medo do fogo, você sabe. Qualquer corrente de ar transformaria uma pequena chama numa fornalha."

"Certo..." Eu estava surpreso com sua calma, como se ele soubesse desde o início o que iria acontecer e tivesse se desligado de toda a excitação muito antes que ela começasse. Contemplava com expressão lastimosa seu celular inútil, resignado à perspectiva de não poder se comunicar com sua esposa. Tentando fazer meu pé repousar, perguntei: "O senhor trabalha aqui, imagino?".

"Na contabilidade. Geralmente temos uma boa idéia do que está acontecendo. O senhor Carradine é um moço muito determinado, mas esses shopping centers não aprenderam a lidar com a violência. Quando o fazem..."

"A guerra vai invadir os espaços de consumo do mundo? É uma idéia e tanto. Até agora, ser uma máquina de lavar tem sido uma opção segura. Houve um atentado a bala aqui esta noite."

"O ator de televisão? Lamento muito. Provavelmente é melhor não saber se aconteceu mesmo." Apertou minha mão. "Vou ficar aqui um pouco. Você precisa encontrar uma cama para passar a noite. Há uma enorme variedade à sua escolha..."

Sentou-se em sua cadeira atrás do balcão de informações, uma esfinge grisalha pronta para responder a todas as perguntas, mas ignorada pela multidão que perambulava pelo saguão de entrada, incapaz de se orientar. Carradine e seu grupo estavam entregues a uma ronda de inspeção de seus novos domínios, aparentemente desinteressados quanto ao destino de toda aquela gente aprisionada no interior do domo.

Caminhei até a porta corta-fogo, tão compacta que abafava todos os sons da atividade policial e militar. Havia uma saída de emergência num trecho da porta corta-fogo, e tive a tentação de correr até ela, mas suas trancas elétricas seriam demais para mim.

Além disso, um mundo novo e mais interessante estava à minha espera dentro do domo, um universo fechado em si mesmo de tesouro e promessa. A multidão refluía para o interior do shopping, resignada a um futuro de eternas compras. A república do Metro-Centre finalmente se estabelecera, uma fé aprisionada em seu próprio templo.

PARTE III

33. A vida de consumidor

Em uma hora eu estaria deixando o domo. Atravessei pela última vez o terraço deserto do Holiday Inn e fui até a beira do lago. No interior do lobby o último grupo de reféns a ser libertado estava fechando a conta do hotel e se aprontando para a transferência para a entrada sul. Protegidos por seus seguranças, eles se arrastaram portas afora, vários deles fracos a ponto de quase não conseguir caminhar. Acenei para eles, tentando lembrá-los de que em poucos minutos iriam respirar um ar diferente, mas nenhum deles me deu atenção. Havia mães cansadas com filhas adolescentes irrequietas, esposas conduzindo maridos idosos, um pálido funcionário do McDonald's cuja histeria o dr. Maxted havia tratado e um jovem casal às voltas com uma febre contraída por conta da água poluída.

Julia Goodwin os havia escolhido na noite anterior entre os quinhentos reféns restantes, insistindo que o risco de contaminação que eles representavam tornava-os candidatos urgentes à liberação. Quando apresentei a lista de nomes a Tom Carradine ele rejeitou a escolha de Julia sem pestanejar. Fanático em sua defesa do Metro-Centre — e, de acordo com Maxted, apresentando os primeiros sinais clínicos de paranóia —, ele estava sentado em sua cadeira de maquiagem no estúdio do mezanino, tamborilando na folha de papel com sua escovinha de sobrancelha. Passava horas se preparando para a câmera, mas nunca aparecera de fato no canal da casa, guardando este momento para seu último ato. Concluí que no fundo da memória coletiva da espécie dos gerentes de relações públicas havia a crença de que quando eles aparecessem ao vivo na televisão um milagre ocorreria. Os mares se abririam e o céu viria ao chão.

Carradine perscrutava cuidadosamente a lista, à procura de alguma mensagem em código para a polícia e os jornalistas que esperavam do outro lado do cordão de segurança ao redor do domo. Finalmente cedeu, fazendo Julia se calar quando ela passou a descrever em detalhes os sintomas da febre tifóide e do tifo. Esquivou-se da exausta médica de córneas febris, um modelo de todas as doenças que os negociadores da polícia alertaram que logo irromperiam no domo, e assinou a lista com uma de suas doze canetas Montblanc.

Como ele sabia, Julia detinha o trunfo, pelo menos no momento. Gravemente ferido, David Cruise estava estendido na UTI que ela improvisara, aferrando-se à vida por um esforço de vontade, depois que seu corpo já tinha decidido entregar os pontos. Mas, assim que esse trunfo fosse usado, e os exaustores e as bombas de transfusão fossem desconectados, Julia Goodwin perderia sua autoridade. Ela e eu nos juntaríamos aos reféns no esquálido subsolo do Holiday Inn.

Nesse ponto o verdadeiro jogo do domo começaria, com Carradine e seus asseclas estabelecendo as regras. A microrrepública se tornaria uma micromonarquia, e o vasto conjunto de bens de consumo seriam os súditos reais de Carradine.

De pé na areia da prainha, fiquei contemplando a super-fície oleosa do lago enquanto o grupo de reféns se afastava pe-sadamente. Os seguranças ainda me viam como o assessor de mídia de Cruise e refreavam sua agressividade. Um andador de metal arranhava o chão de mármore, mas o grupo avançava em silêncio. Uma hora depois eles sairiam pelo alçapão de emer-gência e encarariam as câmeras de televisão. Em troca, a polícia entregaria um aparelho portátil de ar-condicionado que baixaria a temperatura da UTI improvisada.

No último momento eu me juntaria a eles, depois que Julia acrescentasse meu nome à lista. Eu queria ficar e ajudá-la nas tarefas mais duras na clínica temporária que ela improvisara no ambulatório de primeiros socorros, mas Julia estava preocupada com a infecção em meu tornozelo, que resistira aos antibióticos disponíveis nas trinta farmácias do Metro-Centre. Mais que isso, ela se preocupava com a infecção maior incubada no interior do domo, que começara a nos afetar a todos: uma passividade pro-gressiva, uma perda de disposição e de sentido temporal. O san-tuário dos bens de consumo a nossa volta parecia definir quem éramos.

Capenguei pela areia até uma cadeira de praia instalada à beira d'água. Eu me estendia ali todo início de noite, quando finalmente se extinguiam os intermináveis comentários esporti-vos na voz gravada de David Cruise, relatos acalorados de velhos jogos reprisados no sistema de som. Era quando as luzes de teto do domo lentamente se apagavam e um silêncio agradecido des-cia sobre o Metro-Centre.

Sentei na minha cadeira de lona, saquei a garrafinha de uísque e bebi o bastante para abrandar a inflamação de meu tor-nozelo inchado. O silêncio era ainda mais calmante antes que as patrulhas noturnas começassem a praguejar e marchar pesa-damente pelo domo, lanternas vasculhando as lojas e lanchonetes vazias à procura de intrusos. O crepúsculo artificial durava até o amanhecer. Durante as longas horas noturnas, as criaturas espectrais do domo, os milhares de câmeras e utensílios de cozinha e talheres de lanchonete começavam a emergir e cintilar como uma congregação de espectadores.

Estendi o braço para pegar uma lata vazia de cerveja a meus pés e a arremessei a uma cesta de lixo próxima. Num raio de um metro em torno de minha cadeira, a praia estava entulhada de garrafas e embalagens de comida vazias. A água não se movia, mas uma escuma de tocos de cigarro e sacos plásticos formava uma linha de maré. Pelo menos momentaneamente, o consumismo havia encalhado naquela praia asquerosa. Em poucas horas, assim que a polícia me interrogasse e os médicos confirmassem que eu estava livre de doenças contagiosas, eu estaria de volta ao apartamento de meu pai.

Depois de apenas cinco dias, a deterioração do domo começava a ficar visível. Na empolgação inicial da vitória, Carradine e seus seguranças descobriram que tinham se trancado dentro do shopping na companhia de quase três mil pessoas — um núcleo duro de várias centenas de torcedores esportivos e de funcionários do Metro-Centre, e um grupo mais numeroso de clientes surpreendidos pelo tumulto e espectadores que correram para o saguão de entrada fugindo dos cassetetes da polícia. Quase todos se mostraram ávidos para sair assim que a ameaça de violência foi suspensa.

Tom Carradine sentiu chegar seu momento. O simpático homem de relações públicas estava mostrando uma carapaça de aço. Sagaz, fazia graça para umas duzentas crianças no domo, desgrenhadas e famintas, apartadas de seus jogos de computador favoritos e assustadas demais para dormir nos braços de suas mães exaustas. Por volta da meia-noite do primeiro dia, quando uma brigada de assalto do exército desceu por cordas de seu helicóptero no telhado do domo, Carradine liberou uma mãe perturbada que sofrera um ataque cardíaco. Sua maca, passada pelo alçapão de emergência da porta corta-fogo da entrada sul, foi acompanhada por duas criancinhas chorosas de mãos dadas com Julia Goodwin.

A fatigada mas ainda atraente médica causou um profundo impacto nas telas de TV do país, como pude constatar em meu televisor no Holiday Inn. Julia alertou os negociadores da polícia para o fato de que novas baixas ocorreriam se eles tentassem invadir o domo, e de que muitas crianças morreriam no fogo cruzado entre os seguranças e os atiradores de elite do exército. Em seguida, de modo altruísta, entrou de novo no domo e voltou para cuidar de David Cruise, com uma promessa da polícia de que uma unidade completa de terapia intensiva seria providenciada pelo Brooklands Hospital. Não foi feita menção alguma ao fato de Carradine se recusar a liberar Cruise, que se tornara o Refém Número Um, mas não se fez nenhuma nova tentativa de invadir o Metro-Centre.

Seguros por trás de suas portas corta-fogo, com seus potentes geradores próprios e um suprimento ilimitado de comida, bebida e reféns, Carradine e os seguranças logo consolidaram sua posição. Divulgaram suas exigências: que todas as ameaças de fechamento do domo fossem suspensas, que nenhuma acusação fosse levantada contra seus defensores e que o Metro-Centre reabrisse para os negócios, com seus times esportivos e suas torcidas organizadas. O infeliz gerente-geral do shopping, flanqueado por seus intimidados chefes de departamentos, foi escoltado até o estúdio no mezanino e declarou que estava disposto a abrir as portas e retomar as atividades.

Naturalmente, o Ministério do Interior se recusou a negociar, mas àquela altura uma enorme presença de mídia rodeava o domo. Para além da estrada perimetral, onde a polícia instalou seu cordão externo de isolamento, dúzias de equipes de reportagem captavam cada movimento. Torcedores das cidades da via expressa apinhavam as ruas de Brooklands numa grande demonstração de solidariedade. Comentaristas descreviam a tomada do domo como uma insurreição populista, a luta do homem consumidor e sua esposa consumidora contra as elites metropolitanas com sua profunda aversão aos shopping centers. O pessoal dos centros comerciais estava defendendo uma Grã-Bretanha mais verdadeira, de grandes lojas de construção, feiras de mercadorias usadas e lojas de jardinagem, clubes esportivos amadores e camisetas de São Jorge.

Carradine e seus seguranças tiraram plena vantagem disso. Felizmente, a multidão aprisionada no domo logo percebeu que não havia nenhuma ameaça imediata à vida delas. Os vinte supermercados dentro do Metro-Centre estavam com seu estoque completo de frutas e verduras, carne fresca, aves, pizzas e refeições congeladas. Seus refrigeradores continham uma verdadeira geleira de sorvete. Nas prateleiras, ao alcance da mão, havia álcool suficiente para fazer o domo flutuar até o mar do Norte.

A exemplo de Tony Maxted, eu me espantava com a quase-inexistência de pilhagens. Nenhum dos cafés e restaurantes estava funcionando, mas a multidão espalhada pelo shopping nas horas que se seguiram ao fechamento do prédio se movia de modo ordenado pelos supermercados. As caixas registradoras estavam silenciosas, mas os consumidores pagavam honestamente por suas compras, depositando seu dinheiro nos baldes que os seguranças tinham colocado ao lado das caixas. Todos sabiam que o Metro-Centre estava pronto para sustentá-los. Os corredores e saguões eram seus parques e bairros, e eles os manteriam limpos e em ordem.

Depois, os seguranças nos conduziram aos hotéis e aos alojamentos de funcionários do domo, e às seções de móveis das lojas de departamentos. Passei a noite no Holiday Inn, dividindo um quarto duplo no terceiro andar com Tony Maxted. Dormimos vestidos, janelas vedadas contra os intermináveis ruídos noturnos da polícia e do exército, os fachos de luz varrendo a pele semitransparente do domo.

Maxted teve um sono inquieto, arengando comigo em seus sonhos. O quarto estava abafado, os encanamentos do banheiro roncando e gemendo cada vez que a pressão caía e câmaras de compressão interrompiam o sistema. Na manhã seguinte, quando saí para a sacada, o ar estava morno como se estivéssemos nos trópicos.

Tanto Maxted como eu dávamos por certo que o cerco terminaria naquele mesmo dia. Mas nem Carradine nem o Ministério do Interior estavam dispostos a ceder. Durante toda a manhã uma multidão desgrenhada esperou no saguão de entrada, discutindo com os seguranças que defendiam a porta corta-fogo. Outros perambulavam com suas crianças irascíveis, já enfastiadas com o quarto sorvete do dia. Sentavam-se às mesas das lanchonetes no átrio central, como passageiros abandonados por suas companhias aéreas. Eu caminhava entre eles enquanto checavam seus relógios, garantindo uns aos outros que estariam em casa dentro de uma hora.

Carradine e seus seguranças tinham outros planos. Eles concluíram que, se sobrevivessem ao período imediatamente posterior à tomada do domo, a crise passaria e o seu poder cresceria. A preocupação tanto do público em geral como do Ministério do Interior se deslocaria do futuro do Metro-Centre para a segurança dos reféns. Os técnicos e operários de Carradine estavam trabalhando duro no abastecimento de energia do Metro-Centre, assegurando o uso mais eficiente possível de suas reservas de combustível. Carradine ordenou que as fileiras de luzes de teto fossem apagadas. Muitas das lojas e estandes pareciam mergulhar numa íntima escuridão, numa metamorfose sinistra. À medida que as pessoas percorriam os corredores mal iluminados, à procura de fraldas descartáveis ou abridores de latas, a estranha penumbra dava a impressão de que um ataque aéreo era iminente. Entrando numa das grandes lojas de equipamentos, eu tateava meu caminho cercado por centenas de facas, serras e talhadeiras, suas lâminas formando uma floresta de prata na escuridão. Um mundo mais primitivo aguardava sua hora.

No final da tarde do segundo dia, todo mundo se deu conta de que tinha mais uma longa noite pela frente, e de que todos agora eram reféns. Àquela altura, quando os negociadores da polícia já perdiam a paciência e as luzes se apagavam lentamente, Carradine fez um movimento astuto. Ele estava sendo assessorado de perto por Sangster, cuja figura enorme e oscilante, com sua cara de bebê, seguia o jovem gerente por toda parte como um ambicioso empresário de boxe de um promissor peso-pena. Tony Maxted aprovava o envolvimento do professor-chefe. "Ele vai ficar de olho, manter os exaltados sob rédea curta", garantiu-me, mas eu já tinha ouvido aquilo antes. Eu sentia que Sangster via a tomada do Metro-Centre como um interessante experimento social, e que não tinha pressa em vê-lo terminar.

Quando os helicópteros do exército retomaram suas cansativas rondas sobre o domo, Carradine convocou uma reunião geral no saguão da entrada sul. Adotando uma sugestão de Sangster, ele notificou os negociadores da polícia de que libertaria quinhentos reféns em cada um dos três dias seguintes, e não pediu nada em troca.

Imediatamente a crise se atenuou. A polícia adiou qualquer tentativa de invadir o domo. Habilmente manobrada por Carradine e Sangster, ela foi forçada a esperar até que o último dos reféns passasse pela saída de emergência rumo à liberdade. Os amotinados, enquanto isso, tinham se livrado de uma grande parte de seu problema de segurança, diminuindo a sangria dos recursos do domo e elevando a esperança de novas libertações e de um final pacífico do cerco.

Às sete horas daquela noite, a primeira leva de reféns saiu do domo e deu de cara com uma chuva de flashes. Em sua maioria clientes idosos, jovens mães com seus bebês e várias dúzias de ratos de shopping adolescentes, foram todos mandados de ônibus ao Brooklands Hospital e reincorporados a suas famílias. Nós, os que ficamos, escolhemos nossas refeições nas prateleiras dos supermercados e nos recolhemos a nossos abafados quartos de hotel, suficientemente exaustos para dormir mesmo sob os helicópteros e os fachos de luz.

Enquanto tudo isso se passava, ficou esquecida a figura cuja tentativa de assassinato acendera o estopim do levante. David Cruise jazia ainda em sua unidade de terapia intensiva instalada numa sala dos fundos do ambulatório de primeiros socorros, cuidadosamente assistido por Julia Goodwin e duas enfermeiras de folga que se dispuseram a ajudá-la. Vagamente consciente e incapaz de falar, ele pairava numa indefinida zona médica de tubos, soros e exaustores, ao mesmo tempo esquecido e a pessoa mais importante no interior do domo. Julia protestou com Carradine, mas o jovem gerente se recusou a liberá-lo, argumentando que Cruise logo se restabeleceria e assumiria a liderança da revolta.

A polícia, enquanto isso, havia prendido seus pretensos agressores, dois irmãos bósnios cuja oficina de motocicletas tinha sido incendiada por uma gangue de torcedores arruaceiros de futebol. Eles entraram na delegacia de polícia de Brooklands, confessaram o crime e entregaram a arma, uma carabina de clube de tiro que eles haviam introduzido às escondidas num dos pisos de lojas acima do estúdio do mezanino. Ninguém se deu ao trabalho de indagar suas motivações, mas quaisquer que fossem estas, eles eram os suspeitos claramente adequados.

Sentado em minha cadeira de praia, terminei o uísque de minha garrafinha. Parte de mim estava bêbada, mas ao mesmo tempo eu me sentia incomodamente sóbrio, como alguém aprisionado numa montanha-russa desgovernada. Eu precisava ir até a entrada sul e me esconder entre os reféns que deviam ser libertados na próxima meia hora. Meu pé ainda estava bem infeccionado, mas mentalmente eu tinha me desconectado dele, como se o latejante ferimento fosse um parente chato que insistia em grudar em mim. Ao mesmo tempo me sentia relutante em deixar o Metro-Centre, por mais que fosse difícil encontrar uma razão para ficar. Mas será que eu precisava de uma razão...?

Recostado na cadeira, eu juntava forças para a pequena caminhada. Bem acima de mim estavam os pisos superiores do shopping center, terraços povoados de palmeiras murchas e plantas de vaso, um jardim botânico rumando para sua morte no céu. Agora que os elevadores e escadas rolantes estavam desativados, quase ninguém empreendia a longa escalada até o sétimo andar, onde o ar saturado parecia transpirar, convertendo-se numa pesada névoa.

Mas alguém estava olhando para baixo, na amurada do sétimo andar, parcialmente escondido atrás da folhagem amarela de uma grande iúca. Um homem me encarava fixamente, desinteressado da atividade que tinha lugar no térreo do domo, com os reféns olhando vitrines ou sentados nos cafés com seus jornais de uma semana atrás.

Endireitei o corpo e saí lentamente da cadeira, consciente de que era um alvo fácil ao ficar sentado sozinho em minha praia particular. Seria o intruso um atirador de elite da polícia, que entrara furtivamente no domo por dentro de um dos muitos canos de esgoto e de ventilação, munido com uma lista de notáveis a serem eliminados? O homem que me observava carregava uma pequena arma de fogo, e um cano preto emergia de sua jaqueta de couro. Diferentemente dos pelotões de atiradores de polícia, ele não usava capacete com correia sob o queixo.

Consciente de que eu o tinha percebido, ele se debruçou sobre a amurada. Pude ver seu rosto, cortante como uma lâmina de machado, e as placas incongruentes de sua testa, uma geometria de pensamentos desconexos. Uma pele pálida e subnutrida se estendia sobre os ossos pronunciados, manchada por alguma coisa além do creme de camuflagem.

"Christie...? Que diabo estamos fazendo...?"

Fiquei bem ereto, falando sozinho num murmúrio sem sentido. Inclinando a cabeça, o homem deu um passo para trás. Por alguns segundos desapareceu atrás da iúca, e em seguida reapareceu com uma das mãos erguida sobre o ombro.

"Christie...!" Minha voz deu a impressão de golpear a água que se estendia languidamente na praia. "Desça aqui, homem... Você é um alvo...!"

Enquanto eu tropeçava na cadeira, derrubando-a na areia, o homem arremessou alguma coisa em minha direção. Perdi o objeto de vista em sua descida pelo ar nebuloso, mas ele aterrissou a três metros de mim, uma pelota de bronze que cintilava na areia suja.

Tentei me recompor, e senti as mãos fortes de um segurança agarrando meus braços.

"Senhor Pearson?" Um dos brutamontes destacados para ficar de olho em mim estava sentado no bar do terraço quando ouviu meu grito. "O senhor se feriu?"

"Ele não me acertou. Está lá em cima."

"Não ouvi som de tiro. Vamos para dentro."

"Para dentro? Já estamos dentro. Não estamos?" Eu ruminava sobre isso enquanto ele me conduzia à escada do terraço. Eu perdera a chance de me juntar aos reféns libertados na entrada sul, mas precisava ver o objeto jogado na praia.

Momentos antes de o segurança meter os pés pesados na areia da praia eu consegui clarear a visão e reconheci o mesmo cartucho que Duncan Christie pressionara na palma de minha mão diante do Metro-Centre.

34. O trabalho liberta

Muito pouca coisa havia mudado, eu dizia para mim mesmo, mas nada era como antes. No final da segunda semana ainda estávamos convencidos de que logo seríamos libertados do Metro-Centre. Naquela manhã os reféns remanescentes emergiram de seus hotéis, desgrenhados e com cara de sono, dando a impressão de que seus sonhos os haviam atacado. Escolheram um arremedo de café-da-manhã nas prateleiras do supermercado mais próximo, lavaram-se num litro de água Perrier e então se reuniram no saguão da entrada sul, prontos a assumir seus papéis numa eterna greve de carregadores de bagagem.

Àquela altura cerca de dois mil reféns haviam sido libertados, mas os que permaneciam estavam conscientes de que seu valor para Tom Carradine e seus amotinados subira drasticamente. Uma dúzia, quando muito, era liberada a cada dia, e Julia Goodwin já não se dava ao trabalho de apresentar pessoalmente sua lista. Já havia perdido as esperanças com relação a mim, e abanava a cabeça cansadamente toda vez que eu aparecia para perguntar pela saúde de David Cruise. Pergunte sobre sua própria saúde, parecia dizer seu olhar fatigado e punitivo.

Para desencargo de consciência, manquitolei até a entrada sul e me juntei aos reféns que se postavam pacientemente em fila. Cansado de esperar, um grupo de pais e mães com crianças maiores tentava forçar passagem entre os seguranças que guardavam a porta corta-fogo. Encorajados pelos outros, eles chutaram para o lado as barreiras de segurança e exigiam ser libertados.

A reação foi imediata e violenta. Os seguranças sacaram seus cassetetes, e os pais e mães foram empurrados de volta com uma exibição de força que silenciou todo mundo no saguão de entrada e deixou dois dos maridos com a cabeça sangrando. Atrás de seu biombo de capangas, Sangster assistia a tudo isso com um sorriso resignado e compreensivo.

Eu queria falar com o professor-chefe, mas me sentia pouco à vontade com ele. Ele começara a balançar de um lado para outro como um quarto urso do átrio, obedecendo ao ritmo da música dentro de sua cabeça. Seu papel era ambíguo demais para dar algum alívio, e ele havia passado de refém a líder supremo sem sequer tirar o casaco.

Depois da reação brutal dos seguranças tudo mundo fitou em silêncio o chão onde as escaramuças tinham acontecido. Marcas de sangue cobriam o assoalho, e Sangster deu um passo à frente e começou a perscrutá-las de um modo estranhamente obsessivo, como um antropólogo examinando as pegadas de uma tribo primitiva. Saindo de seu devaneio, ele passou por uma porta de serviço e reapareceu com um carrinho de limpeza e um balde. Observado pela multidão, esfregou as marcas pisadas, espremeu no balde o esfregão manchado de sangue e repetiu a operação até o mármore ficar de novo reluzente. Os reféns fitavam a cena mergulhados em sua reflexão, mas permaneciam em silêncio.

Eu não disse nada a Sangster ou a Tony Maxted sobre o fato de ter visto Duncan Christie. Decidi manter segredo. O cartucho atirado na praia, como o que ele colocara em minha mão, era seu modo de me lembrar que o Metro-Centre tinha matado meu pai, e que os autores de sua morte estavam agora comigo dentro do domo. Eu seguia olhando para as galerias mais altas, mas Christie desaparecera na névoa que separava o sétimo andar do céu.

Rumores circulavam pelo Metro-Centre, fantasias que se dissipavam ao longo do dia. Dormitei durante uma hora atrás do balcão de informações e quando acordei os reféns discutiam a notícia de que David Cruise tinha começado a reviver na unidade de terapia intensiva. Removera a máscara de oxigênio e falara com várias testemunhas sobre sua determinação de defender o Metro-Centre e voltar a seu lugar de direito na comunidade da M25.

Descartei isso como uma fantasia quase histérica, mas Tom Carradine chegou e confirmou a boa notícia com seu megafone. Parecia confiante e carismático em seu uniforme recém-passado, mas quase lúcido demais para convencer, falando com uma fluência anfetamínica, os olhos brilhantes que não piscavam enquanto ele vistoriava os exaustos reféns. Não obstante, ele anunciou que celebraria a boa notícia libertando mais cinqüenta reféns. Sua decisão foi transmitida aos negociadores da polícia a postos diante da porta corta-fogo e dominou os boletins televisivos da hora do almoço.

Todos se perfilaram para a seleção, tentando aparentar o pior estado possível enquanto Carradine e Sangster passavam por eles. Pais e mães faziam tudo para irritar seus já irascíveis adolescentes, esposas incitavam seus maridos de meia-idade a resmungar e babar. A maioria de nós estava exausta demais para fingir exaustão, mas Sangster apontou para uma viúva aflita que tinha sido machucada pelos cassetetes de polícia e mostrava os efeitos de uma leve concussão.

Os reféns aceitavam seu destino, mas um grupo de paquistaneses abastados estava convencido de que tinha sido ignorado deliberadamente. Eles cercaram Carradine num acesso de indignação, gritando e empurrando-o pelos ombros. Sangster imediatamente acenou para os seguranças, que afastaram à força o grupo gesticulante e chutaram seus pacotes para longe. Sob um coro de gracejos, jogaram para o alto as caras roupas de baixo de seda e em seguida as pisaram brutalmente. O advogado idoso que era o patriarca da família teve um rompante de fúria, gritando impropérios para Carradine e cuspindo sem querer em sua camisa. Cassetetes estavam sendo sacados quando me afastei da horrenda cena.

Avesso à violência, manquitolei de volta até o ambulatório de primeiros socorros, na esperança de ver Julia Goodwin. Os seguranças que protegiam David Cruise já tinham me visto o suficiente naquele dia e me afastaram dali, de modo que sentei no tablado sob os ursos. Passada meia hora ouvi o estrondo da porta de emergência sendo fechada depois que os últimos felizardos atravessaram trêmulos para a liberdade.

Restavam agora cerca de trezentos reféns, e um número equivalente de amotinados. Estes consistiam de um núcleo duro de torcedores que haviam abandonado tudo, suas casas e famílias, seus empregos, automóveis, garagens e edículas, para defender o Metro-Centre.

A despeito de seus esforços, as condições no domo estavam se deteriorando sem parar. Sem as poderosas unidades de ar-condicionado, a temperatura dentro do shopping continuava a subir. O assoalho dos supermercados estava grudento do sorvete derretido que vazava de suas geladeiras, e um cheiro horrível saía das câmaras frigoríficas desativadas. A pressão da água era baixa demais para encher as caixas dos banheiros, e um fedor de pátio de fazenda cercava o Ramada Inn, onde o diretor e os altos funcionários do domo eram mantidos prisioneiros. O Metro-Centre, em outros tempos banhado por um ar fresco e perfumado, estava se tornando um gigantesco chiqueiro.

Às duas horas daquela tarde, quando os reféns perambulavam em busca de almoço, encontraram todos os supermercados fechados. Eles espiavam portas adentro, chacoalhando as correntes e cadeados, até que o sistema de som ordenou que se reunissem no átrio central. Carradine apareceu trinta minutos depois, descendo as escadas do mezanino, e nos informou que o almoço estava suspenso até que limpássemos os supermercados e os restituíssemos a seu imaculado estado prévio. Conclamou todos a se lembrar de seu orgulho pelo Metro-Centre e pagar a dívida que tinham com o shopping center que transformara a vida deles. Os reféns seriam divididos em dez grupos de trabalho e cada um destes seria designado para um supermercado.

Carradine contemplou triunfalmente os rostos taciturnos e ouviu Sangster sussurrar alguma coisa em seu ouvido. Anunciou então que os grupos de trabalho participariam de uma competição. A equipe que fizesse o melhor trabalho de faxina e descarte do lixo durante os sete dias seguintes teria permissão para deixar o domo.

Enquanto os reféns se dispersavam, fazendo fila para apanhar seus baldes e esfregões, alcancei Sangster, que ainda sorria ardilosamente consigo mesmo.

"Richard? Ótimo..." Pousou um braço enorme sobre meus ombros. "Uma idéia danada de esperta, você não acha?"

"'O trabalho liberta'?"

"Quem disse isso? É a pura verdade. Ele mantém vivo o instinto esportivo e dá uma motivação para viver. Ao mesmo tempo exaure os elementos mais fortes e determinados."

"Aqueles que poderiam causar problemas?"

"Não podemos perder. Um refém doente é muito mais valioso do que um robusto. E menos perigoso. Não se preocupe, vou providenciar para que você seja dispensado das tarefas de limpeza."

"Fico muito agradecido. É bom ter um amigo nas altas posições. A bem da verdade, mal consigo andar."

"Seu pé?" Sangster franziu as sobrancelhas de desgosto diante da visão de minha bandagem ensangüentada. "Podemos arranjar um trabalho sedentário para você. Lavar escovões, por exemplo? É psicossomático?"

"Não tinha pensado nisso. Vou perguntar a Tony Maxted."

"É o que eu faria." Sangster me encarou com expressão séria, em seguida abriu um sorriso jovial. "Você quer ficar aqui, Richard. Sabe disso."

"Não concordo."

"Claro que quer. Este lugar é o seu... Éden espiritual. É tudo o que você tem para acreditar."

"Jamais. Diga-me uma coisa: o cerco, quando vai terminar?"

"Vamos esperar para ver." Sangster parecia quase alegre com a perspectiva remota. "É isso que é tão interessante. Não se trata do Metro-Centre: trata-se da Inglaterra de hoje. Agora, volte para seu quarto e descanse. Você é valioso demais para ficar doente. Quando David Cruise despertar, você estará lá para animá-lo."

"Ele vai despertar?"

Sangster se virou para acenar. "É bom que desperte..."

Fiquei olhando os reféns se arrastarem para seus locais de trabalho, com todo o entusiasmo de pacientes obrigados a limpar seu próprio hospital. A disciplina reinava, e um espírito mais marcial prevalecia. Caixas de papelão de pizzas extintas, cardumes de peixes podres e milhares de caixas de leite vencido foram varridos das prateleiras e levados de carrinho para os contêineres de entulho no subsolo. Carradine e Sangster introduziram um rígido sistema de racionamento, e aguardamos em fila nossas modestas refeições de carne enlatada, sardinhas e feijão cozido.

Prosseguiam as negociações com a polícia, que ficava cada vez mais impaciente à medida que a soltura de reféns se tornava mais lenta, mas a ausência de violência a fazia esperar sua hora. Um ataque em grande escala resultaria num grande número de reféns mortos, e o Metro-Centre era o paraíso de um franco-atirador. Além disso, batalhas campais causariam estragos nas mercadorias desprotegidas, que valiam milhões de libras.

Uns poucos reféns, os últimos entre os doentes e idosos, foram libertados. No rádio portátil que Maxted me deu numa tentativa de melhorar meu estado de ânimo, ouvi um relato de seu interrogatório. Todos os reféns libertados foram cuidadosamente revistados à procura de jóias, relógios e câmeras furtados, mas desde o início do cerco nada disso foi encontrado. Ninguém enfiara sorrateiramente no bolso nem sequer uma caneta-tinteiro ou uma correntinha de ouro. Os psicólogos consultados estavam perplexos com isso, mas uma explicação plausível me ocorreu dias depois enquanto eu perambulava por uma grande loja de móveis perto do Holiday Inn.

Procurando vagamente um colchão mais confortável do que meu leito encharcado de suor no hotel, parei na entrada da loja enquanto as luzes de emergência brilhavam no chão recém-encerado. Uma equipe de trabalho lustrara o chão do térreo e o cheiro penetrante de cera pairava no ar abafado, deixando-me quase atordoado. Ao varrer aqueles templos do consumo, ao esfregá-los e lustrá-los, deixávamos claro que estávamos dispostos a servir àqueles altares não consagrados. Cada loja, cada negócio no Metro-Centre era uma casa de totens. Aceitamos a disciplina que aqueles utensílios e apetrechos de banheiro impunham. Queríamos ser como aqueles bens de consumo duráveis, e eles por sua vez queriam que os emulássemos. Em muitos sentidos, queríamos *ser* eles.

A água batia em ondas em meus pés, uma corrente refrescante que extinguia a febre de meus ossos. Meio adormecido em minha cadeira de praia junto ao lago, eu ouvia as ondinhas lambendo a areia. Em algum lugar estava o murmúrio ritmado de águas profundas, as mesmas marés que meu pai navegara ao dar a volta no globo.

As pernas da cadeira afundaram na areia molhada, inclinando-me para a frente. Baixei os olhos e vi a água rodeando meus tornozelos. O lago ganhara vida, sua superfície ondulando em direção à margem.

Alguém havia ligado a máquina de ondas. Fiquei de pé quando uma água escura passou entre minhas pernas, coberta por uma película de óleo lubrificante. Dois técnicos estavam diante do Holiday Inn, trabalhando na caixa de luz que controlava as fileiras de luzes do teto e do terraço. Faixas de luz neon incandesciam e minguavam à medida que o gerador de emergência produzia sua errática corrente. Mexendo nos fusíveis, os técnicos tinham ligado a máquina de ondas. Despertada em sua caverna aquática, a máquina chacoalhou e se agitou, movendo as águas profundas através do lago.

Recuei para a areia seca, enquanto as ondas lavavam as latas de cerveja e pacotes de cigarro soçobrados, retrocedendo quando o refluxo da maré as sugava para as profundezas. Uma onda mais forte surgiu, empurrando uma carga gordurenta de revistas flutuantes e uma balsa encharcada que presumi ser uma almofada naufragada de um banco de restaurante, aprisionada durante semanas sob as hélices da máquina de ondas.

O grumoso objeto, cruelmente amarrado com cordas e fita de vedação, flutuava em minha direção, e num último suspiro se chocou contra minha cadeira. Quando me adiantei um passo, prestes a chutá-lo de volta para a água, a maré vazante o virou de lado. Uma figura com traços humanos jazia enfaixada dentro de um pequeno tapete, talvez uma peça de estatuária de teca que um dos reféns tentara esconder antes de deixar o Metro-Centre.

Uma onda cobriu a figura, dissipando a camada de óleo e sujeira. Olhos com pupilas intactas me encararam, e reconheci o deslustrado rosto do advogado paquistanês que eu vira discutir com Carradine.

Atrás de mim, os técnicos desligaram a corrente. Uma última onda rolou pela praia, sua espuma assobiando entre as latas de cerveja. Com um leve suspiro, o contrafluxo recolheu o corpo e o sugou para o chão escuro do lago.

35. Normalidade

David Cruise estava morrendo em meio a elefantes e cangurus empalhados, rodeado por alegres brinquedos de plástico e papel de parede, à vista do estúdio de televisão que o havia criado.

O ambulatório de primeiros socorros do Metro-Centre, agora hospedando uma unidade de terapia intensiva, ocupava um conjunto de salas abaixo do mezanino, geralmente visitada por crianças pequenas que tinham arranhado o joelho e aposentados com sangramento do nariz. No momento, os brinquedos estavam encurralados num chiqueirinho, e a sala de recepção, antes ocupada por uma bondosa freira, estava cheia de camas expropriadas de uma loja próxima. Seis pacientes se estendiam em colchões de luxo, travesseiros não lavados apoiados em cabeceiras acolchoadas de alcova. Quase todos eram reféns idosos incapazes de se ajustar ao regime ditatorial de Carradine.

Tony Maxted estava agachado ao lado de uma mulher de cabelos brancos, tentando arrancar uma dentadura avariada. Acenou para mim e indicou a sala de terapia. Não parecia surpreso por me ver, embora a cada manhã ele me incitasse a obter o máximo possível de meus contatos com Sangster para me juntar aos poucos reféns que ainda deixavam o domo.

Julia Goodwin, no entanto, pareceu surpresa quando entrei na sala de terapia. Pálida e abatida, com o pescoço avermelhado por uma persistente alergia, estava quase dormindo em pé, tentando romper o lacre de um pacote de curativos enquanto lutava com um cabelo rebelde que lhe cobria os olhos. Como sempre, fiquei contente ao vê-la, e tive a estranha sensação de que enquanto estivesse com ela, esvaziando os cestos de lixo e providenciando pacotes de chá de ervas, ela estaria bem. Uma idéia absurda, que me fazia lembrar de minhas viagens de carro com minha mãe, na infância, quando eu me esticava para a frente para examinar a estrada enquanto ela brigava consigo mesma por causa dos semáforos.

"Richard? O que aconteceu?"

"Nada." Tentei lhe oferecer um sorriso imediato. "Nada acontece há dias. Poderíamos ficar aqui para sempre."

"Você, supostamente, deveria ir embora. O que está fazendo aqui?"

"Julia... vou fazer um chá." Tirei da camisa um pacote de chá indiano do café-da-manhã. "Procurei isto durante dias. É folha, note bem, não chá de saquinho..."

"Maravilha. Isso vai conter a sangria para sempre." Ela segurou meus ombros, olhos amarelados sob o cabelo despenteado. "Você não deveria estar aqui. Vou falar com Carradine."

"Não. Fiquei retido no hotel." Decidi não alarmá-la com a história do advogado morto. "Houve um problema de segurança — alguém achou que tinha visto Duncan Christie."

"De novo não. As pessoas o estão vendo o tempo todo. Deve ser algum tipo de presságio, como discos voadores." Tomou minhas mãos e virou minhas palmas anêmicas para a luz. "Você precisa sair daqui, Richard. Se houver uma soltura amanhã..."

"Eu vou. Eu vou. Quero sair."

"Quer mesmo? Talvez. Vamos dar uma olhada nesse pé."

Julia refez o curativo de meu pé, usando uma faixa nova de gaze, parte de uma remessa fornecida, a contragosto, pela polícia. Estávamos sentados na farmácia anexa à sala de terapia, e nossas cadeiras estavam próximas o bastante para que eu a abraçasse. Seus dedos se atrapalharam com o laço do curativo, e eu tomei a iniciativa quando ela deu a impressão de perder o interesse. Sua mente estava em outro lugar, numa das altas galerias mais próximas do sol, e não naquela clínica abafada com seu errático ar-condicionado.

"Ótimo..." Dei um tapinha no curativo com suas laçadas malfeitas. "Isso vai me manter em ação."

"Sinto muito." Ela se apoiou brevemente em meu ombro e então me olhou com um leve sorriso. Estava esperando que eu tirasse um "presente" de meus bolsos, quem sabe uma cartela de antibióticos furtada de uma farmácia. "Foi uma noite dos infernos. Não parei de ouvir helicópteros. Amanhã, vá direto para o saguão de entrada — você estará na lista."

"Estarei lá. Não se preocupe."

"Eu não me preocupo. Está faltando tudo aqui. Bem que podíamos fechar também a barraquinha."

"Por quê? As farmácias daqui têm drogas suficientes para atender a um hospital."

"Você não soube? Tudo tem de ficar como era. Não temos permissão de tocar em nada."

"Nem mesmo para emergências? Não entendo."

"Meu querido..." Julia colocou suas mãos extenuadas em torno das minhas, uma vez na vida feliz com o calor do contato físico. "Não existem mais emergências. Para Carradine e seu pessoal está tudo normal. Ele e Sangster fizeram sua ronda esta manhã e decidiram que todos os pacientes estavam melhorando. Até mesmo o velho aposentado que morreu durante a noite."

"E David Cruise?"

"Está resistindo..." Evitou meus olhos e ficou ouvindo o leve arfar do exaustor da despensa esvaziada e convertida na UTI de Cruise. "Preciso dar uma olhada. Toda hora me esqueço dele."

Entrei atrás dela na despensa, onde Cruise jazia em sua tenda de oxigênio improvisada. Como sempre, a visão dele estendido inerte naquele cipoal de fios e tubos me deixou profundamente incomodado. A figura ágil e atlética, com seu encanto palpável, desaparecera, como se os monitores e manômetros estivessem bombeando continuamente sua vida para fora do corpo, transferindo seu sangue e sua linfa para aquelas máquinas vorazes.

Só o cabelo dele sobrevivia, uma juba loura se estendendo sobre o travesseiro encharcado de muco. Fiquei em pé ao lado de Julia enquanto ela ajustava o exaustor, de quando em quando mexendo no cabelo como se fosse o pêlo de um gato adormecido. A cabeça de Cruise tinha encolhido, as bochechas e o queixo dobrando-se sobre si mesmos, como se seu rosto fosse um set de filmagem sendo desmontado de dentro. Um saco plástico de transfusão pendia de seu suporte e pingava soro num tubo descartável, mas o apresentador de televisão parecia tão vazio de vida que eu me perguntava se Julia não estaria tentando ressuscitar um defunto.

"Richard? Ele não vai reconhecer você." Ela me levou de volta à sala de terapia. "Agora, vamos encontrar alguma coisa para você fazer."

"Julia..." Coloquei o braço em torno de seus ombros, tentando ampará-la. "Como está Cruise?"

"Nada bem." Baixou a voz até torná-la um sussurro. "Tenho de levá-lo para o hospital, mas Carradine não o deixa sair. Sangster diz que ele estará de pé num par de dias."

"Quanto tempo ele pode resistir?"

"Não muito. Vamos ter de usar baterias de automóveis para manter o exaustor funcionando."

"Quanto tempo? Um dia? Dois?"

"Por aí." Seus olhos ficaram sombrios. "Se ele morresse..."

"Faria diferença?"

"Eles acreditam nele. Se alguma coisa acontecesse..." Riu consigo mesma, um cacarejo desesperado. "É uma pena que não possam vê-lo agora, todas essas pessoas que marcharam e bateram o pé."

"Julia, espere aí."

"Você o corrompeu, você sabe." Falava num tom casual. "No entanto, é uma espécie de vingança."

"Por quê? Por ter perdido meu emprego?"

"Seu emprego? Seu pai morreu, santo Deus. Esta é a indenização pela morte dele. De certo modo, estou contente por você."

"Por quê?" Tomei seu braço, tentando prender-lhe a atenção antes que sua mente pudesse se dispersar. "David Cruise não teve nada a ver com a morte de meu pai."

"Cruise? Não. Mas..."

"Outros tiveram? Quem? Foi por isso que você foi ao funeral?"

Seu olhar, antes tão atencioso e preocupado, resvalava para as fronteiras da fadiga. Mas suas mãos tocavam meu peito, buscando refúgio. A tentativa de assassinato de David Cruise a livrara da culpa que eu percebera desde nosso primeiro encontro, uma raiva de si mesma que sempre se interpusera entre nós.

"Julia? Quem...?"

"Quieto!" Ela alisou o cabelo. "Os vigias estão aqui. Estão começando sua ronda."

Três seguranças vestindo camisetas de São Jorge tinham entrado no ambulatório e caminhavam com passo firme por suas dependências. Ignorando Tony Maxted, passaram a ler os registros clínicos afixados nos pés das camas. Com pesada seriedade, debruçavam-se sobre os pacientes e tentavam tomar seu pulso.

Fiz menção de protestar, mas Maxted segurou meu braço e me empurrou porta afora.

"Certo. Podemos tomar um pouco de ar." Estava amarrotado, mas impassível. "Eles sabem que sou psiquiatra — não propriamente a profissão mais popular no Metro-Centre. Não sei por quê..."

Sentamos no tablado sob os ursos no centro do átrio, cercados por jarras de mel e desbotadas mensagens de melhoras. Tentando aliviar o tornozelo, tirei meu sapato e fiquei de pé. Queria permanecer com Julia e estava contrariado por ter sido arrastado para fora do ambulatório. Mas Maxted me puxou fracamente contra a volumosa pata do bebê urso.

"Maxted... Julia está segura?"

"Mais ou menos. Estupro não é um risco... ainda, digo com satisfação. O Metro-Centre é mais importante do que sexo."

"O que estamos fazendo aqui?"

"Mantendo você fora do caminho do mal. Os ursos são um totem tribal — é bom você ficar seguro por um momento."

"Eu estou em perigo? Não sabia."

"Ora, vamos..." Maxted me examinou com expressão cansada, reparando no suor endurecido em meu paletó, em minhas mãos machucadas de tanto abrir latas de carne em conserva, na aparência de mendigo que em outros tempos teria me impedido de entrar no Metro-Centre. Em contraste, Maxted estava sempre vestido de camisa e gravata e mantinha seu ar profissional sob o surrado jaleco de laboratório. "Enquanto Cruise resistir, estará tudo bem com você. Assim que ele partir, as portas do inferno se abrirão."

"Pensei que já estivessem abertas."

"Ainda não. Olhe este cerco — o que você notou de estranho?"

"Nenhum saque."

"Exato. Nem um diamantezinho surrupiado, nem sequer um Rolex enfiado no bolso. Olhe em volta. Não são bens de consumo — são deuses domésticos. Estamos na fase da devoção, durante a qual todo mundo acredita e se comporta."

"E se Cruise morrer?"

"Quando, não *se*. Entraremos numa zona muito mais primitiva e perigosa. O consumismo é erigido com base na regressão. A qualquer momento a coisa toda pode balançar. É por isso que ainda estou aqui: preciso ver o que vai acontecer."

"Não vai acontecer nada." Tentei afastar a pata bisbilhoteira do bebê urso. "O cerco vai terminar a qualquer hora agora. Está tudo mundo entediado. Poderia terminar esta tarde."

"Não vai terminar. Carradine não quer que termine. Sua mente tem estado sob cerco o tempo todo desde que ele chegou ao Metro-Centre. Sangster também não quer que termine. Todos esses anos aprisionado naquela escola terrível, ensinando aqueles garotos a ser uma nova espécie de selvagens."

"E o Ministério do Interior?"

"Não querem que termine, embora estejam sendo sutis a respeito. Isto aqui é um imenso laboratório social, e eles estão assistindo de camarote à experiência esquentar. O consumismo está saindo dos trilhos, tentando sofrer uma mutação. Tentou-se o fascismo, mas nem ele é primitivo o bastante. A única coisa que resta é a loucura absoluta..."

Maxted se calou quando um batalhão de uns cinqüenta reféns entrou pesadamente no átrio, tendo à frente um segurança com uma carabina. Carregavam baldes e esfregões, vassouras e tubos de lustra-móveis, equipamento suficiente para limpar e polir o mundo. Surpreendentemente, estavam bem-dispostos, como que determinados a ser o melhor batalhão de limpeza do domo.

Juntos se alinharam embaixo do terraço do mezanino, esperando Carradine e Sangster descerem as escadas onde meu pai encontrou seu fim. Um ajudante trazia uma pilha de camisetas de São Jorge, impecavelmente passadas e novas.

"O que está havendo?", perguntei a Maxted. "Não me diga que Carradine vai reclamar da roupa malpassada. O cerco deve ter acabado."

"Linda idéia. Mas acho que não..."

Carradine falou brevemente ao batalhão de limpeza. Sangster espreitava às suas costas, os olhos vasculhando os terraços superiores. O segurança fez um sinal para sua turma, e uma dúzia de membros do batalhão baixou as vassouras e baldes e deu uns passos adiante. Carradine passou ao longo da fileira, apertando suas mãos e dando a cada um uma camiseta de São Jorge.

"Maxted — é algum tipo de jogo doentio..."

"Não. É exatamente o que você está vendo. Carradine os está sagrando. Não são mais reféns, estão aderindo à rebelião."

"Aderindo...?"

Sem pensar, fiquei de pé, amparando-me no ombro de Maxted. Vi os doze ex-reféns vestirem solenemente suas camisetas e em seguida se afastarem num grupo informal, trocando gracejos com Sangster. Estavam à vontade consigo mesmos e com o vasto edifício, com a profunda luz rósea que iluminava as entradas das lojas e cafés em torno do átrio. Eram imigrantes num novo país, porém já naturalizados, cidadãos do shopping center, o eleitorado livre das caixas registradoras e do cartão-fidelidade.

"Richard..."

Maxted falou em tom de alerta, mas eu estava assistindo à cerimônia. No último momento, um décimo terceiro voluntário, uma moça robusta de jeans e jaqueta de couro de motoqueira, deu um passo à frente para se alistar. Resolvidas todas as dúvidas, ela caminhou até Carradine, chamou elegantemente sua atenção e reivindicou uma camiseta de São Jorge.

Segurando meu sapato numa das mãos, comecei a avançar mancando, então senti Maxted segurar meu braço.

"Richard, vamos sentar e pensar..."

Conduziu-me de volta aos ursos. Carradine e Sangster se afastaram, e o segurança manobrou seu desfalcado pelotão de reféns, encarregando-os de um supermercado próximo ao átrio.

Maxted tomou de minha mão o sapato endurecido de sangue. Com um sorriso um tanto amarelo, bateu-o contra sua mão livre.

"Richard, o que você estava fazendo? Tem alguma idéia?"

"Não muita." Ergui os olhos para seu rosto quase bondoso. "Eu não estava pensando."

"Foi isso o que eu quis dizer. Agora, volte para o hotel. Vejo você depois, e a gente procura alguma coisa para comer."

"Mas, e Julia...?"

"Vou cuidar para que ela fique bem." Devolveu meu sapato. "Meu caro, você ia se juntar a eles. O Metro-Centre finalmente pegou você..."

36. Santuários e altares

Os primeiros santuários tinham começado a aparecer, altares laterais para os compradores que passavam, locais de pausa e reflexão para aqueles que faziam jornadas intermináveis no interior do universo do domo.

Ao amanhecer, quando o último fogo da artilharia tinha cessado, saí para a sacada de meu quarto no Holiday Inn. Ninguém dentro do domo havia dormido durante a noite, e uma tênue névoa cobria os corredores do shopping, uma neblina obscura de insônia que assombrava as galerias e os calçadões de pedestres, em alguns lugares densa o bastante para esconder um atirador do exército.

Concluí que os destacamentos policiais haviam se retirado, e que o verdadeiro perigo, como sempre, vinha das próprias fileiras, da milícia sem treinamento de Carradine. Depois de trinta segundos na sacada, inalando o ar viciado que prometia mais um dia tropical, enxuguei o suor do rosto na cortina rendada e fui para o banheiro.

Duas garrafas de Perrier eram tudo o que restava de meu estoque. Em pé no boxe do chuveiro, bebi uma delas e derramei a outra sobre mim mesmo, sentindo a corrente vívida, gaseificada, trazer minha pele à vida.

Como de costume, evitei o espelho da pia, onde eu me avistaria com a figura de mendigo que compartilhava o quarto comigo. Sempre que eu o via, barbado e alarmantemente calmo, ele se movia em minha direção como um pedinte astuto que detectava uma boa chance. Então se afastava de mim, repelido pelo cheiro de meu corpo e pelo fedor ainda mais rançoso de obsessões profundas e perigosas.

Ainda desempenhando nominalmente meu papel de assessor de David Cruise, fui deixado em paz por Carradine e seus seguranças enquanto eles mobilizavam seus trezentos apoiadores, mantinham sob estrita vigilância os poucos reféns remanescentes e defendiam o Metro-Centre contra a força armada de um governo. Enquanto isso eu fazia o possível para cuidar de Julia Goodwin, revirando os supermercados abandonados e trazendo-lhe comida e bebida suficientes para alimentar seus quatro pacientes e ela própria.

Eu sempre esperava até que ela se obrigasse a dar uma chance às latas de salsichas, leite condensado e patê de fígado, recompensando-me com um valente sorriso. Já fazia tempo que suas duas enfermeiras voluntárias tinham abandonado o domo e retornado para seus maridos e filhos, mas Julia ainda estava determinada a ficar até o fim. Eu sentia que ao cuidar de David Cruise, mantendo-o para sempre no limiar da morte, ela estava empreendendo uma penitência similar à cama compartilhada para a qual ela me arrastara no apartamento de meu pai.

Estávamos agora no segundo mês do cerco ao Metro-Centre, e o tempo começara a se dilatar de modos inesperados. Dias de suarento tédio se fundiam uns com os outros, interrompidos pela interminável busca por comida e água quando os intendentes de Carradine abriam outro supermercado por algumas horas.

Então tudo mudava abruptamente, já que Carradine libertava quatro ou cinco dos reféns mais extenuados. Em troca, as torneiras dos banheiros tinham água por meia hora, tempo suficiente para encher as banheiras e caixas de descarga e prevenir o risco de uma epidemia de febre tifóide.

Mas a paciência da polícia e do Ministério do Interior se esgotara. Como seria de prever, sua disposição em levar a coisa até o fim, na esperança de que os amotinados perdessem o ânimo ou brigassem entre si, parecia oscilar de acordo com o interesse público no cerco. As equipes de televisão em torno do domo foram se retirando ao longo das semanas, e um subministro do Interior cometeu um erro feio ao descrever a tomada do Metro-Centre como parte de uma disputa industrial, um protesto por parte de funcionários descontentes. Quando o cerco caiu fora dos principais telejornais e se exilou nos programas de debates de fim de noite na BBC2, eu soube que haveria uma demonstração de força.

Às três horas daquela madrugada, deitado no sofá ao lado da janela, tentando respirar o ar úmido, de microonda, ouvi helicópteros sobrevoando o domo. Fachos de luz cruzavam o ar e alto-falantes bradavam. Granadas de intimidação explodiam contra as chapas de metal bem acima do átrio, despejando uma chuva de escombros sobre os infelizes ursos. Uma poderosa explosão abriu um buraco na cúpula acima do pórtico da entrada norte. Um destacamento conjunto do exército e da polícia entrou no shopping e rapidamente dominou o pequeno grupo de rebeldes que defendia a entrada. Incapazes de levantar a porta corta-fogo, os destacamentos se voltaram para seu alvo primordial, os oitenta reféns remanescentes, mantidos no salão de banquetes do Ramada Inn.

Acontece que dois dias antes Sangster havia transferido os reféns de seus esquálidos aposentos no Ramada Inn para o vazio Novotel. Quando os destacamentos irromperam sem resistência em seu alvo original, viram-se tropeçando no escuro em cestos de lixos e baldes de dejetos. Com isso, Carradine e suas unidades armadas de defesa tiveram tempo de cercar o Ramada Inn.

Seguiu-se um tiroteio feroz, que a polícia e o exército tinham tudo para vencer. Tragicamente, um grupo de reféns do Novotel cometeu o erro de subjugar seus guardas. Eles saíram do hotel e atravessaram correndo o átrio central em direção a seus libertadores.

Como medida de propaganda, e para enganar as câmeras de espionagem da polícia, que certamente estariam vigiando cada movimento deles, Sangster dera aos reféns novas roupas, vestindo-os com camisetas de São Jorge. Os destacamentos, supondo que estavam diante de um ataque suicida de rebeldes hostis, abriram fogo à queima-roupa. Cinco dos reféns, incluindo o gerente-geral do Metro-Centre e dois de seus chefes de departamento, foram mortos na hora. Os destacamentos bateram em retirada, os helicópteros cessaram suas patrulhas e os alto-falantes da polícia caíram num silêncio de enorme constrangimento.

Mas uma fase ainda mais estranha do cerco do Metro-Centre estava prestes a começar.

Às oito horas, quando não havia sinal de atividade da polícia nem do exército, deixei o Holiday Inn e tomei meu caminho rumo ao ambulatório de primeiros socorros. Queria ter certeza de que Julia estava ilesa e ajudá-la com os eventuais feridos trazidos durante o ataque noturno. Mancando, apoiado no *shooting stick** que eu surrupiara da melhor loja de artigos esportivos do domo, tomei uma rota circular que evitava o átrio central.

---

* *Shooting stick*: bastão que tem numa das extremidades um assento dobrável, de pano ou couro, e na outra, geralmente, uma ponta penetrante. Usado normalmente por espectadores de grandes eventos ao ar livre. (N. T.)

A uns cem metros do Holiday Inn, eu me vi numa ala de lojas especializadas em artigos elétricos. Estavam todas destrancadas, já que nenhum dos apoiadores de Carradine pensaria em roubá-las. A escuridão convertia o interior de cada uma delas numa rua de cavernas repletas de tesouros. Parei para contemplar aquelas grutas mágicas, consciente de que estava rodeado por todos os brinquedos que tanto desejara quando criança, e de que poderia pegar o que quisesse.

Nas proximidades havia uma loja com uma pirâmide ainda intacta de amostras de aparelhos junto à entrada. Um trio de fornos de microondas suportava colunas de CPUs de computadores, encimadas por uma tela de televisão de plasma, o conjunto todo decorado com uma dúzia de câmeras digitais, suas lentes cintilando na penumbra, como uma árvore de Natal. A estrutura havia sido graciosamente concebida para parecer um altar. Buquês de flores artificiais repousavam em sua base, e um círculo de velas rodeava uma fotografia emoldurada de David Cruise. Uma aura quase religiosa irradiava do santuário, uma oferenda votiva ao ameaçado espírito do Metro-Centre.

Poucos minutos depois, numa passagem estreita atrás do Novotel, deparei com outra pirâmide, um modesto painel formado por dúzias de telefones celulares e aparelhos de DVD. Em parte vitrine de vendas, em parte altar do consumidor, era claramente um local de oração para peregrinos nos grandes caminhos do Metro-Centre.

Encantado com essa trilha votiva, eu entrara no setor norte do shopping. Pouca luz do sol penetrava pelo telhado, e os sete andares de galerias lançavam os pisos inferiores num lusco-fusco que nem mesmo o mais radiante neon jamais dissiparia plenamente. Os aluguéis ali eram os mais baixos do domo, e as áreas de lojas eram dominadas por agências de viagens baratas, livrarias e lojas beneficentes, áreas de comércio onde a falta de luz não era uma desvantagem.

325

A luz de um holofote fulgurou no saguão da entrada norte, cegando-me momentaneamente enquanto eu seguia por um corredor estreito de locadoras de carros e agências de viagem. Da entrada de uma loja de malas fiquei observando a equipe de reparos em ação. Técnicos do Metro-Centre estavam em pé sobre um andaime móvel, vistoriando o trecho do teto estourado pelos comandos da polícia e do exército. Faíscas de um maçarico caíam em cascata pelas trevas, dançando em meio aos escombros de vidro e metal no chão.

"Senhor Pearson... dê um passo para trás."

Atrás de mim ouvi o ruído de um display de metal sendo arrastado pelo piso de pedra. O facho de luz cruzava o teto do saguão de entrada, e as sombras giravam e revolteavam à minha volta como um corpo de baile enlouquecido.

"Richard..."

A poucos passos de mim, uma mulher de jaleco azul assistia a tudo de uma porta. O jaleco não trazia distintivo algum, mas eu tive a certeza de que ela estava vestindo um uniforme de polícia fornecido por brigadas de controle de multidões. Um boné azul cobria seus olhos, mas expunha seus cabelos louros cuidadosamente trançados, e reconheci o queixo forte e a larga boca perpetuamente torcida para baixo num pedido de desculpas.

"Sargento Falconer...?" Ela me acenou com um par de óculos de visão noturna, e eu avancei em sua direção. "Tome cuidado, os seguranças estão armados..."

"Senhor Pearson, venha comigo..." Falava aos sussurros, atraindo-me ao silêncio no meio das trevas. "Vou tirá-lo daqui agora."

"Sargento?"

"Ouça! Está na hora de deixar o Metro-Centre. O senhor já ficou muito tempo aqui."

"Sargento Falconer... Tenho de ficar — precisam de mim aqui."

326

"Ninguém precisa do senhor. Procure pensar uma vez na vida."

"David Cruise... a doutora Goodwin..."

"Eles vão sair, senhor Pearson. Todo mundo vai." Seu rosto foi iluminado brevemente pelo reflexo do holofote. Expondo os dentes, sussurrou: "Logo o senhor ficará sozinho aqui, senhor Pearson. É um garotinho perdido numa fábrica de brinquedos..."

"Sargento, espere..."

Mas ela desaparecera numa teia de sombras e portas.

"Mary... ouça..."

Chamei-a em voz alta, e senti um par de mãos fortes agarrando meus ombros e me puxando para a luz. Um segurança vestindo camiseta de São Jorge me encarava fixamente. Passou uma das mãos pela minha barba, reconhecendo-me com algum esforço.

"Sentindo falta da namorada, senhor Pearson? O senhor parece estar nas últimas, meu camarada. O senhor Sangster bem que disse que talvez o senhor estivesse aqui..."

Conduziu-me até o desagradável clarão do saguão de entrada. Um carrinho de golfe havia chegado, rebocando um bagageiro com o logotipo do Ramada Inn. Sangster estava ao volante, seu vulto enorme de casaco preto quase empurrando Tom Carradine para fora. O gerente de relações públicas estava sentado a seu lado, olhos ainda resolutos, curvado sobre os braços enfaixados. Tinha sido ferido na ação da noite anterior, ao comandar sua brigada de seguranças no front, mas sua coragem e sua determinação estavam intactas.

Estendidos no bagageiro estavam cinco corpos, as infelizes baixas do ataque do destacamento.

37. Orações e ciclos do amaciante de roupas

"Richard, você está parecendo um flagelado, coitado..." Sangster mandou o segurança me soltar. Sorrindo como um pai compreensivo, envolveu minha cintura com um braço protetor. "Muitos sonhos estranhos. Sonhos demais..."

"São estranhos mesmo." Tentei aclarar as idéias. "Sangster, vi a sargento Falconer. E Duncan Christie..."

"É isso que estou dizendo." Sangster riu consigo mesmo, ainda atordoado pelas agitações da noite. "Você sempre foi um sonhador, Richard."

"Sangster, ouça..."

"Veja a coisa desta maneira." Ergueu as mãos enormes para me silenciar, expondo suas unhas roídas até o talo. "O Metro-Centre está sonhando você. Está sonhando todos nós, Richard."

"A sargento Falconer estava aqui. Se ela conseguiu, deve haver outros policiais dentro do domo."

"Outros? Claro que há. Eles querem se juntar a nós. Não podem nos causar mal algum. Nós controlamos o Metro-Centre. Agora, vamos dar prosseguimento à transferência."

Ainda segurando minha cintura, voltou-se para o reboque com os cinco corpos. Seguranças armados postavam-se num círculo em torno do carrinho de golfe, ouvidos atentos aos sons distantes de helicópteros do exército. As mãos de Sangster gesticulavam no ar, como que regendo um coral invisível. Sua volumosa figura dominava o saguão de entrada, mas ele ainda se submetia a Carradine, que estava sentado em silêncio no assento de passageiro do carrinho, fitando seus braços enfaixados. O ex-gerente de publicidade estava pálido de fadiga e perda de sangue, mas sua confiança permanecia intacta, e ele contraía e relaxava os maxilares como se saboreasse o gostinho remanescente da violência noturna.

Então ele captou meu olhar e me encarou por um momento longo demais, e pude notar que ele sabia que o jogo estava no fim. No entanto, de certo modo isso lhe dava a liberdade de fazer qualquer coisa, por mais maluca que fosse.

"Sangster..." Fiz um esforço para baixar a voz. "Carradine está...?"

"Ele está bem. A noite passada foi um choque. A polícia nos traiu. Todo aquele tiroteio. Eu vivo dizendo a Tom que a violência é a verdadeira poesia do poder. E então..."

Ele me conduziu até o reboque, como se quisesse me fazer encarar os corpos. Já estavam ficando azuis na luz da manhã. A única vítima que reconheci foi o gerente-geral do Metro-Centre, os olhos arregalados como que de perplexidade diante de sua morte não planejada e não computada. Uma bala trespassara seu pescoço, mas ele quase não sangrara, como se tivesse decidido entregar a vida com o mínimo de espalhafato.

"Sangster..." Desviei os olhos das bocas retorcidas. "O que vai acontecer agora?"

"A troca. Não podemos mantê-los no Metro-Centre. Carradine tem uma lista de exigências."

"A imprensa está aqui?"

"Uns poucos repórteres de agências. Eles se agacham nas cornijas, emporcalhando as pedras. Por quê?"

"A polícia e o exército mataram esta gente. Providencie para que os repórteres saibam disso."

"Pode deixar..." Sangster se virou e me encarou. Sua cabeça imensa começou a balançar afirmativamente. "Você me deu uma idéia. Sujeito brilhante..."

Carradine esperava em seu assento, erguendo penosamente a mão esquerda para ler a lista de exigências. Sangster se sentou a seu lado e começou a alisar seu ombro, como se acariciasse um velho cão.

"Tom? Você está indo muito bem. Não tenha medo de parecer furioso. Houve uma mudança de planos. Quero que você diga aos negociadores da polícia que *nós* matamos os reféns. Todos os cinco."

"Matamos...?" Os olhos de Carradine se agitaram nas órbitas profundas. "Todos os cinco?"

"Nós os executamos em retaliação. Você é capaz de lembrar?"

"Todos os cinco? Isso seria...?"

"Assassinato? Não. Isso mostra que somos fortes, Tom. O ataque de ontem à noite foi gratuito. Muitos dos nossos poderiam ter morrido. Como força militar de ocupação, temos o direito de retaliar. Diga a eles, Tom: na próxima vez vamos matar dez reféns..."

Satisfeito com a tapeação, Sangster esfregou as mãos como um garoto e me conduziu por entre os seguranças armados. Os olhos deles esquadrinhavam sem parar as galerias superiores, como se esperassem ver um messias sobrevoando o domo. Ficamos vendo o reboque ser desengatado do carrinho de golfe e empurrado até a saída de emergência da porta corta-fogo.

"Ótimo..." As narinas de Sangster tremiam de excitação. "Aqueles corpos estavam ficando um tanto passados. Até mesmo para você, Richard..."

"Eu me deixei levar. Por que, não sei. Supostamente eu deveria sair com a última leva de reféns libertados."

"O que está acontecendo aqui é interessante demais para ser abandonado." Sangster balançava a cabeça, os olhos cintilando de novo agora que os corpos eram erguidos alçapão afora. "Você sabe disso, Richard. Tudo isso é a culminação da obra de sua vida."

"De certo modo. Eu queria ficar de olho em Julia."

"Ótimo. É hora de os pacientes cuidarem dos médicos: eis uma síntese do século XXI." Gesticulou com as mãos para as amuradas dos terraços de lojas e para as escadas rolantes paralisadas. "Você criou o Metro-Centre, Richard. Mas eu criei estas pessoas. Suas mentes vazias, infames, seu fracasso em ser completamente humanas. Temos de ver como isto vai acabar."

"Já acabou."

"Ainda não. As pessoas são capazes da loucura mais maravilhosa. O tipo de loucura que nos dá esperança na raça humana."

Estávamos caminhando pela esteira rolante parada que levava da entrada norte ao átrio central. Passamos por uma loja de utensílios de cozinha com uma pirâmide de amostras do lado de fora das portas, um altar de caros pratos refratários, espremedores de frutas e flores de papel adornando uma foto publicitária de David Cruise.

"Sangster..." Apontei para o santuário. "Aqui está outro..."

"Eu já os vi." Sangster parou e inclinou a cabeça num gesto solene. "São locais de oração, Richard. Altares aos deuses do lar que governam nossa vida. Penates e divindades domésticas dos nichos de cerâmica e dos balcões de amostras. O consumismo pode parecer pagão, mas na verdade é o último refúgio do instinto religioso. Em poucos dias você verá uma congregação venerando suas máquinas de lavar. A pia de água benta que unge a dona de casa a cada manhã de segunda-feira com a bênção do ciclo do amaciante de roupas..."

Com um giro de corpo ele me deixou, caminhando de volta ao saguão da entrada norte, uma das mãos tamborilando no corrimão da esteira móvel. Fiquei vendo-o assobiar para si mesmo e em seguida me dirigi ao átrio central, onde os raios mais fortes de sol estavam dispersando a névoa morna.

Armei o assento de meu *shooting stick* e descansei diante de uma intocada loja de iguarias que permanecera fechada durante todo o cerco. Estranhas formas surgiam de potes de queijo e tigelas de pesto, convertendo o interior da loja numa gruta art nouveau.

Estava quase dormindo quando o som de um tiro veio do átrio central, ecoando no círculo superior de galerias. Houve uma rajada errática de tiros de fuzil, seguida de gritos e berros que se fundiram num uivo coletivo, a algaravia lancinante de um mercado do Oriente Médio. Presumi que outra investida militar estava ocorrendo, mas eram espingardas de caça atirando ao acaso, uma expressão de dor e ultraje coletivos.

Quando alcancei o átrio central, uma multidão de amotinados vestindo camisetas de São Jorge sitiavam o ambulatório de primeiros socorros. Um grupo de seguranças emergiu portas afora, abrindo caminho em meio à massa. Empurravam uma cama de hospital equipada com tubos de soro e sondas elétricas que pendiam da grade da cabeceira, correndo a seu lado como praticantes de tobogã dando a partida na pista de Cresta.*

---

* Pista de Cresta: uma trilha de corrida de trenós na neve na cidade suíça de St. Moritz. (N. T.)

Quando eles passaram por mim, a multidão de apoiadores já corria a seu lado, dando tiros para o alto com suas espingardas. Alguém tropeçou e tive um vislumbre do ocupante da cama, uma ressecada múmia de rosto infantil, sob uma máscara de oxigênio, acima da qual surgia um topete de cabelo louro.

Uma mulher perturbada, com a camiseta de São Jorge manchada de lágrimas, chegou perto de mim, os braços musculosos erguidos acima da cabeça, como se tangesse um sino fúnebre. Tentando acalmá-la, tomei sua mão.

"O que aconteceu? A doutora Goodwin...?"

"David Cruise..." Ela me empurrou para longe e fitou de modo suplicante os ursos impassíveis em seu estrado. "Ele morreu..."

38. Diga a ele

"Estamos fechando a barraquinha, Richard." Tony Maxted andava de um lado para outro na bagunçada sala de terapia, afastando com as mãos o fedor dos baldes de bandagens sujas. "Eu o aconselho a vir com a gente. Você ficou tempo demais aqui, por razões que nem eu compreendo."

"Todos nós ficamos tempo demais aqui." Eu estava sentado numa cadeira com encosto quebrado, deixada a um canto, quando os seguranças irromperam no ambulatório. "Como, exatamente, vamos sair daqui?"

"É difícil dizer por enquanto. Mas as coisas estão prestes a mudar. Deus sabe o que poderá acontecer."

Maxted tamborilou sobre a pia. Estava decidido, mas sem certeza de nada, e dava tapinhas nas costas de Julia Goodwin para acalmar a si próprio.

Ela estava sentada na outra extremidade da mesa de metal, as costas voltadas para os saqueados armários de remédios. Com sua testa machucada e sua blusa rasgada, parecia uma médica-vítima que repelira a duras penas o ataque de um paciente desequilibrado. Eu queria me sentar a seu lado e tomar suas mãos extenuadas, mas sabia que ela veria o gesto como enjoativo e irrelevante.

"Quando David Cruise morreu?", perguntei. "Durante a noite?"

Maxted lançou um olhar a Julia, que lhe devolveu um breve gesto afirmativo com a cabeça. Ele esperou o eco de um tiro se extinguir no átrio e disse: "Quatro dias atrás. Fizemos tudo o que era possível, acredite".

"Por que o levaram?"

"Por quê?" Maxted fitou as palmas das mãos. "Eles pensam que podem reanimar o infeliz."

"Como?"

"Eu gostaria de saber. Ganharia uma fortuna. A ressurreição como o supremo efeito placebo." Notando minha impaciência, acrescentou: "Estão levando o corpo para um tour pelo Metro-Centre. Todas aquelas mercadorias supostamente vão trazê-lo de volta. Vale a pena tentar".

"Isso importa?", disse Julia de modo cáustico, cansada dos dois homens tagarelas. "Pelo menos eles não acham que nós o matamos."

"Quatro dias?" Pensei no exaustor trabalhando sem parar, e em Julia andando pé ante pé ao redor da tenda de oxigênio. "Como eles souberam que ele tinha morrido?"

"Pelo cheiro." Maxted enfiou o braço na geladeira e tirou uma garrafa de água mineral. Lavou as mãos numa golfada do frágil fluido e em seguida bebeu as últimas gotas. "Agora é hora de partir. Quando Cruise não se levantar para anunciar os resultados esportivos essa gente vai ficar furiosa. Duvido que a polícia compreenda isso."

"A sargento Falconer está aqui", eu disse. "Avistei-a uma hora atrás perto da entrada norte."

"Mary Falconer?" Julia se aprumou no assento, subitamente alerta. "O que ela estava fazendo?"

"Estava de olho em Sangster. Ele logo vai tomar o poder."

"É isso o que eu temo." Com um pontapé, Maxted tirou um cesto de lixo do caminho. "O mago do shopping center, um messias sem mensagem. Você ajudou a escrever o script, Richard. A mensagem é: não há mensagem. Nada significa coisa alguma, portanto estamos livres afinal."

"Falconer está no encalço dele", eu disse. "Ela quer impedi-lo de ir muito longe."

"Duvido." Maxted se sentou junto à mesa e abriu as mãos sobre a superfície. "Suspeito que ela esteja numa missão diferente."

"Procurando Duncan Christie?"

"Alguma coisa assim." Maxted me lançou um olhar cortante, evitando os olhos de Julia. "Assuntos mal resolvidos. Precisamos encontrá-lo, para a própria segurança dele."

"Por quê?", indaguei. "Isso tem importância?"

"Importância?" Maxted fitou a mesa, como se esperasse por suas cartas. "Tem importância, sim. Porque Christie está em perigo."

"Ótimo." Tomando a coisa como um jogo, e quase cansado demais para me importar, afirmei calmamente: "Ele matou meu pai. Você sabe disso, doutor. Sempre soube".

"Bem..." Sem pensar, Maxted se virou na cadeira, claramente procurando uma saída. "Isso não é uma coisa que eu possa discutir..."

"Ele também baleou David Cruise. Não aqueles irmãos bósnios, sejam eles quem forem. Cruise era o verdadeiro alvo dele o tempo todo."

"Essa é uma conclusão um tanto forçada, Richard."

"Não mesmo." Esperei que Julia falasse, mas ela olhava fixamente para Maxted. "O que eu não consigo entender é o porquê de vocês o terem protegido o tempo todo."

"Diga a ele." Julia se levantou, dando um golpe na mesa com o punho. Puxou para trás uma mecha de cabelo que caía sobre a testa, detendo-se ao tocar um machucado no couro cabeludo. "Maxted, diga a ele."

"Julia, não é assim tão fácil. O contexto..."

"Foda-se o contexto! *Diga* logo a ele!"

Julia deu a volta na mesa em direção a Maxted e pegou uma faca na pia. Não estava mais com raiva de si mesma, mas dos homens insensatos que a tinham arrastado para aquela clínica improvisada num shopping center sitiado. Seus ombros avançaram contra Maxted, obrigando-o a recuar diante dela. Dava para ver o alívio que ela sentia à medida que a verdade assomava à nossa frente, prestes a transbordar numa torrente.

"Julia, sente-se..." Maxted ofereceu-lhe uma cadeira e acenou para mim com a cabeça, tentando recrutar minha ajuda para acalmar aquela mulher enfurecida. "O contexto é importante. Richard tem de entender que nossas intenções eram..."

"Esqueça as nossas intenções!" Julia esperou até conseguir se controlar. "Diga a ele quem matou seu pai."

"Foi Christie." Falei do modo mais casual que consegui.

"Eu sei disso, Julia. Ficou óbvio para mim desde o primeiro dia."

Julia assentiu com a cabeça, e em seguida ergueu a faca para me fazer calar. "Sim, Christie puxou o gatilho. Ele fez os disparos. Sinto muito, Richard, sinto tremendamente por isso. Tantas pessoas assassinadas e gravemente feridas. Foi uma asneira desde o começo. Mas Duncan Christie não matou seu pai."

"Quem foi então?"

"Nós." Julia apontou para si própria e para Maxted. "Nós planejamos e demos a ordem."

"Espere aí..." Maxted tirou a faca da mão de Julia. "Julia e eu estávamos em segundo plano. Havia uma porção de outros."

"Sangster, Geoffrey Fairfax, sargento Falconer..." Recitei os nomes. "Várias outras pessoas que deram seu apoio, mas preferiram permanecer na sombra. O prefeito e um ou dois membros do conselho municipal, o inspetor Leighton e chefes de polícia..."

"O velho establishment de Brooklands", Julia comentou com fadiga. "Uns tremendos chatos, todos eles. Chatos perigosos. Havia até um sacerdote, mas Maxted o assustou e ele saiu. Toda aquela conversa sobre insanidade voluntária."

"Ele pensou que eu quisesse dizer a Igreja cristã." Maxted acrescentou: "Eles já tinham um assassinato, o que era demais, e não estavam em busca de um segundo".

"Assassinato?" Afastei-me da mesa. "Vocês planejaram matar meu pai. Por quê?"

"Não seu pai. Ele nunca foi o alvo." Maxted afundou o rosto exausto entre as mãos. "Retroceda seis meses no tempo, Richard. Brooklands estava em ebulição, com todas as outras cidades da via expressa. Mais de um milhão de pessoas estavam envolvidas diretamente. Ataques racistas, famílias asiáticas fugindo aterrorizadas de suas casas, albergues de imigrantes incendiados. Jogos semanais de futebol que eram na verdade manifestações políticas, embora ninguém se desse conta. O esporte era só uma desculpa para a violência nas ruas. E tudo isso parecia brotar do Metro-Centre. Uma nova espécie de fascismo, um culto da violência nascendo desta província de centros comerciais e canais de TV a cabo. As pessoas estavam tão entediadas que queriam drama na vida delas. Queriam marchar e gritar e destruir a pontapés qualquer um que tivesse um rosto estranho. Queriam idolatrar um líder."

"David Cruise? Difícil de acreditar."

"Certo. Mas aquele era um novo tipo de fascismo, e precisava de um novo tipo de líder: um tipo sorridente e sedutor de führer de programa vespertino de TV. Em vez de "Sieg Heils", hinos de torcida futebolística. O mesmo ódio, a mesma sede de violência, mas filtrados pelos programas de bate-papo no estúdio e pelas regras de hospitalidade. Para a maioria das pessoas era apenas arruaça de torcidas."

"Mas os corpos não paravam de chegar ao necrotério." Julia estendeu o braço por cima da mesa e agarrou meu pulso, furiosa comigo até mesmo por ser uma vítima. "Eu os contei, Richard."

"Corpos asiáticos e kosovares." Maxted limpou uma gota de cuspe do canto da boca. Ficou olhando para ela, como que enojado de si mesmo. "Julia tinha de lidar com os parentes. Chorosas esposas bengalis e pais enlouquecidos de crianças com queimaduras de terceiro grau..."

Pensando nos Kumars, eu disse: "Então vocês decidiram fazer alguma coisa?".

"Tínhamos de agir depressa, enquanto toda essa encrenca ainda era controlável. Um fascismo brando estava se espalhando pela Inglaterra central, e ninguém nos cargos de poder estava preocupado. Políticos, líderes religiosos, o governo britânico, todos viravam o rosto para o outro lado. Para eles era só uma escaramuça num centro comercial à margem de alguma medonha via expressa."

"Mas vocês sabiam que eles estavam errados."

"Completamente. Pense na Alemanha dos anos 1930. Quando os homens de bem não fazem nada... Precisávamos de um alvo, então escolhemos David Cruise. Não era o ideal, mas matá-lo a bala no Metro-Centre, no meio de uma de suas papagaiadas televisivas, levantaria uma questão poderosa. As pessoas pensariam seriamente acerca de para onde estavam indo."

"E para isso vocês precisavam de um matador. E se decidiram por Duncan Christie?"

"Eu o encontrei." Maxted fez uma pausa quando Julia ergueu as mãos num arremedo de perplexidade. "Estava sentado no pátio de uma clínica psiquiátrica em Northfield. Um desajustado que tinha sido internado duas vezes, um esquizofrênico limítrofe com um ódio feroz ao Metro-Centre. Sua filha tinha sido ferida e ele queria vingança. Era um míssil pronto para ser lançado. Tudo o que precisávamos fazer era apontá-lo para o alvo."

"Vocês não estavam preocupados com a...?"

"Com a ética da coisa toda? Claro, estávamos planejando um assassinato! Conversamos sobre o assunto centenas de vezes. Mantive Julia fora disso: eu sabia que jamais a convenceria."

"Pensei que Christie iria deixar uma bomba. Uma bomba de fumaça." Julia pressionou a mão sobre o ferimento no couro cabeludo, forçando-se a estremecer de dor. "Então dei meu apoio. Loucura: como é que eu pude pensar que iria dar certo?"

"Deu certo." Maxted ignorou os protestos dela. "Tudo estava combinado. Geoffrey Fairfax sabia sua parte. Infelizmente, quando chegou a hora a única coisa que faltava era o alvo."

"Mas meu pai e os ursos preencheram a lacuna." Rearranjei a poeira no tampo da mesa e então escrevi as iniciais de meu pai. "Quantos de vocês estavam envolvidos?"

"Um pequeno núcleo. Fairfax estava no posto de comando. Tinha servido no exército, conhecia e amava a velha Brooklands. Ele via o Metro-Centre como uma espaçonave do inferno. O inspetor Leighton nos apoiava, mas tinha de ser cuidadoso. Comparecia a nossas reuniões, mas escapava cedo. A sargento Falconer estava sob a batuta de Fairfax — ele livrara a mãe dela de uma acusação de furto em loja. Ela forneceu a arma, uma Heckler & Koch standard, aparentemente mal guardada no arsenal. Leighton lhe deu cobertura."

"E Sangster?"

"Fez o reconhecimento do terreno. Tom Carradine era um

antigo aluno, e muito orgulhoso de levar seu professor-chefe para um tour no Metro-Centre e exibir os sistemas de emergência e de prevenção de incêndio. Ele deu a Sangster um passe de segurança para seu "sobrinho" visitante. Uma hora antes dos disparos Sangster escondeu a arma no posto de combate a incêndio."

"E Julia?"

"Eu não fiz nada!" Julia arrancou um desenho infantil da parede e amassou-o nas mãos. "Não achei que alguém fosse ser morto, nem sequer ferido..."

"Você não fez quase nada." Maxted aguardou que ela jogasse o desenho amassado num cesto de lixo abarrotado de bandagens sujas. "Julia tinha tratado da filha de Christie depois do acidente. Ele podia ser esquizóide, mas não era bobo. Não tinha certeza se estávamos falando sério. Ela lhe deu betabloqueadores para que se acalmasse e o convenceu de que estava fazendo a coisa certa. Christie acreditou nela, e isso foi vital."

"Eu o levei de carro ao Metro-Centre." Julia semicerrou os olhos, sorrindo levemente consigo mesma. "Quando estacionamos, ele não queria sair do carro. Chegou a me perguntar se devia seguir em frente. Eu disse..."

"Você disse que sim." Maxted se recostou na cadeira, deixando suas palavras assentarem. "Ele confiava em você, Julia."

"Mas depois dos disparos..." Perplexo, perguntei: "Vocês não temiam que Christie falasse?".

"Só se ele fosse a julgamento. Horas de interrogatório pela Scotland Yard, meses num centro de detenção temporária, longe da mulher e da filha — ele revelaria qualquer coisa. Sabíamos que matar David Cruise seria fácil. O encobrimento do crime é que era a parte difícil. Era vital que Christie fosse detido."

"Por que detido?"

"Detido e posto diante de um magistrado. Se testemunhas suficientes atestassem que viram Christie no momento dos disparos e que ele não estava nem perto do átrio, a acusação contra ele poderia ser arquivada. Especialmente se as testemunhas conhecessem bem Christie e fossem membros respeitáveis da comunidade."

"Médica, psiquiatra, professor-chefe. Então foi por isso que vocês foram para o saguão de entrada. Estavam protegendo Christie."

"E a nós mesmos. Se Christie confessasse o assassinato, ninguém optaria por sua palavra contra a nossa. Desajustados e psicóticos vivem confessando crimes que não cometeram." Maxted suspirou para si mesmo. "Foi quase o assassinato perfeito."

"Quase?"

"A vítima não compareceu. Tínhamos dito a Christie para esconder a arma e dar o fora, mas ele perdeu a calma. Tinha chegado até ali e precisava de um alvo."

"Meu pai? Ele odiava David Cruise e os clubes esportivos."

"Não seu pai. Aquilo foi uma grande besteira. Christie estava atirando contra os ursos. Ele os odiava mais até do que odiava Cruise. Especialmente porque sua filha gostava de vê-los bamboleando num programa infantil. Ele atirou cegamente, e assim atingiu seu pai e outros visitantes do shopping. Assumo a responsabilidade, Richard. Transeuntes inocentes, danos colaterais, são frases fáceis de dizer..."

Assenti friamente, recusando-me a poupar Maxted de uma só parcela de sua contrição. Ele dissera a verdade, mas a verdade não era o bastante. Eu queria vê-lo cumprir anos de prisão, mas sabia que Julia iria com ele, sua vida e sua carreira destruídas. Ela estava em pé de costas para mim, mãos enxugando os olhos, e compreendi então a hostilidade e a culpa que se interpuseram entre nós desde minha chegada.

Eu disse: "Então você tirou Christie sorrateiramente de Brooklands? Para onde, exatamente?".

"Sangster levou-o de carro a uma granja desativada perto de Guildford que Fairfax ajudara a expropriar. Sua mulher e sua filha apareceram num trailer. Mantive-o sedado e disse-lhe que tentaríamos de novo. Ele estava totalmente disposto a isso."

"A polícia o encontrou tão depressa. Alguém deve ter lhe passado a dica."

"Nós passamos." Maxted soprava os sons entre os dentes sem pensar. "Precisávamos fazê-lo ser absolvido pelo magistrado. As mortes eram trágicas, mas esperávamos que todo mundo visse o sentido delas. Na verdade, aconteceu o oposto. Os disparos no Metro-Centre bagunçaram tudo. As pessoas se sentiram amedrontadas. Podiam lidar com jovens asiáticos defendendo suas lojinhas, mas um assassino alucinado com uma metralhadora...? Havia manifestações nos estádios e ginásios esportivos noite após noite, Brooklands estava seriamente ameaçada de se tornar uma república fascista. Mas nunca deu esse passo final."

"Você parece desapontado. Por que não deu? É britânica demais?"

"De certo modo." Maxted parou para ouvir uma salva de tiros ecoar pelo átrio. "Espingardas de caça — isso está claro. O problema era David Cruise. Ele era afável demais, segunda classe demais. Então aconteceu um pequeno milagre, apareceu alguém com quem não tínhamos contado."

"Eu?"

"Exato. Você apareceu. Seu pai tinha morrido e você queria saber por quê. Não demorou muito para você perceber que algo muito suspeito estava acontecendo."

"Julia foi ao funeral. Isso me levou a pensar."

"Richard..." Julia estava em pé, trêmula, atrás de mim, com as mãos nos meus ombros. "Eu tinha ajudado a matar um velho homem de bem. Sabia quanto tinha sido estúpida ao dar ouvidos a toda aquela conversa de loucura voluntária."

"Conversa, talvez. Mas eu estava certo." Maxted sutilmente a ignorou, dirigindo-se direto a mim. "O assassinato fracassou, mas tudo mudou de ritmo e patamar. Era necessário um empurrão final. Uma bomba no Metro-Centre, um enorme tumulto que submergisse a polícia, David Cruise proclamando um estado independente."

"Ele era esperto demais para isso."

"Foi o que descobrimos. O tumulto prosseguiu, Sangster plantou outra bomba perto da prefeitura e fizemos o possível para agitar a turba. Mas sem Cruise não havia esperança. A morte de Fairfax aterrorizou muitos de nossos apoiadores-chave."

"Como ele morreu?"

"Acho que seus dedos estavam enferrujados. Jamais gostei do sujeito. Era sempre um tanto impetuoso demais. A última pessoa indicada para armar uma bomba."

"Mas por que escolheram meu carro?"

"Foi idéia de Fairfax. Ele sabia que você estava desconfiado de alguma coisa. E detestava você, de todo modo. Era um alerta, um lembrete de como seria fácil incriminar você. Leighton e a sargento Falconer aderiram à coisa — por isso que você nunca foi acusado e o proprietário do carro não foi identificado. Tínhamos você onde precisávamos que estivesse. Mas tudo ruiu quando Cruise se recusou a morder a isca. Ele vinha do mundo da TV e precisava de um *teleprompter*. Então um novo amigo apareceu com tipo certo de talento e uma queda pela violência estilizada."

"Um doutor Goebbels de subúrbio?"

Maxted me encarou com verdadeiro desgosto, então providenciou um sorriso amarelo. "Você via o fascismo meramente como mais uma oportunidade de vendas. A psicopatologia como uma útil ferramenta de marketing. David Cruise foi seu fantoche, um xamã dos estacionamentos de vários andares, Kafka num impermeável surrado, um psicopata com genuína integridade moral."

"Seja como for, todo mundo o admirou."

"Por que não? Somos totalmente degenerados. Não temos espinha dorsal, tampouco fé em nós mesmos. Temos uma visão de mundo de tablóide, mas nada de sonhos nem ideais. Temos de ser seduzidos pela promessa de sexo transgressivo. Nossos gurus nos dizem que é bom para nós cobiçar a mulher do próximo, e talvez até o rabo do próximo. Não respeite pai nem mãe, liberte-se de toda a armadilha edipiana. Não valemos nada, mas veneramos nossos códigos de barra. Somos a sociedade mais avançada que nosso planeta conheceu, mas a verdadeira decadência está muito fora de nosso alcance. Somos tão desesperados que temos de contar com gente como você para tecer uma nova série de contos de fadas, pequenas fantasias aconchegantes de alienação e culpa. Não valemos nada, Richard — e, verdade seja dita, você sabe disso."

"E David Cruise sabia também. Quem o baleou? Vocês organizaram a coisa?"

"Definitivamente não. Deve ter sido Christie, arrematando o serviço. Ele está em algum lugar aqui, um fugitivo protegido pelo lugar que ele mais odiava."

"E a sargento Falconer? Está no encalço dele?"

"Suponho que sim. Ouso dizer que o inspetor Leighton está sentindo a mudança dos ventos. Eu não ficarei surpreso se ele tiver outros alvos."

"Você e Sangster? E Julia?"

"E você, Richard. Não se esqueça disso."

Julia tinha saído da sala, nervosa demais para me encarar. Falava com os últimos pacientes, um casal idoso que fora arrastado pela multidão para dentro do Metro-Centre na noite do tumulto. Sensatamente, tinham se refugiado, enquanto os elevadores ainda funcionavam, num restaurante de comida natural no sexto andar. Agüentaram lá por mais de um mês, alimentando-se de tâmaras, figos e romãs, como viajantes num novo deserto, tímidos e sensatos demais para descer as escadas até o inferno desencadeado embaixo deles.

Segui Maxted até a entrada do ambulatório. O átrio estava deserto, seu assoalho coberto de escombros que tinham caído do teto.

"O que vai acontecer agora?", perguntei. Apesar de tudo o que ele me contara, eu ainda gostava dele. Estava inquieto e inseguro, mas tentando conduzir sua vida de acordo com um conjunto de princípios desesperados. Nunca seria levado a julgamento pelas mortes e ferimentos que causara. Vivia numa fantasia, tão sutilmente desequilibrado quanto qualquer psiquiatra que eu conhecera, o único verdadeiro recluso no hospício que dirigia.

"Tente não pensar." Maxted apertava e desapertava as mãos machucadas. "Espero que a polícia decida tomar de assalto o lugar. Carradine e Sangster ainda têm reféns presos no Novotel, mais um núcleo duro de uns duzentos apoiadores. Eles não têm nada a perder. Enquanto isso, eis aqui um primeiro gostinho de verdadeira loucura..."

Apontou para os ursos em seu tablado. Perto dali estava a cama com o corpo de David Cruise, protegido dentro de sua tenda de oxigênio. Seu tour pelo Metro-Centre havia terminado, e ele fora deixado, como um herói martirizado, à mercê da bondade dos ursos. Meia dúzia de torcedores com camisetas de São Jorge estavam ajoelhados, os rostos erguidos para as feras empalhadas.

"O que eles estão fazendo?", perguntei a Maxted. "Esperando pela música?"

"Estão orando. É seu sonho de consumo realizado, Richard. Estão orando aos ursinhos..."

Deixando Maxted, atravessei lentamente o átrio, evitando as pontas de vidro e alumínio rasgado que tinham caído do teto. Em algum lugar acima de mim, nas galerias abandonadas, Duncan Christie estaria esperando outro alvo aparecer. Ele matara David Cruise — seria eu, o ventríloquo, seu próximo ponto de mira?

Passei pelo grupo de torcedores em oração, evitando o fedor que saía da cama de David Cruise. Vários deles tinham potes de mel diante de si, oferendas às divindades que presidiam a vida deles. Uma mulher de meia-idade com camiseta de São Jorge, cabelos louros presos na nuca, balançava para a frente e para trás, murmurando consigo mesma. Seu marido, um sujeito robusto vestido com uma armadura de jogador de hóquei, juntou-se a ela, e pude ouvir os versos consoladores.

...Se você for ao bosque hoje,
é bom ir disfarçado.
Pois todo urso que já existiu... *

---

* Primeiros versos da canção infantil *Teddy Bear's picnic*, composta em 1907 por John Walter Bratton, com letra acrescentada em 1932 por Jimmy Kennedy. (N. T.)

39. O último bastião

O Metro-Centre era espreitado por sua própria sombra. Duas vezes fui despertado durante a noite pelos seguranças de Carradine, atirando ao acaso na escuridão. Helicópteros sobrevoavam o telhado, fachos de luz lançando sombras inquietas que saltavam de cem portas, como os enlouquecidos remanescentes de um exército desbaratado.

Às cinco da madrugada abandonei toda esperança de dormir. Quase incapaz de respirar, sentei atrás das cortinas da sacada, pensando no relato de Maxted sobre a morte de meu pai, e em como um grupo de conspiradores amadores havia descambado para o assassinato. Mas o crime deles era agora pouco mais que um pequeno anexo ao que estava acontecendo no Metro-Centre. Nos três dias que se seguiram à abdução do corpo de David Cruise e à recusa deste em levantar-se para uma volta ao palco, a vida dentro do domo tinha rompido seus últimos vínculos com a realidade.

Apesar de toda a violência, o vasto shopping era um castelo de tesouros que preservava intacto o sonho de mil subúrbios. Na penumbra interior de lojas de móveis, nos entrepostos de tapetes e nas amostras de cozinhas, o coração de um modo de vida menosprezado ainda batia com força. Deixando de lado Sangster e suas motivações autodestrutivas, eu admirava Carradine e seus amotinados, e o mundo robustamente físico sobre o qual eles tinham alicerçado seu sonho consumista. As cidades da via expressa estavam na fronteira entre um passado exaurido e um futuro sem ilusões e esnobismos, onde a única realidade residia nas certezas da máquina de lavar e do forno de microondas, tão preciosos quanto o fogão a lenha numa cabana de pioneiro.

Às cinco horas, tendo dizimado a possibilidade de dormir, os helicópteros se afastaram, e a aurora começou sua nauseabunda descida sobre o telhado do domo, um desajeitado efeito especial exibido para uma platéia exausta. A luz nacarada, metálica, expunha as silenciosas praças internas de uma cidade de comércio varejista, cujas ruas eram perigosas demais para ser percorridas, e cujas encruzilhadas esperavam por incautos alvos.

Os supermercados ficavam abertos o dia todo, para qualquer um com fome o bastante para se aventurar entre os corredores de gôndolas e se arriscar num compartimento de carnes que incubava todas as doenças conhecidas. Congeladores quentes como fornos subitamente se agitavam em suas dobradiças, cada um deles uma porta do inferno exalando um miasma que pairava sobre prateleiras e balcões. Depois de fuçar em meio a latas indesejadas, eu finalmente encontrava alguns vidros de patê, corações de alcachofra em conserva, potes de feijão-manteiga pálidos como a morte.

Depois disso eu ia ao encontro de Julia, subindo até a galeria do segundo andar que circundava o átrio, tomando uma escada de serviço até o mezanino e escalando às pressas os últimos degraus depois da plataforma onde meu pai tinha sido baleado. Uma rota cansativa, mas Julia dependia de minhas modestas incursões às lojas. Arrastando meu pé infeccionado, cujas bandagens ela trocava ritualmente, eu fazia duas vezes ao dia minhas jornadas como um cavalheiro visitante numa cidade sitiada. Julia dormia numa cama vizinha à do casal idoso, com quem dividia suas rações. Na sala de terapia ela conversava sobre amenidades, os olhos na sacola de supermercado, como uma esposa infiel determinada a sobreviver. Ela sabia que eu a havia perdoado, mas odiava que eu a visse comer, como se uma parte dela rejeitasse seu próprio direito de viver. Como todo mundo, ela esperava que o cerco terminasse. Tentei convencê-la a se juntar a mim no Holiday Inn, mas ela se recusou a deixar o ambulatório, o único refúgio de sanidade no domo.

Ao meio-dia, quando as sombras nos deixaram por um momento a sós, algumas pessoas atravessaram o átrio e começaram a orar aos ursos. Apoiadores leais enfraquecidos demais para trabalhar, eles perambulavam pelo domo, abrindo as grades de supermercados vazios na esperança de encontrar alguma coisa para comer. Um ou dois deles tinham imprimido barras de código nas costas das mãos, tentando se assemelhar aos bens de consumo que eles mais admiravam.

Fiquei observando-os enquanto avançava pelo terraço do segundo andar, sentindo pena deles até descobrir que minha loja favorita de iguarias tinha sido saqueada durante a noite. Era uma casa polonesa especializada em acepipes do Leste Europeu, rejeitados pelos palatos mais adocicados de homens e mulheres de Brooklands. Agora tinha sido depenada de tudo o que havia de remotamente comestível, e tinha as portas fechadas com correntes e cadeados.

Incapaz de encarar Julia com uma sacola de compras vazia, decidi escalar até o terceiro andar. Puxar a mim mesmo para cima apoiado no corrimão era um esforço enorme, mas eu descansava em cada lanço, e havia segurança nos andares superiores. A loucura ficava embaixo, como a névoa que cobria o átrio. Alcancei a galeria do terceiro andar e sentei no último degrau até aclarar a cabeça. Ao meu lado, poças de líquido evaporavam à luz do sol. Fiquei observando-as encolher e desaparecer, em dúvida se estava vendo uma miragem. Outros pingos formavam uma trilha ao longo da arcada, gotas caídas de um balde transportado de qualquer jeito. Afundei os dedos na poça mais próxima e levei-os à boca. Pensei imediatamente no meu Jensen, e no familiar odor penetrante dos postos de gasolina.

Gasolina? Três metros adiante, diante de uma loja de móveis em liquidação, havia uma série de pegadas, a sola de um tênis nitidamente impressa no chão de pedra. Entrei no salão e vasculhei os conjuntos de três peças, dispostos como um sonolento rebanho.

Gasolina, eu tinha certeza. Encontrei a fonte numa sala de jantar em exposição, um universo doméstico de mesas de imitação de pau-rosa, cadeiras polidas e cortinas suspensas sobre janelas sem vidros, faltando apenas a conversa amena de jantar, a ser transmitida por um alto-falante. Uma lata de gasolina estampada com o logotipo da frota de carros do Metro-Centre repousava sob a mesa de jantar, sem tampa, exalando um forte cheiro no ar superaquecido.

Eu me afastei dela, ciente de que a menor fagulha poderia inflamar o vapor. Saí da loja e caminhei ao longo do terraço. A arcada de casas de móveis era o paraíso de um incendiário, loja após loja repleta de sofás inflamáveis e armários envernizados.

Seria aquilo uma última e desesperada ameaça da parte de Carradine e de seus apoiadores do Metro-Centre? Seis lojas adiante, ao longo da arcada, encontrei uma segunda lata de gasolina numa casa de roupas de cama, rodeada por uma fartura nababesca de travesseiros de pena de ganso, colchas felpudas e edredons. O aroma de cem postos de gasolina, ameaçando mas de algum modo também atraindo, emanava das lojas silenciosas e subia para a névoa sob o telhado.

Quinze minutos depois cheguei ao último andar, onde uma terceira lata de combustível repousava na plataforma acima do poço da escada, gasolina derramada ao seu redor. Um helicóptero de polícia sobrevoava o domo, lançando suas sombras araneiformes sobre as galerias, um bruxulear de hélices estendendo-se sobre as videiras e iúcas mortas.

Por sobre a violenta corrente de ar que vinha do alto, ouvi o estrépito de estilhaços de vidro espelhado caindo no chão. Um balcão de amostras desabara à entrada de uma loja de utensílios de cozinha, lançando no terraço panelas e peças pesadas de louça refratária. Eu me encolhi contra a parede, quase esperando que uma fornalha de vapor de petróleo explodisse em chamas para fora da loja.

Estendida aos meus pés, entre um escorredor de macarrão e um caldeirão de cobre, estava uma arma de uso da polícia, uma metralhadora Heckler & Koch do mesmo tipo da que matara meu pai. Fiquei olhando para ela em estado de perplexidade, tentando entender de que maneira ela se tornara um útil apetrecho de cozinha para a atarefada dona de casa de Brooklands.

Sem pensar, apanhei a arma no chão, surpreso com seu peso. O percussor estava armado, e eu segurei a empunhadura, envolvendo o gatilho com meu dedo indicador.

Espiei dentro da loja mal iluminada. Uma mulher de uniforme preto de polícia, cabelo louro desgrenhado brotando da cabeça, forcejava entre as panelas esparramadas. Ela se debatia no chão, chutando uma cascata de frigideiras cadentes, uma dona de casa enlouquecida atacando seu próprio lar. Ela se lançou contra um homem que irrompeu da escuridão, e agarrou-o pela cintura. Ele a jogou para o lado e emergiu na luz, os pés escorregando nas tampas de panelas, como um marido enfurecido escapando para sempre de sua vida suburbana.

Respirou com dificuldade e virou-se para mim, vendo-me pela primeira vez. Sua jaqueta de camuflagem fedia a gasolina, como se ele estivesse prestes a entrar em combustão espontânea à luz do sol. Acalmou-se e esticou a mão cicatrizada para alcançar a metralhadora que eu apontava para ele.

Reconhecendo Duncan Christie, recuei e apontei a arma para seu peito. Christie se moveu para a frente, consciente de que eu provavelmente erraria o alvo se atirasse. Sua estranha boca, com seus lábios machucados, fazia uma série de caretas, alguma mensagem sussurrada para ele mesmo. Sua mão tentou agarrar o cano da arma, mas, ao fitar meu rosto, suplicando para que eu não atirasse, ele me reconheceu apesar de minha barba.

"Senhor Pearson? Lembra? Duncan Christie..."

A sargento Falconer estava apoiada no batente da porta, exausta demais para se lançar contra Christie. Ouviu alguma coisa no rádio afixado em seu ombro esquerdo e então acenou para mim com sua mão livre.

"Atire nele, Richard! Atire agora!"

Fiquei observando Christie, bem consciente de que eu estava segurando a mesma arma que matara meu pai. Olhando para aquele desajustado irremediável, sustentado por uma única obsessão, eu sabia que sua vida estava prestes a terminar, agonizando na mira de um atirador da polícia postado nas galerias superiores.

"Senhor Pearson..." Christie exibiu seus dentes quebrados. "O senhor sabe o que aconteceu. Ela me fez matar seu pai..."

A sargento Falconer deu um grito de alerta quando Christie avançou em minha direção. Atravessei a arcada, ergui a arma acima de minha cabeça e a arremessei por cima da amurada.

353

"Vá embora!", gritei para Christie. "Você sabe o que fazer! Corra...!"

A sargento Falconer tentava se firmar em meio à desordem de panelas, uma das mãos num joelho machucado, a outra tentando atar seus cabelos louros à cabeça.

"Senhor Pearson? Tenha dó, o senhor é mais maluco do que ele."

"Eu o perdôo." Ouvi os sons de Christie desembestado pela galeria abaixo de nós, correndo por intermináveis arcadas de modelitos de outono e aparelhos de televisão, fugindo de um universo de câmeras digitais e armários para coquetel. "Ele pode ir — se é que é capaz de encontrar algum lugar."

"Perdoa?" A sargento Falconer desligou seu rádio. Os machucados em sua testa eram visíveis através de sua pele pálida, mas ela parecia muito mais determinada do que a mulher desassossegada que eu vira fazer café no escritório de Fairfax. Supus que ela tivesse deixado para trás a conspiração homicida e encontrado uma nova bússola para dirigir sua vida. "Você o perdoa? Pelo seu pai? Isso não importa."

"Não? É tudo o que importa. A propósito, eu perdôo você também. Acho que não sabia o que estava fazendo."

"Talvez não. De todo modo, é tarde demais. Simplesmente caia fora daqui. Leve a doutora Goodwin e quem mais quiser. O senhor corre perigo real."

"Por quê? Sargento...?"

"Eles vão invadir. Está tudo acabado, senhor Pearson. O senhor vai ter de encontrar outra turma para brincar."

"E Christie?"

"Vou prendê-lo mais tarde."

Enquanto ela falava houve uma grande explosão no saguão

da entrada sul. O chão oscilou sob meus pés, e o telhado do Metro-Centre se mexeu ligeiramente, lançando abaixo uma cascata de pó que caía como talco. A névoa que cobria o átrio se agitou em redemoinho, as ondas perseguindo umas às outras ao redor dos ursos.

O cerco estava chegando ao fim.

40. Estratégias de fuga

Juntos afinal, nossas mãos agarrando a grade da cabeceira, Julia e eu empurramos a cama de rodinhas pela porta aberta do ambulatório e partimos para a entrada sul. Depois de vinte metros já estávamos totalmente exaustos. Fora de controle, a cama deu uma guinada e derrubou de lado o carrinho de golfe. O casal idoso, os últimos pacientes de Julia, estava preso por correias ao colchão. Enquanto avançávamos aos solavancos em meio aos destroços do teto, eles fecharam os olhos, alarmados pela errática excursão e pelo pânico que agora dominava o domo. Curvado sobre a cabeceira, vi que eles tentavam se acalmar mutuamente, dizendo que tudo ficaria bem, mas nenhum deles acreditando nisso nem por um instante.

"Estamos quase lá, senhora Mitchell", disse eu. "A senhora logo estará em casa, esquentando o chá."

"Em casa? Não creio que seja este o caminho certo, senhor Pearson. Normalmente vamos até a parada do ônibus 48. Doutora Julia...?"

"Nós a acharemos, senhora Mitchell." Julia estremeceu quando derrapamos num chão coberto de cacos de vidro, em seguida me abraçou pelo ombro quando arrumei as indóceis rodinhas dianteiras. "Vou dizer ao motorista que espere pela senhora."

"Maurice... você ouviu isso?" Os olhos atentos da senhora Mitchell notaram as nuvens de poeira escapando do teto fraturado. "Foi tanta agitação por nada..."

O passado, à sua maneira modesta mas persistente, estava retornando ao Metro-Centre, embora poucos daqueles que haviam sido deixados para trás tivessem a acuidade da sra. Mitchell. Os defensores de Carradine na entrada sul estavam recuando, muitos deles aturdidos pelas explosões controladas que puseram abaixo um pedaço da porta corta-fogo. Uns poucos seguranças duros na queda estavam construindo uma barricada do lado da esteira móvel, empilhando cadeiras e mesas dos cafés. Reféns corriam em todas as direções, transtornados e sem fala depois de sua permanência forçada no Ramada Inn e no Novotel. Alguns se amontoavam às portas das lojas, ainda segurando as sacolas de compras que traziam quando o cerco começou. Julia gritava para eles, conclamando-os a partir. Puxou meu braço e me mostrou, desanimada, dois reféns que se escondiam entre os manequins na vitrine de uma loja de roupas e tentavam mimetizar sua calma e plástica imobilidade.

Quase esgotada demais para caminhar, ela ficou para trás de mim, cambaleando entre os destroços e a poeira. Parei, tomei-a nos braços, e coloquei-a sentada no pé da cama.

"Julia, fique aqui. Eu posso empurrar sozinho..."

"Só por um minuto. Richard, onde está a polícia?"

Com a passagem impedida por uma barricada, manobrei a cama até um corredor lateral que passava pelo Holiday Inn. O lago estava preto como a morte, uma fossa de piche atulhada de horrores, mas nas outras partes as luzes estavam se acendendo. Tubos de neon engasgavam até firmar sua luz, logotipos cintilavam através da poeira. Fileiras de luzes inundavam as lojas e casas de departamentos, revelando uma centena de balcões lustrosos. Padrões malucos riscavam as telas luminosas, os circuitos cerebrais de um gigante pelejando para acordar de seu sonho perturbado.

"Richard... todas essas luzes." Julia erguia os olhos pasmos para as legiões de lâmpadas reluzentes. "Eles vão reabrir o shopping..."

"Ainda não. Franco-atiradores, imagino. A polícia precisa expô-los."

Passamos pelo Holiday Inn com seu luminoso familiar. A máquina de ondas estava agitando a água preguiçosa como se fosse um cozido num caldeirão de pesadelo, mas ao nos aproximarmos do saguão da entrada sul um cheiro ainda mais estranho nos envolveu, um aroma fresco que eu sentira pela primeira vez na infância.

"Richard? O que é isso?" Julia saltou da cama e encheu nervosamente os pulmões. "Cheira a... árvores e céu."

"Ar fresco! Chegamos, Julia..."

Adiante de nós, no entanto, estava uma dúzia de seguranças de Carradine com camisetas de São Jorge, espingardas e fuzis pendurados nos ombros com os canos apontados para o chão. Estavam disciplinados e marchavam em sincronia, mas de cabeça baixa, como um time derrotado deixando o campo depois de uma batalha feroz mas perdida, cada jogador meditando consigo mesmo.

À sua frente ia Tony Maxted, vestindo um viçoso avental cirúrgico branco que ele reservara secretamente para aquele momento. Estava cansado mas confiante, fazendo o possível para encorajar seu grupo de vanguarda, a quem ele convencera a pedir o fim do cerco. Percorria as fileiras de um lado para outro, sorrindo e falando com cada um enquanto eles avançavam em direção à luz que os aguardava.

Maxted se sobressaltou quando outra explosão controlada derrubou uma porta de emergência nas proximidades. O músculo sob sua calva apertou o crânio e jogou sua cabeça para trás. Ele cambaleou e estendeu os braços para dois dos seguranças, parecendo desorientado no redemoinho de poeira.

Eu me apoiei na cabeceira da cama, cansado demais para empurrar. O saguão de entrada estava coberto de escombros, e um pedaço da porta corta-fogo jazia ao sol. Figuras mascaradas, em uniformes escuros, moviam-se pelo ar intensamente iluminado.

Atrás de nós um fulgor ainda mais radiante iluminava o interior do domo, voltando um imenso holofote para a face de baixo do telhado. Sombras dançavam e gingavam em todas as portas, como nervosos espectadores em dúvida se deviam acreditar em seus olhos.

Chamas se elevavam das galerias do sétimo andar em torno do átrio, indolentes lâminas de luz que pareciam despertar juntas e varrer rapidamente a masmorra no alto da cidadela das compras. Logo os três terraços mais elevados ardiam vividamente, cada loja e galeria brotando em flores de fogo. Empapados de gasolina, os sofás e carpetes, as salas de jantar e as cozinhas ideais se entregavam a seu flamejante final.

O pelotão vestido de camisetas de São Jorge parou para olhar para trás, rostos exaustos reanimados pelo fogo, a cor retornando às faces depois de semanas de agonia. Foram despertados pela visão do Metro-Centre consumindo a si próprio, como se dessem as boas-vindas àquela derradeira transformação.

"Certo! Sigam em frente!" Maxted percorria as fileiras, batendo palmas, tentando despertá-los de seu transe. "Vamos, rapazes! Estamos chegando..."

Escombros caíam do teto, nuvens de poeira superaquecida que tinham entrado em combustão com a entrada de ar no domo. Eu podia sentir o imenso shopping deslocando seu peso, os ossos de seu esqueleto dobrando sob o calor. Uma lufada de vento passou por nós, ar mais fresco atravessando os bafos de uma fornalha.

"Acordem, vocês todos!" Maxted bateu no ombro de um dos seguranças, tentando animar o homem e chamar sua atenção. "Mexam-se! Vamos ser todos incinerados..."

O segurança se virou, percebendo Maxted pela primeira vez. Pareceu emergir de um torpor profundo, e agarrou o psiquiatra pelo colarinho de seu avental branco. Outras mãos agarraram seus braços, forçando-o a se agachar. Um tremor percorreu o pelotão, um espasmo de ira, medo e orgulho. Juntos, voltaram as costas para o saguão de entrada, correndo em direção às chamas, seus gritos roucos perdidos em meio ao estrépito do inferno.

41. Um culto solar

"O que aconteceu com Tony Maxted?", perguntou Julia. Estávamos em pé junto à barreira policial e contemplávamos do outro lado da praça externa o que restava do Metro-Centre. Grande parte da cúpula estava intacta, uma parede curva como a arquibancada de um estádio circular. Mas o ápice havia desmoronado, desabando sobre a fornalha das lojas, hotéis e magazines de departamentos. Três semanas depois de nossa libertação, fumaça e vapor ainda subiam das ruínas, sob o olhar de uma dúzia de equipes de bombeiros perfiladas a uns cinqüenta metros da estrutura. Uma pequena multidão aparecia a cada dia, olhando fixamente o shopping atacado como se não conseguisse entender o que havia acontecido. O Metro-Centre devorara a si mesmo, era uma fornalha consumida por seu próprio fogo.

"Richard... pobrezinho, onde está seu pensamento?"

"Não tenho certeza. Parece muito estranho. De certo modo não deveríamos estar assistindo..."

"Não? Onde deveríamos estar? Doçura, uma parte de você estará para sempre vagabundeando pela praia perto do Holiday Inn..."

Ela tomou meu braço para me animar, mas manteve um olhar alerta para meu cambiante estado de espírito. Pela primeira vez seu cabelo preso pendia sobre o ombro esquerdo, expondo seu rosto. Três noites sob sedativos no Brooklands Hospital, mais longos dias de sono em sua casa, haviam-na tornado bem diferente da refugiada selvagem que eu forçara a sair sã e salva do domo. Só naquela manhã eu voltara a ter notícias dela, uma mensagem de texto em que se propunha a me levar de carro até o domo.

Estacionando diante do prédio de meu pai, ela sorriu de modo aprovador quando cruzei o pátio de cascalho apoiado numa bengala, cambaleando com o pé enfiado numa bota ortopédica. Percebi naquele momento que ela estava à vontade consigo mesma e disposta a ficar à vontade comigo. Eu a salvara da fornalha do Metro-Centre e, na misteriosa lógica dos afetos, esse simples ato apagou sua culpa pelo papel que desempenhara na morte de meu pai. As vítimas tinham de pagar duas vezes pelos crimes cometidos contra elas.

Em contraste, eu ainda estava exausto, quase incapaz de me manter acordado, assistindo aos noticiários de TV, manquitolando pelo apartamento e cozinhando ovos que eu encontrava esperando por mim no dia seguinte. Mas a visão do Metro-Centre me despertou. Feliz por estar com Julia, passei o braço em torno da sua cintura.

"Richard...?"

"Desculpe, eu estava sonhando. O que aconteceu com Maxted? Encontraram seu corpo ontem. Difícil de identificar no meio de tanta cinza. Uma coisa agora a gente sabe sobre bens de consumo duráveis: eles liberam um bocado de calor."

"Onde ele estava?"

"No átrio. Acho que o amarraram num dos ursos."

"Que jeito infernal de morrer." Julia estremeceu, quase soltando os cabelos. "Ele era um tanto desonesto, mas eu gostava dele. Por que os seguranças se voltaram contra ele? Ele os estava conduzindo para fora do domo."

"Eles 'piraram'. Loucura voluntária, como ele a chamava. Lembra da Alemanha nazista, da Rússia stalinista, do Camboja de Pol Pot? Nunca ocorreu a Maxted que ele poderia ser a última vítima."

"E Sangster? Não acho que ele tenha saído."

"A maioria das pessoas não saiu." Segurei Julia pelos ombros, tentando acalmá-la. "A sargento Falconer, Carradine, todos aqueles seguranças e técnicos que ajudaram a tomar o domo. O fogo..."

"Foi Duncan Christie que o ateou?"

"Difícil dizer. Ele não era muito bom em coisa alguma. Sua mulher tinha pegado a filha e desaparecido. Espero que ele esteja com elas."

"Se não foi Christie quem ateou o fogo, quem foi?"

"Ninguém. O comandante do exército deu a ordem de acender as luzes. Assim que a polícia abriu as portas, o ar invadiu. Uma faísca em algum lugar foi o bastante. Em vez de expor à luz eventuais franco-atiradores, eles deram início a um culto solar."

Com os lábios comprimidos, Julia me escutava. "Então... Geoffrey Fairfax, Maxted, Sangster, a sargento Falconer, Christie — as pessoas que mataram seu pai estão todas mortas. Com exceção de mim."

"Julia..." Deixei minha bengala cair e a abracei. Ela manteve a cabeça afastada de mim, expondo seu queixo e sua nuca, e pude ver as cicatrizes na superfície da sua pele como uma erupção culposa, um último acesso de autodesprezo. "Você não matou meu pai. Se soubesse o que Fairfax e Sangster planejavam, você os teria detido."

"Teria?" Julia forçou seus olhos a se desviarem do domo. "Ainda não estou segura quanto a isso."

"Algo muito perigoso estava acontecendo aqui. Você precisava agir."

"Mas as pessoas erradas foram atingidas, como costuma acontecer." Julia apanhou minha bengala e a recolocou em minha mão. "Tenho de ir ao hospital — todos esses check-ups, eles próprios são uma doença. Eu lhe dou uma carona para casa."

"Obrigado, mas vou ficar aqui mais um tempo. Há algumas coisas..."

Caminhamos até o carro dela, estacionado no meio-fio perto dali. Julia instalou-se atrás do volante e ficou me observando pelo translúcido pára-brisa novo enquanto eu aclarava minhas idéias.

"Richard? Você está tentando dizer alguma coisa?"

"Certo. Por que não nos encontramos neste fim de semana? Você podia ficar no apartamento de meu pai."

"Seu apartamento, Richard." Ela me corrigiu solenemente. "Seu apartamento."

"Meu apartamento."

"Bom rapaz. Isso exigiu certo esforço. Estamos combinados — vou me arriscar com um homem machucado."

"Ótimo. Vou ter de aprender a limpar o banheiro."

"Eu vou se você me disser uma coisa. Andei pensando nela a semana toda." Apontou para o domo e a multidão de curiosos, com seus rostos impassíveis voltados para as colunas de fumaça e vapor. "Quando você e David Cruise começaram a coisa toda, sabiam onde ia parar?"

"Não sei dizer. Talvez soubéssemos... De certo modo, essa era a idéia toda."

Ela pensou em minha resposta, novamente a jovem médica séria, e foi embora com um arremedo de saudação fascista. Acenei para ela até que já estivesse longe, inalando os últimos traços de seu perfume no ar. Avaliando o terreno antes de cada passo, avancei por entre a multidão e encontrei um lugar livre junto ao cordão de isolamento. O Metro-Centre era uma atração turística como sempre tinha sido. Visitantes vinham de carro das cidades da via expressa para contemplar sua carcaça fumegante, outrora o repositório de tudo aquilo que eles mais prezavam. Nenhum deles, eu notei, estava vestindo uma camiseta de São Jorge. A tomada do domo por Tom Carradine espalhara um abalo sísmico pelos subúrbios de Heathrow, e o chão sob nossos pés ainda mexia.

A policial que tomou meu depoimento contou-me que todas as marchas e quase todas as competições esportivas tinham sido canceladas. A violência pós-jogo e os ataques racistas tinham declinado drasticamente, e muitas famílias asiáticas estavam voltando para suas casas. Os canais a cabo tinham regredido a uma dieta anestésica de dicas domésticas e debates de grupos de leitura. Assim que as pessoas começaram a falar seriamente sobre o romance, qualquer esperança de liberdade morreu. A possibilidade outrora real de uma república fascista se dissipara no ar com os conjuntos de três peças e os tapetes em liquidação.

Agarrei com as duas mãos a grade de isolamento da polícia, a bengala enganchada num dos braços. De alguma maneira o domo me lembrava uma aeronave espatifada, um dos vastos zepelins do entreguerras que pertenciam à era perdida da pista de corrida de Brooklands. Mas ele também parecia a cratera de um vulcão adormecido, ainda soltando fumaça e disposto a voltar à vida. Um dia ele seria ativo de novo, vomitando sobre as cidades da via expressa uma chuva de portas de quintal e eletrodomésticos, cadeiras de praia e banheiros decorados.

Lembrei-me de meus últimos momentos no domo, revendo as chamas que consumiam as galerias superiores loja após loja. Em minha mente o fogo ainda queimava, avançando pelas ruas de Brooklands e das cidades da via expressa, as chamas engolfando conjuntos de modestos chalés, devorando prédios de escritórios e centros comunitários, estádios de futebol e revendedoras de automóveis, a derradeira fogueira dos deuses do consumo.

Observei os espectadores à minha volta, em pé junto à grade de isolamento. Não havia camisetas de São Jorge, mas eles assistiam um tanto intensamente demais. Um dia haveria outro Metro-Centre e outro sonho desesperado e demente. Manifestantes marchariam e formariam círculos ao ritmo ditado por outro apresentador de TV a cabo. No devido tempo, a menos que os sensatos despertassem e se mobilizassem, uma república ainda mais feroz abriria as portas e giraria as catracas de seu insinuante paraíso.

ESTA OBRA FOI COMPOSTA PELO GRUPO DE CRIAÇÃO EM ELECTRA E
IMPRESSA PELA GEOGRÁFICA EM OFSETE SOBRE PAPEL PÓLEN SOFT
DA SUZANO PAPEL E CELULOSE PARA A EDITORA SCHWARCZ
EM JANEIRO DE 2009